LUZIFER
VERLAG

BLACK STILETTO

STARS AND STRIPES

RAYMOND BENSON

Copyright © 2013 by Raymond Benson
Die Originalausgabe erschien 2013 bei Oceanview Publishing, USA,
unter dem Titel »The Black Stiletto: Stars & Stripes«.
Dieses Buch wurde vermittelt von der Literaturagentur
erzähl:perspektive, München (www.erzaehlperspektive.de).

The original edition was published in 2013 at Oceanview Publishing, USA,
under the title »The Black Stiletto: Stars & Stripes«.
This book was arranged by erzähl:perspektive Literary Agency, Munich
(www.erzaehlperspektive.de)

LUZIFER
VERLAG

Deutsche Erstausgabe
Titel der Originalausgabe:
THE BLACK STILETTO: Stars & Stripes
© 2019 LUZIFER-Verlag
www.luzifer.press

Alle Rechte vorbehalten. Das Werk darf – auch teilweise –
nur mit Genehmigung des Verlages wiedergegeben werden.

Umschlaggestaltung: Michael Schubert | Luzifer-Verlag
Übersetzung: Peter Mehler

ISBN: 978-3-95835-446-3

Dieses Buch wurde nach Dudenempfehlung (Stand 2019) lektoriert.

Bibliografische Information der Deutschen Nationalbibliothek:
Die Deutsche Nationalbibliothek verzeichnet diese Publikation
in der Deutschen Nationalbibliografie; detaillierte bibliografische Daten
sind im Internet über *http://dnb.d-nb.de* abrufbar.

Für Randi

Danksagungen

Der Autor möchte folgenden Personen für ihre Hilfe danken:

Judith May Holstun, James McMahon, Stephen Plotkin
und dem John F. Kennedy Presidential Library and Museum,
Michael Romei und dem Waldorf-Astoria Hotel, Joyce Savocchio,
Pat und Bob sowie allen bei Oceanview Publishing, Peter Miller,
und meiner Familie, Randi und Max.

Anmerkung des Autors

Bei allen Versuchen, das New York City der 1960er Jahre so akkurat wie nur möglich zu beschreiben, sind das Second Avenue Gym, das Shapes und das East Side Dinner frei erfunden. John F. Kennedys Wahlkampfauftritte haben sich wie in diesem Buch erwähnt tatsächlich in dieser Form ereignet. Die Freiwilligengruppe der ›Kennedy-Girls_ waren eine Basisbewegung, die von Kennedys Wahlkampfteam 1960 aktiv gefördert wurde. Je nach Bundesstaat unterschieden sich allerdings deren Garderobe oder ihre genauen Pflichten. Während die meisten Dinge im Bezug auf die Kennedy-Girls historisch korrekt sind, habe ich mir hier jedoch gewisse Freiheiten diesbezüglich genommen.

1 | Martin

Heute

Ich hatte solche Angst, dass ich mir beinahe in die Hose gemacht hätte.

Es war spät in der Nacht. Die Stadthäuser und hohen Apartmentgebäude wirkten auf unheilvolle Art und Weise verlassen. Der Gehsteig lag im Dunkeln und war ungewöhnlich menschenleer. Keine der Straßenlampen funktionierte. Noch seltsamer war der fehlende Straßenverkehr. Auf New Yorks Straßen und Avenues herrschte immer Verkehr, auch zu so später Stunde. Ich hatte keine Ahnung, woher ich wusste, dass ich mich in Manhattan befand. Ich kannte die Stadt nicht besonders gut. Ich war nur ein paarmal da gewesen und fühlte mich immer unwohl dort. Ich wusste einfach, dass es Manhattan sein musste, aber alles kam mir ganz anders vor.

Ich lief mit schnellem Schritt. Stadtaufwärts, wie ich glaubte. Nach Norden. Die Third Avenue entlang. Oder war es die Second? Eigentlich hätten sie an den Kreuzungen nummeriert sein müssen, aber ich konnte sie nicht lesen. Es schien, als wären sie in einer mir fremden Sprache geschrieben.

Außerdem war es still und kalt. Die Stille war zermürbend. Normalerweise war die Stadt eine Maschine, die konstant Lärm verursachte, auch nachts, wenn die meisten Seelen sicher in ihren Betten schlummerten und von angenehmeren Dingen träumten. Die Kälte ließ mich frösteln und ich hätte schwören können, dass ich einen eisigen Atem in meinem Genick spürte. Doch als ich mich umdrehte, war da natürlich nichts.

Und doch konnte ich sie spüren. Sie war ganz in der Nähe.

Ein fast unerträglicher Drang wuchs in mir heran. Ich wollte ihren wahren Namen in das Nichts um mich herum hinausschreien. Ich konnte ihn nicht länger in mir halten. Dieses Juwel des Wissens war zu einer Last geworden, die sich in meiner Brust als klumpige Masse materialisiert hatte. Es war ein Krebsgeschwür, welches mich sicher umbringen würde, wenn ich es nicht bald herausließ. Und doch konnte ich es nicht tun. Wenn ich versuchte, ihren Namen laut auszusprechen, geschah nichts. Meine Kehle schnürte sich zu und es klang, als würden Fingernägel über eine Tafel kratzen.

Ich hastete weiter die geisterhafte Avenue entlang. Die Häuser hielten selbst das wenige Licht fern, das der sternenklare Nachthimmel zu spenden vermochte. Hin und wieder glaubte ich graue Schemen in der Schwärze ausmachen zu können, aber ich glaubte auch, dass mir meine Augen nur einen Streich spielten. Oder doch nicht? Ich wusste es nicht genau und das alarmierte mich noch mehr.

Sie war hinter mir her. Sie würde mich fangen.

Das durfte ich nicht zulassen. Ihre Klinge war scharf und tödlich. Ein schneller Schnitt über meine Kehle und es wäre um mich geschehen. Oder sie würde einen ihrer ausgefallenen Karate-Tricks anwenden und mir mit einem Tritt das Brustbein brechen. Das würde meine Lunge durchbohren und ich würde ersticken. Oder sie würde mich an einem der Laternenmasten aufhängen, mit dem Seil, welches sie zusammengerollt an ihrem Gürtel trug.

Aber am meisten fürchtete ich mich vor ihren Augen.

Ich stellte mir vor, was passieren würde, wenn ich ihr von Angesicht zu Angesicht gegenübertrat. Es war immer das Gleiche. Aus den Löchern in ihrer schwarzen Maske würde heiße Glut aufleuchten. Ihr Blick würde mich durchbohren und so würde es sich auch anfühlen. Panik würde mich ergreifen, und wenn das erst passierte, würde es zu spät sein. Ich würde die

Kontrolle verlieren. Schreien. Davonlaufen. Mich blindlings in den schemenhaften Straßen verlieren, die sich als Sackgassen entpuppen würden.

Dann, wenn ich erst einmal in der Falle saß, würde sie zuschlagen.

Und genau das geschah auch, als ich mich nach links wandte und versuchte, die Avenue zu überqueren. Während ich vorwärts eilte, materialisierten urplötzlich ihre Augen in der Dunkelheit. Sie blieben bei mir, schwebten neben mir her, während ich über die Straße lief. Ich spürte, wie die Angst in mir hochkochte und das Herz in meiner Brust zu hämmern begann.

Nein!

Spontan bog ich nach rechts in eine düstere Straße ein und rannte los. Hatte ich geschrien? Gut möglich. Ich war nicht sicher. Natürlich fühlten sich meine Beine so schwer wie Blei an. Ich konnte nicht schnell rennen. Es war schmerzhaft, überhaupt einen Fuß vor den anderen zu setzen. Es war eine Qual. Alles um mich herum verlangsamte sich. Die Schwärze zog sich um mich zusammen und erzeugte einen Tunnel der Blindheit, durch den ich mich hindurchtasten musste. Und dann, so wie ich es befürchtet hatte, stieß ich auf eine Ziegelwand.

Sackgasse. Letzter Halt. Das Ende.

Wohlwissend, was nun folgen würde, begann ich zu zittern und wie ein Feigling zu wimmern. Die Verzweiflung war unerträglich. Doch mir blieb nichts anderes übrig, als mich umzudrehen und sie anzusehen. Das war der einzige Weg, wie ich diesem Albtraum entkommen konnte.

Und was, wenn es nicht funktionierte? Was, wenn es dieses Mal echt wahr? Was, wenn sie mich dieses Mal wirklich *erwischen* würde? Was, wenn sie ihre Maske abnahm und mir das furchterregende Gesicht darunter offenbaren würde? Würde ich den Schock überleben? Würde mein armes Herz aufhören, weiter Leben durch meine Adern zu pumpen?

»Martin.«

Die Stimme war natürlich die ihre. Wie immer.

Sie wollte, dass ich mich umdrehte, und ich musste mich ihr fügen. Ich hatte keine andere Wahl.

»Ich werde allen erzählen, wer du bist!«, schrie ich. »Alle werden es erfahren!«

Doch ich bekam ihren Namen wieder nicht über die Lippen. Allein der Versuch verursachte unsagbare Schmerzen. Der Klumpen in meiner Brust war nicht mehr auszuhalten. Ich musste mich ergeben. Mich unterwerfen.

Langsam drehte ich mich auf den Fersen um. Meine Blase drohte zu zerplatzen, während ich meine Angst in den Griff zu bekommen versuchte.

Da. Die durchdringenden roten Augen, direkt vor mir.

Dann sprang die Black Stiletto aus dem Nichts auf mich zu.

Mit einem Ruck schreckte ich aus dem Schlaf, wie schon einige Tage zuvor und die Tage davor ebenfalls.

Eine überaus unangenehme Erfahrung. Das Zusammenzucken meines Körpers, der gedämpfte Schrei in mein Kissen und der plötzliche Adrenalinausstoß schafften es jedes Mal aufs Neue, mir den Tag zu verderben.

Die Panikattacken und Albträume hatten im Oktober begonnen, kurz nach meinem neunundvierzigsten Geburtstag. Ich war gerade aus New York zurückgekehrt. Eigentlich hätte ich mich großartig fühlen müssen, denn die Reise hatte sich als überaus erfolgreich herausgestellt. Ich hatte mich mit eigenen Augen davon überzeugen können, dass Gina wieder ganz gesund werden würde. Der Überfall und die versuchte Vergewaltigung im Riverside Park waren die hauptsächlichen Gründe für meinen Besuch gewesen. Glücklicherweise hatte das Verbrechen von ein paar Passanten verhindert werden können. Das war nicht gerade die beste Art gewesen, ihr erstes Studienjahr auf der

Juilliard zu beginnen, aber ich war froh, dass nichts Schlimmeres passiert war. Trotzdem hatte mir das Herz geblutet, als ich sie mit ihrem gebrochenen Kiefer vor mir gesehen hatte. Für mindestens noch sechs weitere Wochen würde er mit Draht fixiert werden müssen. Mein armes kleines Mädchen.

Zum Zweiten hatte ich erfolgreich Johnny Munroes Erpressungsversuche stoppen können. Damit war eine *ungeheure* Last von meinen Schultern genommen worden. Ich hoffte, nie wieder etwas von ihm zu hören. Aber man konnte nie wissen. Nach dieser Erfahrung fürchte ich, dass noch andere Menschen da draußen hinter das große Geheimnis kommen könnten. Werde ich mich von nun an immer vor Leuten wie Munroe fürchten müssen?

Nachdem ich meine Geschäfte in New York erledigt hatte, fühlte ich mich ein wenig besser, wieder in mein erbärmliches Leben als einsamer arbeitsloser Buchhalter zurückzukehren, der sich um seine an Alzheimer erkrankte Mutter kümmern musste. Jene einstmals so lebendige, nun nur noch als Schatten ihrer selbst existierende Frau, die ich mein ganzes Leben lang gekannt hatte. Meine Mutter ist eine Fremde, die in einem Pflegeheim lebt, und sie hat vergessen, wer ich bin.

Ich glaube an so etwas wie eine Midlife-Crisis. Ich durchlebte eine schwächere Ausgabe davon, als ich mich von Carol scheiden ließ, was ... ach Gott ... acht Jahre her ist. Damals war ich um die vierzig. Ich hatte bereits von Leuten gehört, die um die vierzig in der Midlife-Crisis steckten. Am Anfang war es hart, aber auch nicht furchtbar. Das, was ich *jetzt* durchmache, ist viel schlimmer. In einem Jahr werde ich fünfzig. Das ist kein Meilenstein, dem ich entgegenfiebere, und *das* macht die Angst noch schlimmer. Von daher bin ich davon überzeugt, dass das, was ich während der Sache mit Carol erlebte, nur ein Vorgeschmack auf die kommenden Attraktionen war, und ich jetzt in meiner *wirklichen* Midlife-Crisis stecke.

Die Anstrengungen im Zusammenhang mit meiner Mutter und allem, was damit zusammenhing, fordern ihren Tribut. Die Panikattacken und Albträume kommen aus dem Nichts. Meine körperliche Reaktion ist stets die Gleiche: Mein Herz rast und hämmert gegen meine Brust wie nach einem Fünfzig-Meter-Sprint, ich schwitze und bin verklebt, ein überaus intensives Gefühl des Schreckens schwappt über mich hinweg und ich will einfach nur weinen. Als es das erste Mal passierte, dachte ich, ich hätte einen Herzanfall bekommen. Beinahe hätte ich einen Krankenwagen gerufen, aber nach etwa zehn Minuten hatten die Qualen langsam nachgelassen. Später fand ich heraus, dass eine Panikattacke einen plötzlichen Adrenalinschub auslöst. Wenn man die Kampf-oder-Flucht-Reaktion hinter sich gebracht hat, ist die eigene Energie verbraucht und man fühlt sich scheußlich.

Das passierte häufig, und das wirklich Blöde an der Situation ist, dass ich ganz genau weiß, was mich aufwühlt.

Ich muss jemandem von dem Geheimnis meiner Mutter erzählen. Die Wahrheit brennt ein Loch in meine Seele.

Ich könnte fraglos eine Menge Geld aus der Sache rausschlagen. Was die Medien für diese Meldung bezahlen würden! Die wahre Identität der Black Stiletto! Die Lebensgeschichte der legendären Verbrechensbekämpferin, von niemand anderem erzählt als ihrem eigenen Sohn!

Aber das käme einem Verrat gleich, oder nicht? Obwohl meine Mutter mir die Rechte an ihrer Lebensgeschichte in Form von akribisch festgehaltenen Tagebuchaufzeichnungen und ein paar Andenken überließ, wusste ich, dass ich damit noch nicht an die Öffentlichkeit gehen durfte. Nicht, solange sie noch am Leben war. Und nach Maggies Einschätzung konnte das noch zwei, fünf oder gar zehn Jahre dauern – oder auch nur noch wenige Monate oder Wochen. Alzheimer ist eine grausame, unvorhersehbare Erkrankung.

Ihr Gesundheitszustand ist soweit stabil. Vor ein paar Monaten erlitt sie eine kleine Ohnmacht, hat es aber gut überstanden. Sie hat sich ein freundliches, wunschloses Auftreten bewahrt. Das war gut, aber gleichzeitig auch traurig. Ihre Erinnerungen glichen ausgewählten, einzelnen Sandkörnern an einem riesigen Strand. Das Meiste von dort kann sie nicht mehr abrufen. Wie ich bereits sagte, sie weiß oft nicht einmal, wer ich bin, nur dass ich zur Familie gehöre. Und das sie mich liebt.

Und ich liebe sie auch.

Judy Cooper Talbot.

Die legendäre Black Stiletto.

Und ich bin die einzige Person, die davon weiß, mit Ausnahme eines älteren, im Ruhestand lebenden FBI-Agenten aus New York. John Richardson wird es niemandem verraten. Ich vertraue ihm. Aber natürlich könnte es auf der Welt noch andere Menschen geben, die womöglich über ihr Geheimnis Bescheid wissen. Wie mein Vater beispielsweise. Sofern er noch am Leben ist. Noch immer weiß ich nicht, ob Richard Talbot jemals wirklich existierte oder das Ganze nur eine einzige Lüge war. Angeblich starb er in Vietnam, aber als ich aufwuchs, standen nie irgendwelche Fotografien von ihm auf dem Kaminsims herum. Ich beginne so langsam an der Vietnam-Geschichte zu zweifeln.

So viele Masken. So viele Geheimnisse.

Direkt nach dem Geburtstag meiner Mutter im November hatte ich Glück und fand einen Job. Es war ein Schritt zurück, aber ich raffte mich dazu auf. Ich konnte es mir nicht leisten, noch länger auf Gehaltschecks zu verzichten. Ich war seit Mai ohne Arbeit und mein Erspartes war so gut wie aufgebraucht. Meine Tochter besuchte eine teure Kunstschule in Manhattan, und obwohl sie ein umfangreiches Stipendium dafür bekam, war es trotzdem eine Belastung für den Geldbeutel. Und da zudem Weihnachten vor der Tür stand, brauchte ich dringend ein Einkommen. Von daher kam die Gelegenheit genau zum richtigen Zeitpunkt.

Wegel, Stern und Associates, Inc. war ein Buchhalter-Familienbetrieb in Deerfield. Wobei es genau genommen nur der Laden des Vaters war. Sam Wegel war über siebzig und leitete das Unternehmen seit vierzig Jahren aus demselben kleinen Büro heraus. Sein Partner, Morton Stern, war ein paar Monate zuvor verstorben, weshalb Wegel sich gezwungen sah, frisches Blut einzustellen, um die Stelle zu besetzen.

Ich bewarb mich, wurde zum Gespräch eingeladen, und bekam schließlich den Job angeboten.

Sam erklärte, dass er zunehmend kürzertreten und über kurz oder lang in Rente gehen wollte. Die einzige andere Angestellte war eine fünfzigjährige Frau namens Shirley, die als Empfangsdame, Sekretärin und Rechtshilfe hier arbeitete. Ich dachte mir, dass ich hier ein großer Fisch in einer kleinen Firma werden und den Laden am Ende selbst leiten könnte. Also sagte ich zu.

Sam war ein guter Kerl, ein netter jüdischer Bursche mit Frau und drei erwachsenen Kindern, von denen keines in das Familienunternehmen einsteigen wollte. Es dauerte nicht lange, bis ich so etwas wie sein viertes Kind wurde. Er lud mich sogar zum Essen mit seiner Familie ein, was ich annahm. Er hatte mich auch schon zum Essen an Thanksgiving eingeladen, aber ich erklärte ihm, dass ich die Feiertage wohl mit meiner Mutter verbringen würde, auch wenn das Essen im *Woodlands* grauenhaft schmeckte. Ganz sicher würde ich nicht bei meiner Ex-Frau aufkreuzen und gefüllten Truthahn zusammen mit Carol und Ross essen, dem Kerl, den sie vermutlich bald heiraten wird. Vielleicht verbringt Maggie Thanksgiving mit mir. Ich hoffe es.

Jetzt, einen Monat später, ist der Job eben, was er ist. Ich bearbeite Steuererklärungen für ganz normale Leute. Früher war ich mal Wirtschaftsprüfer. Ich arbeitete im *Chicago Loop* und verdiente ziemlich gutes Geld. Jetzt erkläre ich Mr. Whatzenblatt und Mrs. Whozenstein, was sie absetzen können und was nicht. Es ist eine langweilige, eintönige Arbeit, aber ich verdiene Geld. Und die Arbeitszeiten sind ziemlich flexibel. Sam hat Verständnis für die Sache mit meiner Mom. Ein Pluspunkt ist, dass das Büro in Deerfield ganz in der Nähe von Riverwoods liegt, wo sich das Pflegeheim befindet. So kann ich auf meinem Heimweg nach Buffalo Grove dort immer mal einen Zwischenstopp für einen Besuch einlegen.

Zumindest das Arbeitsproblem meiner Krise konnte damit aus der Welt geschafft werden.

Die anderen Dinge – der Überfall auf meine Tochter, der Erpressungsversuch, meine Mutter – sich um sie zu kümmern und das verfluchte Problem der Black Stiletto – *diese* Dinge lasteten nach wie vor schwer auf mir. Wenn ich doch nur Gina davon erzählen könnte. Sie würde es verstehen. Sie würde es wahrscheinlich sogar ziemlich cool finden, dass ihre Großmutter mal eine sagenumwobene Verbrechensbekämpferin gewesen war. Doch ich fürchte, dass sie das Geheimnis nicht für sich behalten könnte.

Ob ich Maggie reinen Wein einschenken sollte? Gott, sie fragt sich sicher schon, was für Leichen ich im Keller habe. Auf jeden Fall spürt sie, dass irgendetwas nicht stimmt. Ich meine, sie ist immerhin ein Doktor. Dr. Margaret McDaniel. Junge-Junge, die Dinge haben sich zwischen ganz schön verändert, seit ich sie das erste Mal gesehen habe.

Sie ist Ärztin und arbeitet im *Woodlands*, wo meine Mutter seit einigen Jahren lebt. Zuerst konnte ich die Frau nicht ausstehen. Ich dachte, sie hätte einen Stock im Arsch oder so. Sie war immer sehr ernst und geschäftsmäßig und ihr Umgang mit den Patienten regelrecht abstoßend. Okay, ich hielt sie für eine … Sie wissen schon. Am allerwenigsten konnte ich ihre Fragen über all die Narben und uralten Wunden auf dem dreiundsiebzigjährigen Körper meiner Mutter leiden. Ich zog es vor, nicht zu verraten, woher sie stammten. Ich gab vor, es nicht zu wissen. Es war ausgeschlossen, Maggie zu erzählen, dass meine Mutter die Black Stiletto war.

Wenn Sie mir also vor zwei Monaten gesagt hätten, dass ich mit der Ärztin meiner Mutter aus deren Pflegeheim ausgehen würde, hätte ich Ihnen erklärt, dass Sie höchstwahrscheinlich nicht alle Latten am Zaun haben. Aber es stimmt und lässt sich gar nicht mal so schlecht an.

Und das, obwohl wir uns beide zuerst auf dem falschen Fuß erwischt haben, aber hey, zumindest war ich von Anfang an der Meinung, dass sie gut aussieht. Sehr gut sogar. Helle blaue Augen. Wahnsinns-Fahrgestell, zumindest, soweit man das unter ihrem weißen Arztkittel beurteilen kann. Und nur ein paar Jahre jünger als ich.

Nach meiner Rückkehr aus New York nahm ich irgendwann meinen Mut zusammen und fragte sie, ob sie mit mir ausgehen würde. Unser erstes Date – auf einen Kaffee – war furchtbar. Ich war nervös. Ich hatte mich seit meiner Scheidung nicht mehr mit anderen Frauen getroffen. Es fühlte sich sehr, sehr seltsam an, wieder im Rennen zu sein. Ich denke, Maggie erging es da ganz ähnlich. Sie erzählte mir, dass sie nie geheiratet hatte, was ich überraschend fand. Ich war davon ausgegangen, dass sie ebenfalls geschieden wäre. Wir unterhielten uns hauptsächlich über meine Mutter. Also keine Überraschungen, was das anging.

Unser zweites Treffen war besser. Es fiel uns beiden leichter, uns zu unterhalten. Der Wein zum Essen half dabei enorm. Gegen Ende des Abends lachten wir bereits und hatten unseren Spaß.

Beim dritten Date küssten wir uns. Ich hatte beinahe vergessen, wie man das macht.

Keine Ahnung, was aus der Sache noch wird, aber ich bin bereit, es zu versuchen.

Derzeit war bei *Wegel, Stern and Associates* nicht allzu viel los.

Die Leute brachten ihren Kram erst nach den Feiertagen vorbei. Bis zum 15. April würden es dann aber vier verrückte Monate werden. Sam hatte mich vorgewarnt, dass dann die Hölle los wäre, und ich während dieser Zeit keinen Urlaub nehmen könnte. Ich meinte, dass das kein Problem sei.

Als ich auf Arbeit kam, war Sam nicht da. Ich ging auch nicht davon aus, dass er noch auftauchen würde, denn es schneite. Er nahm sich öfter mal frei oder arbeitete *von zuhause aus*, wenn das Wetter schlecht war. Also trank ich jede Menge Kaffee und ging mechanisch die Steuererklärung von irgendeinem Kerl durch. Die meiste Zeit über aber saß ich an meinem Schreibtisch und starrte aus dem Fenster auf das Winterwunderland hinaus, das draußen entstand. Typisches Chicagoer Wetter für diese Jahreszeit.

Ich hasste es.

Gina lächelte mich von ihrem Highschool-Abschlussfoto an. Der Bilderrahmen stand gleich neben meinem Eingangskorb, sodass ich es jedes Mal betrachtete, wenn ich nach einer neuen Aufgabe griff. Sie ist so ein schönes Mädchen. Wenn ich daran denke, was ihr widerfahren ist, bricht es mir das Herz und mein Blut gerät in Wallung. Ihr Gesicht war mit blauen Flecken regelrecht übersät und übel zugerichtet gewesen. Sie tat mir so leid. Aber sie hat sich ziemlich gut erholt. Erst kürzlich hat man die Drähte entfernt, sodass sie wieder normale Kost zu sich nehmen kann. Ich bin immer noch begeistert darüber, dass sie darauf bestand, weiterzustudieren. Ihre Mutter und ich schlugen vor, das Semester auszusetzen, um sich zu erholen, aber Gina war schon immer ein willensstarkes Mädchen gewesen. Sie war entschlossen, auf ihrer Schule als Schauspielerin und Tänzerin einen bleibenden Eindruck zu hinterlassen, und deshalb kam eine Pause für sie nicht infrage.

Der psychische Schaden hingegen war etwas, dass sich noch nicht bemessen ließ. Manchmal können die Nachwirkungen eines Traumes auch erst Wochen oder Monate später urplötzlich hervorbrechen. In der Schule suchte sie regelmäßig einen Berater auf, doch das war alles, was sie ihrer Mutter und mir darüber erzählte. Aber es ist ermutigend, dass Gina jedes Mal, wenn wir uns am Telefon unterhalten, glücklich und voller Energie wirkt. Ich denke, sie wird das alles gut verarbeiten. Fürs Erste müssen wir einfach von einem Tag auf den nächsten hoffen.

Sie hat vor, über die Weihnachtsfeiertage nach Hause zu kommen, und das ist großartig.

Ich machte zeitig Feierabend und fuhr auf dem Weg nach Hause bei Mom vorbei. Als ich dort eintraf, schlief sie gerade. Nachmittagsnickerchen. Sie schlief derzeit wohl sehr viel. Tat ihr Körper das absichtlich, um so dem frustrierenden Nebelschleier zu entkommen, der ihren Wachzustand bestimmte? Wenn ich in ihrer Situation gewesen wäre, würde ich so viel wie nur möglich schlafen wollen. Oder sterben. Ich konnte mir nicht ausmalen, was in Judy Talbots Kopf vor sich ging. Ob dort überhaupt noch irgendetwas vor sich ging. Seit die Krankheit bei ihr mit aller Härte zugeschlagen hatte, war meine Mutter immer schweigsamer und zurückgezogener geworden. Früher einmal war sie voller Energie gewesen und ungemein gesellig. Davon war nichts mehr geblieben.

Maggie war nicht im Pflegeheim, also blieb ich nicht lange. Ich setze mich eine Weile zu meiner Mutter und sah ihr beim Atmen zu. Sie war immer noch eine gut aussehende Frau, obwohl sie zerbrechlich wirkte. Aber ich wusste, dass in diesen dünnen Armen und Beinen noch einiges an Kraft steckte. Wie sie vergangenen Sommer Roberto Ranelli in die Eier getreten hatte, musste man gesehen haben, um es glauben zu können. Hin und wieder erhaschte ich einen kurzen Blick auf die Person, die sie früher einmal gewesen war.

Manchmal sah ich sogar die Black Stiletto in ihr, auch wenn ich den Namen in ihrer Gegenwart nicht mehr erwähnen durfte. Er löste etwas Schmerzhaftes in ihr aus. Selbst wenn ich ihr etwas über ihr Alter Ego zuflüsterte, schien es sie zu quälen.

Es gibt noch so vieles, das ich nicht über sie weiß. Bisher habe ich nur zwei der Tagebücher gelesen, die sie mir vermacht hat. Manch einer würde annehmen, dass ich sie alle in einem Rutsch verschlungen hätte, aber das konnte ich nicht. Ich empfinde den Prozess, mich durch diese Bücher zu arbeiten, als sehr verstörend. Ich kann nicht sagen, wieso das so ist. Den ganzen Sommer über hatte ich das zweite Tagebuch nicht angerührt. Als ich mich dann endlich dazu überwunden hatte und es zu Ende las, fühlte ich mich nicht genötigt, mehr zu erfahren. Nachdem ich aus New York zurückgekehrt war, wollte ich am liebsten alles vergessen, was die Black Stiletto betraf, und mich einfach um meine Angelegenheiten kümmern, so als wäre meine Mutter einfach nur Judy Talbot gewesen, als die ich sie kannte.

Doch dann begannen die wiederkehrenden Albträume, die Panikattacken stellten sich immer häufiger ein und ich befand mich in einem Zustand andauernder Unruhe.

Obwohl ich es eigentlich besser wusste, dachte ich mir, dass es vielleicht an der Zeit wäre, mehr über die Vergangenheit meiner Mom in Erfahrung zu bringen. Vielleicht würde das meine Ängste mindern.

Als ich zuhause ankam, bestellte ich mir eine Pizza und begab mich dann in mein behelfsmäßiges Heimbüro. Die Tagebücher und die Schatulle hatte ich ganz hinten in einem Aktenschrank versteckt, begraben unter Aktenordnern. Alles andere – das Kostüm, das Messer, die Pistolen, die Andenken – lagen in einem Bankschließfach. Dort, wo *diese* Dinge hier sich eigentlich auch besser befinden sollten. Ich behielt sie nur deshalb in meiner Nähe, falls mich meine Neugier wieder zu der Geschichte meiner Mutter zurückziehen sollte, was ich jedoch überaus beunruhigend empfand.

Ich holte die Schatulle hervor und schloss sie mit dem Schlüssel auf, den ich in meiner Schublade aufbewahrte. Das Geheimnis einer der Andenken hatte ich bereits gelüftet – das der 8mm-Filmrolle. Damit blieben aber immer noch die Anstecknadel der Präsidentschaftswahlen, das herzförmige Medaillon und der goldene Schlüssel. Ich nahm die Anstecknadel heraus und untersuchte sie. Er stammte ganz offensichtlich aus dem Jahre 1960, denn das Gesicht des Präsidentschaftskandidaten der Demokraten und des Anwärters auf das Vizepräsidentenamt waren darauf zu sehen. »Kennedy/Johnson« lautete der Aufdruck.

Ich griff unter die Ordner, tastete nach dem dritten Tagebuch, welches aus eben diesem Jahr stammte, und zog es heraus. Dann verschloss ich die Schatulle, verstaute sie wieder im Schrank und schob die Schublade zu. Das Tagebuch nahm ich mit ins Wohnzimmer und setzte mich in meinen gemütlichen Sessel.

Ich atmete tief durch, kämpfte gegen das Unbehagen an, das mir den Rücken hinaufkroch. Das würde schmerzhaft werden, aber ich konnte es auch nicht länger vor mir herschieben.

Ich öffnete das Tagebuch, begann zu lesen und tauchte erneut in die Welt der Black Stiletto hinab.

2 | Judys Tagebuch

1960

1. Januar

Guten Morgen, liebes Tagebuch. Oder sollte ich besser einen guten Nachmittag wünschen? Ich habe bis weit nach Mittag geschlafen und habe einen Mordskater. Mannomann. Mir geht es echt mies. Aber es war eine tolle Party, denke ich. Zumindest der Teil, an den ich mich noch erinnern kann, haha.

Nachdem ich letzte Nacht hinuntergegangen war, floss der Champagner in Strömen. Ich machte auch den Fehler, ein paar Jack Daniels mit Cola zu trinken. Gegen Mitternacht drehte sich das Gym bereits vor mir. Aber mir wurde nicht schlecht. Ich erinnere mich nicht mehr, wie ich es in mein Zimmer geschafft habe, aber irgendwie muss es mir wohl gelungen sein.

Das Einzige, *woran* ich mich noch erinnern kann, ist das, was Lucy mir kurz vor zwölf verraten hat. Sie und Peter haben einen Hochzeitstermin. Irgendwann im Mai, aber den exakten Tag habe ich wieder vergessen. Sie bat mich, ihre Trauzeugin zu werden, und ich bin mir ziemlich sicher, als Antwort gelallt zu haben: »Das mache isch liebend gern, Luuschie!«

Meine Güte, und schon haben wir 1960. Ich kann es kaum glauben. Ein neues Jahrzehnt. Was wird es für uns bereithalten? Welche Veränderungen wird es mit sich bringen? Eine ganze Menge, oder gar keine? In diesem Jahr wird ein neuer Präsident gewählt werden. Das wird das erste Mal sein, dass ich wählen darf. Nun, genau genommen war ich auch schon '56 alt genug, aber da ging ich nicht zur Wahl. Keine Ahnung, wieso. Damals war ich wohl zu jung, um mich für so was zu interessieren, schätze ich. Ein neuer Präsident bringt immer ein paar Veränderungen mit sich, oder nicht? Jetzt, wo ich so darüber nachdenke, gibt es gerade eine Menge Dinge, denen eine Veränderung guttun würde. Auf der ganzen Welt gibt es einige Probleme. Die Kommunisten in Russland machen uns große Sorgen. Sie haben Bomben, und wir haben Bomben. Jetzt, wo Kuba ebenfalls von Kommunisten regiert wird, machen sich die Leute natürlich Sorgen, weil die Gefahr so nah ist. Wird es zu einem Krieg kommen? Gott, ich hoffe nicht. Und sie trainieren Astronauten für einen Flug in den Weltraum. Ob wir zum Mond fliegen werden oder sogar zum Mars? Wäre das nicht toll? Und hier in Amerika wird auch bald die Bombe platzen. Die Schwarzen fordern gleiche Rechte ein. Ob Dr. King diese Menschen zum Sieg führen kann? Ich hoffe, dass es nicht gewaltsam endet.

Nun, mein Magen sagt mir, dass ich mir darüber erst einmal keine Sorgen machen soll. Ich muss in die Küche und etwas essen, bevor mir *doch* noch schlecht wird. Vielleicht etwas Toast und Orangensaft. Ich bin nur nicht sicher, ob ich schon ein paar Eier vertrage.

Tja, Judy, dann wirf dir mal deine Robe über und lass dich sehen. Ich glaube nicht, dass noch mehr Schönheitsschlaf einen wesentlichen Unterschied machen wird, haha!

Später

Es ist beinahe wieder Mitternacht und ich bin gerade erst aus dem Bellevue Hospital zurückgekehrt.

Oh mein Gott, Freddie hatte heute einen Herzinfarkt! Liebes Tagebuch, ich mache mir solche Sorgen. Der Doktor sagt zwar, dass er wieder ganz gesund wird, aber ich habe Freddie noch nie so fertig gesehen. Ich schwöre, ich dachte, er würde in meinen Armen sterben.

Als ich vorhin eine Pause eingelegt habe, ging ich in die Küche, um mir ein Frühstück zu machen. Freddie saß mit einer Zeitung am Tisch und vor ihm stand ein Teller voller Rührei, das er nicht angerührt hat. Es war bereits kalt. Ich weiß nicht, wie lange es da schon stand, aber es mussten einige Stunden gewesen sein. Freddie war kreidebleich und hielt sich einen Arm vor die Brust. Seine Stirn lag in Falten und es schien ihm nicht gutzugehen.

»Freddie? Stimmt was nicht?«

Er schüttelte nur den Kopf. »Ich muss gestern wohl zu viel getrunken haben. Ich hab fürchterliches Sodbrennen.«

Freddie hatte niemals einen Kater. Er hatte die Fähigkeit, Alkohol wie Wasser in sich hineinkippen zu können und dabei noch ein paar Päckchen Zigaretten zu rauchen. Es machte ihm nie etwas aus.

»Hast du schon eine Alka-Seltzer genommen?«, fragte ich auf dem Weg zum Kühlschrank, um den Orangensaft zu holen.

»Wir haben keine.«

»Mist. Wieso hast du mich dann nicht geweckt, Freddie? Ich lauf schnell los und hol dir welche.« Ich goss mir ein Glas Saft ein und sah zu ihm zurück. Da wurde mir klar, dass er ernsthaftere Probleme als nur Sodbrennen hatte. Freddie krümmte sich vor Schmerzen und brachte keine Antwort heraus.

»Freddie!«

Dann verschlimmerte sich sein Gesichtsausdruck. Er riss die Augen auf und schnappte nach Luft. Mit einer Hand klammerte er sich am Tisch fest, während er aufzustehen versuchte. Weit kam er jedoch nicht. Ich stellte meinen Saft ab und eilte zu ihm – gerade noch rechtzeitig, um ihn aufzufangen, als er in meine Arme fiel.

»Freddie!«

Vorsichtig legte ich ihn auf den Küchenboden. Er wandte sich vor Schmerzen hin und her und atmete nur noch flach.

Wenn er versuchte zu sprechen, brachte er nur erstickte Laute hervor.

»Ich rufe einen Krankenwagen!«

Ich wollte ihn nicht allein zurücklassen, aber ich musste es tun. Das Telefon befand sich auf der anderen Seite der Küche. Ich rannte hinüber und wählte die Nummer der Vermittlung. Es schien eine Ewigkeit zu dauern, bis ich richtig verbunden wurde und damit herausplatzen konnte, wohin sie fahren sollten. Nachdem ich aufgelegt hatte, lief ich zu Freddie zurück. Er atmete jetzt etwas besser, aber seine Augen waren wässrig, und aus seiner Haut war sämtliche Farbe gewichen. Der unmittelbare Notfall schien aber bereits vorüber zu sein.

»Versuche dich zu entspannen, Freddie, der Krankenwagen ist bereits unterwegs«, beruhigte ich ihn. Während wir warteten, betete ich darum, ihn nicht zu verlieren. Nicht Freddie – meinen Ersatzvater, meinen Trainer, meinen Freund. Ich weinte sogar ein wenig, aber so, dass er es nicht mitbekam. Ich musste darüber nachdenken, was sie in den Nachrichten über das Rauchen erzählten und wie schädlich es sein konnte. Freddie rauchte eine Menge am Tag. Konnte das die Ursache sein?

Nun, liebes Tagebuch, der Krankenwagen traf etwa zwanzig Minuten später ein, was mir wie eine Ewigkeit vorkam. Ich lief hinunter zum Vordereingang des Gym und ließ sie herein. Die Notärzte stürmten mit einer von diesen Pritschen auf Rädern nach oben. Einer von ihnen bat mich, im Nebenraum zu warten, aber ich wollte Freddie nicht allein lassen. Sie untersuchten Freddies Vitalwerte und stellten ihm ein paar Fragen, die er überraschenderweise sogar beantworten konnte. Schließlich legten sie ihn auf die Krankenbahre und trugen ihn hinunter und hinaus. Ich bestand darauf, mit ihnen im Krankenwagen zu fahren. Ich schlüpfte eilig in ein paar Turnhosen und ein Sweatshirt, zog mir meine Tennisschuhe an und schnappte meine Handtasche. Ich sah aus, als wäre ich gerade erst aus dem

Bett gefallen – was ja auch stimmte – aber für Eitelkeiten war keine Zeit.

Als wir im Krankenhaus ankamen, fuhren sie ihn direkt in die Notaufnahme. Eine Schwester fragte mich, ob ich eine Verwandte sei. Ich erklärte ihr, dass ich die einzige Familie sei, die Freddie noch besaß, auch wenn wir nicht wirklich verwandt waren. Sie gab mir ein Klemmbrett und wies mich an, ein paar Formulare auszufüllen. Ich beantwortete die Fragen, auf die ich eine Antwort wusste, und gab es ihr zurück. Und dann wartete ich. Und wartete. Und wartete.

Zwischendurch lief ich zu einem Münztelefon und rief Lucy an. Niemand ging ran. Sie und Peter mussten zum Neujahrstag ausgegangen sein. Draußen war es kalt, aber das Wetter war schön. Ich wollte mit irgendjemandem sprechen. Andere Telefonnummern hatte ich nicht dabei, sonst hätte ich Jimmy oder jemand anderes von den Stammgästen des Gym angerufen.

Ich wartete vier Stunden, bis der Arzt herauskam, um mit mir zu sprechen. Da war es bereits nach zehn Uhr abends. Dr. Montgomery war noch sehr jung. Ich dachte mir, dass er aussah, als hätte er gerade erst die Medizinschule hinter sich gebracht.

Natürlich war es ein Herzanfall gewesen. Dr. Montgomery meinte, dass Freddie eine Weile im Krankenhaus bleiben müsste, vielleicht sogar ein paar Wochen! Aber sein Zustand wäre stabil, und sie hatten ihm Medikamente gegeben, damit er sich besser fühlte. Ich fragte, ob ich zu ihm dürfe, aber der Doktor erwiderte, dass Freddie im Moment schlief. Dr. Montgomery schlug vor, dass ich nach Hause gehen und mich ebenfalls etwas ausruhen sollte und wahrscheinlich schon morgen den Patienten besuchen dürfte.

Also bin ich jetzt wieder zurück in meinem Apartment. Ich habe den ganzen Tag noch nichts gegessen. Ich fühle mich ziemlich elend. Ich werde mir ein paar Eier braten und dann ins Bett gehen. Ich schätze, das Gym werde ich morgen wohl schließen müssen.

Bitte, lieber Gott, wenn es dich dort oben geben sollte – mach, dass es Freddie bald wieder besser geht. Bitte, bitte, bitte!

2. Januar

Es war ein langer Tag.

Ich hängte ein Schild an die Tür des Fitnessstudios, mit der Aufschrift: *Wegen Krankheit geschlossen.* Dann nahm ich den Bus ins Bellevue und durfte glücklicherweise Freddie besuchen. Doch zuerst erklärte mir die Schwester auf seiner Station, dass der Doktor mit mir sprechen wollte. Also war ich *wieder* zur Untätigkeit verdammt, diesmal in einem kleinen Wartezimmer. Diese Station war offenbar den Herzpatienten vorbehalten, denn auf dem Tisch lagen eine Menge Flyer und Literatur über Herzerkrankungen, zusammen mit Magazinen, die bereits mehrere Monate alt waren. Aber immerhin musste ich nicht lange warten. Dieses Mal erschien ein anderer Arzt. Sein Name war Abramson. Er war älter und wirkte erfahrener als Dr. Montgomery. Er stellte sich mir vor und fragte mich, in welcher Beziehung ich zu dem Patienten stehen würde. Ich erklärte ihm, dass Freddie mein Vermieter und mein Arbeitgeber sei, und wiederholte, dass ich die einzige Familie für ihn wäre, soweit ich wüsste. Der Doktor nickte finster, was ich nicht gerade als gutes Zeichen auslegte.

»Wie geht es ihm?«, fragte ich.

Dr. Abramson antwortete nicht sofort mit: »Oh, es geht ihm gut«, oder: »Er wird wieder ganz gesund werden«. Stattdessen zuckte er ein wenig mit den Schultern und machte eine unentschlossene Handbewegung, die ich als »weder schlecht noch wirklich gut« interpretierte.

»Wir warten noch auf Testergebnisse, aber Mr. Barnes hat definitiv eine schwere Herzattacke erlitten, einen sogenannten Herzmuskelinfarkt.« Er fuhr damit fort, zu erklären, dass eine wichtige vordere Herzkranzarterie blockiert sei. Ich verstand nur wenige der medizinischen Fachbegriffe, aber er formulierte es so einfach, wie er konnte. Die Krux an der Sache ist, dass Freddies Zustand ernst genug ist, um einen langen Krankenhausaufenthalt notwendig zu machen.

Als ich ihn fragte, ob man es operieren könne, sah mich Dr. Abramson an, als wäre ich verrückt geworden. »Für eine solche Erkrankung gibt es keine Behandlungsmöglichkeiten«, sagte er. »Zumindest noch nicht. Es gibt noch vieles, was wir über das Herz nicht wissen.«

Ich kam mir irgendwie dumm vor.

Er erklärte mir, dass ich in Freddies Zimmer gehen könne, aber nicht zu lange bleiben und darauf achten soll, ihn nicht zu sehr *aufzuregen*. Was dachten die, was ich vorhatte? Ihn zu Hampelmännern zu überreden? Ich sagte dem Doktor, dass Freddie und ich wie Vater und Tochter wären und dass es ihm guttun würde, mich zu sehen.

Freddie hatte das Zimmer nicht für sich allein. Ein Vorhang trennte den Raum in zwei Teile und im ersten Bett lag ein an Schläuchen und ähnlichem Kram angeschlossener alter Mann. Ich huschte schnell an ihm vorbei und bog um den Vorhang. Liebes Tagebuch, für einen Augenblick blieb mir die Luft weg. Ich hatte den großen, starken Freddie noch nie in einem so mitleiderregenden Zustand gesehen. Er lag natürlich in seinem Bett und trug eine Sauerstoffmaske auf dem Gesicht. In seinem Arm steckte ein Schlauch, der zu einem von diesen Beuteln mit einer klaren Flüssigkeit darin hinaufführte. Seine Augen waren geschlossen. Er hatte wieder etwas Farbe im Gesicht, aber er schien mir irgendwie kleiner und älter geworden zu sein. Mir war zum Heulen zumute.

»Freddie?«, flüsterte ich, lief an die Seite des Bettes und legte vorsichtig meine Hand auf seine. »Freddie?«

Flatternd öffneten sich seine Augen. Als er mich erkannte, lächelte er unter seiner Sauerstoffmaske. Mit der anderen Hand griff er nach oben und nahm sie sich vom Gesicht.

»Hallo, Judy.« Seine Stimme klang leise und schwach.

»Oh Freddie.« Ich deutete auf die Maske. »Solltest du die nicht besser tragen? Du brauchst nichts zu sagen.«

Er schüttelte kaum wahrnehmbar den Kopf. »Ist schon okay. Ich kann sie hin und wieder für ein paar Minuten abnehmen. Schließlich muss ich ja auch was essen, weißt du? Heute Morgen habe ich Frühstück bekommen.«

Ich wusste nicht, was ich sagen sollte. »Ich ... ich denke, du bist hier in guten Händen.«

Freddie rollte mit den Augen. »Was Herzinfarkte angeht, sind das alles Quacksalber. Die wissen nicht, was sie tun. Ich soll mich einfach nur ausruhen, Herrgott nochmal, für wer weiß wie lange.«

»Sie sagten, dass du für ein paar Wochen hierbleiben wirst.«

Er nickte. »Judy, du wirst das Gym leiten müssen. Ich werde eine Weile niemanden trainieren können. Kannst du das übernehmen?«

»Natürlich! Und wenn die Kerle nicht von mir trainiert werden wollen, haben sie eben Pech. Mach dir keine Sorgen. Und ich sag den Stammkunden, dass sie dich besuchen sollen.«

Freddie zuckte ein wenig zusammen und sagte: »Warte mal besser noch eine Woche oder so, bevor du ihnen das sagst.«

Ich lachte. »Okay, Freddie.«

Er seufzte schwer. »Ich könnte töten für eine Zigarette.«

Dieses Mal war *ich* es, die den Kopf schüttelte. »Ich fürchte, das ist nicht erlaubt.«

»Ich weiß. Ich muss aufhören. Für immer. Das wird die Hölle werden. Ich bin nicht sicher, ob ich das schaffe.«

»Natürlich schaffst du das, Freddie. Ich werde dir helfen.«
»Ich soll auch das Trinken einschränken.«
»Das sollte nicht allzu schwer werden.«
»Ich bin zur Hälfte Ire. Wusstest du das?«
Ich lachte. »Nein, ich glaube nicht. Aber es ergibt Sinn.« Nach einer kleinen Pause fragte ich ihn, ob er Schmerzen hätte. Er verneinte, sagte, dass sie ihm Schmerzmittel gegeben hätten. Auf der Ablage neben seinem Bett lag ein Zettel, auf den der Doktor Medikamente geschrieben hatte, die er nehmen sollte. Ich habe sie mir abgeschrieben, damit ich sie richtig wiedergeben kann: Chinidin und Nitroglyzerin. Bisher dachte ich immer, Letzteres wäre so eine Art Sprengstoff, wie Dynamit. Aber was wusste ich schon?

Nach einer Weile merkte ich, dass er müde wurde, also ließ ich ihn allein. Aber ich wollte noch nicht nach Hause gehen. Ich dachte mir, dass ich ihn eine Weile ausruhen lasse und nach dem Essen noch einmal nach ihm sehen würde. In der Krankenhauslobby rief ich Lucy von einem Telefon aus an und erzählte ihr, was passiert war. Sie bot an, zu mir zu kommen und mir Gesellschaft zu leisten, also schlug ich vor, dass wir uns irgendwo in der Nähe des Bellevue zum Mittagessen treffen könnten. Und das taten wir dann auch. Ich kann mich nicht mehr erinnern, wo wir aßen, aber das Diner glich dem East Side Diner sehr. Ich fürchte, ich war keine gute Gesellschaft. Lucy aber sagte, ich solle mir keine Gedanken machen. Freddie würde schon wieder auf die Beine kommen. Viele Leute erholten sich von Herzattacken und lebten ein langes Leben. Ja, vielleicht. Aber ich fürchtete, dass *noch mehr* Leute sich *nicht* wieder erholten und ein solcher Zwischenfall bedeutete, dass ihnen nicht mehr viel Zeit auf Erden blieb.

Lucy sprach die meiste Zeit über sich und Peter und die Hochzeit. Das meiste davon ging mir dabei zu einem Ohr hinein und zum anderen wieder hinaus. Ich war tatsächlich dankbar, als wir endlich aufstanden, um die Rechnung zu bezahlen.

Ich besuchte Freddie am Nachmittag noch einmal für ein paar Minuten, aber er schien noch müder als beim ersten Besuch zu sein. Ich hielt es für das Beste, ihn allein zu lassen. Ganz sicher würde er mit der Zeit wieder zu Kräften kommen.

Er wird wieder gesund werden.

Das sagte ich mir immer und immer wieder, während ich den Bus zurück ins East Village nahm.

Also hab ich mir vor einer Weile etwas zum Abendessen gemacht und allein ferngesehen. Es fühlte sich seltsam an, ohne Freddie in unserem Apartment zu sein. Es machte mich sehr traurig. Das Einzige, was mich ein wenig aufheiterte, war etwas, dass ich in den Nachrichten sah.

Heute verkündete Senator John Kennedy, für das Amt des Präsidenten zu kandidieren. Ich mag ihn. Er sieht gut aus und scheint klug zu sein. Ich kann nicht glauben, dass ihn so viele Amerikaner nicht als Präsidenten haben wollen, nur weil er Katholik ist. Wieso sollte das für einen Unterschied machen? Jemand fragte ihn mal, ob er sich deswegen Sorgen mache, und Kennedy antwortete, dass uns einzig und allein interessieren sollte, ob ein Kandidat an die Trennung zwischen Kirche und Staat glaubt oder nicht. Was für eine großartige Antwort!

Nachdem ich das Geschirr abgespült hatte, wurde ich etwas rastlos. Ich musste meine Nervosität abbauen. Ich dachte daran, hinunter ins Gym zu gehen und ein wenig mit den Gewichten zu trainieren, aber ich wollte ebenso ein wenig frische Luft schnappen, auch wenn es draußen eisig war.

Also wird die Black Stiletto heute ihren ersten Auftritt in 1960 haben.

3 | Judys Tagebuch

1960

3. Januar

Es ist spät in der Nacht. Eigentlich ist es früher Morgen, zwei Uhr. Ich bin gerade zurück in meinem Apartment. Und ich bin verletzt. Ich weiß noch nicht, wie schlimm. Mein Gesicht ist das reinste Schlachtfeld und es fühlt sich an, als wäre jeder einzelne Knochen in meinem Körper gebrochen.

Die Black Stiletto schlüpfte gegen 22 Uhr in die Nacht hinaus. Wie üblich kletterte ich auf das Dach des Gyms, sprang hinüber auf das angrenzende Gebäude auf der 2nd Street, fand meinen Lieblingstelefonmast, glitt daran hinunter und war auf der Straße. Niemand sah mich. Es war kalt draußen, also trug ich mein wärmeres Stiletto-Outfit. Ich war mit meinem Messer ausgestattet, dass in einer Scheide an meinem Bein steckte, dem kleineren Messer in meinem Stiefel, meinem Seil und den Haken, einer Taschenlampe und meinem Rucksack.

Ich war wütend wegen Freddie. Ich hasste es, ihn in diesem Zustand sehen zu müssen, und deshalb wollte ich ein oder zwei Straßengangster aus dem Rennen nehmen. Ob ich irgendwo einen Raub vereiteln würde? Irgendwer, der versuchte, einen Schnapsladen auszurauben?

Ich hoffte es wirklich. Also begab ich mich nach Westen, zur Bowery, was immer ein heißes Pflaster war. Ein Großteil der nord-südlichen Verbindungsstraße war ziemlich heruntergekommen. Unglücklicherweise schien es aber selbst den Ganoven zu kalt zu sein, um sich draußen herumzutreiben. Die waren alle drin und betranken sich. Wenn ich mich am Silvesterabend nicht so spektakulär zugeschüttet hätte, hätte ich mich ihnen vielleicht sogar in einer ihrer Absteigen angeschlossen.

Etwas weiter westlich befand sich Little Italy. Ich huschte von Schatten zu Schatten, bis ich mich schließlich auf der Mulberry und Grand wiederfand. Für einen kurzen Augenblick spürte ich einen dumpfen Schmerz in meinem Herzen. Ich musste an Fiorello denken und wie sehr ich ihn vermisste. Seit wir zusammen waren, war so viel Zeit vergangen, aber es erschien mir, als wäre es erst gestern gewesen. Ohne Fiorellos Tod hätte es keine Black Stiletto gegeben. Es entbehrt nicht einer gewissen Ironie, dass er auf der einen Seite mein Freund und Liebhaber, auf der anderen Seite aber ein Killer gewesen war, ein Mafia-Söldner, der Befehle von Kriminellen entgegengenommen hatte. Damals war ich sehr naiv gewesen.

Einige der italienischen Restaurants hatten noch geöffnet. Ich roch den satten Essensduft in der Luft und mein Magen begann zu knurren. Das Abendessen, das ich mir zubereitet hatte, konnte sich nun wirklich nicht mit einem dampfenden Teller Pasta mit Fleischbällchen messen. Während ich mich in einem abgedunkelten Hauseingang versteckte, sah ich zu, wie die Stammkunden das Etablissement verließen, zur Straßenecke liefen und sich Taxen riefen. Ich musste verrückt sein, dort zu hocken und zu zittern, aber die Straße brachte warme Erinnerungen zurück.

Schließlich war es an der Zeit, weiterzuziehen, was ich auch tat. Ich wandte mich nach Süden, an der Broom- und Grand-Street vorbei, aber nirgendwo fand ich Anzeichen auf ein Verbrechen. Ich beschloss, dass ich mir noch fünfzehn Minuten geben würde – weil ich mir langsam den Hintern abfror – und dann wieder nach Hause gehen würde.

Auf den Straßen südlich der Canal Street schien mehr los zu sein. Ich hatte nie viel Zeit in Chinatown verbracht, außer wenn ich mit Lucy oder Freddie dort war, um deren fantastisches Essen zu genießen. Es war eine grundverschiedene Welt, beinahe wie ein eigenes kleines Land innerhalb der sehr viel größeren Stadt drumherum. Und genau das ist es ja auch. Eine Gemeinschaft, die nach ihren eigenen Regeln und Gebräuchen lebt. Auf eine gewisse Weise wirkt das einschüchternd. Ich bin mir sicher, dass alle Weißen so empfinden – wir sind hier Fremde. Die Chinesen sind glücklich, uns zu bekochen, unsere Wäsche zu waschen und unser Geld zu nehmen, darüber hinaus bleibt ihr Leben aber ein Mysterium.

In Chinatown gab es noch mehr Restaurants als in Little Italy, und viele davon waren noch geöffnet. Der Geruch von Frühlingsrollen und gekochtem Schweinefleisch schwebte durch die Luft und mein Magen begann erneut grummelnde Geräusche von sich zu geben. Was würde wohl passieren, wenn ich einfach so in einen der Läden spazierte und mir Hühnchen und Brokkoli mit frittierten Klößchen zum Mitnehmen bestellen würde? Darauf hatte ich jetzt noch mehr Appetit als auf Pasta.

Aber ich lief weiter, huschte von Hauseingang zu Hauseingang, hielt mich von den Lichtkegeln der Straßenlaternen fern und spähte an den seltsamen Gebäuden hinauf, die mit chinesischen Schriftzeichen bedeckt waren. Einige waren auch in Englisch beschriftet, die meisten von ihnen aber nicht. Einige der englischen Übersetzungen waren irgendwie lustig, wie etwa das *No-Louding*-Schild vor einer Tür oder der Hinweis in einem Ladenfenster, der besagte: *Bitte geben Sie Acht, es nicht zu zerbrechen, es geht zu Bruch.* Die Neonschilder waren farbenfroh und exotisch, und plötzlich fühlte es sich für mich mehr so an, als wäre ich nicht mehr in Amerika. Ich war noch nie irgendwo außerhalb der Vereinigten Staaten gewesen, doch so in etwa musste es sich wahrscheinlich anfühlen.

Die Läden waren alle geschlossen, aber ich verbrachte etwas Zeit damit, mir die verschiedenen Kleider in den Schaufenstern anzusehen. Sie nennen sie *Cheongsams*. Das weiß ich deshalb, weil es an einem der Läden auch in englischer Schrift angeschrieben stand. Es gab alle erdenklichen Sorten von Sandalen und Tüchern. Ich beschloss, eines Tages noch einmal hierher zu kommen – dann aber nicht als Stiletto! – und mir etwas zu kaufen. Das war alles sehr hübsch. Ich konnte Freddies Gesicht förmlich vor mir sehen, wenn ich eines Abends komplett in Seide gehüllt in seine Küche stolzieren würde.

Während ich meine Erkundungen fortsetzte, hörte ich die Stimmen der Menschen auf den Straßen und aus den Bars und Restaurants hallen. Ihre Sprache war melodiös und ihr Lachen ansteckend. Auf gewisse Weise ähnelte es dem Japanischen, das Soichiro sprach, unterschied sich aber auf der anderen Seite auch wiederum sehr davon. Es glich *noch mehr* einem Singsang, denn die Chinesen zogen die Vokale weiter in die Länge. Zumindest dachte ich, dass das ihre Vokale waren, aber woher sollte ich es auch genauer wissen?

Als ich die Bayard Street erreichte, reichte es mir. Noch länger in der Kälte und ich würde zur Black Icicle erstarren, haha. Ich überquerte die Mott Street und bog links auf die Elizabeth ab. Das dunkle Schaufenster einer Ladenzeile fiel mir ins Auge. Es war voller Spielzeug und Puppen. Es war eigenartig, Puppen mit asiatischen Gesichtern zu sehen. Das kannte ich so nicht. Die weiblichen Puppen waren ebenfalls in Cheongsams gehüllt. Die Jungspuppen trugen weite Hosen und lange Jacken mit hohen, steifen Kragen. *Puppen in Mao-Kleidung*, stand auf einem kleinen Schild in Englisch und Chinesisch. Da begriff ich, dass es sich bei ihnen um Nachbildungen von Mao Tse-Tung handelte! Ob das schon als kommunistische Propaganda durchging? Wahrscheinlich nicht. Das hier war Amerika, und letzten Endes handelte es sich dabei schließlich nur um Kinderspielzeug.

Während ich vor dem Schaufenster stand, hielt direkt gegenüber auf der anderen Straßenseite ein Wagen am Randstein an.

Schnell huschte ich in einen dunklen Häusereingang und kauerte mich dort zusammen, wo mich niemand sehen konnte. Die New Yorker Cops waren noch immer auf der Suche nach mir und ich durfte nicht zu viele Risiken eingehen. Aber während ich darüber nachdachte, fiel mir auf, dass ich während meines Streifzuges durch Little Italy und Chinatown noch keinen einzigen Polizisten gesehen hatte. Normalerweise kann ich nachts kaum vor die Tür, ohne wenigstens einem Streifenwagen zu begegnen.

Das Fahrzeug auf der anderen Straßenseite war ein schwarzer Buick. Er sah blitzblank und nagelneu aus. Mit Autos kenne ich mich nicht besonders gut aus, aber es genügt. Dieser Wagen gehörte jemand Wohlhabendes. In dem Fahrzeug saßen zwei Männer, der Fahrer und ein Beifahrer. Der Wagen hatte direkt vor dem Lee-Noodle-Restaurant gehalten. In dem Laden brannte noch Licht, aber ich konnte drinnen nichts erkennen, weil einer von diesen dekorativen asiatischen Raumteilern vor dem Fenster stand.

Solange die Männer dort in dem Wagen saßen, wollte ich mein Versteck nicht verlassen, also wartete ich. Nach einer Weile stieg der Beifahrer aus dem Auto. Er war ein Chinese, vielleicht zwanzig oder dreißig Jahre alt. Es ist schwierig, das Alter von Asiaten zu schätzen. Der Mann trug einen schweren Mantel, aber keinen Hut. Zielstrebig hielt er auf die Eingangstür des Restaurants zu und versuchte sie zu öffnen. Sie war verschlossen, der Laden hatte also bereits geschlossen. Laut hämmerte er an die Tür. Und dann noch einmal. Schließlich erschien ein älterer chinesischer Mann. Der Neunankömmling bellte ein paar Worte. Er klang wütend. Der ältere Mann schloss die Tür auf und ließ ihn herein. Beide verschwanden. Der Motor des Wagens lief unterdessen weiter. Auspuffgase stiegen hinten aus dem Fahrzeug und erzeugten einen dicken, grauen Nebel, der die Straße füllte.

Es wurde von Minute zu Minute kälter, und ich erinnere mich noch, wie ich bei mir dachte, dass sich der Kerl im Restaurant besser beeilen sollte, damit ich nach Hause gehen und mir eine heiße Schokolade machen konnte.

Und dann hörte ich die vier Schüsse, gefolgt vom Schrei einer Frau.

Ich zögerte keine Sekunde. Blindlings rannte ich über Straße, umrundete das Auto im Leerlauf und stürmte durch die Tür, die er ältere Mann unverschlossen gelassen hatte. Ich betrat ein kleines Restaurant, wo sich mir ein schrecklicher Anblick bot. Der alte Mann lag zwischen zwei Tischen auf dem Rücken. Auf seinem weißen Hemd prangten zwei schwarz-rote Einschusslöcher und Blut lief ihm über die Brust. Ein anderer Chinese, ebenfalls grauhaarig, hing zusammengesunken über einem der Tische. Auch er war erschossen worden.

Der Beifahrer aus dem Auto wirkte aus der Nähe jünger. Er schien eher Anfang Zwanzig zu sein. Seine Pistole hielt er auf eine verängstigte Frau und einen Jungen im Teenageralter gerichtet. Beide ebenfalls Chinesen. Angsterfüllt klammerten sich die beiden aneinander. Die Frau weinte und stammelte etwas in ihrer Sprache. Es war eindeutig, dass der Gangster auch sie erschießen wollte.

Der Schütze bemerkte mich und schwenkte die Waffe in meine Richtung. Ich reagierte sofort mit einem *Yoko-Geri* – einem Seitwärtstritt – und entwaffnete meinen Gegner. Das überraschte ihn, und ich gab ihm nicht die Gelegenheit, zu reagieren. Ich trat auf ihn zu, um ihm einen schallenden Schlag gegen den Kiefer zu verpassen. Sein Kopf schnellte als Reaktion darauf zurück, aber er fiel nicht nach hinten um. Ich wechselte sofort meine Angriffstechnik und holte mit der Linken zu einem Schlag aus, doch er wehrte ihn geschickt mit einem *Harai-Te* ab, einer schwungvollen Handbewegung, die meine Attacke kraftvoll zur Seite ablenkte. Noch bevor ich wirklich verstand, was soeben passiert war, spürte ich einen gewaltigen Schmerz in meiner Magengrube. Er hatte mich getreten! Und dann, während ich noch dabei war, mich zusammenzukrümmen, ließ er drei schnelle und harte Hiebe auf mein Gesicht niederprasseln. Eine Schlagabfolge, die ich noch nie zuvor gesehen hatte. Unnötig zu erwähnen, dass ich davon zu Boden ging.

Die Frau schrie nun noch lauter.

Der bewaffnete Killer wollte hinausstürmen, doch dazu musste er an mir vorbei. Ich war noch so geistesgegenwärtig, mein Bein in die Höhe zu reißen, als er über mich sprang. Er stolperte, krachte in einen Tisch und riss die Tischdecke und Gewürze hinunter.

Dann hatten wir auch schon Gesellschaft bekommen – der Fahrer des Wagens hatte das Restaurant betreten. Auch bei ihm handelte es sich um einen jungen Chinesen. Während sein Kumpel sich aufrappelte, hielt dieser direkt auf mich zu. Ich rollte mich ab und sprang auf die Beine, als er mich auch schon mit Martial-Arts-Techniken traktierte, die unvorstellbar für mich waren. Liebes Tagebuch, ich hatte einen schwarzen Gürtel in *Karate* und *Judo* erlangt, aber diese beiden Kerle hatten etwas ganz anderes auf dem Kasten. Wenn ich jetzt so darüber nachdenke, muss es wohl der Unterschied zwischen chinesischer und japanischer Martial-Arts gewesen sein. Doch was immer es auch war – ich war ihnen unterlegen.

Aber ich hielt mich wacker. Die nächsten dreißig Sekunden bestanden aus einem Hagel von Abwehrschlägen, Frontal- und Seitwärtstritten und meinen *Halbmond*-Kicks, von denen einer den zweiten Mann schließlich auf die Bretter schickte. *Judo*-Würfe waren unmöglich, dafür kam ich einfach nicht nahe genug an meine Gegner heran. Sie besaßen die Fähigkeit, mich immer wieder mit schnellen Schlägen und Tritten einzudecken, und es tat verdammt weh. Ich tat mein Bestes, ihre

Manöver vorauszuahnen, wie es Soichiro mir beigebracht hatte, doch kaum etwas davon funktionierte. Es schien, als wäre ihre Technik eigens dafür entwickelt worden, es mit meiner aufnehmen zu können. Die beiden Männer bewegten sich ungeheuer schnell und setzten dabei ihren gesamten Körper aufs Akrobatischste dafür ein, mit ihren Fäusten, Handflächen und Füßen schmerzhafte Treffer landen zu können.

Es dauerte nicht lange, bis sie mich gegen eine Wand getrieben hatten. Ich gab alles, um mich zu verteidigen, aber ich verlor. Erst jetzt hatte ich Gelegenheit, sie mir etwas genauer anzusehen. Die Wange des Schützen, links von mir, war mit Pockennarben übersät, und von seinem linken Mundwinkel zog sich eine Narbe über sein Kinn. Der andere Kerl war unscheinbarer, aber ich bemerkte, dass er im Gegensatz zu den meisten Chinesen blaue anstatt brauner Augen besaß.

Sehr viel mehr Schläge konnte ich nicht mehr einstecken, also griff ich nach meinem letzten Strohhalm – ich zog mein Stiletto und streckte ihnen die Spitze entgegen. Nun arbeiteten beide Männer als Team zusammen. Pockengesicht deutete einen Tritt an, also bereitete ich mich darauf vor, diesen abzuwehren, aber es war Blauauge, der tatsächlich nach mir trat, was ich nicht kommen sah. Sein Tritt schlug mir das Messer aus der Hand und ließ es durch den Raum segeln. Dann holte Pockengesicht zu einem Tritt aus, der dem *Ushiro-Geri* ähnelte, den ich kannte, aber doch *anders* war, und traf mich hart im Gesicht. Ich ging zu Boden, sah Sterne und es klingelte in meinen Ohren. Wahrscheinlich habe ich auch für ein oder zwei Sekunden das Bewusstsein verloren, denn das Nächste, woran ich mich erinnere, war, dass die Frau wieder schrie. Ich blickte auf und traute meinen Augen kaum.

Der Teenager kämpfte nun gegen die beiden Killer und er benutzte dabei dieselbe Technik wie seine Gegner. Die Frau, bei der es sich zweifellos um seine Mutter handelte, flehte ihn an, damit aufzuhören. Eine Übersetzung ihre Worte war nicht nötig. »Hör auf, sie bringen dich sonst um.«

Benommen, etwas verletzt, und ja, ein wenig aus Mund und Nase blutend, zwang ich mich, aufzustehen. Ich hatte keine Ahnung, wie alt der Junge genau war, aber wenn mir ein vierzehn- oder fünfzehnjähriger Junge zu Hilfe geeilt war, dann würde ich bei Gott dasselbe auch für ihn tun!

Also schloss ich mich dem Handgemenge an. Und der Junge war wirklich gut! Er stand seinen Mann. Ich erinnere mich noch, dass er an einem Punkt hinter einem Tisch stand, auf dem noch etwas schmutziges Geschirr herumstand. Der Junge packte die Tischdecke, zog daran und ließ sie so in die Luft wirbeln, dass die Teller wie Raketen auf Blauauge zurasten. Die Tischdecke breitete sich in der Luft aus und senkte sich wie ein Baldachin über den Kopf des Mannes herab. Auf diese Weise seiner Sicht beraubt, war er für einen kurzen Moment hilflos. Der Junge sah mich an und nickte mir zu. Ich war an der Reihe. Also deckte ich den von der Tischdecke eingehüllten Eindringling mit einer einfachen Dreierkombination aus amerikanischen Boxschlägen ein.

Doch als ich für einen kurzen Moment nicht aufpasste, überwältigte mich Pockengesicht. Ich muss wohl noch von dem Kampf zuvor beeinträchtigt gewesen sein, denn ich hatte nicht bemerkt, dass er sich mir genähert hatte. Normalerweise konnte ich *jeden* Angriff vorhersehen, doch dieses Mal klappte es nicht. Etwas Hartes und Schweres traf mich seitlich am Kopf und der Lärm um mich herum erstarb. Es war, als hätte man mich unter Wasser gedrückt. Alles um mich herum verschwamm, dann tätschelte mir jemand sanft das Gesicht.

»Lady! Lady!«

Ich hob die Hand, damit er aufhörte. Ich sah immer noch verschwommen, wusste aber, dass es der Junge sein musste. Er kniete neben mir.

Ich hörte seine Mutter wimmern. Drehte den Kopf. Sie hatte sich über die Leiche des älteren Mannes geworfen und jammerte kummervoll.

Dann drang ein anderes, mir wohlbekanntes Geräusch in meine Ohren. Polizeisirenen, die sich schnell näherten.

»Sie schnell gehen!«, sagte der Junge. Er hielt mir mein Stiletto entgegen.

»Wohin?« Ich sah mich in dem Restaurant um.

»Männer sind weg. Sie jetzt gehen! Schnell!«

Ich nahm mein Messer und steckte es in die Scheide. Der Junge half mir auf. Mir tat alles weh.

Liebes Tagebuch, wir haben das ganze Restaurant demoliert. Soweit ich mich erinnerte, standen hier mindestens zehn Tische, dazu eine Bar, ein Kassentresen und eine Schwingtür, die in die Küche führte. Als alles vorüber war, waren gerade noch drei Tische unberührt stehengeblieben.

Ich deutete auf die Frau und den toten Mann. »Deine Mutter?«

Der Junge nickte.

»Dein Vater?«

Er nickte wieder und seine Augen füllten sich mit Tränen. Dann wies er auf den anderen toten Mann. »Mein Onkel.«

Die Sirenen wurden lauter und kamen immer näher.

»Danke«, sagte er. »Jetzt Sie gehen!«

Das musste er mir kein zweites Mal sagen. Das Letzte, was ich gebrauchen konnte, war, dass man die Black Stiletto mit einem Doppelmord in Chinatown in Verbindung brachte.

Also humpelte ich davon. Die eiskalte Luft traf mich wie ein Schlag, half aber dabei, meine Sinne wiederzubeleben. Ich riss mich zusammen und verschwand auf der Elizabeth nach Norden, hielt mich in den Schatten und schaffte es so sicher ins Gym zurück.

4 | Maggie

Heute

Die Arbeit im Woodlands-Pflegeheim umfasst nur einen kleinen Teil meiner Tätigkeit, aber von allen erfüllt sie mich wahrscheinlich am meisten. Ich besuche das Heim zweimal pro Woche und untersuche eine Reihe von Patienten, oder Bewohner, wie sie von dem Personal dort genannt werden. Ein Pflegeheim ist normalerweise die letzte Station für diese Menschen auf ihrem Weg durchs Leben. Niemand spricht es gern laut aus, aber dort gehen die Menschen hin, um zu sterben. Das Personal – und ich – versuchen, diese Erfahrung für sie so angenehm und komfortabel wie möglich zu gestalten. Bei jenen Patienten, denen noch etwas Zeit bleibt, behandle ich alle Arten von Erkrankungen. Demenz ist davon wahrscheinlich die Häufigste. Alzheimer ist eines meiner Spezialgebiete, obwohl ich zugeben muss, dass es eine Menge gibt, was ich oder wir noch nicht über diese Krankheit wissen. Es gibt Medikamente, mit denen sich die Begleiterscheinungen behandeln lassen, aber ein Heilmittel existiert bis zum heutigen Zeitpunkt nicht.

Meine eigene Praxis befindet sich in Lincolnshire. Ich teile sie mir mit drei weiteren Ärzten, die alle auf Innere Medizin und Altenpflege spezialisiert sind. Ich kann Ihnen gar nicht sagen, wie stolz ich war, als ich meinen Namen auf einer der Glastüren lesen konnte: »Margaret H. McDaniel, M.D.« Es war ein langer, steiniger Weg bis dorthin, und ich habe es geschafft, die Praxis seit zwölf Jahren am Laufen zu halten. Mit einunddreißig Jahren hatte ich sie eröffnet. Jetzt bin ich dreiundvierzig und ich kann mir ein anderes Leben nicht mehr vorstellen. Ich nehme meinen Beruf sehr ernst.

Was meine Patienten betrifft, möchte ich gern so gewissenhaft wie nur möglich verfahren. Je mehr man über einen Patienten mit Alzheimer weiß, desto besser. Sie haben es hier mit dem kompletten *Leben* einer Person zu tun. Und damit meine ich Erinnerungen. Wir alle nehmen unsere Erinnerungen als selbstverständlich hin, bis wir anfangen, sie zu verlieren. Deshalb kenne ich gern die komplette Lebensgeschichte eines Patienten, seine oder ihre Biografie, alles, was mir dabei helfen könnte, den Patienten dabei zu helfen, etwas von ihrer sehr flüchtig gewordenen Vergangenheit zu erhalten.

Und deshalb bereitet mir der Fall von Judy Talbot solche Kopfzerbrechen.

Judy – ich rede meine Alzheimer-Patienten gern mit dem Vornamen an, weil es mir so leichter fällt, mit ihnen zu kommunizieren – lebte bereits im Woodlands, als ich dort anfing. Sie ist dreiundsiebzig Jahre alt, doch ihr Zustand lässt sie älter wirken. In ihrem Fall begann die Erkrankung unverhofft und schnell. Nach nur wenigen Jahren befand sie sich bereits in einem fortgeschrittenen Stadium, während es bei den meisten Patienten sechs bis zehn Jahre dauert, um von ersten leichten Symptomen über moderate Probleme bis zu jenem Stadium zu gelangen. Ihr Fall ist nicht ungewöhnlich, nur nicht allzu häufig anzutreffen. Im Moment ist Judy noch in der Lage, sich verständlich zu machen, auch wenn es ihr oft schwerfällt, sich an die richtigen Worte zu erinnern. Sie spricht nur das Allernötigste, meist gebräuchliche Redewendungen, die der Situation angemessen sind, wie »Danke«, »Ja«, »Nein«, »Das ist nett«, »Hallo« und »Auf Wiedersehen«. Ihr Langzeitgedächtnis scheint sie komplett verloren zu haben, auch wenn Martin mir erzählt, dass sie ihn gelegentlich mit ein oder zwei Sätzen überrascht, die sich auf irgendein Ereignis ihrer Vergangenheit beziehen.

Judy zeigt keinerlei Anzeichen für Aggressionen, Wutausbrüche oder Umherirren. Sie hat auch noch keine abendliche Verwirrtheit gezeigt. Die Patientin ist damit zufrieden, dazusitzen und aus dem Fenster zu starren oder fernzusehen. Sie ist eine der ruhigsten Patientinnen mit Alzheimer, die ich je gesehen habe. Das Personal im Woodlands sorgt dafür, dass sie tägliche Spaziergänge durch die Flure unternimmt und hinaus in den Garten geht, wenn das Wetter schön ist. Früher muss Mrs. Talbot einmal sehr athletisch gewesen sein, denn ihr Muskeltonus ist für eine Frau ihres Alters und in ihrem Zustand höchst außergewöhnlich. Abgesehen von ihren Muskeln ist sie jedoch fürchterlich untergewichtig und daher dünn und zerbrechlich. Trotzdem überrascht sie das Personal immer wieder mit ihrer Stärke. Wie ich hörte, gab es vor meiner Zeit im Woodlands einen Zwischenfall, bei dem sie einen Mordverdächtigen mit einem Tritt in die Weichteile ausschaltete! Das hätte ich zu gern gesehen. Und seit ich diese Geschichte gehört habe, mache ich mir um die ganzen Narben und Wunden am Körper dieser Frau noch mehr Sorgen.

Ganz gewiss gibt es Erinnerungen, die mit diesen zusammen hängen.

Einmal fragte ich Martin, ihren Sohn, ob seine Mutter beim Militär gewesen sei. In meinen Anfangstagen arbeitete ich mit Kriegsveteranen, und ich weiß, wie Kampfnarben aussehen. Für mich hat es den Anschein, als wäre Judy Talbot im Krieg gewesen. Auf ihrer Haut finden sich unzählige Narben, darunter eine sehr große an ihrer rechten Schulter, die bis zu ihrer Brust hinabreicht. Ich bin sicher, dass sie von einer Art Messer stammt. Wer immer die Wunde genäht hat, muss ein Anfänger gewesen sein. So sehen Narben aus, wenn sie auf dem Schlachtfeld behandelt werden und kein professioneller Arzt greifbar ist. Noch verstörender sind die beiden alten Schusswunden. Eine befindet sich an ihrer linken Schulter, direkt unter dem Schlüsselbein, die andere auf der linken Seite ihres Abdomens.

Nun, wenn Judy Talbot diese Wunden nicht bei der Armee erlitten hat, wie hat die alleinerziehende Mutter aus der Vorstadt sie sich dann zugezogen?

Martin behauptet, es nicht zu wissen.

Ich glaube ihm nicht.

In den letzten Monaten habe ich Martin sehr zu schätzen gelernt. Wir haben angefangen, uns zu *daten* – ich schätze, so nennt man das wohl – und wir genießen die Zeit zusammen. Als ich ihn das erste Mal sah, fand ich ihn ein wenig *nebech*, um einen Ausdruck zu bemühen, den mein jüdischer Großvater gern benutzte. Er ist kein unattraktiver Mann und mit zehn Kilo weniger würde er großartig aussehen. Zuerst war er arbeitslos und schien in meiner Gegenwart sehr nervös zu sein. Jetzt weiß ich, dass er das war, weil er mich attraktiv fand, und das ist sehr schmeichelhaft, weil ich mich selbst gar nicht so empfinde. Martin hat jetzt wieder einen Job und ist nun weniger nervös, aber er neigt dazu, gestresst und unruhig zu sein. Ich kann mir vorstellen, dass es keine leichte Aufgabe ist, für seine Mutter zu sorgen. Alzheimer kann für die Familien oft härter sein als für den Patienten selbst. Aber, um ehrlich zu sein, glaube ich, dass an der Geschichte seiner Mutter mehr dran ist, als er mir erzählen will. Ich denke, das ist auch der Grund für Martins Anspannung, und weniger ihre Krankheit. Irgendetwas Traumatisches ist ihr – und vielleicht auch ihm – zugestoßen. Zuerst mutmaßte ich, dass Judy Talbot von ihrem Ehemann missbraucht wurde. Martin versicherte mir, dass das nicht der Fall sei, andererseits hat er seinen Vater nie kennengelernt. Martins Vater war eines der ersten Opfer des Vietnamkrieges, zumindest behauptet er das. Auch hier bin ich nicht sicher, ob ich das glauben soll. Lügt Martin oder weiß er es selbst nicht?

Die andere Möglichkeit ist, dass Judy in irgendwelche kriminellen Aktivitäten verstrickt war. Könnte sie eine gesuchte Flüchtige sein, die sich viele Jahre unter falschem Namen versteckte? Falls dem so ist, halte ich es für meine Pflicht, die Wahrheit herauszufinden.

Martin und ich sind heute Abend zum Essen verabredet. Daran ist nichts verwerfliches – denn offiziell bin ich nicht die Hausärztin seiner Mutter, auch wenn diese sie kaum noch untersucht. Ich mag Judy, und ich mag Martin. Ich möchte ihm gern näherkommen, aber das wird so lange nicht passieren, bis ich ihm wirklich vertrauen kann.

Ich traf mich mit Martin in einem Restaurant namens Kona Grill in Lincolnshire. Dort werden amerikanisch-asiatische Speisen und Sushi angeboten, und zwischen 17 und 19 Uhr gibt es dort eine prima Happy Hour. Die Appetizers gibt es dann zum halben Preis und man kann sich eine komplette Mahlzeit daraus zusammenstellen. Wir waren schon einmal dort gewesen und es gefiel uns. Zudem liegt es recht günstig, denn ich kann nach der Arbeit im Woodlands hier vorbeischauen, und er kommt auf seinem Weg von seinem Büro in Deerfield nach Buffalo Grove ebenfalls hier vorbei.

Er war bereits da und arbeitete an seiner ersten Margarita. Ich mache mir nichts aus Happy-Hour-Drinks und trinke auch nur selten Alkohol, und wenn, dann einen Wein zu einem guten Essen. Martin, soviel ich weiß, neigt zu einem täglichen Cocktail. Aber ich nörgele nicht an ihm herum. Auf die Art habe ich meinen letzten Freund verloren. Er warf mir vor, ich würde mich wie seine Ärztin und nicht wie seine Partnerin verhalten.

»Gut siehst du aus«, sagte er, nachdem er mich auf die Wange geküsst hatte.

»Danke, doch das sagst du jedes Mal, wenn wir uns sehen«, antwortete ich lachend.

»Aber es stimmt.«

»Martin, ich habe den ganzen Tag gearbeitet. Ich sehe sicher müde aus.«

»Deshalb könntest du einen davon gebrauchen.« Er hob sein Glas. »Macht dich gleich wieder munter.«

»Kaffee macht mich munter. Hast du schon was zu Essen bestellt?«

»Noch nicht.«

Die Bedienung erschien und ich ließ mir ein Wasser bringen. Martin und ich entschieden, uns eine Pizza zu teilen, die sie hier *Fladenbrot* nannten, und eine California Roll. Das reichte mir vollauf.

»Ich hab gerade nach deiner Mutter gesehen«, erzählte ich ihm.

»Ich war gestern bei ihr, aber da warst du nicht da.«

»Ich weiß.«

»Wie ging es ihr heute?«

»Wie immer. Ich glaube, sie mag mich. Es heitert sie auf, wenn sie mich sieht.«

»Das ist mit jedem Besucher so. Du solltest sehen, wie sie reagiert, wenn sie Gina sieht. Mom blüht dann regelrecht auf. Ich wünschte, Gina könnte öfter bei ihr sein. Mom wird sie nicht wiedererkennen, oder? Wenn Gina über Weihnachten hier ist, sind es vier Monate oder so, seit sie sie zum letzten Mal gesehen hat.«

»Wenn die Bindung zwischen ihnen so stark ist, wie du sagst, wird sie sich erinnern. Das Bild deiner Tochter steht direkt auf ihrer Kommode und deine Mutter kann es sich jeden Tag ansehen.«

»Ich hoffe, du hast recht.«

»Wie läuft's auf Arbeit?«

Martin zuckte mit den Achseln. »Ach, unverändert. Es ist nicht das, was ich am besten kann oder was mir am meisten gefallen würde, aber es ist Arbeit. Immer noch besser, als Arbeitslosengeld zu bekommen. Sam war heute da. Der ist schon echt eine Nummer für sich. Hat die ganze Zeit nichts anderes getan, als sich über den Weihnachtsrummel aufzuregen – Weihnachtsmusik, Weihnachtsdekoration, Weihnachtsdies und Weihnachtsdas. Seiner Meinung nach sollte Hanukkah so viel Aufmerksamkeit bekommen.«

»Tut es hier in der Gegend doch, oder nicht? Hier gibt es einen sehr großen Anteil von Juden.«

»Ich weiß. Er ist einfach komisch.«

»Mein Großvater war Jude.«

»Wirklich?«

»Ja. Aber meine Großmutter nicht, also blieb nicht viel davon hängen. Er war auch ein ganz eigener Charakter. Er hat mir immer Schokotaler – *Hanukkah gelt* – für meine Weihnachtsstrümpfe geschickt.«

Das Essen kam und wir stürzten uns darauf. Spätestens da merkte ich, dass ihn etwas bedrückte. Normalerweise aß er schnell und redete viel. Aber dieses Mal war er eher schweigsam und stocherte in seinem Essen herum.

»Stimmt etwas nicht, Martin? Geht es dir gut?«, fragte ich.

»Ich weiß nicht. Ich hab dir schon davon erzählt. Ich hab gelegentlich diese wirren Träume. Wenn ich davon aufwache, bin ich den restlichen Tag mies gelaunt und angespannt.« Er winkte ab. »Aber mir geht's gut.«

»Hattest du bereits Erfahrungen mit Depressionen? Nicht nur bei dir selbst, auch bei deiner Mutter?«

»Hmmm, ich glaube nicht. Zumindest nichts, was man eine klinische Depression nennen würde. Ich meine, jeder ist dann und wann mal niedergeschlagen, oder? Nach meiner Scheidung war ich deprimiert. Ich war depressiv, als ich arbeitslos war. Aber jetzt geht es mir gut. Das war normal, denke ich. Oder nicht?«

»Sicher, so lange, bis es dich in deinem Alltag einzuschränken beginnt. Was ist mit deiner Mutter?«

»Sie trank recht viel, während ich aufwuchs. Als ich aufs College ging, wurde es richtig schlimm, denke ich. Das war die Zeit, wo unser Haus langsam aber sicher verfiel. Als ich nach Hause kam, um sie zu besuchen, merkte ich, dass sie mehr trank. Aber weißt du was? Sie hielt sich weiter fit. Sie hatte einen Boxsack im Keller und schlug jeden Tag ihres Lebens darauf ein. Und sie ging Laufen. Aber ich kann nicht sagen, ob sie wirklich eine Alkoholikerin war oder nicht, denn ich hab sie nie betrunken erlebt, weißt du? Sie hielt sich ziemlich gut.«

»Das heißt nicht, dass sie keine Alkoholikerin war ... oder ist.«

»Okay, nun, dann denke ich, dass Mom womöglich für ein paar Jahre depressiv gewesen sein kann.«

Ich nutzte die Chance und bohrte weiter. »Martin, ihr Verhalten könnte etwas mit all den Narben zu tun haben.«

»Maggie, nicht schon wieder.«

»Aber es könnte wichtig sein! Sie hat *Schusswunden*, Martin! Welche gewöhnliche Mutter in einer Kleinstadt hat denn Schusswunden?«

»Ich sagte dir doch schon, dass ich nicht weiß, woher sie die hat. Das war, bevor ich geboren wurde, und sie hat mir nie davon erzählt. Ich wusste nichts von ihnen, bis du mir davon erzähltest.«

Ich wusste, dass er log. Er vermied es, mir in die Augen zu sehen und aß weiter. Also sagte ich: »Dann verstehe ich nicht, wieso du nicht daran interessiert bist, die Geschichte dahinter herauszufinden. Wäre sie *meine* Mutter ...«

»Okay«, blaffte er mich an. »Herrgott, Maggie. Glaubst du, mir macht das keine Sorgen? Ich bin ziemlich neben der Kappe, was meine Mutter betrifft, weißt du? Allein die Tatsache, dass sie in einem Pflegeheim leben muss, ist erschütternd.«

»Ich weiß.« Ich legte ihm eine Hand auf seinen Unterarm. »Es tut mir leid.«

Er begann fahrig zu werden, legte sich eine Hand auf die Brust und atmete schwer.

»Martin?«

Er antwortete mir nicht. Der arme Mann hatte einen Ausdruck reinster *Verzweiflung* im Gesicht.

»Martin, was ist los? Geht es dir gut?«

Er nickte heftig, griff nach seinem Glas Wasser – und warf es um. Der Inhalt ergoss sich über den Tisch und ein wenig über mein Kleid.

»Oh, Mist, tut mir leid«, sagte er, doch sein Tonfall hörte sich an, als würde er jeden Moment anfangen zu weinen. Ich sagte ihm, dass es kein Problem sei, und begann den Schlamassel aufzuwischen und mit einer Serviette meine nassen Kleider abzutupfen.

Dann sagte er: »Ich bin gleich wieder zurück«, stand unverhofft auf und lief eilig zu den Toiletten. Ich wusste, dass mit ihm irgendetwas so gar nicht stimmte. Nach allem, was er mir erzählt hatte, vermutete ich, dass er ernsthafte Probleme mit Depressionen und Unruhezuständen hatte, und nun hatte ich die Bestätigung dafür bekommen.

Nach zehn Minuten wurde ich unruhig. Ich stand auf und wollte schon den Manager bitten, in der Herrentoilette nach dem Rechten zu sehen, als Martin wieder erschien. Er sah blass aus. Seine Augen waren rot, so als hätte er geweint.

»Komm, Martin.« Ich nahm seine Hand und führte ihn zu unserem Tisch zurück. »Sag mir, was du fühlst.«

Er beschrieb mir starkes Herzklopfen, Kurzatmigkeit und tiefe Unruhe. Das Gefühl eines *drohenden Schicksals*. Ich sagte ihm, dass er wahrscheinlich eine Panikattacke erlitten hatte und sich das wieder legen würde. Die nächsten fünf Minuten sprach ich beruhigend auf ihn ein.

»Du wirst nicht sterben, du hattest keinen Herzanfall, sondern nur einen Adrenalinschub, der so nicht auftreten sollte. Das geht wieder vorbei, Martin. Atme einfach tief durch und versuche dich zu entspannen. Würdest du gern gehen?«

Er schüttelte den Kopf.

Nach einer Weile beruhigte er sich tatsächlich.

»Tut mir leid, Maggie.«

»Sei nicht albern. Mit den Symptomen von Angststörungen kenne ich mich ziemlich gut aus. Viele meiner Patienten leiden darunter.«

»Was empfiehlst du ihnen?«

»Ich schicke sie zu einem Psychiater. Zu jemandem, mit dem sie reden können, und der ihnen entsprechende Medikamente verschreiben kann, um ihnen zu helfen.«

Er schüttelte seinen Kopf. »Ein Seelenklempner? Ich will nicht zu einem Klapsdoktor. Kannst du mir nicht was verschreiben?«

»Keine Chance. Ich bin kein Psychiater. Mit den Medikamenten kenne ich mich nicht gut genug aus. Außerdem muss die Dosis individuell auf den jeweiligen Patienten angepasst werden, und das kann nur ein qualifizierter Psychiater. Davon abgesehen sollte ich dich nicht behandeln, wenn wir zusammen sind.«

Ich könnte schwören, dass er zweimal hinhören musste. »Was?«

»Du hast mich schon gehört.«

»Wir sind zusammen? Wirklich?«

»Das ist unser wievieltes Date, unser viertes? Also, ich würde sagen, wir sind zusammen.«

Er nahm meine Hand und sah sehr süß dabei aus. »Maggie, das ... macht mich sehr glücklich.«

»Fühlst du dich besser?«

Er lachte ein wenig. »Klar.«

Der Rest unseres Essens verlief ganz gut. Seine Mutter erwähnte ich nicht wieder. Als wir das Restaurant verließen, verblieben wir so, dass er mich bald wieder anrufen würde. Wir verabschiedeten uns mit einem Kuss, und ich sagte ihm, dass er sich keine Sorgen machen soll. Wenn er wieder eine Attacke erlitt, sollte er sich einfach daran erinnern, dass sie wieder vorbeigehen würde und er ein paar Übungen dagegen machen konnte.

Während ich nach Hause fuhr, dachte ich darüber nach, was ich gesagt hatte, und hoffte, nicht zu vorschnell damit gewesen zu sein. Ja, ich mochte ihn. Er konnte sehr liebenswürdig sein. Er war klug, obwohl er hin und wieder dazu tendierte, sich selbst kleinzumachen. Er brachte mich zum Lachen. Die meiste Zeit war er gut gelaunt, und es war offensichtlich, dass er seine Mutter und seine Tochter liebte. Aber da war eine Wand zwischen uns, und das war die Vergangenheit seiner Mutter. Ich war entschlossen, dieses große Mysterium zu lösen, denn sonst konnte ich mich nicht völlig auf Martin einlassen. Nicht auf eine langfristige, ernsthafte Weise.

Als ich an meinem kleinen Haus in Deerfield ankam, suchte ich die Nummer eines alten Freundes heraus, der als Privatdetektiv arbeitete.

5 | Judys Tagebuch

1960

4. Januar

Ich sehe furchtbar aus, liebes Tagebuch. Mir tut alles weh, und mein Gesicht sieht aus, als hätte mich ein Waffeleisen getroffen. Ich habe eine aufgeplatzte Lippe, einen geprellten rechten Wangenknochen und mein rechtes Auge ist geschwollen. Auf dem Auge sehe ich nur verschwommen. Wenn ich mich zu schnell bewege, kreischt mein gesamter Bauchraum auf, meine Unterarme schmerzen vom Blocken der Schläge, mein Schlüsselbein fühlt sich an, als wäre ein Elefant darauf getreten, und mein Hals tut weh. Zu guter Letzt habe ich heute auch noch meine Periode bekommen, also bin ich aktuell nicht gerade das umgänglichste Mädchen auf der Welt.

Aber ich habe mir nichts gebrochen. Die Verletzungen sind nicht so schlimm, wie sie hätten sein können.

Ich hatte das *Geschlossen*-Schild gestern an der Tür hängenlassen, damit ich ausschlafen konnte. Ich bin nicht vor Mittag aufgestanden, was ungewöhnlich für mich ist. Als ich mich im Spiegel sah, hätte ich am liebsten geheult. Hab ich auch, ein wenig. Dann aber untersuchte ich jeden Zentimeter meines Körpers, bewegte testweise meine Gliedmaßen und kam zu dem Schluss, dass ich auch ohne einen Arztbesuch wieder gesund werden würde. Es sah schlimmer aus, als es tatsächlich war.

Als ich heute Nachmittag Freddie im Bellevue Hospital besuchte, starrten mich alle an. Ich schätze, ich sah wohl so aus, als würde ich *genau dorthin* gehören, haha. Ich fürchtete, dass

Freddie erneut einen Herzanfall bekommen könnte, wenn er mich so sah. Ihm fiel die Kinnlade herunter und Tränen stiegen ihm in die Augen, aber ich erklärte ihm rasch, dass es mir gutging.

»Was ist denn mit dir passiert?«

»Ach, du weißt schon, Boss«, antwortete ich mit einem Flüstern. »Die Stiletto hat gestern Nacht ein paar Probleme bekommen.«

Er zuckte zusammen, als hätte er Schmerzen. »Oh, Judy. Wann wirst du damit aufhören? Du wirst dich noch irgendwann damit umbringen.«

Ich schüttelte den Kopf. »Du solltest es besser wissen, anstatt mich so etwas zu fragen. Ich habe gestern Nacht zwei Menschen das Leben gerettet, aber das forderte seinen Tribut. Das ist alles. Ich bin froh darüber. Aber was ist mit dir? Wie fühlst du dich heute?«

Ich saß etwa eine Stunde bei ihm. Er war noch immer sehr schwach und wurde schnell müde. Wir sprachen darüber, was im Gym zu tun sei. Ich musste eingestehen, dass ich etwas Hilfe brauchen würde, um es am Laufen zu halten, zumindest zeitweise, bis er wieder nach Hause durfte.

»Ich dachte daran, Jimmy zu fragen, ob er eine Weile als Assistent einspringen würde«, sagte ich. Jimmy ist ein wirklich netter Schwarzer, der schon regelmäßig ins Gym ging, noch bevor ich dort zu arbeiten begann. Du weißt ja, ich kenne ihn schon eine ganze Weile, liebes Tagebuch. Er müsste jetzt so Ende dreißig sein, schätze ich. Freddie hielt das für eine gute Idee. Er wies mich an, Jimmy zu bezahlen, und überließ es mir, seinen Arbeitsplan auszuarbeiten. Ich hatte keine Ahnung, was Jimmy sonst noch arbeitete, aber wenn er ablehnte, wusste ich nicht, wen ich sonst noch fragen sollte.

Gestern Abend war ich müde und hatte immer noch Schmerzen, aber ich suchte die Tageszeitung nach einem Bericht über die Schießerei in Chinatown ab. Ich fand nichts, also ging ich ins Bett.

Heute Morgen öffnete ich das Gym. Die Stammkunden, die hereinkamen, sahen mich an und fragten mich, was los sei. Meine Geschichte lautete, dass man mich überfallen hatte. Ein paar der Jungs waren echt süß, wollten *die Bastarde auftreiben und ihnen dann in den Arsch treten*. Dann fragten sie, wieso das Gym die letzten beiden Tage geschlossen war und wo Freddie stecken würde. Alle waren schockiert und traurig, als sie von dem Herzanfall erfuhren. Sie versprachen, ihn im Krankenhaus zu besuchen, aber ich sagte ihnen, dass sie damit noch ein paar Tage warten sollten.

Während den ganzen Tag über Kunden eintrudelten, bekam ich die gleichen Fragen immer und immer wieder gestellt, weshalb ich mir schließlich einen Stift schnappte und auf die Rückseite eines Posters für ein Boxturnier alle Details über Freddie schrieb, wann Besuchszeiten waren und was mit mir passiert war und das es mir gutging. Louis, Wayne und Corky sind alles so großartige Jungs. Selbst Clark, der junge Schwarze, den ich trainiere, hatte Tränen in den Augen, als er das mit Freddie hörte.

Jimmy kam heute Nachmittag, also nahm ich ihn beiseite und fragte ihn, ob er mir aushelfen könne. Er meinte, dass er abends als Tellerwäscher in einem Restaurant arbeitet und die Extrastunden am Tag gut gebrauchen könne. Wir tüftelten einen Zeitplan aus, der uns beiden nützte. Ich würde natürlich den Hauptteil der Arbeit übernehmen, aber Jimmy würde greifbar sein, um mich abzulösen.

Jetzt ist es abends und ich kann mich endlich mit der Zeitung entspannen. Mittlerweile gibt es auch Neuigkeiten über den Chinatown-Zwischenfall. Und natürlich lautet die Schlagzeile in der *Daily News*: BLACK STILETTO IN VORFALL

VERWICKELT. Toll. Genau das, was ich vermeiden wollte. In dem Bericht hieß es weiter, dass zwei Männer, die Besitzer des Lee Noodle Restaurants, von einem unbekannten Angreifer erschossen worden waren. Zeugen berichteten, die Black Stiletto am Tatort gesehen zu haben. Welche Zeugen? Es gab keine Zeugen! Vielleicht die Mutter und ihr Sohn. Die hatten mich natürlich gesehen. Wie auch immer, die Stiletto wurde natürlich gesucht, um verhört zu werden. Die Polizei ging davon aus, dass es sich um einen Raubüberfall handelte, der schiefgelaufen war. Ha, das wusste ich besser. Es gab keinen Überfall. Die bösen Jungs waren schlicht und ergreifend dort aufgekreuzt, um zwei Männer zu erschießen, und Pockengesicht hätte auch noch die Mutter und den Jungen getötet, wenn ich nicht angetanzt wäre.

Das war alles sehr verstörend. Ich musste an die tiefe Bestürzung in den Gesichtern der Mutter und des Jungen denken. Sie hatte ihren Ehemann verloren, der Junge seinen Vater und seinen Onkel. Ob der Onkel mit der Mutter oder dem Vater verwandt war, wusste ich nicht, aber anscheinend war er ein enges Familienmitglied, dem das Restaurant mit gehörte.

Ich entschied, dass ich mehr in dieser Sache herausfinden und im Speziellen nachsehen wollte, ob es dem tapferen chinesischen Teenager gutging. Wenn doch nur die Stiletto mit ihm reden könnte! Er sprach schließlich Englisch. Ihr würde er womöglich erzählen, was dort letzte Nacht wirklich vor sich gegangen war.

14. Januar

Ich habe in der letzten Zeit nicht viel geschrieben, weil ich vollauf damit zu tun habe, mich um das Gym zu kümmern und Freddie zu besuchen. Jetzt habe ich aber ein paar Minuten übrig, bevor ich mir mit Lucy einen Film ansehen werde. *Die*

Katze auf dem heißen Blechdach läuft im Bleecker. Als er vor ein paar Jahren herauskam, hatte ich ihn nicht gesehen. Lucy und ich *lieben* Paul Newman. Er ist ein absoluter Traummann! Ihm würde ich überall hin hinterherlaufen. Er müsste mich nur mit diesen blauen Augen anzwinkern. Aber er ist mit Joanne Woodward verheiratet, weshalb ich davon ausgehe, dass das in nächster Zeit nicht passieren wird. Der Film wird zusammen mit *Plötzlich im letzten Sommer* gezeigt, aber den kennen wir schon, von daher denke ich nicht, dass wir für den noch bleiben werden. Außerdem mochte ihn auch nicht besonders.

Urks, im Radio läuft gerade dieses furchtbare »Running Bear«-Lied. Ich kann nicht glauben, dass das auf Platz Eins ist. Wann, oh, wann bringt Elvis endlich eine neue Platte raus? Dieses Jahr soll er ja wieder aus der Armee entlassen werden und nach Hause kommen, von daher vielleicht ziemlich bald!

Meine blauen Flecke verblassen langsam. Meine Lippe ist verheilt, aber noch etwas schorfig, und mein Auge ist wieder wie neu. Ich hatte schon Angst, dass ich etwas von meiner Sehkraft eingebüßt hätte, denn die Verschwommenheit hielt ganze drei Tage an. Ich hatte beschlossen, einen Arzt aufzusuchen, wenn es nach dem vierten Tag nicht besser werden würde, aber das tat es zum Glück. Ich habe immer noch ein wenig Schmerzen, aber es geht mir schon viel besser. Unnötig aber zu erwähnen, dass die Stiletto seit jener Nacht in Chinatown eine kleine Auszeit eingelegt hat.

Allerdings ging ich heute Mittag, während Jimmy für mich einsprang, mit der Absicht zurück zur Elizabeth Street, in Chinatown etwas zu essen, aber ich wollte mir außerdem noch einmal ansehen, wo die Schießerei stattgefunden hatte. Die Straßen in Chinatown waren voller Menschen, trotz des kalten Wetters. Hauptsächlich Chinesen, aber ich sah auch ein paar Weiße unter ihnen, die wahrscheinlich wie ich zum Essen hier waren. Das Lee Noodle Restaurant hatte geschlossen. Das

Schild an der Tür war mit chinesischen Schriftzeichen bedeckt und einem einzelnen englischen Wort: Geschlossen. Ich wählte einen Laden auf der anderen Straßenseite und setzte mich an einen Tisch direkt am Fenster. Von da aus konnte ich das Lee Noodle Restaurant sehen. Ich beobachtete das Gebäude, während ich aß – ich hatte mir eine delikate sauer-scharfe Suppe, Mu-Shu-Hühnchen und heißen Tee bestellt – aber es rührte sich nichts.

Dann, gerade als ich mein Geld auf den Tisch legte und gehen wollte, bemerkte ich Licht in dem Restaurant. Ich hatte niemanden kommen sehen, war mir aber sicher, dass die Lampen vor fünf Minuten noch nicht gebrannt hatten. Ich verließ das Restaurant und überquerte die Straße. Neben dem Restaurant war eine Tür, die zu den Apartments in den oberen Etagen des Gebäudes führte. Offenbar lebte die Familie – und ich hoffte inständig, dass sie noch lebten – in einem dieser Apartments, denn der Name »Lee« stand auf einem Briefkasten hinter der Tür. So beiläufig, wie es mir nur möglich war, legte ich meine Hände und mein Gesicht gegen das Schaufensterglas und spähte hinein. Von hier aus konnte ich nicht das gesamte Restaurant überblicken, nur den Durchgang auf der rechten Seite, der zum Gastraum führte. Außerdem sah ich die Hälfte des Kassentresens. Ich ließ es darauf ankommen und klopfte an die Tür. Nach einem Moment erschien die Frau, die ich in jener Nacht gesehen hatte. Sie wedelte mit ihrem Zeigefinger hin und her. »Geschlossen! Geschlossen!«, rief sie laut von hinter der Tür. Ich wusste nicht, was ich anderes erwartet hatte, also lächelte ich nur, nickte, und ging weiter. Ich hatte gehofft, den Jungen zu sehen, aber dann wurde mir klar, das es wochentags und er bestimmt in der Schule war. Mit den chinesischen Traditionen im Umgang mit Trauer kenne ich mich nicht aus, aber ich dachte, dass es durchaus Sinn machte, wenn er wieder seinem normalen Alltag nachging. Wobei für ihn nichts mehr normal sein würde. Er war Zeuge der Ermordung seines Vaters und seines Onkels geworden, und hatte dabei geholfen, sich selbst und seine Mutter zu verteidigen. Ich fragte mich, ob er mit seinen Freunden über die Black Stiletto gesprochen und wie er Seite an Seite mit ihr gekämpft hatte.

Eine kleine Stimme in meinem Kopf sagte mir, dass ich vergessen sollte, was in jener Nacht geschehen war, und weiter mein Leben leben sollte. Doch meine Instinkte, jenes Bauchgefühl, welches für all das verantwortlich war, was ich seit meiner Zeit als Teenager getan hatte, verriet mir, dass Chinatown noch nicht zum letzten Mal von der Black Stiletto gehört haben dürfte.

6 | Judys Tagebuch

1960

4. Februar

Ich habe bisher nichts niedergeschrieben, weil es bis zum heutigen Abend nichts zu erzählen gab. Die letzten Wochen lief alles wie gewohnt – ich leitete das Gym, besuchte Freddie und brachte meinen Körper wieder in Ordnung. Freddie geht es besser. Er ist sehr ungeduldig. Er fühlt sich wieder gesund und will das Krankenhaus verlassen, aber der Arzt will ihn noch zwei weitere Wochen dabehalten. Er fürchtet, dass Freddie es nicht langsam genug angehen wird, wenn er erst einmal im Gym zurück ist. Da stimme ich ihm zu. Freddie wird den Laden wieder übernehmen wollen. Aber er muss sich darüber im Klaren werden, dass sich die Dinge für ihn geändert haben.

Die Stiletto kehrte zweimal nach Chinatown zurück. Ich wollte wirklich diesen Teenagerjungen wiederfinden, also beobachtete ich an zwei unterschiedlichen Nächten für ein paar Stunden das Restaurant und das Haus. Ich wäre beinahe erfroren, so kalt war es. In New York schneite es, und jetzt ist es ziemlich matschig. Nach ein paar Tagen waren die Straßen und Gehsteige voller schwarzem, eisigen Schneematsch, und es ist das reinste Chaos. Frischer Schnee ist immer ganz hübsch, aber dann verwandelt sich alles recht schnell in die reinste Pampe.

Egal, heute war ich endlich erfolgreich. Aller guten Dinge sind drei! Ich traf Billy Shen Lee. Er verriet mir, dass man seinen Namen auf Chinesisch korrekterweise Lee Shen ausspricht. Sie nennen ihre Nachnamen zuerst. Sein Vorname lautet Shen und sein Nachname Lee, aber jeder außer seiner Mutter ruft ihn mit seinem amerikanischen Namen. In der Schule nennt er sich Billy, und so wollte er auch von mir genannt werden. Er ist fünfzehn Jahre alt und in der zehnten Klasse.

Und so trug es sich zu: Ich zog mir mein Stiletto-Outfit an und huschte nach Chinatown. Dort ist es schwierig, weil so viele Leute auf den Straßen unterwegs sind. Es war erst 21 Uhr und ich ging daher ein ziemliches Risiko ein. Aber andererseits dachte ich mir, dass ich ihn viel später nicht mehr erwischen würde, denn er ist immerhin noch ein Kind. Bei meinem vorigen Besuch in Chinatown hatte ich ein gutes Versteck ausfindig machen können. Es ist so eine Art Alkoven in einem Haus, welches derzeit renoviert wird, mit einem Baugerüst davor, und befindet sich auf der gegenüberliegenden Straßenseite des Restaurants. Es lag nicht direkt gegenüber, aber der Winkel genügte, dass ich von dort aus den Laden sehen konnte. Wie bei den letzten beiden Malen, als ich dort war, kroch ich über eine große Sperrholzplatte in die Dunkelheit. Unentwegt liefen Menschen nur wenige Meter von mir entfernt vorüber, aber niemand sah mich. Dazu hätten sie schon *direkt* in die Dunkelheit sehen müssen. Und aufgrund des Baugerüsts, den Stapeln mit Sperrholzbrettern, dem Schnee und all dem konnte ich mir nicht vorstellen, dass das jemand tun würde. Ob mir kalt war? Aber so was von! Ich fing bereits an, mir zu sagen, dass ich komplett übergeschnappt sei, so etwas zu tun, und wollte schon aufbrechen, als er plötzlich auftauchte.

Der Junge trat aus der Tür, die zu den Apartments führte. Er trug einen schweren Mantel und wandte sich zielgerichtet nach Süden. Er lief – auf der anderen Straßenseite – an meiner Position vorüber und immer weiter. Ich wusste nicht, was ich tun sollte. Ich hatte mir das nicht gut genug überlegt. Es waren immer noch Menschen auf der Straße. Ich konnte doch nicht einfach auf die Straße treten und rufen: »Hi, Kleiner, erinnerst du dich noch an mich?«

Also saß ich da und beobachtete ihn. Ich beschloss, dass ich aufstehen und ihm folgen würde, wenn er um eine Ecke biegen und die Elizabeth Street verlassen würde. Aber das tat er nicht. Er lief in einen geöffneten Mini-Markt. Ein paar Minuten später tauchte er wieder auf, mit einer Einkaufstüte und ein paar Lebensmitteln darin. Ich spähte über die Straße, und siehe da – sie war praktisch leer! Als er auf der anderen Straßenseite auf meiner Höhe angekommen war, stand ich auf und zischte: »Psst! Hey, Kleiner!« Ich musste es zweimal sagen, bis er sich umdrehte. Ich trat aus den Schatten, damit er mich sehen konnte. Er blieb stehen und starrte mich an. Sein Mund stand offen. Ich winkte ihn zu mir herüber. Er zögerte, blickte sich in beide Richtungen um.

»Komm schon, ich möchte mit dir reden«, rief ich mit unterdrückter Stimme.

Schließlich tat er, worum ich ihn gebeten hatte. Der Junge näherte sich mir vorsichtig.

»Hi«, sagte ich. »Erinnerst du dich an mich?«

»Klar.« Seine Augen wurden immer größer. Er sah sich weiter um.

»Mach dir keine Gedanken. Ist nicht weiter schlimm, wenn man uns sehen sollte.«

»Ich darf nicht mit *dir* gesehen werden«, entgegnete er.

»Wieso das denn?«

»Wenn sie mich sehen, werden sie ... ich muss gehen.«

»Warte. Wer sind *die*?«

»Es tut mir leid.«

Er wollte weitergehen.

»Warte bitte. Komm her, wir können uns hier ins Dunkel stellen. Und flüstern. Ich möchte nur für eine Sekunde mit dir reden. Ich verspreche es.«

Zögerlich folgte er mir ins Dunkel. Ich lehnte mich gegen die Hauswand und deutete mit dem Kopf auf seine Tüte.

»Was hast du da?«

»Milch. Reis.« Er zuckte mit den Schultern.

»Wie heißt du?«

»Billy.«

»Billy Lee?«

Er nickte, und dann nannte er mir seinen vollen Namen. Billy Shen Lee. Ich sagte, dass man mich die Black Stiletto nannte.

»Ich weiß«, erwiderte er.

Dumm von mir.

Dann fragte ich ihn über jene Nacht aus. Darüber, was dort vorgefallen war.

Im Kern lautete seine Geschichte folgendermaßen: Das Restaurant gehörte seinem Vater und seinem Onkel (der Bruder seines Vaters), aber sie hatten sich Geld von der *Tong* geliehen und mussten zudem Schutzgelder bezahlen. In den letzten Monaten konnten sie die Tong jedoch nicht mehr bezahlen, weil Billys Onkel gesundheitliche Probleme bekommen hatte. Die Tong wurden ungeduldig und brachten die beiden um. Nun musste Billys Mutter das Restaurant wieder zurück an die Tong verkaufen.

Ich hatte keine Ahnung, wer oder was diese Tong darstellen sollten. Billy erklärte mir, dass es sich dabei um eine Gruppe chinesischer Krimineller handelte.

»Oh, so wie die Mafia?«

Er nickte.

Ich erzählte ihm, dass ich bereits mit der italienischen Mafia zu tun gehabt hatte und ihm und seiner Mutter vielleicht helfen könnte.

Er schüttelte nervös den Kopf. »Du darfst dich nicht mit den Tong anlegen! Das ist viel zu gefährlich!«

»Willst du denn nicht, dass sie für den Mord an deinem Vater und deinem Onkel zur Rechenschaft gezogen werden?«

»Doch, aber es ist sinnlos. Selbst wenn man sie verhaftet, wird meine Mutter nicht gegen sie aussagen. Und mir wird sie es ebenfalls verbieten. Die Tong würden uns umbringen.«

Es war immer wieder die gleiche alte Geschichte. Die chinesischen Gangster arbeiteten offenbar ganz genau so wie die italienischen. Wenn man nicht befolgte, was sie von einem verlangten, taten sie einem weh. Und wenn man sie verriet, brachten sie einen um.

»Wie geht es dir und deiner Mutter?«, fragte ich.

Er zuckte mit den Schultern und blickte zu Boden. »Ganz okay.« Es war offensichtlich, dass das nicht stimmte. »Ich muss gehen«, wiederholte er noch einmal.

»Okay, aber hey, eine Frage habe ich noch.«

»Was?«

»Was war das für eine Kampftechnik, die du da benutzt hast? Die habe ich noch nie zuvor gesehen.«

»Wir nennen sie *Wushu*.«

»Das ist wie *Karate*, oder?«

Er schüttelte den Kopf. »Eigentlich nicht. Man nennt es Gottesanbeterinnen-*Wushu*. Es stammt aus Südchina. Ich nehme Unterricht im Jugendzentrum.«

»Nun, du bist sehr gut. Du hast dich gegen diese Kerle behauptet.«

»Nicht wirklich.«

»Kannst du mir ein paar Techniken beibringen?«

Wieder sah er über die Straße. Er hatte Angst, mit mir gesehen zu werden. »Damit könnte ich in große Schwierigkeiten geraten. *Wushu* ist nur für chinesische Männer gedacht.«

»Das hat man mir über *Karate* und *Judo* auch erzählt. Pass auf, ich bezahle dich dafür. Ich wette, du und deine Mutter, ihr könnt etwas Geld gebrauchen, nicht wahr?«

Das ließ ihn hellhörig werden.

»Vielleicht. Aber ... wo?«

»Kennst du irgendwo einen Raum? Irgendeinen Ort, an dem uns keiner stört?«

»Na ja ... das Restaurant vielleicht. Es steht jetzt leer, bis die Tong es wieder übernehmen.«

»Das ist doch perfekt! Das ist großartig, Billy.«

In den nächsten Sekunden einigten wir uns auf den Preis. Ich würde ihm fünfundzwanzig Dollar pro Stunde bezahlen, was sich für ihn wie eine Million anhörte, und wir beschlossen, uns am nächsten Abend um 22 Uhr zu treffen.

Er begann die Straße zu überqueren, blieb dann aber stehen und drehte sich noch einmal zu mir um. »Oh. Danke, dass du uns geholfen hast. In jener Nacht.«

»War mir ein Vergnügen, Billy. Hat mich gefreut, dich kennenzulernen.«

Da lächelte er. Was für ein süßer Kerl.

Tja, liebes Tagebuch, wie es aussieht, habe ich einen neuen Freund gewonnen und werde ein paar neue Kampfsporttechniken lernen.

Außerdem bin ich fest entschlossen, mehr über diese Tong zu erfahren.

7 | Judys Tagebuch

1960

10. Februar

Freddie kommt am Freitag nach Hause, weshalb ich in unserem Apartment alles vorbereite. Ich war eine nette Mitbewohnerin und hab seine Wäsche gewaschen und sogar die Küche saubergemacht! Außerdem habe ich das Gym geputzt, damit alles tipptop aussieht, wenn er wieder da ist. Jimmy war eine große Hilfe für mich, und Freddie und ich haben bereits darüber gesprochen, ihn halbtags einzustellen, damit Freddie nicht so viel arbeiten muss. Aber so, wie ich Freddie kenne, wird er wieder in sein altes Muster verfallen, also muss ich auf ihn aufpassen. Er ist für mich wirklich so etwas wie der Vater, den ich nie hatte.

Mit Billy habe ich mich seither dreimal getroffen. Ich schleiche mich mit meinem Stiletto-Aufzug nach Chinatown und er lässt mich ins Restaurant. Es trifft sich ganz gut, dass seine Mutter früh zu Bett geht. So wie Soichiro ein *Sensei* war, lautete das chinesische Wort für Lehrer oder Meister *Sifu*. Billy ist kein *Sifu*. Er ist ein Kind und weiß noch nicht allzu viel, aber das, was er kann, bringt er mir bei. Er gibt selbst zu, dass er kein Experte ist und mir manche Dinge vielleicht falsch beibringt. Im Moment lerne ich einfache Grundlagen. Es nennt sich *Chow Gar*, was ein Teilgebiet des Gottesanbeterinnen-*Wushu* ist. Ich denke, man kann sagen, dass die japanische Kampfkunst mehr aus geradlinigen Kampftechniken besteht, während die Chinesen eher kreisende Techniken benutzen. Bis jetzt lerne ich nur Übungen, welche die Arme, Hände und den Rumpf betreffen. Ein Konzept des *Chow Gar* ist das *Gen*, die Schlagkraft. Dabei geht es darum, dass die Kraft hinter einem Schlag beispielsweise nicht nur aus der Faust oder dem Fuß kommt, sondern aus dem gesamten Körper. Es ist beinahe ein Reflex, ähnlich der Bewegung, wenn man seine Hand von einer heißen Herdplatte zurückzieht. Die Übungen sind im Vergleich zum *Karate* ziemlich abgehackt. Billy und ich trainieren auch bestimmte Praktiken miteinander, wie das »Armreiben«. Dabei drückt man die Außenseiten der Handgelenke aneinander und vollführt gleichzeitig eine kreisende, »reibende« Bewegung mit den Armen. Man muss darauf achten, den Körper in der richtigen Position zu halten. Das geht ziemlich auf den Oberkörper und die Taille. Ich kann jetzt schon sagen, dass ich Muskeln an Stellen ausbilde, von denen ich nie dachte, dass es dort überhaupt welche gibt.

Billy hat mir mehr über die Tong erzählt, und ich habe auch Freddie über sie ausgefragt. Freddie berichtete mir, dass die Tong*s* – denn es gibt mehr als eine – im achtzehnten Jahrhundert aus China herüberkamen, als man Chinatown gründete. Offenbar gibt es überall dort Tong-Netzwerke, wo es Chinatowns gibt, wie etwa in San Francisco. Freddie sagt, die Tongs seien die *Kinder der Triaden*. Die Triaden sind große Vereinigungen des organisierten Verbrechens und derzeit hauptsächlich in Hong Kong anzutreffen. Die Tongs hier agieren die meiste Zeit über unabhängig, aber einige von ihnen haben Verbindungen zu gewissen Triaden. Die Geschichten, die Freddie mir erzählte, sind unglaublich. Anfang dieses Jahrhunderts gab es in Chinatown Kriege zwischen den Tongs. Ihre Gang-Mitglieder lieferten sich Schießereien in Restaurants, Nachtklubs, Theatern und sogar auf offener Straße. Mittlerweile halten sie sich bedeckt, eher so wie die italienische Mafia in diesen Tagen. Natürlich warnte mich Freddie, mich von ihnen fernzuhalten, weil sie sehr gefährlich seien. Nach dem, was ich in jener Nacht im Januar erlebt habe, glaube ich das sofort.

Billy klärte mich ein wenig über die gegenwärtige Situation auf. Er erzählte mir, dass die beiden Killer, gegen die wir kämpften, Mitglieder einer Tong namens Flying Dragons wären. Diese waren relativ neu in Chinatown, gehörten aber lose zu der Hip Sing Tong, die bereits seit den Anfangstagen existierte. Die Hip Sing Tong setzt sich sogar für die Gemeinschaft ein und gilt als eine der vielen *wohltätigen* Organisationen, die in New York existieren, seit die Chinesen das erste Mal hierher emigrierten. Aber sie haben eben auch eine lange Geschichte krimineller Aktivitäten. Einer der größten Bandenkriege fand in den 1920er Jahren zwischen den Hip Sing Tong und ihren Rivalen, den On Leong Tong statt. Die Hip Sing Tong verfügen über ein Gebäude auf der Pell Street, die Hip Sing Association, aber laut Billy weiß niemand, wo sich das Hauptquartier der Flying Dragons befindet. Da es sich bei ihnen nur um eine kleinere Ausgabe dieser Tong handelt, bestehen die Mitglieder nur aus jungen Männern, für gewöhnlich zwischen 16 und 24, die darauf hoffen, sich bewähren zu können, um sich dann einer der größeren Tongs anzuschließen.

Die beiden Ganoven in jener Nacht waren wie ich Anfang zwanzig gewesen, vielleicht ein wenig jünger.

12. Februar

Freddie ist zuhause! Jippie!

Jimmy und ich wollten eigentlich eine Willkommensparty für ihn schmeißen, aber Freddie bat mich ganz ausdrücklich darum, genau das nicht zu tun. Und wenn ich jetzt so darüber nachdenke, hat er recht. Wir wollen nicht, dass sich Freddie zu sehr aufregt. Er muss noch eine Weile ruhig und entspannt bleiben, wenigstens einen Monat, bevor er wieder die Arbeit aufnehmen darf. Freddie hasst es, dass er nun Diät halten muss und mit dem Rauchen aufhören soll. Aber bislang schlägt er sich ganz gut. Sofern ihm niemand Zigaretten ins Krankenhaus geschmuggelt hat, hat er es jetzt sechs Wochen lang ohne ausgehalten. Schwirig wird es, wenn er wieder mit anderen Rauchern zusammen ist, und das wird besonders im Gym zu einer Herausforderung werden, denn es ist ausgeschlossen, dort das Rauchen zu verbieten. Dann würden alle einfach woanders hingehen.

Ich habe die genauen Informationen darüber, was Freddie alles essen und nicht essen darf, also dünstete ich etwas frischen Fisch von der Canal Street – von einem chinesischen Fischmarkt – zusammen mit Kartoffeln und Karotten. Außerdem schenkte ich ihm die Schallplatte »Theme from a Summer Place« von Percy Faith, das alle so mögen. Er hatte es im Krankenhaus im Radio gehört und es gefiel ihm. Ich höre in letzter Zeit viel diese wilde »exotische« Musik aus Polynesien und Hawaii. Als ich Lucy besuchte, war Peter da und spielte uns eine Platte mit dem Namen *Les Baxter's Jungle Jazz* vor. Die Musik klang seltsam, aber auch irgendwie schön, also kaufte ich sie mir. Dann erzählte mir der Verkäufer in dem Colony-Store auf dem Broadway von Martin Denny, und so kaufte ich auch dessen Langspielplatte *Quiet Village*, und ich *liebe* sie. Ich mag die Art, wie man im Hintergrund die Vögel und Grillen hören kann. Da fühle ich mich, als würde ich mit einem Baströckchen auf irgendeiner Insel leben.

Wie auch immer, es ist schön, dass Freddie wieder bei uns ist.

18. Februar

Heute waren Lucy und ich shoppen, um nach einem Brautkleid für sie und einem Brautjungfernkleid für mich zu sehen. Wir schauten uns in den teuren Läden auf der Fifth Avenue um, und sie betonte, dass sie bezahlen würde. Ich bot ihr an, mein Kleid selbst zu bezahlen, aber das kam für sie nicht infrage.

Ihr gefiel dort aber nichts, also gingen wir rüber ins Macys. Schließlich entschied sich Lucy für ein wundervolles, eng anliegendes weißes Hochzeitskleid von Casablanca, das ihre super Figur betonte.

Mein Kleid ist ähnlich, aber nicht ganz so wallend, und es ist pink. Ich liebe es! Ich trage ja selten festliche Kleider, und ich fühlte mich wie eine Prinzessin!

26. Februar

Billy und ich haben heute Abend einen Schreck eingejagt bekommen!

Wir übten die »eiserne Handfläche« und den »eisernen Arm«, bei denen wir uns gegenseitig mit den Fäusten gegen die Handflächen schlugen, hin und her, immer und immer wieder, bis die Handflächen ganz taub wurden, und dann unsere Unterarme aneinanderschlugen, um damit Abwehrmanöver zu trainieren, immer und immer und immer wieder. Autsch! Nun, wir waren gerade mitten im Training, als draußen an der Tür Schlüssel im Schloss klirrten.

»Meine Mutter! Versteck' dich!«, flüsterte Billy.

Der einzige Ort, der dafür infrage kam, war hinter dem Tresen mit der Registrierkasse. Ich hielt darauf zu, aber Billy zischte: »Nicht da!« Also eilte ich zur anderen Seite, wo man die Tische und Stühle an der Wand zusammengeschoben hatte. Gerade, als ich hinter einen Tisch kletterte, der auf der Seite lag, mit der Tischplatte nach außen gewandt, öffnete sich die Tür. Sie hatte mich nicht gesehen.

Ich verhielt mich mucksmäuschenstill und hörte zu, wie Billy mit ihr auf Chinesisch sprach. Sie lief zu dem Kassentresen und holte dort etwas aus der Schublade. Noch mehr Unterhaltung auf Chinesisch, dann war sie wieder verschwunden.

Das war knapp!

Billy erzählte, dass sie sich gewundert hätte, was er hier trieb. Er antwortete ihr, dass er jede Nacht hier herunterkäme, um *Wushu* zu trainieren. Sie brauchte einen Aktenordner oder so etwas aus der Schublade. Offenbar wollten die Flying Dragons immer mehr Unterlagen über das Geschäft haben. Sie wird ihnen den Laden bald übergeben müssen, aber sie haben ihr ein paar Monate gegeben, um das Geld aufzutreiben, dass ihr Mann ihnen schuldete. Billy hat Angst, dass sie umziehen müssen, weil sie sich dann das Apartment darüber nicht mehr leisten können.

Ich erklärte ihm, dass ich mit der Jagd auf die Mörder beginnen will, aber Billy erklärte, dass ich dafür noch nicht bereit sei. Ich sei weit davon entfernt, es mit ihnen aufnehmen zu können.

Wahrscheinlich hat er damit recht.

8 | Martin

Heute

Die Panikattacke, die ich letzten Abend beim Essen hatte, hat mich ziemlich durchgerüttelt. Es war furchtbar. Ich dachte wirklich, ich würde sterben. Kennen Sie das Gefühl, wenn man mit der Hand in dem Glas mit den Keksen stecken bleibt? Oder wenn der Lehrer plötzlich verkündet, dass man ins Büro des Direktors soll? Oder die plötzliche Erkenntnis, dass etwas Furchtbares geschehen wird, und man eine Heidenangst bekommt?

So fühlte es sich an, nur zwanzig Mal schlimmer. Man empfindet den übermächtigen Drang, zu weinen, aber aus keinem ersichtlichen Grund.

Also mache ich mir deswegen Sorgen, aber gleichzeitig schäme ich mich und fühle mich gedemütigt. Ich wage mir gar nicht vorzustellen, was Maggie jetzt von mir halten mag.

Sie war jedoch sehr nett zu mir. Es half, dass sie Ärztin ist. Sie war in dem Restaurant sehr liebenswürdig und redete beruhigend auf mich ein. Unser Date endete mit einem kleinen Kuss, von daher denke ich, dass das ein gutes Zeichen ist. Ich mag sie und finde sie umwerfend schön. Ich hoffe nur, dass ich mich in Zukunft in ihrer Gegenwart nicht zu schüchtern benehme.

Als ich heute das Woodlands betrat, musste ich daran denken, was Maggie gesagt hatte – dass ich einen Seelenklempner aufsuchen soll. Eigentlich will ich das nicht. Die Vorstellung, Antidepressiva nehmen zu müssen, ist deprimierend, und das meine ich ausnahmsweise nicht als Witz. Aber es stimmt schon, ich muss etwas unternehmen. Ich habe Schlafprobleme, meine

Gedanken rasen und ich stelle mir alle möglichen furchtbaren Szenarien vor, während ich mich herumwerfe. Wenn ich es schaffe, in den Schlaf zu finden, habe ich Albträume, aus denen ich verwirrt und verängstigt erwache. Das Ganze ist so bizarr, denn was immer mit mir nicht stimmt, fing erst vor kurzem an und ist sehr schnell immer schlimmer geworden.

Nichtsdestotrotz setzte ich mein fröhliches Gesicht auf, als ich Mutters Zimmer betrat. Sie saß vor ihrem tragbaren Fernsehgerät und sah sich eine Seifenoper an. Der Schaukelstuhl, den ich ihr besorgt habe, wird rege genutzt. Wenn sie darin sitzt, strahlt sie völlige Zufriedenheit aus, wie Mrs. Whistler in diesem Gemälde.

»Hi, Mom!«

Sie sah auf und lächelte. Jenes seltene Funkeln in ihren Augen blitzte für einen kurzen Moment auf. Irgendwo in den Untiefen ihres Verstandes hatte ein elektrischer Impuls einen Nerv stimuliert, der ihr sagte, dass ich jemand sei, der ihr wichtig war. Ob sie sich heute an unseren genauen Verwandtschaftsgrad würde erinnern können?

Ich beugte mich über sie, umarmte sie und küsste sie auf die Wange. »Magst du deinem Sohn Hallo sagen, Mom?«

»Hallo«, sagte sie und küsste mich im Gegenzug sogar ebenfalls auf die Wange. Das kam selten vor.

Ich setzte mich auf die Bettkante, neben dem Schaukelstuhl. »Was siehst du dir an?«

»Oh, ich weiß nicht.« Sie drehte sich wieder zu dem Fernseher um, doch das Lächeln auf ihrem Gesicht blieb.

»Verfolgst du die Geschichte?«

»Was?«

»Verfolgst du die Geschichte im Fernsehen?«

»Oh, ich weiß nicht.«

Wir fuhren mit unserer üblichen, immer gleichen Unterhaltung fort. Was hatte sie zum Frühstück? War sie schon Spazieren? Wie ging es ihr? Ich bekam die üblichen generischen

Antworten und dann verfielen wir in das vorhersehbare ratlose Schweigen, das stets irgendwann eintrat, wenn ich sie besuchte. Es ist beinahe so, als wäre mir der Gesprächsstoff mit meiner Mutter ausgegangen. Dinge, die mir wichtig waren, konnte ich mit ihr nicht besprechen, weil sie nicht wusste, wovon ich sprach. Wenn ich es versuchte, tat sie so, als würde sie mich verstehen, nickte und sagte Dinge wie: »Oh?«, oder: »Ist das so?«, oder: »Tut mir leid, das zu hören«, oder unzählige andere auswendig gelernte Antworten.

Also sah ich mir zusammen mit ihr die Seifenoper an und meine Gedanken wanderten zurück zu dem Restaurant und der Panikattacke. Meine Augen huschten zu der Kommode, wo die gerahmten Fotos standen. Ginas Abschlussfoto. Eines von mir mit meiner Mom. Ich, bei meiner Highschool-Abschlussfeier. Gina und ich. Mom, als sie noch jünger war.

Mom, als sie noch jünger war ...
Die Black Stiletto.
Meine Mutter war die Black Stiletto gewesen.

Ein plötzlicher Adrenalinschub fuhr durch mich hindurch und ich hätte beinahe aufgestöhnt. Eine Welle der Angst schwappte über mich, und ich wusste, dass ich aus diesem Zimmer verschwinden musste. Mom durfte mich nicht dabei sehen, wie ich eine Panikattacke bekam.

Doch bevor ich aufstehen oder irgendetwas sagen konnte, drehte sie ihren Kopf zu mir herum und sah mich an. Sie hatte Tränen in den Augen, griff nach meiner Hand und legte sie in ihre, die auf ihrem Knie ruhte.

»Es tut mir leid«, sagte sie. Eine Träne rann an ihrer Wange hinunter.

»Mom, ist okay. Was ist los?«, fragte ich. Dann hatte ich das Gefühl, dass auch *ich* anfangen musste zu weinen.

»Ich verstehe«, sagte sie, als wäre sie mit mir auf einer Wellenlänge.

»Tust du?«

»Sie war ...«

Oh mein Gott, wollte meine Mutter mir etwas über die Black Stiletto erzählen?

»Was, Mom? Was war sie?« Ich spürte, wie ich noch ängstlicher und sprachloser wurde.

Mom runzelte die Stirn. Was auch immer ihr auf der Zunge lag, war nicht greifbar. Für einen Moment rang sie nach Worten. Sie drückte meine Hand.

»Dem Baby zuliebe«, sagte sie.

»Was? Mom, was? Was, dem Baby zuliebe? Welches Baby?«

»Ich musste aufhören.«

»Aufhören? Aufhören womit? Die Black Stiletto zu sein? Willst du das damit sagen?«

Als der Name fiel, wandte sie sich wieder dem Fernsehgerät zu. Dann ließ sie ihren Tränen freien Lauf.

»Mom?« Trotz meiner immensen Aufregung stand ich auf und legte meine Arme um sie. »Ist okay, du brauchst nicht zu weinen.«

In dem Moment klopfte eine Schwester an die offene Tür und betrat das Zimmer. »Geht es Ihnen gut?«, fragte sie heiter, doch als sie uns sah, wurde sie besorgt. »Ist alles in Ordnung?«

Ich ließ Mom los und sagte: »Oh, meine Mutter ist wegen irgendetwas durcheinander. Ich weiß nicht, was es ist.«

Die Frau lief zu meiner Mutter, sprach ein paar aufmunternde Worte und fragte sie, wie es ihr ging. Mom antwortete entsprechend und schien sich zu beruhigen, während die Schwester ein Papiertaschentuch nahm und ihr das Gesicht abwischte. Ich erklärte ihr, dass meine Mutter plötzlich und ohne Grund zu Weinen begonnen hatte, aber ich wusste, dass das etwas war, das allen Alzheimer-Patienten widerfahren konnte.

Als sich die Schwester um meine Mutter kümmerte, nutzte ich das als Vorwand, um zu gehen, denn ich konnte es nicht länger ertragen, in diesem Raum zu sein. Ich spürte, dass etwas Schmerzhaftes zwischen mir und meiner Mutter vorging. Vielleicht diese Mitgefühl-Sache, die sie früher hatte. Sie spürte *meine* Angst und wusste nicht, wie sie darauf reagieren sollte. Ich verabschiedete mich, küsste meine Mom noch einmal auf die Wange und machte, dass ich davonkam.

Vielleicht hat Maggie recht und ich sollte *wirklich* einen Seelenklempner aufsuchen.

Als ich an diesem Abend zu Hause eintraf, entschloss ich mich, Carol anzurufen. Meine Ex. Sie arbeitete als Verwaltungsangestellte bei einer Arzneimittelfirma, und ich dachte mir, dass ich sie fragen könnte, ob sie einen Psychiater empfehlen kann. Ihre Firma gehört zu den Anbietern, die von meiner Krankenversicherung abgedeckt werden, und so ungern ich Carol auch erzählen wollte, dass ich unter Angststörungen litt, war sie doch die einzige Person neben Maggie, die ich kannte, mit der ich darüber reden konnte.

Carol und ich pflegen eine freundliche Beziehung zueinander. Immerhin haben wir eine fantastische Tochter zusammen. Unsere gemeinsame Zeit in New York, als Gina sich von dem Überfall erholte, war ganz sicher unangenehm gewesen, aber ich denke, wir waren beide froh darüber, dass der andere da war. Ich kann nicht längere Zeit in ihrer Gegenwart sein, aber wir hassen uns auch nicht, so wie andere geschiedene Paare.

Sie begrüßte mich am Telefon mit einem unverbindlichen »Oh, hi Martin, wie geht es dir?«

Ich log, behauptete, dass es mir gut gehen würde, und fragte sie dann, ob sie etwas Neues von Gina gehört hätte.

»Ich habe gestern mit ihr gesprochen«, sagte Carol. »Ich denke, sie kommt zurecht. In der Schule kommt sie gut voran und es geht ihr besser. Ihr Kiefer tut nicht mehr so weh.«

»Gut, das zu hören.«

»Aber ich weiß nicht so recht. Wenn ich mit ihr rede, scheint sie viel über den Übergriff zu sprechen, ist dir das auch schon aufgefallen?«

Das war es nicht. »Meinst du nicht, dass das normal ist? Es ist erst einen Monat her. Sie haben ihr gerade die Drähte entfernt.«

»Ich weiß, aber wenn ich mit ihr rede, bringt sie immer wieder die polizeilichen Ermittlungen zur Sprache. Dass sie noch niemanden festgenommen haben, wie die Sache sich immer mehr in die Länge zieht und wie es sein kann, dass da draußen ein Serienvergewaltiger herumläuft, den niemand aufspüren kann. Sie hört sich dabei sehr aufgebracht an.«

»Na ja, wärest du nicht auch verärgert darüber? Ich wäre es ganz sicher. Ich *wäre* wütend.«

»Natürlich, ich ebenfalls, aber du solltest mit ihr reden, Martin. Sie ... ich weiß auch nicht, es hört sich so an, als ob sie zu viele Hoffnungen darauf setzt, dass der Kerl gefasst wird. Ich will nicht, dass es sie auffrisst, verstehst du? Sie sollte sich weiter mit dem Therapeuten unterhalten, den sie aufsucht, und ansonsten versuchen zu vergessen, was vorgefallen ist.«

»Carol, das wird seine Zeit brauchen. So etwas gelingt nicht über Nacht.«

»Ja, ich weiß. Ich mache mir einfach nur Sorgen um sie.«

»Nun, das tue ich ebenfalls, aber sie konnte mich davon überzeugen, dass sie auf ihre Weise damit klarkommen muss, und sie ist klug und erwachsen genug, das auch zu schaffen.«

»Ich weiß, und du hast ja recht. Aber rede doch mal mit ihr. Vielleicht bringt sie das Thema zur Sprache?«

»Okay. Das letzte Mal, dass ich mit ihr sprach, ist schon eine Woche her, also ist es ohnehin an der Zeit, dass ich mich mal wieder bei ihr melde.«

Die Unterhaltung nahm dann eine andere Wendung, denn Carol sprach eine Weile über ihre Arbeit. Ich fand keinen geeigneten Zeitpunkt, um das Gespräch auf das Thema Psychiatrie umzulenken, und dann überraschte sie mich mit: »Oh, und sag mal, ich habe gehört, dass du dich mit jemandem triffst!« Sie sagte das so, als wären das gute Neuigkeiten und das Beste, was *ihr* passieren könnte.

»Äh, wo hast du denn das her?«

»Gina hat mir erzählt, dass du mit der Ärztin deiner Mutter ausgehst? Stimmt das?«

Dieses verflixte Kind! Ich hatte lediglich erwähnt, dass ich ein paarmal mit Maggie auf einen Kaffee aus war. Gina war deswegen ganz aus dem Häuschen gewesen, als wäre das eine große Sache.

»Oh, wir waren nur gemeinsam Kaffeetrinken. Und ein paarmal Essen. Das ist alles.«

»Wie heißt sie? Dr. McDaniel, oder?«

»Ja. Margaret. Maggie. Und sie ist nicht wirklich Moms Ärztin, sie macht dort nur ein paar Krankenbesuche. Mom geht noch immer zu Dr. Schneider, wobei … wenn ich so darüber nachdenke, weiß ich gar nicht mehr, wann sie das letzte Mal da war. Maggie kümmert sich derzeit viel um sie.«

»Dann klingt es aber schon so, als wenn sie ihre Ärztin wäre.«

»Ja, kann sein.«

»Ist sie nett?«

»Meine Mom? Klar, sie ist herzallerliebst.«

Carol lachte. Ich schaffte es immer noch, sie aufzuheitern. »Martin!«

»Ja, sie ist nett. Weißt du, da ist nichts weiter. Wir sind einfach nur Freunde.«

»Wenn du das sagst.«

»Wirklich.«

»Okay. Nun, vielleicht magst du deine Freundin ja mit zu einer Party bringen?«

»Oh, schmeißt du eine Weihnachtsfeier?«, fragte ich.

»Zum Teil. Aber es gibt auch noch einen anderen Grund.«

Ich war so dämlich. Ich kam nicht drauf, worauf sie hinauswollte. »Welchen denn?«

»Ross und ich haben beschlossen, zu heiraten. Wir wollen ein kleines Treffen an den Feiertagen ausrichten, wenn Gina zuhause ist. Wir werden die Zeremonie dort abhalten und danach eine kleine Hochzeitsfeier geben.«

Ross Maxwell. Der reiche Anwalt, mit dem sie sich seit einer Weile traf. Ich schätze, damit hätte ich irgendwann rechnen müssen, aber ich hatte es nicht wahrhaben wollen. Carol war seit Monaten mit ihm zusammen. Sie nannte mir den Tag und die Uhrzeit, aber das ging zu einem Ohr hinein und zum anderen wieder hinaus. Ich denke, ich stand unter Schock. Mein Brustkorb fühlte sich an, als hätte jemand alle inneren Organe mit einer Hacke herausgeholt und eine Leere hinterlassen, wie ich sie seit den Wochen nach unserer Scheidung nicht mehr empfunden hatte.

»Martin?«

Ich wusste nicht, was ich ihr antworten sollte. »Äh, wow. Das ist, äh, also, ich gratuliere!«

»Danke. Wenn du dich damit wohlfühlst, dann kannst du gern deine befreundete Ärztin mitbringen. Wir schicken die Einladungen diese Woche noch raus. Und hey, wenn du es nicht einrichten kannst, verstehe ich das. Ich nehme es nicht krumm.«

»*Willst* du denn, dass ich komme?«

Ich merkte, wie sie zögerte. »Nur, wenn es für dich okay ist. Ich würde es schön finden, wenn wir alle Freunde sein könnten, weißt du? Ross mag dich ...«

»Nein, tut er nicht. Er kann mich nicht ausstehen.«

»Oh, das ist nicht wahr. Hör' auf damit.«

»Er behandelt mich von oben herab. Ich bin ein kleiner arbeitsloser Verlierer und er eine große Nummer als Anwalt.«

»Martin, hör auf. Außerdem hast du doch jetzt wieder einen Job.«

»Ich denke, so kann man es nennen.«

»Ich werde mich nicht mit dir darüber streiten, Martin. Entweder du kommst oder du kommst nicht, das überlasse ich dir. Du bekommst eine Einladung, und ich würde mich freuen, wenn du dabei bist, wenn das für dich okay ist. Aber weshalb hast du eigentlich angerufen?«

Irgendwie hatte ich das Gefühl, sie nach einem Namen eines Seelenklempners zu fragen würde an diesem Punkt so wirken, als würde ich mich über ihre Heiratspläne lustig machen wollen.

»Nichts Wichtiges. Ich muss Schluss machen. Richte Ross meine Glückwünsche aus.«

»Okay, das mache ich. Und du redest mit Gina?«

»Das werde ich. Wir sprechen uns später.«

Nachdem ich aufgelegt hatte, spürte ich eine weitere Panikattacke heranrollen. Ich fasste es nicht, dass mich Carols Neuigkeiten so mitnahmen, aber so war es. Deshalb hatte ich auch keinerlei Bedenken, mir ein paar Tequilas einzuschenken und die nächsten Stunden als Couchpotato zu verbringen, bis es längst Schlafenszeit für mich war.

9 | Judys Tagebuch

1960

6. März

Elvis ist wieder zuhause! Hurra! Zuerst Freddie, und jetzt Elvis! Letzte Nacht gab es Aufnahmen von ihm im Fernsehen zu sehen, wie er aus der Army entlassen wurde. Sie sagten, dass er von dort aus direkt ins Studio gehen würde, um eine Schallplatte aufzunehmen, die noch Ende dieses Monats erscheinen soll! Ich bin ja so gespannt! Ich kann es kaum erwarten!

Und wo ich gerade Freddie erwähnte, ihm geht es besser. In den ersten Wochen zu Hause schien er nicht allzu glücklich zu sein. Ich schätze, er war depressiv. Er beschwerte sich einem fort darüber, dass er mit gerade mal fünfundvierzig Jahren nun ein *Invalide* sei. Ich erklärte ihm, dass er *alles andere* als ein Invalide sei, und er wieder ganz der Alte sein würde, wenn er erst wieder völlig zu Kräften gekommen war. Aber er schoss sofort zurück, dass er nichts mehr von dem tun konnte, was er früher so gemacht hatte. Er darf nicht mehr rauchen, nicht mehr so viel trinken, und (vorerst) auch nicht trainieren. Alles, was er tun könne, sei, wie ein Krüppel hinter seinem Tresen am Eingang zu sitzen und allen anderen beim Trainieren zuzusehen. Nun, als er das sagte, wurde ich wütend. Ich sagte ihm, dass er aufhören soll, sich selbst zu bemitleiden und stattdessen dankbar sein sollte, überhaupt noch am Leben zu sein. Er hätte sterben können, um Himmels willen! Wenn er erst wieder stärker wäre, würde er auch wieder mehr tun können. Ich sagte ihm, dass er aufhören soll, sich wie ein Baby aufzuführen und einfach *geduldig* zu sein! Das brachte ihn zum Schweigen. Es tut mir leid, dass ich ihn so hart angehen musste, aber irgendjemand musste es tun. Seine Einstellung hat sich seitdem gebessert.

Die Stiletto ist nicht mehr Erscheinung getreten, außer, um sich in Chinatown mit Billy zu treffen. Die meiste Zeit über machen wir Übungen, aber er zeigte mir auch ein paar Bewegungsabläufe, die mir nicht so recht gelingen wollen. Tatsächlich üben wir immer solche Bewegungen, während wir Fortschritte machen. Aber ich will schneller vorankommen. Ich habe Sorge, dass ich vielleicht alles falsch mache, weil ich keinen richtigen *Sifu* habe, aber Billy tut, was er kann. Ich denke, dass ich die *Wushu*-Techniken auf gewisse Weise in das einfließen lasse, was ich bereits vom *Karate* kenne, und daraus meine eigene Martial-Arts-Technik entwickle. Ich habe keine Ahnung, ob sich das langfristig als gute oder schlechte Idee herausstellen wird, aber im Moment funktioniert es.

Billy erzählte mir von einem *Wushu*-Turnier, welches nächsten Samstag in seinem Jugendklub stattfindet. Besucher haben freien Eintritt. Ich habe vor, mir das anzusehen – aber natürlich nicht als Stiletto, sondern verkleidet, als Judy Cooper!

12. März

Es gibt interessante Entwicklungen in dem Chinatown-Fall, liebes Tagebuch!

Heute besuchte ich das *Wushu*-Turnier in einem chinesischen Jugendklub auf der Mulberry Street, gleich westlich vom Columbus Park. Man musste schon Chinese sein, um diesen Ort als Jugendklub zu erkennen, denn es hingen keine englischen Schilder an dem Haus. Ich war ein wenig nervös. Ich bin nicht so gern an Orten, wo ich nicht erwünscht bin, aber Billy versicherte mir, dass auch andere Weiße da sein würden. Ich sah aber nur Chinesen aller Altersgruppen, die in das Gebäude strömten und wieder herauskamen. Schließlich fasste ich mir ein Herz und betrat das Gebäude. Ein paar chinesische Männer saßen an einem Tisch hinter der Tür. Sie sagten kein Wort, aber einer von ihnen deutete auf einige Flyer und Informationsblätter. Sie waren alle in Chinesisch, aber ich nahm mir trotzdem ein paar und bedankte mich auf Englisch bei den Männern.

Es handelte sich um eine kleine Turnhalle mit einem Basketballfeld, mit Körben an beiden Enden und überraschenderweise sogar Tribünen auf zwei Seiten. Eine auf dem Boden abgeklebte Umrandung markierte den »Ring«, nur dass die Fläche quadratisch war. An einer der Seiten saßen die Richter an einem langen Tisch.

Stimmen und Rufe hallten laut durch den Saal, wie das in solchen Turnhallen so üblich ist. Die Erwachsenen schienen sich alle auf einer Seite niedergelassen zu haben, also gesellte ich mich dazu. Es war schon so voll, dass ich mir ziemlich weit oben einen Platz suchen musste, weshalb mich natürlich alle anstarrten, während ich mich zu einem leeren Platz neben einem grauhaarigen Chinesen durchkämpfte. Ihre Blicke schienen zu fragen: »Was will *die* denn hier?«, aber dann widmeten sie ihre Aufmerksamkeit wieder dem Geschehen auf dem Hallenboden. Ab und an fing ich mir noch den einen oder anderen prüfenden Blick ein, aber die meiste Zeit über fühlte ich mich ganz wohl. Ich entdeckte Billys Mutter, die sechs Reihen unter mir mit einer Gruppe Frauen zusammensaß. Zum Glück warf sie mir nur einen neugierigen, leicht missbilligenden Blick zu. Ich würde sagen, dass man mich größtenteils ignorierte, obwohl ich die einzige weiße Frau auf diesem Turnier war. Im Publikum befand sich außerdem eine Handvoll kaukasisch aussehender Männer, die mich aber ebenfalls verwundert musterten.

Auf dem Boden der Turnhalle und den anderen Rängen saßen chinesische Teenager und junge Erwachsene, hauptsächlich Jungen. Es gab keine weiblichen Teilnehmer, doch auf den

Tribünen fanden sich einige. Es würden einige Teams gegeneinander antreten. Billy erzählte mir, dass ein *Sifu* namens Lam Sang der Großmeister von Chinatown sei. Ich war mir ziemlich sicher, ihn an dem Tisch ausfindig gemacht zu haben. Vielleicht war er der oberste Schiedsrichter, so genau konnte ich das nicht sagen. Ein anderer Mann hatte das Reden zwischen den einzelnen Runden übernommen. Lam Sang war ein älterer Mann, aber noch sehr fit, und elegant mit einer traditionellen *Wushu*-Uniform bekleidet, die sich von der japanischen *Karate*- und *Judo*-Kleidung unterschied. Statt einem *Karategi* tragen die Chinesen eine Jacke mit weiten Ärmeln und Manschetten, einen Kragen im Mandarin-Stil und sogenannte »Frosch«-Verschlüsse. Die Hosen sind ebenfalls weit geschnitten und mit Aufschlägen versehen. Sie sehen fraglos *orientalisch* aus, aber auch sehr bequem.

Ich konnte Billy auf der anderen Seite in einer Gruppe Jungen ausmachen, von denen alle die gleiche braunweiße Uniform trugen. Hoffentlich hatte ich noch keine Runde verpasst.

Das Turnier wurde nur mit bloßen Händen ausgetragen. Es gab Punkte für Treffer am Kopf, dem Rumpf und den Oberschenkeln, Schläge gegen den Hinterkopf, ins Genick oder in die Weichteile aber wurden bestraft. Jeder Kampf dauerte drei Runden, von denen jede zwei Minuten dauerte, mit einer Minute Pause dazwischen. Die Gegner mussten sich in dieser Zeit innerhalb des Quadrates aufhalten. Ich erkannte einige der Bewegungen wieder, die Billy mir gezeigt hatte, aber das meiste überstieg meinen Horizont *bei weitem*. Fasziniert schaute ich einfach nur zu. Es war ein wenig wie damals, als ich das erste Mal Zeuge eines japanischen Martial-Arts-Turniers im Second Avenue Gym wurde. Ich war sprachlos. Ich konnte nicht glauben, dass Menschen zu *so etwas* fähig waren.

Alles wirkte so *grob*, war aber auf der anderen Seite einfach wunderschön anzusehen. Die Kontrahenten beim *Wushu* schienen viel mehr umeinander herumzutanzen als im *Karate*. Während ich den Kämpfen zusah, wurde mir auch klar, was ich bei meinen Übungen falsch machte. *Wushu* in Aktion zu erleben war etwas ganz anderes als meine einfachen Trainingseinheiten mit Billy, also tat ich mein Bestes, mir die Bewegungen einzuprägen.

Schließlich war Billys Team an der Reihe, Kämpfe gegen ein Team mit violetten und weißen Uniformen auszutragen. Zwischen jedem Kampf hielt einer der Richter eine kurze Ansprache auf Chinesisch.

Dann betrat endlich Billy den Ring. Sein Gegner war ein Junge, der im gleichen Alter und von gleicher Größe und gleichem Gewicht zu sein schien. Ich hörte Billys Mutter applaudieren und etwas rufen. Ich spürte Schmetterlinge im Bauch. Am liebsten hätte ich gerufen: »Los, Billy!«, aber ich wollte keine Aufmerksamkeit erregen.

Die Gegner wandten sich jeweils einer Seite des Publikums zu und machten dabei eine besondere Geste mit ihren Händen – sie hielten sie sich vor die Brust, so als würden sie beten, allerdings pressten sie dabei die linke Handfläche gegen die rechte Faust. Auf diese Weise bezeugten die Jungs zuerst der Gegenseite ihre Ehre, und dann sich gegenseitig.

Der Kampf begann und Billy und der andere Junge umkreisten sich, bevor sie aufeinander losgingen. Ihre Arme und Hände hieben aufeinander ein, wie bei einem Klatschspiel für Kinder, aber viel schneller und sehr viel aggressiver. Dann, urplötzlich, zuckte ein Bein nach vorn, und dann ein anderes Bein, ein Tritt und ein Schlag und ein Tritt und ein Schlag und ein Schlag und … na, du weißt schon. Der andere Junge brach einmal durch Billys Deckung und landete einen Treffer gegen die Brust meines Freundes. Ich sah, dass es schmerzhaft gewesen sein musste, aber Billy zuckte nicht einmal zusammen. Schwungvoll wehrte er einen zweiten Angriff ab, *drehte* den Arm seines Gegners von sich weg – dann stieß er unversehens mit seiner rechten Hand nach vorn und traf den anderen Jungen im Gesicht. Dafür bekam Billy offenbar ein paar Punkte. Seine Mutter applaudierte. Runde Eins endete und Billy hatte gewonnen, wie es schien.

Nach einer kurzen Pause ging der Kampf weiter. Es gelang dem anderen Jungen, Billy mehrere Male an der Schulter zu treffen. Sie fuhren damit fort, die Schläge des jeweils anderen abzuwehren, dann ging Billys Gegner näher heran und seine Attacken wurden wilder und blitzschnell. Ich war beeindruckt, dass Billy mit ihm Schritt halten konnte und die peitschenartigen Schläge abwehrte, als würde er sie voraussahnen. Bevor man sich versah, war die Runde auch schon vorüber. Diese hatte der andere Junge gewonnen.

Die dritte Runde begann wie die erste, mit viel Sparring und kaum Treffern. Keine Punkte, für eine geraume Weile. Aber nachdem Billy die Angriffe seines Gegners einige Zeit lang abgewehrt hatte, schlug er ihm plötzlich gegen den Kiefer. Und er hörte an diesem Punkt nicht auf, sondern fuhr damit fort, seinen Gegner so schnell zu bestürmen, dass ich seinen Bewegungen kaum folgen konnte. Das ganze Publikum schien auf den Sitzen nach vorn zu rutschen – es war ein wirklich aufregender Kampf!

Und dann – gerade als der Kampf auf dem Höhepunkt angekommen war – war die Runde vorüber. Die beiden Jungen verneigten sich voreinander mit den Fäusten an der Handfläche und warteten danach darauf, dass Lam Sang und seine Assistenten die Punkte vergaben.

Ich war der Ansicht, dass Billy den Kampf in der Tasche haben musste, und tatsächlich ... er gewann!

Triumphierend kehrte er zu der Tribüne zurück und setzte sich zu seinem Team. Ich war stolz und freute mich für ihn. Seine Mutter stand auf und sagte etwas zu den anderen Frauen.

Sie lächelten, nickten und gratulierten ihr. Seine Mom lief in die Halle hinab und begab sich dann zum Ausgang.

Billys Gegner blickte zornig drein. Ich folgte ihm mit meinem Blick, wie er zu seinem Platz auf der anderen Seite der Tribüne zurückkehrte.

Und dann sah ich Pockengesicht.

Er stand neben der Tribüne. Obwohl er ein junger Mann war, gehörte er keinem der Teams an. Er trug Straßenkleidung. Schnell ließ ich den Blick über die Gesichter der anderen Jungen wandern, konnte Blauauge aber nirgendwo finden.

Pockengesicht hatte ein finsteres Gesicht aufgesetzt. Er musste Billys Mutter bemerkt haben, denn er schritt durch die Turnhalle auf den Ausgang zu und kam dabei an unserer Seite vorbei. An der Tür hatte er zu ihr aufgeschlossen. Sie wirkte verängstigt, als er sich ihr näherte. Er winkte sie näher zu sich heran. Als sie ihm Folge leistete, beugte er sich zu ihr heran und flüsterte ihr etwas ins Ohr. Sie nickte heftig, so als würde sie sich für etwas entschuldigen, dann eilte sie hastig zur Tür hinaus. Die arme Frau war zu Tode geängstigt.

Pockengesicht blieb noch für eine oder zwei Minuten an Ort und Stelle stehen, bis das nächste Match begann. Dann verschwand er.

Das war mein Stichwort. Ich entschuldigte mich höflich, während ich mich durch die Reihen und nach unten zwängte, und ging hinaus. Ich blickte die Mulberry Street hinauf und hinunter, konnte ihn aber nirgendwo entdecken. Zuerst war ich wütend, weil ich ihn hatte entwischen lassen, aber dann blickte ich direkt über die Straße und sah den Kerl. Er lief nach Westen durch den Columbus Park, um sich dort einer Gruppe von jungen Kerlen anzuschließen, die rauchend und lachend um eine Parkbank herumstanden. Tong-Mitglieder, da war ich sicher. Also lief ich zur Straßenecke und überquerte die Ampel. Dann schlenderte ich scheinbar unbekümmert in den Park und blieb bei einem

Straßenhändler stehen, um mir einen Hot Dog zu kaufen. Mit meinem Essen in der Hand wanderte ich in die Nähe der Gangster und setzte mich auf eine leere Bank. Ich fühlte mich sicher. Es war heller Tag. Das Wetter war kalt, aber es schneite nicht.

Pockengesicht rauchte zusammen mit seinen Kumpanen eine Zigarette und lief danach weiter. Er bewegte sich auf die westliche Seite des Parks zu. Ich stand auf und folgte ihm, aber als ich die Baxter Street erreichte, das westliche Ende des Parks, blieb ich stehen. Er hatte die Straßenseite überquert und stand nun auf der anderen Seite vor der Fassade eines Stadthauses. Dort drängte er sich mit zwei anderen jungen Chinesen zusammen. Ich musste weiter in südlicher Richtungen durch den Park gehen, um mich nicht verdächtig zu machen. Ich brauchte einen weiteren Vorwand, um verweilen zu können, und als eine kaukasisch aussehende Frau mit einem riesigen Deutschen Schäferhund an der Leine auf mich zukam, rief ich: »Oh, was für ein prachtvolles Hündchen!« Sie blieb stehen und ließ mich das Tier streicheln, ich aber behielt die ganze Zeit über Pockengesicht im Auge. Ich schlug etwas Zeit tot, indem ich der Frau erzählte, dass ich mir ebenfalls gern einen Hund anschaffen würde. Gerade, als mir nichts mehr einfallen wollte und ich spürte, dass auch sie weitergehen wollte, wandte sich Pockengesicht nach Süden. Ich verabschiedete mich von meinem neuen vierbeinigen Freund und lief weiter.

Dann blieb der Gangster unverhofft stehen und stürmte die Stufen zum Eingang eines Hauses am südlichen Ende der Baxter Street hinauf. Mit einem Schlüssel öffnete er die Tür und betrat das Haus.

Hab ich dich!, dachte ich bei mir.

Nun weiß ich, wo einer der Mörder lebt, und heute Nacht wird ihm die Black Stiletto einen Besuch abstatten.

Wünsch mir Glück, liebes Tagebuch.

10 | Judys Tagebuch

1960

13. März

Es scheint, als müsste ich jedes Mal, wenn ich von einem Abenteuer als Stiletto zurückkehre, schreiben, dass ich *gerade noch mit dem Leben davongekommen bin*. Heute Nacht – beziehungsweise am frühen Morgen – war es nicht anders, aber am Ende konnte ich triumphieren.

Gegen 22 Uhr legte ich mein Outfit an und schlich mich nach Chinatown. Ich hatte keine Ahnung, ob Pockengesicht zu Hause sein würde oder mit seiner Bande abhing. Meine Bemühungen konnten sich als zwecklos erweisen, aber ich musste es versuchen. Ich fand einen dunklen Platz im Columbus Park, direkt gegenüber von Pockengesichts Stadthaus auf der Baxter Street. Es war immer noch sehr kalt draußen, also entschied ich, nicht länger als eine Stunde zu warten. Wenn ich ihn in der Zeit nicht sehen würde, würde ich es in einer anderen Nacht noch einmal versuchen.

Ich erinnere mich, wie ich da auf dieser Parkbank saß und dachte, dass ich vollkommen verrückt sein musste. Denn hier saß ich nun, in meinem Lederoutfit – oder *Kostüm*, wie es die Presse nannte – bei Minusgraden, in der Nacht, in einem menschenleeren Park, beobachtete ein Haus, in dem möglicherweise ein chinesischer Verbrecher lebte, und hoffte, dass ich einem Teenager, den ich kaum kannte, zur Gerechtigkeit verhelfen konnte. Wie viele zweiundzwanzigjährige junge Frauen in New York City taten so etwas ebenfalls? Wie viele kluge und attraktive junge Frauen in Manhattan verbrachten ihre Tage damit, zu boxen und Karate und *Wushu* zu erlernen, und ihre Nächte mit einer Maske auf dem Kopf die Straßen der Großstadt unsicher zu machen und nach Ärger Ausschau zu halten, wenn sie stattdessen mit Männern ausgehen oder heiraten und Kinder kriegen konnten? Okay, vergiss die letzten beiden Dinge, aber der Teil mit dem *mit Männern ausgehen* wäre ganz schön. Es ist schon eine Weile her, seit John und ich – na, du weißt schon, liebes Tagebuch. Aber aktuell hatte ich keine Aussichten, nicht eine einzige. Ich mochte die Stammkunden des Gyms, aber ich konnte mir nicht vorstellen, mit einem von ihnen auszugehen. Viele hatten es versucht. Aber ich hielt es für keine gute Idee, Geschäftliches mit privatem Vergnügen zu vermischen. Ich hatte meine Lektion mit diesem Trottel Mack gelernt. Der attraktivste Mann im Gym ist meiner Meinung nach tatsächlich *Jimmy*. Er ist nicht der schlauste Mann unter der Sonne, aber er ist fit und muskulös und sehr nett. In Boxershorts sieht er fantastisch aus. Doch er ist ein Schwarzer. Darf ein weißes Mädchen mit einem Schwarzen ausgehen? Ich wüsste nicht, was dagegen spräche, aber ich bin sicher, dass die meisten Menschen das für ein Tabu halten. Vielleicht wird es irgendwann in der Zukunft einmal akzeptabel sein, die Rassen zu durchmischen, aber im Moment würde ich damit nur unnötig für Schwierigkeiten sorgen.

Das waren die Gedanken, die mir durch den Kopf gingen, liebes Tagebuch, als ich in der kalten Dunkelheit hockte und mich selbst bemitleidete. Dann öffnete sich plötzlich die Tür des Hauses und Pockengesicht erschien. Ich wusste, dass er es sein musste. Er trug den gleichen Wintermantel wie zuvor. Und keinen Hut.

Er überquerte die Baxter Street und lief auf den Park zu, direkt in meine Richtung.

Ich sprang von der Parkbank und versteckte mich hinter einem Baum. Sollte ich mich ihm gleich hier entgegenstellen? Oder war es besser, ihm erst einmal zu folgen und zu sehen, wohin er wollte? Vielleicht war er ja zum Hauptquartier der Flying Dragons unterwegs. Es konnte nützlich sein, herauszufinden, wo es sich befand.

Der junge Gangster lief in östlicher Richtung an mir vorüber und blieb dann kurz stehen, um sich eine Zigarette anzuzünden. Ich blieb ihm auf den Fersen, huschte zwischen Bäumen und dunklen Flecken hin und her, bis er die andere Seite des Parks erreichte und die Mulberry Street überquerte. Dort wandte er sich nach Norden. Da dämmerte es mir, dass ich nicht gut genug vorbereitet war. Das war mir in der Vergangenheit schon zum Verhängnis geworden, und das musste aufhören. Ich musste lernen, besser *vorauszuplanen*.

Auf den Straßen waren mehr Leute unterwegs, als mir lieb war, was es schwieriger machte, ihm zu folgen. Ich hielt mich auf der Parkseite der Straße und beobachtete, wie er zielgerichtet die Bayard ansteuerte, eine Einbahnstraße, die nach Osten führte. Dort bog er rechts ab. Ich hatte keine andere Wahl, als mich an ein paar erschrockenen Fußgängern vorbeizudrängen und über die Mulberry zu sprinten. Großartig, nun würden die Zeitungen von Chinatown berichten, dass man die Black Stiletto gesichtet habe. Aber zu dem Zeitpunkt hatte ich mich bereits meiner Aufgabe verschrieben.

Als ich die Kreuzung der Mott und Bayard erreichte, musste er etwas bemerkt haben, möglicherweise die überraschten Reaktionen einiger Passanten hinter ihm, denn er blieb stehen und drehte sich um. Aus etwa drei Metern Entfernung trafen sich unsere Blicke. Er blieb an Ort und Stelle stehen und winkte mich zu sich heran. Um uns herum befanden sich vielleicht zwanzig Zuschauer, liebes Tagebuch. Selbst die Fahrer von Autos oder Taxen, die auf der Bayard vorbeikamen, konnten uns sehen. Das sollte ein sehr öffentliches Aufeinandertreffen werden.

Meinetwegen.

Ich ergriff die Initiative und attackierte ihn zuerst. Ich rannte auf ihn zu und vollführte einen *Tobi-Geri*, einen Sprungtritt, bei dem ich in die Luft sprang, um ihn seitlich mit meinem linken Bein zu erwischen – aber ich spürte, dass er bereit war, den Tritt abzuwehren, also wechselte ich mitten im Sprung noch zu einem *Nidan-Geri* um, einem Doppeltritt. Dabei springt man in die Luft, wie man es bei einem gewöhnlichen Sprungtritt tun würde, tritt dem Gegner mit einem Fuß gegen den Körper, reißt dann aber in der Luft den Körper irgendwie noch einmal in die Höhe, um dem Gegenüber mit dem eigentlichen Sprungfuß ins Gesicht zu treten. Man muss dazu ziemlich hoch springen, um das zu erreichen.

Meine Strategie ging auf. Er wehrte tatsächlich den ersten Tritt ab, rechnete aber nicht mit dem zweiten. Mein Stiefel traf ihn mit solcher Wucht am Wangenknochen, dass er laut aufschrie. Ich landete unbeholfen, als Folge meiner Blitzentscheidung, den Angriff zu ändern. Ich fiel mit dem Rücken auf den Gehweg, rollte mich aber ab, um die Wucht des Aufpralls zu mindern. Pockengesichts Beine gaben unter ihm nach und er landete auf dem Rücken!

Er erholte sich jedoch schnell, holte zu einer Art Kreiseltritt aus, bei dem seine Beine parallel zum Boden ausgestreckt waren, und traf mich auf diese Weise direkt in den Bauch. Es schmerzte, hätte aber schlimmer ausgehen können. Mein Gegenüber verfügte nicht über die Balance oder genügend Schwung, um dem Angriff die nötige Kraft zu verleihen.

Fast gleichzeitig kamen wir wieder auf die Beine. Er stürmte auf mich los und entfesselte einen Ansturm, der dem in jener Nacht in dem Restaurant glich. Seine Arme und Beine schnellten in Lichtgeschwindigkeit nach vorn und trafen mich im Gesicht und an den Schultern. Ich musste eine Menge Schläge einstecken, bis ich mir einige der Abwehrtechniken ins Gedächtnis rief, die Billy mir beigebracht hatte. Und siehe da – es funktionierte! Meine neuerworbenen Fähigkeiten verblüfften Pockengesicht. Das konnte ich in seinen Augen sehen. *Wie hat sie das gelernt? Wieso liegt sie nicht am Boden und windet sich vor Schmerzen? Was mache ich falsch?*

Seine Verwirrung verschaffte mir einen Vorteil. Er zögerte kurz und das nutzte ich. Ich erinnerte mich an das, was ich bei dem Turnier gesehen hatte, und holte zu einer anmutigen, aber gleichsam schockwellenartigen Kombination mit dem aus, was ich bereits aus dem *Karate* kannte. Das Ergebnis war ... nun, etwas völlig Neues, denke ich. Pockengesicht gab sein Bestes, mich abzuwehren, aber nicht jeder meiner Angriffe ließ sich von ihm vorausahnen. Einige meiner Schläge trafen ins Ziel und richteten dort beträchtlichen Schaden an. Er wich zurück, während ich vorandrängte, ohne mein Trommelfeuer aus Schlägen und Tritten zu verlangsamen. Ich fühlte mich angespornt. Wäre das eine Runde in einem Turnier gewesen, hätte ich ihn bereits aus dem Ring geworfen und wäre der Sieger gewesen.

Er wirbelte herum und lief mehrere Schritte zurück, um etwas Distanz zwischen uns zu bringen. Eine kurze Verschnaufpause. Er jetzt bemerkte ich die wachsende Zuschauermenge, die uns umringte. Sie hatte sich bereits verdoppelt. Die Rufe und das Gemurmel verstand ich nicht, aber es brauchte auch keine Untertitel. Einige Leute riefen uns zu, aufzuhören, die anderen feuerten uns an. Es war ein großes Schauspiel, exklusiv nur hier in Chinatown.

Ich war in Sorge, dass er seine Pistole ziehen könnte, aber aus irgendeinem Grund tat er das nicht. Vielleicht trug er sie nicht bei sich. Das Springmesser, das er jedoch plötzlich herausschnappen ließ, war lang und scharf und ganz sicher nicht weniger gefährlich. Er ließ es durch die Luft zischen und stürzte sich auf mich. Die Schaulustigen zogen sich zurück, aus Angst, versehentlich in Mitleidenschaft gezogen zu werden.

Geschickt drehte ich mich zur Seite und wich dem Stoß aus. Pockengesicht hatte einen großen Fehler begangen. Er hatte die Black Stiletto zu einem Messerkampf herausgefordert. Es war ausgeschlossen, dass er besser mit einer Klinge umgehen konnte als ich.

Ich zog mein Stiletto – und alles, was Fiorello mir beigebracht hatte, stürmte wieder auf mich ein. Der Tanz, den man in einem Messerkampf vollführte, unterschied sich sehr stark von den Schritten im *Karate* oder *Wushu*. Ich kannte die Bewegungen, Pockengesicht aber hatte nicht den Hauch einer Ahnung.

Wie kleine Miniaturschwerter zuckten die beiden Klingen vor und zurück und trafen hin und wieder mit einem Kratzen oder Klirren aufeinander. An einem Punkt schnitt ihm mein Stiletto in die Hand. Blut sprudelte aus der Wunde hervor, aber er hielt das Messer fest in der Hand. Pockengesicht sah eine Lücke in meiner Deckung und stürzte sich mit seinem ganzen Körpergewicht auf mich. Fiorellos Training machte sich mehr als bezahlt. Im Bruchteil einer Sekunde drehte ich den Rumpf, während ich weiter nach vorn schnellte – eine heikle Bewegung, die nur für jemanden, der so schlank und fit, wie ich es bin, machbar war, und sein Messer verfehlte mich nur um Haaresbreite. Da stand er aber bereits neben mir und sein Schwung trieb ihn weiter nach vorn. Alles, was ich jetzt nur noch tun musste, war, mit dem Stiletto hinabzustoßen, als würde ich es in den Boden werfen wollen, und dann bohrte sich das Messer in die Rückseite seines Oberschenkels. Er schrie und krachte zu Boden.

Ich trat das Springmesser von ihm weg und ließ mich dann auf seinen Rücken fallen, mit meinem Knie in seine Nieren. Das machte ihn so gut wie kampfunfähig, aber er bäumte sich auf, um mich abzuwerfen. Damit hatte er aber kein Glück. Ich packte einen seiner Arme, drehte ihn auf den Rücken und zog ihn bis zu den Schulterblättern nach oben. Er stöhnte vor Schmerzen.

»Hör' auf, dich herumzuwinden, oder ich breche ihn dir«, giftete ich ihn an.

Mit meiner anderen Hand griff ich nach dem Seil an meinem Gürtel und wickelte es ihm um sein Handgelenk und auch um seinen anderen Arm. Ich brauchte bestimmt eine Minute, bis ich ihn gefesselt hatte, aber als ich damit fertig war, lag Pockengesicht hilflos mit zusammengebundenen Händen und Füßen auf dem Bauch.

Erst dann warf ich einen Blick auf die Menschenmenge um mich herum. Allesamt Chinesen. Allesamt sprachlos. Völlig still und wie in Schock.

Beinahe verschlug es mir den Atem, als ich Billy unter ihnen erblickte. Er stand ganz vorn und sah mir mit weit aufgerissenen Augen und offenem Mund zu. Ich nickte ihm zu und sagte: »Ruf die Polizei.«

Er bewegte sich nicht. »Na los doch!« Der Junge zuckte zusammen und rannte zu einem Münzfernsprecher, der ein paar Yards entfernt an einer Straßenecke stand. Ich sah zu, wie er den Hörer abnahm, und dann richtete ich mich auf und wandte mich an das Publikum.

»Geht nach Hause, die Show ist vorbei. Die Polizei ist unterwegs, und sofern ihr nicht als Zeugen befragt werden wollt, solltet ihr besser von hier verschwinden!«

Keiner rührte sich. Entweder verstanden sie nicht, was ich sagte, oder sie wollten auf keinen Fall noch mehr von dem Trubel verpassen.

»Na schön«, sagte ich. »Dann sollten wir aber wenigstens dafür sorgen, dass die Details stimmen. Die Black Stiletto hat hier den Mörder von Mr. Lee aus Lees Noodle Restaurant geschnappt.« Ich deutete auf Pockengesicht. »Er war der Killer. Er hat Mr. Lee und dessen Bruder umgebracht!«

Billy kehrte zurück. Zu ihm sagte ich: »Erzähl' den Cops alles. Du musst ihn als Mörder deines Vaters identifizieren.«

Der Junge starrte mich an, als hätte ich das Unmögliche von ihm verlangt.

»Das ist der einzige Weg«, bekräftigte ich.

Schließlich nickte er, und dann hörten wir alle auch schon die Sirenen.

»Das ist mein Zeichen, ich sollte verschwinden.« Ich steckte mein Messer in seine Scheide zurück, dann drehte ich mich einer spontanen Eingebung folgend zu den Umstehenden um und verbeugte mich mit der Faust-gegen-Handfläche-Geste. Die meisten von ihnen erwiderten sie mit einem Lächeln und ebenfalls angedeuteten Verbeugungen.

Dann rannte ich nach Hause, und da bin ich nun, heil und unversehrt.

Ich fühle mich gut.

11 | Maggie

Heute

Wahrscheinlich sollte ich mich deswegen schäbig fühlen, meinen Partner – kann ich ihn schon so nennen? – überprüfen zu lassen. Ich mag ihn nämlich wirklich. Aber es gibt da ein paar furchtbar verdächtige Geheimnisse über seine Mutter, von denen ich glaube, dass er über sie Bescheid weiß. Ich möchte ungern in möglicherweise sogar kriminelle Dinge aus ihrer Vergangenheit hineingezogen werden. So ehrlich muss ich zu mir selbst sein. Ich bin zu alt, um mich noch ständig aufs Neue in wechselnde Datingabenteuer zu stürzen. Ich bin über vierzig und habe einen Beruf, der mich auf Trab hält. Wenn ich schon meine Zeit in etwas investiere, das sich vielleicht zu einer Beziehung entwickeln könnte, möchte ich darauf vertrauen können, mich richtig entschieden zu haben.

Das erklärte ich auch Bill Ryan, als ich ihn letzte Woche besuchte. Er erzählte mir, dass Frauen ständig ihre zukünftigen Partner überprüfen lassen. Das machte es mir ein wenig leichter, ihm meine Bitte vorzutragen. Bill war früher mal ein Cop gewesen und ist um die fünfzig oder sechzig. Etwas zu dick, aber nicht schlimm. Keine Ahnung, warum er schon so früh in den Ruhestand gewechselt hatte, aber nun arbeitet er als Privatermittler. Ich kenne ihn über mein Netzwerk. Einmal im Monat trafen wir uns zum Frühstück im Highland Park. Ich heuerte ihn an, weil ich ihn für überlegt, vernünftig und – am allerwichtigsten – für diskret halte.

Heute rief er mich an und fragte, ob ich in seinem Büro in Northbrook vorbeikommen könnte. Er bot mir einen Platz vor seinem Schreibtisch an und dann brachte er mich auf den Stand dessen, was er bislang herausgefunden hatte.

»Ich habe in Illinois angefangen, weil es einfacher ist, in der Gegenwart zu beginnen und sich von da aus in die Vergangenheit zu arbeiten«, sagte er mit rauer Stimme, die unter anderen Umständen vielleicht komisch gewirkt hätte.

»Zuerst habe ich mir Judy Talbots Aufzeichnungen angesehen und außerdem nach Informationen über Richard Talbot gesucht, den Vater. Die öffentlich zugänglichen Daten sind allesamt unauffällig. 1970 zogen sie in das Haus in Arlington Heights. Davor lebte sie mit Martin in zwei anderen Appartements, beide ebenfalls ins Arlington Heights. Die ersten Einträge von ihr in diesem Bundesstaat stammen von Ende 1963. Danach waren sie in Ohio, für ein paar Monate. Dann lebten sie bis 1965 wieder in Illinois. Aus irgendeinem Grund zogen sie für ein paar Monate nach St. Louis, Missouri, aber dann mieteten sie sich von 1965 bis 1969 in einem anderen Appartement in Arlington Heights, Illinois, ein. Über einen Richard Talbot habe ich bislang nichts finden können. Die Militäraufzeichnungen aus dieser Zeit, insbesondere jene, die sich auf den Zeitraum beziehen, bevor sich der Vietnam-Konflikt in den Krieg verwandelte, wie wir ihn heute kennen, sind ziemlich vage, fürchte ich. Aber ich suche weiter.«

»Was arbeitete sie?«, fragte ich.

»Das ist genau der Punkt«, antwortete Billy. »Es existieren von ihr keinerlei Dokumente über irgendwelche Anstellungen. Rein gar nichts. Zumindest nicht in diesem Bundesstaat. Aus ihren Steuererklärungen geht hervor, dass sie bis ins neue Jahrtausend hinein um die dreißigtausend Dollar verdiente. Als Beschäftigung war dafür nur *Berater* angegeben, was immer das heißen soll. Danach lebte sie von ihrem Ersparten, bis kurz vor die Armutsgrenze. Das Haus war abbezahlt. Ihre derzeitige Bank ist die *Village Bank and Trust*, und sie hat kein Geld mehr auf dem Konto. Deshalb lebt sie auch in einem Pflegeheim. Ich versuche an Bankauskünfte vor ihrer Zeit bei der *Village Bank* zu gelangen, aber das wird nicht leicht, denn in Arlington Heights hat man seit den Sechzigern eine Menge Banken kommen und wieder gehen sehen. In den Sechzigern und Siebzigern waren Dreißigtausend im Jahr gar nicht mal so übel. Ihre Kreditwürdigkeit ist in Ordnung.«

»Wen hat sie dann beraten? Wer hat ihr das Geld überwiesen?«

»Das wird der nächste Schritt sein.«

»Du meinst Los Angeles«, sagte ich. »Martin hat mir erzählt, dass er dort geboren wurde, und sie nach Illinois zogen, als er noch ein Baby war.«

»Eine Ermittlung in L.A. kann teuer werden, Maggie. Bist du sicher, dass du das durchziehen willst?«

Ich sagte ihm, dass ich das wollte. Gott stehe mir bei.

Am Samstagabend waren Martin und ich zum Essen aus, dieses Mal in Fleming's Steak House in Lincolnshire. Ich sagte ihm, dass das viel zu teuer sei, aber er bestand darauf, mich dorthin auszuführen. Er wollte damit etwas *wiedergutmachen*, weil er mich an dem anderen Abend im Kona Grill so blamiert hätte. Ich erklärte ihm, dass er mich keineswegs blamiert habe und er das einfach vergessen soll. Aber wir gingen trotzdem ins Fleming's. Ich fürchte, ich habe mir eine Flasche Wein gegönnt, die er bestellte, aber auf der anderen Seite passte sie auch perfekt zu dem Steak mit gebackenen Kartoffeln und Gemüse. Alles schmeckte sehr lecker. Nun, der Wein stieg mir zu Kopf und meine Hemmungen waren damit vergessen, wie es auch sein sollte, wenn man Wein trank. Am Ende fuhr ich mit zu Martin nach Hause.

Sein Haus könnte ein Dienstmädchen gebrauchen, das einmal die Woche für ihn sauber macht, aber es war jetzt auch nicht gerade der Junggesellen-Albtraum, den ich erwartet hatte.

Eigentlich war es sogar recht hübsch. An der Wand hingen Fotos, die gleichen, wie sie auch Judy in ihrem Zimmer in Woodlands besaß, zusammen mit ein paar anderen von Martin und seiner kleinen Familie. Gina ist ein attraktives junges Mädchen.

Er schürte ein Feuer im Kamin und dann fragte er mich, ob ich noch einen Drink wolle. Ich lehnte ab, aber er brachte mir einen Sherry, an dem ich nippte. Auf dem Couchtisch lag seltsamerweise ein Wahlkampf-Anstecker der Kennedy/Johnson-Kandidatur. Ich fragte ihn danach, und er meinte, dass dieser seiner Mutter gehörte. Er sagte, dass er ihn unter ihren Sachen gefunden und ihn sich angesehen und dann dort liegen gelassen hatte. Vorher hatte Martin noch vorgeschlagen, dass wir uns zusammen einen Film ansehen könnten, aber dazu kam es nicht. Als wir erst auf dem Sofa saßen, führte eines zum anderen, und er nahm den Mut zusammen, mich zu küssen. Ich küsste ihn zurück, und wenig später machten wir miteinander herum.

Wir landeten im Schlafzimmer und ich verbrachte die Nacht bei ihm. Ich war immer auf Nummer sicher gegangen, aber aus irgendeinem Grund brauchte ich in dieser Nacht etwas Intimität, und Martin war zur Stelle. Er war sehr charmant während des Essens, und als wir bei ihm waren, sagte er genau die richtigen Dinge. Wahrscheinlich wollte ich einfach verführt werden, denn es ist schon einige Zeit her, seit ich das letzte Mal mit einem Mann zusammen gewesen bin. Und trotz meiner Bedenken seine Vergangenheit betreffend gab ich mir einen Ruck und machte unsere Beziehung damit offiziell. Ob es ein Fehler war oder nicht, wird sich zeigen. Der Abend war toll, es war eine angenehme Erfahrung, und Martin ist ein guter Liebhaber. Weil es für uns beide das erste Mal war, stellten wir uns noch etwas ungelenk an, aber am Ende war es sehr schön.

Wie auch immer, in der Nacht wachte ich auf und hörte ihn im Schlaf reden. Er hatte einen Albtraum, so viel war klar. Es war schwer, seine Worte zu verstehen, aber dann hörte ich klar und deutlich, wie er murmelte: »Nicht du, Mom.« Ich rüttelte ihn und er schrak auf. Er brauchte einen Moment, bis er sich beruhigt hatte und ihm klar wurde, dass es nur ein Traum gewesen war. Ich fragte ihn, ob er sich noch erinnerte, was ihn so beunruhigt hatte, aber er sagte, dass er es nicht mehr wüsste. Ich verschwieg, dass er seine Mutter erwähnt hatte.

Ich riet ihm erneut, dass ein Therapeut vielleicht helfen könne, und er beteuerte, dass er vorhatte, sich jemanden zu suchen. Ich schlug vor, ihm jemanden zu empfehlen, aber er zog es vor, selbst einen Arzt zu finden.

Dann schliefen wir weiter.

Am nächsten Morgen bedauerte ich nicht sofort, was ich getan hatte, also halte ich das für ein gutes Zeichen.

12 | Judys Tagebuch

1960

15. März

Die letzte Nacht war eine einzige Katastrophe, liebes Tagebuch.
 Es ist bereits später Nachmittag, aber ich bin gerade erst aufgewacht. Heute Morgen hat Jimmy für mich das Gym übernommen. Durch die Schlafzimmertür hindurch ließ ich Freddie wissen, dass ich krank sei, und schlief den ganzen Tag hindurch.
 Ich wurde wieder verbläut. Schlimm. Eine Rippe ist gebrochen, da bin ich mir sicher. Zum Glück schlief Freddie schon, als ich letzte Nacht nach Hause kam, sonst hätte er mich bestimmt gezwungen, ins Krankenhaus zu fahren. Stattdessen wickelte ich meinen Brustkorb mit dem gleichen dehnbaren Verbandsmaterial ein, das sie mir damals gegeben hatten, als ich mir eine andere Rippe gebrochen hatte. Ich erinnerte mich, dass ich es irgendwo in eine Schublade gepackt hatte, also kramte ich es hervor. Ein Arzt hätte mich sicher dazu verdonnert, ihn einen Monat oder so zu tragen, also trage ich ihn eben einfach für einen Monat oder so. Das kenne ich ja nun schon.
 Meine anderen Verletzungen bestehen aus einer geschwollenen rechten Augenbraue, wieder einer aufgeplatzten Lippe, einer blutigen Nase, einem beginnenden blauen Auge und wirklich böse schmerzenden Unterarmen, Händen und Oberschenkeln. Oh, und Schultern. Und der Hals. Mein ganzer Körper tut weh, liebes Tagebuch!
 Aber ich lebe.
 Was jedoch am meisten schmerzt, ist die Schlagzeile der *Daily News*.

»BLACK STILETTO BESIEGT!«, in riesigen, fetten Druckbuchstaben. Der Artikel wurde von vier Fotos dokumentiert. Auf den Bildern sah man mich auf der Pell Street liegen, von Schaulustigen umringt. Auf dem vierten Bild hatte sich auch die Polizei zu ihnen gesellt. Ja, die Polizei. Ein kühner Passant musste eine Kamera bei sich getragen haben, die ich nicht bemerkt hatte. Aber zu dem Zeitpunkt war ich auch nicht ganz bei mir. Von meinen Angreifern gab es keine Aufnahmen. Die hatten sich längst alle davon gemacht, als sich die Straßenschlägerei zur heißesten Story auf dem Planeten entwickelt hatte.

Dummerweise stimmte die Schlagzeile. Ich *war besiegt worden*. Zwar hatte ich es mit zwei Dutzend Gegnern aufgenommen, aber ich hätte nicht gedacht, dass sich die Black Stiletto davon aufhalten lassen würde. Ich schätze, ich muss lernen, wo meine Grenzen liegen.

Das Meiste in dem Artikel war unrichtig, wie gewöhnlich. Besonders den letzten Teil hatte der Reporter falsch dargestellt. Er schrieb, dass mir zwei Polizisten auf die Beine halfen, mir Handschellen anlegten und mich dann in einen Streifenwagen warfen und festnahmen. Dabei hätte ich *erniedrigt und geschlagen* gewirkt. Nun, so ist es natürlich nicht passiert, sonst säße ich nicht hier am Küchentisch und könnte das alles aufschreiben. Und ich war auch nicht erniedrigt. Ich war *wütend*. Die bösen Jungs hatten mir aufgelauert. Es war alles andere als ein fairer Kampf gewesen.

Der Abend begann damit, dass ich zu meiner regelmäßigen *Wushu*-Stunde mit Billy in dem Restaurant gegangen war. Ich fühlte mich gut, weil ich den Mörder seines Vaters geschnappt hatte. Ich dachte, dass er und seine Mutter auch sehr glücklich darüber sein mussten. Er wartete aber draußen auf mich und erklärte mir, dass kein Unterricht stattfinden würde und er mich in ein paar Minuten in dem dunklen Eingang unter dem

Baugerüst auf der anderen Straßenseite treffen würde. *Oh-oh,* dachte ich bei mir. Irgendetwas war passiert.

Zehn Minuten später tauchte Billy auf und entschuldigte sich. Er sagte, dass wir uns nicht mehr zum Training treffen konnten. Er und seine Mutter mussten das Haus verlassen. Die Flying Dragons hatten das Restaurant übernommen und behaupteten, dass sein Vater den Tong noch zwanzigtausend Dollar schulden würde! Pockengesichts Verhaftung hatte die Sache nur noch verschlimmert. Billy meinte, dass seine Mutter nicht gegen ihn aussagen würde und es ihm ebenfalls verboten habe. Man hatte sie bedroht. Und dann wurde Pockengesicht *freigelassen!* Keiner der Anklagepunkte konnte bewiesen werden. Genau wie die italienische Mafia besaßen die Tongs gute Anwälte und hatten korrupte Cops und Richter geschmiert. Billy und seine Mutter waren nun in großer Gefahr. Wenn sie nicht taten, was die Tong von ihnen verlangten, würde man sie umbringen.

Ich war entsetzt. Mein Kampf gegen den Killer hatte irgendwie meinen Freund in Gefahr gebracht. Jetzt, wo ich darüber nachdachte, machte das natürlich auch alles Sinn. Denn wieso sollte die Black Stiletto den Mord an Mr. Lee und dessen Bruder rächen, wenn es nicht irgendeine Art von Verbindung zwischen ihr und der Familie geben würde?

»Wer *sind* diese Leute? Wie können sie so viel Macht besitzen? Hat die Polizei denn in Chinatown überhaupt nichts mehr zu sagen?«

Billy rollte mit den Augen. »Nicht wirklich. Die Tongs ignorieren weiße Cops. Deshalb gibt es mehr und mehr chinesische Polizisten in Chinatown, aber das nützt nur wenig.«

»Weißt du noch mehr über die Flying Dragons?«

»Ich weiß nur, dass ihr Anführer Tommy Cheng heißt. Die beiden Männer aus dem Restaurant in jener Nacht gehören zu seinen Handlangern. Ich glaube, ihr Hauptquartier lieg auf der

Pell Street. Dort findet man auch die Hip Sing Tong. Die Flying Dragons sind so etwas wie deren kleine Brüder.«

»Wo werden du und deine Mutter nun leben?«

Er zuckte mit den Schultern. »In irgendeiner Absteige. Wir denken darüber nach, wieder zurück nach China zu gehen, zu meinen Großeltern. Dann sind wir wenigstens die Tong los, aber wir werden sehr arm sein.«

»Das tut mir leid, Billy«, sagte ich.

Er erwiderte, dass er es versteht und dass er nicht sauer auf mich sei. Seine Mutter hingegen schon, und sie war auch sauer auf ihn, weil er mit der Stiletto gesprochen hatte. Ich hatte ihr Leben gefährdet.

Ich erklärte daraufhin sofort, dass ich es wiedergutmachen würde, aber Billy hob die Hand. »Nein«, sagte er. »Sie müssen verschwinden und das alles vergessen. Ich meine es ernst. Es ist jetzt viel zu gefährlich, wenn Sie – oder wir beide – hier gesehen werden. Ma'am ...« Das war das erste Mal, dass er mich Ma'am nannte, »ich danke Ihnen, für alles. Ich habe unsere gemeinsame Zeit sehr genossen. Aber hier trennen sich unsere Wege. Es tut mir leid.«

Da wurde mir klar, dass der arme Billy Todesängste ausstehen musste. Die Tong hatten ihm und seiner Mutter das Fürchten gelehrt. Allein schon deswegen wollte ich es mit ihnen allen aufnehmen. Ich wollte ihr kleines Rattennest aufstöbern und sie alle ausräuchern.

Zu ihm aber sagte ich: »In Ordnung, Billy. Ist schon okay. Ich will dir keine Schwierigkeiten machen. Ich verstehe das.« Mit anderen Worten, ich ließ ihn vom Haken. Ich dankte ihm für seine Lektionen und bezahlte, was ich ihm noch schuldete. Ohne dass er es merkte, schob ich noch einen weiteren Fünfzig-Dollar-Schein in das Bündel.

Wir schüttelten uns die Hände und verabschiedeten uns. Er war nicht glücklich darüber, mir diese Mitteilung machen zu müssen. Er war ehrlich bestürzt. Ich hätte mich genauso gefühlt, aber irgendwie wusste ich – *weiß* ich – dass Billy und ich uns wiedersehen würden, und das sagte ich ihm auch.

Ich wartete, bis er in seinem Haus verschwunden war, bevor ich unser Versteck verließ. Ich hatte ihm zwar gerade erst versprochen, ihn nicht mehr zu besuchen, aber ich hatte nicht gesagt, nie mehr Chinatown einen Besuch abstatten zu wollen. Um also das Beste aus dem angebrochenen Abend zu machen, entschied ich mich dazu, einen kleinen Bummel zu unternehmen. Anstatt mich nach Norden ins Village zu begeben, wandte ich mich nach Süden, um zu sehen, wo sich vielleicht etwas Unruhe stiften ließ. Vielleicht würde ich ja auf ein weiteres Tong-Mitglied treffen. Ich hatte mich in der vergangenen Nacht so gut gefühlt. Die Black Stiletto hatte einen wirklich harten Burschen verdroschen – und ihn der Polizei übergeben. Meine freizeitlichen Aktivitäten waren schon lange nicht mehr so erfolgreich verlaufen.

Aber mein Ego und meine Arroganz sollten mein Untergang sein. Ich war übermütig geworden. Das Publikum der vergangenen Nacht war mir zu Kopf gestiegen. Das ist mir jetzt klar. Ich war dumm gewesen, und ich bin sauer auf mich selbst, dass ich nicht auf Billys Warnung gehört habe.

Wie gewöhnlich befanden sich viele Passanten auf den Straßen. Ich huschte die Bayard Street in westlicher Richtung entlang, Schritt für Schritt, von einem dunklen Häusereingang zum nächsten. Man sah mich, zeigte mit den Fingern auf mich. Aber ich bewegte mich flink voran und gab niemandem die Gelegenheit, mich in irgendeiner Weise abzufangen. Hin und wieder fand ich ein paar unbeleuchtete Flecken, an denen ich anhalten, zu Atem kommen und mich umsehen konnte.

Ich erreichte die Bayard und Mott, wo sich meine kleine Schlägerei mit Pockengesicht zugetragen hatte, und hielt mich weiter südlich. Mittlerweile hatte es sich auf den Straßen aber bereits herumgesprochen: *Die Black Stiletto war in Chinatown.* Genauso, wie ich es gewollt hatte. Ich hoffte, dass die Tongs sich zeigen würden, um mit mir zu spielen.

Und das taten sie auch.

Von Osten kommend stieß die Pell Street auf die Mott. Dort warteten ein Dutzend Ganoven auf mich, mitten auf der Straße, und blockierten den Weg nach Süden. Ich musste nun also entweder umkehren und nach Norden auf der Mott weiterziehen, oder mich nach links auf die Pell Street wenden, die von der Kreuzung aus bis auf ein paar Fußgänger leer wirkte. Ich wählte Letzteres.

Es war eine Falle.

Kaum, dass ich auf den Gehsteig der Pell gehuscht war, tauchten noch mehr Chinesen aus dem Dunkel vor mir auf. Sie hatten auf mich gewartet. Ich sah mich um, aber der Mob hatte sich ebenfalls vorwärts bewegt und blockierte nun meinen Weg auf die Mott hinaus. Ich war von wenigstens zwei Dutzend Tong-Mitgliedern umzingelt. Einige von ihnen trugen Waffen bei sich – Knüppel, Baseballschläger, Messer – aber ich sah keine Pistolen.

Liebes Tagebuch, ich war schon früher in brenzligen Situationen gewesen und habe auch schon Angst erlebt, aber ich glaube nicht, dass ich mich jemals so sehr fürchtete wie in diesem Moment. Ich spürte einen Kloß im Hals. Meine Antennen für Gefahren schlugen Alarm. Mein Herz pochte wie wild und Adrenalin pumpte durch meinen Körper. Kampf oder Flucht, eine andere Möglichkeit gab es nicht.

Aber schließlich war ich die Black Stiletto! Ich konnte es doch mit diesen Ganoven aufnehmen, oder etwa nicht?

Sie belehrten mich eines Besseren.

Ich nahm all meinen Mut zusammen und sagte: »Ihr Jungs wollt doch sicher keine Schwierigkeiten bekommen, oder?« Ich weiß nicht, ob sie kein Englisch verstanden oder mir einfach nur nicht antworten wollten. Sie kamen einfach weiter auf mich zu, nahmen mich immer mehr in die Zange und ließen mir keinen Ausweg mehr.

Ich zog mein Stiletto. »Zurück«, drohte ich ihnen, aber meine Worte stießen auf taube Ohren.

Am erfolgversprechendsten schien mir noch der Weg durch die Gruppe auf die Pell zu sein. Wenn ich es an ihnen vorbeischaffen würde, wäre ich auf der Bowery und so gut wie Zuhause. Ausgeschlossen, dass sie mich dann noch einholen würden. Ich könnte eine Feuerleiter hinaufrasen und über die Dächer fliegen, bevor sie überhaupt merken würden, dass ich ihnen entkommen war. Dafür musste ich nur eine Lücke finden.

Also griff ich zuerst an.

Ich denke, das Überraschungsmoment war zu Anfang auf meiner Seite. Sie hatten nicht damit gerechnet, dass ich in die Offensive gehen würde. Ich stürmte auf die Gangster zu und ließ mein Messer hin und her zischen. Ein paar von ihnen wichen zurück, was mir etwas Raum verschaffte. Für einen Moment glaubte ich sogar, Zweifel in ihren Gesichtern auszumachen. Doch dann wehrten mich ein paar der Kerle geschickt ab und ich spürte den schmerzhaften Treffer eines Knüppels in der Seite. Mein Messer bohrte sich in Fleisch und ich hörte jemanden schreien, aber ich konnte nicht genau sagen, was sich um mich herum abspielte. Es war, als hätte sich ein Bienenschwarm auf mich gestürzt. Fäuste, Füße, Knüppel – der Ansturm war übermächtig. Bevor ich mich versah, lag ich zusammengekrümmt und in Embryonalhaltung auf der Straße. Die Schläge, eine nicht abreißende Flut von Schmerz, heftig und voller Wucht, setzten mich völlig außer Gefecht und machten mich hilflos.

Ich hätte sterben können, liebes Tagebuch. Ich weiß noch, dass ich vor Schmerzen laut aufschrie und dachte, es sei alles verloren – bis mir bewusst wurde, dass ich noch immer mein Stiletto umklammert hielt. In Gedanken sah ich Soichiro vor mir, wie er in seinem alten *Karate*-Studio stand und mich tadelte, weil ich nicht richtig atmete oder mich nicht genügend auf eine *bestimmte Sache* konzentrierte. Das war die Motivation, die ich benötigte.

Ich stieß mit meiner Messerhand nach vorn und traf auf eine Wade. Dann schwang ich das Messer in einem Halbkreis herum und schlitzte über Knöchel und Schienbeine. Meine Gegner kreischten auf, zogen sich zurück, aber das bedeutete nicht, dass der wütende Ansturm auf mich nachließ. Im Gegenteil, die Qualen, die ich erleiden musste, nahmen sogar noch zu, und ich fürchtete, jeden Moment ohnmächtig zu werden. Wahrscheinlich war ich es sogar kurzzeitig, denn plötzlich vernahm ich Sirenen, wie aus dem Nichts und *sehr* laut. Die Angriffe ließen nach und hörten schließlich gänzlich auf. Ich konnte spüren, wie sich die bedrückende Enge des wütenden Mobs um mich herum verflüchtigte. Ich lag allein auf der Straße, wie eine ramponierte Stoffpuppe, unfähig, sich zu bewegen.

Vor meinen Augen verschwamm alles. Ich nahm die Hitze des Motors eines Streifenwagens in unmittelbarer Nähe wahr, und Scheinwerfer, die meine Schande für alle überdeutlich illuminierten. Meinen Kopf hebend versuchte ich aus dem Scheinwerferlicht zu kriechen, und dann hörte ich die Stimme eines kaukasischen Mannes.

»Wie schlimm ist es?«

Ich antwortete ihm nicht. Mit zusammengekniffenen Augen musterte ich den Mann, der sich neben mich gekniet hatte. Es war ein junger Streifenpolizist.

»Können Sie laufen?«, fragte er mich. »Brauchen Sie einen Krankenwagen?«

»Helfen ... helfen Sie mir auf«, presste ich mühsam hervor.

Das tat er. Die gebrochene Rippe machte sich lautstark bemerkbar und mein Körper schien vor Elend laut aufzuschreien.

»Wir bringen Sie hier weg«, sagte der Cop und ließ mit diesen Worten eine Handschelle um mein rechtes Handgelenk zusammenschnappen. Die andere schloss sich um meine Linke, und wenig später fand ich mich auf dem Rücksitz eines Streifenwagens wieder. Zwei junge Polizisten stiegen vorn ein, schalteten die Sirene ein und fuhren auf die Pell Street.

»Wollen Sie ins Krankenhaus?«, fragte mein neuer Freund.

»Nein«, stieß ich flüsternd hervor.

Ich zwang mich, aufrecht zu sitzen. Auf der Bowery fuhren wir nach Norden.

»Sind Sie sicher?«, fragte er noch einmal.

»Ja.«

»Die hätten Sie umbringen können.«

»Ich weiß.«

»Halten Sie sich von Chinatown fern. Das ist nichts für Sie.«

Ich hatte keine Ahnung, was hier vor sich ging. Hatten sie mich festgenommen? Brachten sie mich ins nächstgelegene Revier? War die Black Stiletto damit erledigt?

Zu meiner Überraschung fuhren sie an den Straßenrand. Der Cop auf dem Beifahrersitz stieg aus und lief nach hinten. Er öffnete die Tür, beugte sich hinein und schloss die Handschellen auf.

»Schaffen Sie es allein?«, fragte er. »Geht es Ihnen gut?«

»Ja«, erklärte ich, obwohl ich mir, was das anbelangte, gar nicht so sicher war. Er half mir aus dem Wagen und ich stand unsicher auf dem Gehsteig.

Dann erklärte sich der junge Streifenpolizist. »Ich bewundere Sie sehr«, sagte er, »aber Chinatown ist kein Ort für die Black Stiletto. Das ist eine andere Welt. Selbst die Polizei versteht sie nicht. Diese Tong sind Tiere. Wenn Sie wissen, was gut für Sie ist, dann halten Sie sich besser von denen fern. Kommen Sie nicht wieder, okay?«

»Danke«, war alles, was mir darauf einfiel.

»Passen Sie auf sich auf«, sagte der Cop, als er wieder in das Auto stieg und die Tür zuknallte. Der Wagen brauste davon und ließ mich zurück.

Ich atmete tief durch, trotz der Schmerzen in meiner Seite. Als ich mich untersuchte, bemerkte ich das ganze Blut auf meinem Outfit. Ich wischte mir die Nase und den Mund ab und warf roten Schleim auf den Straßenbelag. Zum Glück half die kalte Luft dabei, meine Lebensgeister zu wecken. Meine Sinne kehrten zurück und ich fand die nötige Kraft, mich aus dem Licht der Straßenlaternen zurückzuziehen und zu verschwinden. Ich humpelte nach Osten, bis ich einen dunkel gelegenen, einzelnen Ladeneingang in einer Seitenstraße fand, wo ich mich auf die Knie fallen ließ. Dort ruhte ich mich aus und versuchte meine Kräfte zu sammeln. Ich blieb einige Minuten in dem Ladeneingang hocken, bis ich mich selbst dazu zwang, aufzustehen und weiterzulaufen.

Es ist ein Wunder, dass ich es bis nach Hause geschafft habe.

13 | Judys Tagebuch

1960

6. April

Wie du an dem Datum sehen kannst, habe ich lange nichts mehr geschrieben. Ich habe mich darauf konzentriert, wieder gesund zu werden und das Gym zu leiten. Freddie geht es schon viel besser und er hat wieder die Leitung des Studios übernommen, wenn auch mit eingeschränkter Leistung. Ich mache immer noch den größten Teil der Arbeit, mit Jimmys Hilfe. Er ist sehr liebenswürdig. Unlängst war ich dabei, den Umkleideraum, die Duschen und die Toiletten sauberzumachen, was stets eine widerliche Arbeit ist. Er bot mir an, es mir abzunehmen. Zuerst dachte ich, es abzulehnen. Neulinge sollten nicht mit einer so grässlichen Arbeit bedacht werden, aber angesichts meiner Verletzungen war es gut, wenn mir das erspart blieb. Ich wollte auch nicht von Freddie untersucht werden, also bat ich Jimmy, sich meine Rippen anzusehen. Er würde wissen, wenn eine von ihnen gebrochen war. Ich saß im Umkleideraum und zog ihn während einer seiner Trainingseinheiten zu mir herein. Du hättest sein Gesicht sehen sollen, als ich mein Sweatshirt auszog und mich ihm nur mit einem BH bekleidet präsentierte! Ich wollte ihn doch nicht verschrecken, haha! Wie auch immer, er überwand den ersten Schock, untersuchte mich, tastete die empfindlichen Stellen ab und bestätigte mir dann, was ich bereits vermutete – ich hatte mir eine Rippe gebrochen. Das Beste, was ich also tun konnte, war, den Verband zu tragen.

Mit Freddie konnte ich darüber nicht reden. Einen Tag nach der »Niederlage« der Stiletto in Chinatown wurde er richtig wütend auf mich. Er hätte beinahe angefangen zu weinen, weil er solche Angst um mich hatte. Er sagte, ich solle damit aufhören, und dass es wichtigeres im Leben gäbe als Rache. Ich sagte ihm, dass es mir leidtäte, aber er blaffte mich an: »Weißt du eigentlich, was es für eine Bürde ist, zu wissen, dass du die Black Stiletto bist?« Daraufhin musste *ich* weinen und schloss mich für eine Weile in meinem Zimmer ein.

Und dann ist da diese sogenannte Niederlage. Für eine Weile war das *die* Schlagzeile. Mehrere New Yorker Tageszeitungen schrieben Artikel über meine Schlappe. Die Cops, die mich am Tatort festnahmen, gaben an, dass ich sie angesprungen und mir eine Pistole geschnappt und sie danach gezwungen hätte, mir die Handschellen abzunehmen, und das, obwohl ich so schwer verwundet gewesen war. Ich schätze, mit der Geschichte sicherten sie sich ab. Die Reporter mutmaßten daher, dass ich irgendwo schwer verletzt in meiner Black-Stiletto-Höhle liegen würde oder vielleicht sogar schon tot sei. *Haben wir das letzte Mal von der Black Stiletto gehört?*, suggerierte ein redaktioneller Artikel.

Am schwierigsten war es, meinen Freunden zu erklären, wieso ich so aussah – besonders Lucy, die *ebenfalls* sauer auf mich war, wenn auch aus eher eigennützigen Gründen. Sie wollte nicht, dass ich zu ihrer Hochzeit hässlich aussah. Das sagte sie nicht direkt, aber ich wusste, dass sie genau das dachte, denn sie fragte mich immer wieder, wie lange es dauern würde, bis die Wunden in meinem Gesicht verheilt wären. Die Jungs im Gym sind mittlerweile neugieriger und besorgter geworden, was mich angeht. Nachdem ich bereits im Januar und nun im März schon wieder zusammengeschlagen wurde, fragen sie sich zunehmend, wie es sein kann, dass ein so hübsches Mädchen wie ich so oft Opfer von *Überfällen* wird. Außerdem wissen sie, dass ich mich ganz gut verteidigen kann, also ergibt das für sie keinen rechten Sinn. Jimmy glaubt, dass ich aus irgendeinem seltsamen Grund Spaß an Kneipenschlägereien hätte.

Der einzige Lichtblick in meinem Leben ist derzeit die neue Scheibe von Elvis. »Stuck on you« ist wie ein frischer Wind für mich.

Aber ich vermisse es, verknallt zu sein.

15. April

Gestern war ich bei meiner zweiten jährlichen Untersuchung bei Dr. Goldstein. Erinnerst du dich an ihn, liebes Tagebuch? Er drückte und stocherte *da unten* bei mir herum, und es war mir noch unangenehmer als beim ersten Mal. Außerdem untersuchte er meinen Brustkorb und fragte mich, wie ich mir die Rippe gebrochen habe. Ich erzählte ihm, dass es in dem Fitnessstudio passiert sei, in dem ich arbeite. Er kaufte es mir ab. Er wollte eine Röntgenaufnahme davon machen, wie er das nannte, aber ich lehnte ab. Ich habe gehört, dass diese Dinger einen verstrahlen. Dr. Goldstein meinte, dass es richtig wäre, den Verband zu tragen, und es heilen würde, wenn die Schmerzen nachließen. Er riet mir, ihn in ein paar Wochen noch einmal aufzusuchen, aber ich glaube nicht, dass ich das tun werde.

Zwischen Freddie und mir läuft es wieder besser. Heute Morgen beim Frühstück sagte er, dass er zu hart zu mir gewesen sei und dass es ihm leidtäte. Ich entschuldigte mich noch einmal dafür, eine solche Last für ihn zu sein. Er erklärte, dass ich keine Last sei, sondern für ihn wie eine Tochter, und dass er mich liebt. Die Last besteht darin, dass er sich Sorgen um mich macht. Gleichzeitig sei er aber stolz auf mich und dass mein Leben als Black Stiletto das Mutigste wäre, was er je erlebt hätte.

Da musste ich wieder weinen. Wir umarmten uns und schlossen Frieden.

Meiner Rippe geht es sehr viel besser, aber sie schmerzt noch immer. Das Veilchen ist weg und mein Gesicht sieht wieder besser aus. Ich bin beinahe wieder die Alte, haha.

Über Chinatown habe ich bislang nicht wieder nachgedacht.

18. April

Du wirst nicht glauben, was ich dir zu erzählen habe, liebes Tagebuch! Oh mein Gott, ich kann ja *selbst* kaum glauben, was ich getan habe! Und ich weiß nicht, was ich davon halten soll.

Okay, die Sache ist die: Heute hielten wir eine Geburtstagsparty für Jimmy ab. Er ist zweiunddreißig geworden, und am Abend, als wir den Laden schlossen, holte ich eine Torte. Louis und Corky hatten beide ein paar Flaschen Champagner mitgebracht. Wir wussten, dass Jimmy da sein würde, und du meine Güte, war der überrascht! Er war so lustig, so verlegen! Wenn Schwarze rot werden könnten, hätte er sicher knallrot geleuchtet.

Freddie nippte kurz an seinem Champagner und ging dann nach oben. Er wollte nicht dabei sein, wenn geraucht und getrunken wurde. Ich hingegen trank viel Champagner. Als der Großteil der Jungs nach Hause gegangen war, fühlte ich mich einigermaßen beschwipst. Jimmy hatte noch nicht geduscht, also verschwand er im Umkleideraum.

Ich war allein im Gym und die Einzige, die zusammenräumen musste, also tat ich das auch. Vielleicht war der Champagner daran schuld, aber auf einmal fühlte ich mich ganz heiß und lüstern. Du weißt schon, was ich meine. Es ist schon so lange her, seit ich das letzte Mal die Berührungen eines Mannes gespürt habe. Ich denke, es war das erste Mal, dass ich wirklich dachte, es zu *brauchen*.

Was habe ich also getan?

Gott, ich kann es nicht glauben.

Ich schloss die Vordertür ab und ging dann in den Umkleideraum. Ich hörte, wie die Dusche lief. Jimmy war allein mit mir. Es handelte sich um diese Gemeinschaftsduschen, bei denen mehrere Hähne und Duschen offen nebeneinanderlagen. Langsam näherte ich mich dem Durchgang.

Jimmy kehrte mir den Rücken zu. Er war nackt, logisch, und rieb sich Seife in seine lockigen Haare. Seine Muskeln waren klar definiert, und er hatte wirklich einen süßen Hintern. Ich fand, dass er ausgesprochen gut aussah. Dass er eine andere Hautfarbe hatte als ich, war mir egal.

Da drehte er sich um. Er quiekte wie ein Mädchen, als er mich erblickte, und bedeckte sofort sein Gemächt. »Miss Judy! Was tust du denn hier?«

»Das braucht dir nicht peinlich zu sein, Jimmy«, sagte ich.

Ein paar Sekunden verstrichen, in denen keiner von uns etwas sagte. Eigentlich eine witzige Situation, aber in dem Moment fand es keiner von uns beiden lustig. Er blieb einfach weiter unter der Dusche stehen und bedeckte sich mit den Händen.

Schließlich frage er: »Was willst du, Miss Judy?«

»Vergiss die Miss, Jimmy. Nenn' mich einfach nur Judy.«

Mit diesen Worten zog ich mein Sweatshirt aus und danach meine Jogginghose und mein Trikot. Jimmy wären beinahe die Augen aus dem Kopf gefallen! Er wusste schlichtweg nicht, was er davon halten sollte.

Schließlich zog ich auch noch meinen Büstenhalter und meinen Slip aus.

»Kann ich mit rein?«, fragte ich. Ohne aber eine Antwort abzuwarten, betrat ich die Dusche und stellte mich unter den Duschkopf. Er war nur noch wenige Zentimeter von mir entfernt. Er roch moschusartig und männlich. Ich streckte meine Hände aus und strich mit meinen Handflächen über seine stahlharte Brust.

»Was tust du da, Miss Judy?«, flüsterte er. »Ich könnte große Schwierigkeiten bekommen.«

»Ich ebenso.«

Er schüttelte wild protestierend den Kopf, aber ich konnte sehen, dass gewisse Teile seines Körpers bereits auf meine Anwesenheit reagierten. »Die hängen mich am nächsten Laternenmast auf, Miss Judy. Das darf ich nicht.«

»Es wird niemand erfahren.«

»Miss Judy.«

»Nur dieses eine Mal, Jimmy. Ich verspreche es.« Ich bin ziemlich groß, aber er ist noch einmal vier oder fünf Zentimeter größer als ich. Ich stellte mich auf die Zehenspitzen, legte ihm die Arme um den Hals und küsste ihn. Ob es sich anders anfühlte, einen Schwarzen zu küssen? Ich muss sagen, das tat es. Ich weiß nicht, wie ich es beschreiben soll. Es schmeckte ein wenig anders und seine Lippen waren sehr weich.

An jenem Punkt war sein Widerstand gebrochen. Jimmy hob mich hoch und trug mich aus der Dusche. Er legte mich auf die Bank vor seinem Spind. Und dann taten wir es, gleich dort. Wir sind wohl sehr laut dabei gewesen, denn er musste seine Hand auf meinen Mund legen. Lieber Gott, vergib mir, aber ich muss sagen, dass ich es genoss. Vielleicht, weil es ein Tabu war, oder aber auch deswegen, weil Jimmy ein verdammt guter Liebhaber war. Es war wirklich aufregend.

Danach war Jimmy schweigsam und nervös. Ich denke, er hatte Angst. »Keine Sorge, Jimmy, ich werde es keinem erzählen, wenn du es keinem erzählst.«

»Nein, Ma'am.«

»Es bleibt unser Geheimnis, okay? Und es bleibt bei diesem einen Mal, in Ordnung? Vergiss' es einfach.«

Er starrte mich an und nickte schließlich.

Ich zog mich an und verließ den Umkleideraum. Mein Herz schlug noch immer ganz wild und ich wäre beinahe zusammengesackt, weil meine Beine so schwach geworden waren. Ich war wie benommen, schaffte es aber noch bis zum Kassentresen, wo ich mich setzte. Kurz darauf erschien auch Jimmy angezogen aus der Umkleide. Er blieb stehen und sah mich an. Ich lächelte und sagte: »Gute Nacht, Jimmy. Happy Birthday!«

Er schluckte und antworte: »Danke, Miss Judy. Gute Nacht.« Ich stand von meinem Stuhl auf und sperrte die Tür für ihn auf. Dann war er verschwunden.

Ich weiß nicht, ob ich einen schlimmen Fehler begangen habe, liebes Tagebuch. Wie viele weiße Mädchen haben ein Verhältnis mit einem Schwarzen? Nicht viele, möchte ich wetten! War ich unartig? Habe ich gesündigt? Habe ich etwas wirklich, wirklich Schlimmes getan? Ich bin sicher, dass die meisten das so sehen werden.

Aber eines weiß ich ganz sicher: Als ich die Treppen zu meinem Zimmer hinauf lief, wurde mir klar, dass ich mich schon lange nicht mehr so gut gefühlt habe. Ganz warm und befriedigt und glücklich.

Und was könnte daran denn verwerflich sein?

24. April

Jimmy meidet mich wie der Teufel das Weihwasser. Ich sage Hallo zu ihm, lächle ihn an und versuche ihn in eine Unterhaltung zu verwickeln. Ich möchte, dass es zwischen uns so ist wie früher, aber er weicht meinen Blicken aus, murmelt eine Entschuldigung und zieht sich vor mir zurück. Jetzt fühle ich mich schlecht wegen der Sache. Ich hoffe, er kommt darüber hinweg, was immer ihm da Sorgen bereitet. Vielleicht habe ich ihn so sehr geschockt, dass er sich nicht mehr in der Lage fühlt, irgendeine Art von Beziehung zu mir zu haben. Schätze, im

Vergleich zu den meisten anderen Mädchen in dieser Stadt bin ich wohl eine recht fortschrittliche junge Frau.

Ich war versucht, nach Chinatown zu gehen und zu sehen, ob ich Billy ausfindig machen könnte. Oder um nach Tommy Cheng und seiner kleinen Bande von Flying Dragons Ausschau zu halten. Was würde ich nicht dafür geben, sie alle gefesselt und in gestreifter Gefängniskluft zu sehen! Aber eine kleine Stimme in mir drin – die gute alte Intuition wieder einmal – riet mir, es sein zu lassen. Diese Stimme hat mir immer gute Dienste geleistet, also sollte ich besser auf sie hören. Trotzdem verfolgt es mich noch. Billy wirkte so verzweifelt, als wir uns verabschiedeten. Ihm zu Ehren trainiere ich aber immer noch das wenige *Wushu*, das er mir beibrachte. Ich entwickle daraus noch immer meinen eigenen Stil und kombiniere es mit dem, was ich vom Boxen, vom *Karate* und vom *Judo* her kenne. Vielleicht benennt man ja eines Tages eine Martial-Arts-Technik nach *mir*, haha!

Judy meinte, dass sie eine Pause benötigt, um den Kopf freizubekommen, und deshalb werden wir uns heute Abend noch einmal *Ben-Hur* ansehen. Der Film hat einen Oscar als *Bester Film* gewonnen, so wie ich es vorhergesagt habe. Wir beide wollen unbedingt noch einmal das Wagenrennen sehen!

14 | Martin

Heute

Die gute Nachricht ist, dass ich einen Seelenklempner besucht habe. Carol erzählte ich aber nichts davon. Ich fand Dr. Kessler, nachdem ich einen Blick auf die Website meiner Krankenversicherung geworfen hatte. Ich wusste nichts weiter über ihn, aber er war ganz in der Nähe, und das genügte mir auch schon. Er war um die vierzig und schien zu verstehen, was ich gerade durchmachte. Ich erzählte ihm von dem Stress, unter dem ich wegen der Alzheimer-Krankheit meiner Mutter und dem neuen Job stand, und den ganzen anderen trivialen Mist, dem man als Mittelklasse-Vorstädter so ausgesetzt ist. Als ich ihm meine Panikattacken beschrieb, notierte er sich einiges und nickte dabei, als hätte er das schon oft gehört. Er stellte mir Fragen über die Krankheit meiner Mutter, und wann sie begonnen hatte. Ich fragte ihn frei heraus, ob Alzheimer erblich sei. Er sagte: »Das ist durchaus möglich«, meinte aber, ich solle mir deswegen keine Sorgen machen. Was ich gerade durchlebte, hätte nichts mit Alzheimer zu tun. Es sei eine Angststörung.

Ich bin mir sicher, dass die Black Stiletto an all dem Schuld ist. Es ist genau so, wie es Freddie meiner Mutter in ihrem Tagebuch beschrieb – ihr Geheimnis zu kennen war eine Bürde. Aber davon erzählte ich Dr. Kessler nichts.

Er verschrieb mir ein Antidepressivum, welches eine stark angstsenkende Wirkung haben soll. Die schlechte Nachricht ist, dass es etwa einen Monat dauern wird, bis es anschlägt. Erst dann werde ich wissen, ob es das richtige Präparat für mich ist. Dr. Kessler erklärte, dass jeder Fall unterschiedlich sei und daher ein individueller Behandlungsplan ausgearbeitet werden müsse. Hin und wieder müssen Ärzte und ihre Patienten mit verschiedenen Medikamenten herumexperimentieren, um herauszufinden, was am besten wirkt. Kessler aber war recht zuversichtlich, dass das Medikament, welches er mir verschrieb, funktionieren würde, weil ich ein erstaunlich häufig auftretendes Krankheitsbild beschrieb.

Am selben Abend entschied ich, Gina anzurufen. Wir hatten seit einiger Zeit nicht mehr miteinander gesprochen, und, oh Wunder, sie nahm sogar ab! Neun von zehn Mal hatte ich die Mailbox dran.

»Hi Dad!« Sie hörte sich heiter an, so wie ich Gina ihr ganzes Leben lang bereits kannte. Obwohl sie eine *unfasslich* gute Einstellung während ihrer Genesung nach dem Überfall an den Tag legte, war sie doch durch einige melancholische Phasen gegangen, wie sie das nannte. Dass ihr Kiefer über sechs Monate hinweg von Drähten fixiert werden musste, half dabei nur bedingt.

»Hey, wieso kommst du an Thanksgiving nicht nach Hause?«, schlug ich vor. Am nächsten Donnerstag würde es bereits soweit sein.

»Ich kann nicht Dad, ich habe Proben.« Sie spielte eine kleine Rolle in einem Theaterstück. Offenbar kam es auf der Juilliard nur relativ selten vor, als Anfänger gleich für eine Rolle ausgewählt zu werden. »Aber ich komme an Weihnachten, weißt du?«

»Ja, ich kann es kaum erwarten, dich wiederzusehen.«

»Geht es dir gut, Dad? Du hörst dich komisch an.«

Ich wollte sie nicht beunruhigen. »Alles bestens, Liebling. Ich bin nur müde. Die Arbeit strengt an, aber du weißt ja, wie das ist.«

»Wie geht es Oma?«

»Ihr geht's gut. Ich bin sicher, dass sie dich ebenfalls vermisst.«

»Erinnert sie sich denn überhaupt an mich?«

»Aber sicher. Ich lese ihr deine Briefe vor und sie hat deine Fotos auf ihrer Kommode stehen. Sie weiß, wer du bist.« Zumindest glaubte ich das. Bei meiner Mutter konnte man das jedoch nicht so genau wissen.

»Hey, hast du schon das Neueste gehört?«

»Nein, was denn?«

»Rate mal«, sagte Gina grimmig. »Der Vergewaltiger hat wieder zugeschlagen. Eine andere Studentin an der Juilliard wurde vor ein paar Tagen angegriffen *und getötet.*«

Großartig, genau das wollte ich hören. »Nein, davon habe ich nichts gehört. Ich schaue nicht mehr so viele Nachrichten. Herrgott, Gina, du musst aus dieser Stadt verschwinden« sagte ich. »Deine Mutter und ich, wir machen uns Sorgen um dich.«

»Ist schon okay, Dad, ich bin jetzt ein bisschen gewiefter«, antwortete sie. »Das Mädchen, das angegriffen wurde, kam spät von einer Party nach Hause und war ziemlich betrunken. Und sie war ganz allein.«

»Kanntest du sie?«

»Nein. Aber die Polizei rief mich an und bat mich, ins Revier zu kommen, um mir ein paar Fotos aus der Verbrecherkartei anzusehen, wie ich es schon einmal getan habe. Ich wollte dich und Mom deswegen anrufen und es euch erzählen, aber du kamst mir jetzt zuvor.«

»Wie lief's?«

»Ich habe Detective Jordan wiedergetroffen.« Ich erinnerte mich an ihn. Er war der afroamerikanische NYPD-Typ gewesen, der die Untersuchungen in Ginas Fall geleitet hatte. »Er sagte, sie glauben, dass es derselbe Mann gewesen ist. Dann zeigten sie mir ein paar von den alten Fotos, aber auch ein paar neue. Dad, ich glaube, ich habe ihn gefunden! Ich bin mir ziemlich sicher, ihn wiedererkannt zu haben. Er ist weiß, Ende zwanzig oder Anfang dreißig. Aber als ich auf ihn zeigte, nickte Detective Jordan und sagte, der Mann sei einfach nur von polizeilichem

Interesse gewesen und habe für die betreffenden Nächte ein Alibi, welches sie aber noch überprüfen müssten. Ich fragte ihn, wie der Mann hieß, aber das wollte mir Detective Jordan nicht verraten.«

»Und wie ging es weiter?«

Gina senkte ihre Stimme. »*Nun*, ich fragte ihn, ob ich einen Kaffee haben kann. Er verließ den Befragungsraum. Die Verbrecherfotos lagen in einem Aktenordner, direkt auf dem Tisch. Ich warf also einen Blick auf die Rückseite des Fotos und bekam so den Namen des Typen und seine Adresse heraus. Ha!«

»Gina! Jetzt mal langsam!« Ich flippte beinahe aus. »Was hast du dir dabei gedacht? Du könntest wahnsinnige Schwierigkeiten deswegen bekommen.«

»Ach was, es hat doch keiner mitgekriegt.«

»Und überhaupt, was könnten dir diese Informationen denn nützen, Gina?« Sie dachte doch wohl nicht etwa daran … nein, das würde sie nicht …

»Ach, nichts, ich wollte einfach nur einen Namen zu dem Gesicht haben.«

»Lass die Polizei die Sache regeln. Es gibt keinen Grund, dich da einzumischen, es sei denn, du sollst noch einmal aussagen oder so etwas. Hörst du?«

»Klar.«

»Versprichst du mir das?«

»Dad! Was glaubst du denn, was ich tue? Wie die Black Stiletto auf ihn losgehen?« Sie lachte und ich hätte mir beinahe in die Hosen gemacht. *Was zur Hölle brachte sie dazu, so etwas zu sagen?*

»Was hast du gesagt?«, rief ich ein wenig zu barsch.

»Dad, um Himmels willen! Ich sagte, ob ich etwa wie die Black Stiletto hinter ihm herjagen würde? Kennst du die Black Stiletto? Das war diese Dame aus den Sechzigern, die sich ein Kostüm angezogen hatte und dann wie eine Superheldin das Verbrechen bekämpfte.«

»Ich weiß, wen du meinst, Gina. Und komm mir *bloß nicht* auf den Gedanken, so etwas zu versuchen!«

»Ach, keine Sorge, Dad, mein Röntgenblick funktioniert derzeit nicht besonders gut, also habe ich mein Kostüm der Altkleidersammlung gespendet.«

»Das ist nicht witzig, Gina.«

»Dad, bist du verrückt geworden? Niemand würde *heutzutage* so etwas tun. Das war vor langer Zeit. Ich kann nicht glauben, dass du so etwas denkst. Das war nicht *ernst* gemeint, oder?«

Ich wusste nicht, was ich gedacht hatte. Ja, ich denke, mir war es ernst damit gewesen. *In Anbetracht ihrer Blutlinie ...*

»Vergiss es, Gina«, erwiderte ich. »Sei einfach vorsichtig.«

Nachdem ich meiner Tochter eine gute Nacht gewünscht hatte, ging es mir nicht wesentlich besser. Und ich entschied in diesem Moment, dass Gina niemals die Wahrheit über ihre Großmutter erfahren durfte.

Am nächsten Tag besuchte ich Mom nach der Arbeit. Maggie arbeitete, was mir die Gelegenheit geben würde, sie ebenfalls zu sehen, wenn sie nicht gerade viel zu tun hätte. Ich denke, die Sache zwischen uns entwickelt sich blendend. Dass ich ihrem Rat gefolgt bin und einen Arzt aufsuchte, half sicherlich dabei. Für gewöhnlich besuche ich sie in ihrem Haus in Deerfield. Sie übernachtete bislang nur einmal bei mir, das erste Mal, als wir miteinander schliefen. Ich konnte es damals kaum glauben. Was für ein Glück ich doch hatte. Zu dumm, dass meine Angstattacken dem Ganzen einen kleinen Dämpfer verpasst hatten, aber es war trotzdem ein sehr schöner Abend gewesen. Ich war mir nicht sicher, ob unsere Beziehung danach noch Bestand haben würde, bis mich Maggie ein paar Abende später zu sich einlud. Das ist für mich sogar ganz praktisch, denn mein Job ist gar nicht weit von ihr entfernt. Seither bewahre ich dort eine Zahnbürste und ein paar andere Hygieneartikel auf.

Es fühlt sich so eigenartig an, wieder mit jemandem zusammen zu sein.

Ich kam im Woodlands an, begab mich in die Demenzabteilung – dazu muss man einen Code eingeben, um hineingelassen zu werden – und traf Maggie im Aufenthaltsbereich. Sie stand vor der Schwesternstation und notierte sich etwas auf einem Klemmbrett.

»Hey du«, begrüßte ich sie.

»Hey du auch«, sagte sie. Sie lächelte nur selten, wenn sie im Arbeitsmodus war, mir aber schenkte sie ein warmes Lächeln.

»Wie geht es Mom heute?«

»Hmm, ich musste ihr etwas verschreiben, Martin. Ich Blutdruck ist in den letzten Tagen stark gestiegen. Sie klagte über Schmerzen, auch wenn sie es nicht wirklich in Worte fassen konnte. Aus ihrem Verhalten schlossen wir, dass sie unter Kopfschmerzen leidet. Hast du bemerkt, dass sie sich in letzter Zeit den Kopf gerieben hat?«

»Oje, nein, aber ich habe sie jetzt auch ein paar Tage nicht mehr gesehen. Ist es was Ernstes?«

»Ich glaube nicht, aber wir werden sie beobachten müssen. Mir gefällt ihr Blutdruck nicht. Möchtest du sie sehen?«

»Klar.«

Maggie begleitete mich in Moms Zimmer. Wie immer saß sie in ihrem Schaukelstuhl vor dem Fernseher. Eine Quizsendung lief. Sie war bereits fürs Bett angezogen. Für gewöhnlich half ihr das Personal nach dem Abendessen in ein Nachthemd und einen Mantel.

»Hi Judy, sieh mal, wer da ist!«, rief Maggie fröhlich, als wie das Zimmer betraten. Und mit meiner *Alles-ist-in-bester-Ordnung*-Stimme fügte ich hinzu: »Hi Mom, wie geht's dir?«

Dann geschah etwas Merkwürdiges. Mom drehte sich zu mir um und sah mich mit ihren dunklen Augen an, in denen früher so viel Leben gefunkelt hatte. Sie runzelte die Stirn und dann *wich* sie sogar ein wenig vor mir *zurück*. »Oh!«, sagte sie, als hätte ich sie erschreckt.

»Mom, was ist los? Ich bin es, Martin.«

»Judy, tut dein Kopf noch weh?«, erkundigte sich Maggie, die sich auf die Bettkante neben ihrem Schaukelstuhl gesetzt hatte.

»Nein«, antwortete Mom, starrte mich aber weiterhin an, als wäre ich ein Außerirdischer.

»Das ist dein Sohn Martin«, erklärte Maggie. »Er kommt dich besuchen.«

Tränen stiegen ihr in die Augen und dann drehte sich Mom wieder zu dem Fernseher um, durch den sie aber hindurch sah. »Es tut mir leid«, flüsterte sie.

»Was tut dir leid, Mom?«, fragte ich. Ich lief zu ihr und hockte mich vor ihr hin. Wieder zeigte Mom die gleiche Reaktion und zuckte vor mir zurück.

»Nein …« Ihre Stimme war kaum mehr als ein Flüstern. Es konnte einem das Herz brechen.

»Ich bin gleich wieder da, Judy«, sagte Maggie zu ihr. »Komm mit, Martin.« Sie stand auf und gab mir zu verstehen, ihr zu folgen. An der Tür sagte sie: »Deine Gegenwart beunruhigt sie.«

»Was du nicht sagst! Das ist noch nie zuvor passiert.«

»Es könnte sein, dass sie zwar weiß, dass sie dich kennt, dich aber nicht einordnen kann und ihr das Angst macht. Mach dir keine Gedanken, das ist relativ typisch.«

»Sie machte auf mich den Eindruck, als hätte sie Angst, dass ich ihr wehtun könnte. Maggie …«

Sie legte mir ihre Hand auf die Schulter. »Vielleicht solltest du besser gehen. Sie hat sich heute nicht so gut gefühlt, das hat sicherlich damit zu tun. Morgen ist bestimmt wieder alles in Ordnung.«

»Das hoffe ich. Soll ich mich noch von ihr verabschieden?«

Mom saß unverändert in Whistlers *Mutter*-Pose in ihrem Schaukelstuhl. Ich bin nicht sicher, ob sie bemerkt hatte, dass wir noch immer in ihrem Zimmer standen.

»Wie es aussieht, hat sie sich gerade wieder etwas beruhigt. Wieso versuchst du es nicht einfach morgen noch einmal?«

»Morgen bist du nicht hier, oder?«

»Nein, aber frag doch einfach Jane oder jemand anderen, ob sie dich zu ihr begleiten.«

Ich nickte und wir verließen den Raum. »Tut mir leid wegen eben«, sagte Maggie.

»Du kannst ja nichts dafür. Aber es ist ziemlich beunruhigend, wenn deine eigene Mutter Angst vor dir hat.« Genaugenommen erinnerte es mich an Moms Reaktion an jenem Tag, als ich sie über die Black Stiletto befragt hatte. Vielleicht erinnerte ja *ich* sie aus irgendeinem seltsamen Grund seither an die Black Stiletto.

Maggie erklärte mir, was ich bereits wusste – dass Alzheimerpatienten in Moms fortgeschrittenem Stadium unberechenbar sein können. An einem Tag können sie völlig klar sein, am nächsten Tag aber bereits wieder vollkommen neben sich. Ich spürte jedoch, dass da noch etwas anderes im Gange war. Meine Mutter verfügt über ein sehr stark ausgeprägtes Gespür. Sie weiß, was andere Menschen empfinden. Ich glaube, dass sie auf ihre ureigene Art meine Angststörungen mitempfindet. Sie spürt, dass etwas mit *mir* nicht stimmt, aber sie weiß nicht, wie sie damit umgehen soll.

Wahrscheinlich erinnert sie sich nicht mehr daran, mir jenen Brief geschrieben zu haben, den Onkel Thomas mir im letzten Frühjahr gab, aber ich denke, sie weiß, dass ich ihr Geheimnis um die Black Stiletto kenne, und das beunruhigt sie.

15 | Judys Tagebuch

1960

9. Mai

Es ist vier Uhr morgens und ich bin gerade erst nach Hause gekommen. Ich hatte eine ... nun ja, ziemlich furchtbare Nacht. Es war ein Albtraum, und es fing bereits gestern (Sonntag) Nachmittag an, bei Lucys und Peters Hochzeit.

Die Zeremonie fand in der St. Marks Church auf der East 10th Street statt und war wirklich ganz wundervoll. Lucys Eltern hatte eine Menge Geld dafür ausgegeben, die Kapelle mit tonnenweise Blumen zu schmücken, die allein deswegen einfach nur wunderschön wirkte. Lucy selbst sah umwerfend aus. Von mir, die sich in ihrem Kleid aufgebrezelt hatte, sagten alle das Gleiche. Sherrilee, eine der Bedienungen aus dem East Side Diner, hatte meine Haare gemacht, ein paar Locken eingedreht und ihnen mehr Volumen verpasst, als ich es je könnte. Freddie und die Jungs aus dem Gym meinten, ich wäre die absolute Granate, also fühlte ich mich ziemlich gut deswegen. Peter sah in seinem Anzug ebenfalls sehr gut aus. Sein Trauzeuge war ein Doug Soundso, ein Typ, den er bereits seit dem College kannte. Doug war ein absoluter Traummann, aber wie sich herausstellte, bereits verheiratet.

Die Hochzeitsparty fand dann im East Side Diner stand. Lucy und Peter hatten nach einem nobleren Ort Ausschau gehalten, sich aber nichts anderes leisten können. Manny hatte ihnen angeboten, das Diner am Sonntagnachmittag für ein paar Stunden zu schließen, und Lucy hatte sein Angebot schließlich angenommen. Es wurde ein großartiger Nachmittag. Wir ließen die Jukebox laufen und tanzten. Manny briet Steaks für mindestens fünfzig Gäste, wofür die Eltern von beiden bezahlt hatten. Wo Peters Eltern steckten, wusste ich nicht und ich fragte auch nicht nach. Stärkere Getränke mussten selbst mitgebracht werden, denn im Diner wurden nur Bier und Wein ausgeschenkt.

Jimmy war da. In seinem Anzug, der bestimmt schon zehn Jahre alt war, sah er absolut spitze aus. Ich habe ihn noch nie zuvor so angezogen gesehen. Als der Champagner ausgeschenkt wurde, stand ich neben ihm und wir stießen mit unseren Gläsern an. Er verhält sich immer noch komisch in meiner Gegenwart. Ich denke, es liegt daran, dass ihm weiterhin noch etwas an mir liegt, er aber Angst davor hat, es zu zeigen. Ich hatte ihm erklärt, dass unser Stell-dich-ein in der Dusche eine einmalige Sache sein würde, aber wer hatte gesagt, dass ich mich an meine eigenen Regeln halten muss? Ich fühlte mich sexy, ich hatte etwas getrunken und verspürte wieder dieses Verlangen. Ich muss zugeben, dass ich auf der Jagd war. Aber zuerst sah ich mich anderweitig um. Doug stand nicht zur Verfügung, Jimmy ebenso wenig, und da mich von den anderen Typen aus dem Gym keiner interessierte, begann ich mich mit ein paar von Peters Freunden zu unterhalten, von denen ich keinen kannte. Doch das stellte sich als Sackgasse heraus.

Doug stellte mich seiner Frau Patty vor. Sie trug einen Anstecker an ihrem Kleid, auf dem stand: *Wählen Sie die Demokraten*. Ich sprach sie darauf an, und sie erzählte mir, dass sie ehrenamtlich für den Hauptsitz der Demokraten in New York arbeitete. »In diesem Jahr wird gewählt, wissen Sie?«, erklärte sie. Ein anderer Mann namens George trug ebenfalls einen solchen Anstecker. Er arbeitet in Peters Büro.

»Glauben Sie, Kennedy wird nominiert werden?«, fragte ich, denn ich verfolgte den Wahlkampf des Senators bereits, seit er im Januar seine Kandidatur bekannt gegeben hatte.

»Ich weiß es nicht. Es könnten auch Humphrey oder Stevenson das Rennen machen. Ich aber mag Jack Kennedy«, sagte Patty.

»Und ich auch«, warf George ein.

Ich erzählte ihnen, dass ich mich ebenfalls für einen Demokraten hielt, dies aber das erste Mal sein würde, dass ich einen Präsidenten wählte. Außerdem drückte ich meine Bewunderung für Kennedy aus.

»Wieso helfen Sie dann nicht freiwillig mit, Judy?«, fragte George. »Wir könnten noch mehr Leute gebrauchen. Im Sommer wird es ziemlich hektisch werden.«

Zuerst konnte ich mir nicht vorstellen, so etwas zu tun. Ich bin nicht wirklich eine politisch interessierte Person, aber ich interessierte mich für die aktuellen Ereignisse und die Menschenrechtsbewegung. Auf die Weise bekäme ich vielleicht etwas Neues zu tun. Ich sagte Patty und George, dass ich darüber nachdenken würde. Sie gab mir die genaue Adresse auf der Park Avenue South, falls ich mich dazu entschließen sollte.

In einer plötzlichen Vision sah ich die Black Stiletto an einer Straßenecke stehen und politische Literatur feilbieten, haha. Wenn das kein Aufsehen erregen würde …

Ich trank weiter und tanzte mit Peter und mit Lucy und mit Freddie und mit George und mit Doug und mit Louis und mit Corky und mit … du meine Güte, für eine Weile muss ich wohl die Ballkönigin gewesen sein. Ich bat darum, dass jemand ein paar Elvis-Songs aus der Jukebox spielte. »Stuck on you« ist immer noch auf Platz 1!

Gegen 19 Uhr begann die Party sich langsam zu lichten. Lucy und Peter verschwanden für eine Weile, um dann in Straßenkleidung für das rituelle Mit-Reis-Bewerfen und für die Verabschiedung wieder aufzutauchen. Sie fliegen in den Flitterwochen auf die Bahamas! Ich kann mir gar nicht vorstellen, wie es dort sein muss. Es hört sich so exotisch und aufregend an. Ich weiß, dass es sich dabei um Inseln in der Karibik handelt, aber ich bin nicht ganz sicher, wo genau sie liegen. In der Nähe von Kuba, denke ich. Ich hab Lucy vorgewarnt, sich keinen

Sonnenbrand zu holen. Sie lachte und flüsterte mir zu, dass sie nicht davon ausgeht, besonders viel Zeit im Freien zu verbringen, wenn ich denn wüsste, was sie damit meinte. Dann zwinkerte sie mir zu und wir beide lachten. Ich umarmte sie und gab ihr einen Kuss, dann sagte ich, dass sie auf sich achtgeben und glücklich werden soll. Peter umarmte ich auch und er gab mir einen feuchten Schmatz auf die Lippen. »Hey, was sollte denn das?«, rief Lucy. Peter wurde rot und behauptete, dass es sein Recht sei, die Trauzeugin zu küssen, so wie auch sie den Trauzeugen küssen dürfe. Aber ich denke, das war nur eine Ausrede – ich habe so das Gefühl, dass Peter mich schon küssen will, seitdem wir uns das erste Mal gesehen haben!

Nachdem das frisch vermählte Paar gegangen war, befand sich nur noch eine Handvoll Gäste im Diner. Wir waren alle schon ziemlich betrunken. Ich sah Jimmy an einem der Tische sitzen und mich anstarren. Ich dachte mir: *Ach, was solls,* lief zu ihm hinüber und setzte mich.

»Hey, Hübscher«, sagte ich. »Du bist nicht betrunken, oder?«
Er lächelte ein wenig und verneinte.
»Nun, ich schon. Möchtest du mich zurück ins Gym begleiten?«
Sein Lächeln verschwand und er sah mich mit zusammengekniffenen Augen an. »Miss Judy, was wir getan haben, war falsch. Ich werde das nie wieder tun. Wir können Freunde sein, meinetwegen, aber das ist alles.« Er sagte das mit sehr ernster Stimme, beinahe, als wäre er wütend.
»Jimmy, ich ...«
Er hob eine Hand. »Nein. Ich darf mich nicht von einem weißen Mädchen in Schwierigkeiten bringen lassen. Gute Nacht, Miss Judy. Wir sehen uns morgen.« Damit stand er auf und verließ das Diner. Ich war sprachlos. Ich fühlte mich ... *zurückgewiesen!* Liebes Tagebuch, vielleicht lag es am Champagner, aber ich war wütend! Am liebsten hätte ich mir den Zuckerstreuer geschnappt und ihm hinterhergeworfen, aber das tat ich

nicht. Ich blieb einfach nur sitzen und ärgerte mich für eine Weile. Corky kam vorbeigeschlendert, ließ sich mir gegenüber nieder und lallte. »Wie geht's dir, Judy?«

Ich kann nicht erklären, wieso ich mich so verhielt. »Großartig«, blaffte ich ihn an und stand unvermittelt auf. Ich hielt auf den Eingang zu, während Corky mir hinterherrief: »Hab ich irgendwas Falsches gesagt?«

Ich wollte Jimmy einholen und ihm ins Gesicht schlagen. Ich wollte ihm sagen, dass er mich nicht einfach so zurückweisen durfte und ich mich nicht auf diese Weise demütigen ließ. Es war mir egal, ob die Leute das zwischen uns herausfinden würden. Ich wollte einfach nur etwas von meiner aufgestauten Frustration und Anspannung loswerden.

Aber ich konnte ihn auf der Straße nirgends sehen. Er war verschwunden. Ich rannte bis zur Ecke der 5th und Second und spähte die Avenue hinauf und hinunter. Dann eilte ich zur 4th und tat das Gleiche. Nichts.

Das machte mich erst so richtig wütend. Am liebsten hätte ich im Gym eine Stunde lang den Sandsack bearbeitet, aber ich hatte eine bessere Idee. Zumindest glaubte ich das.

Ich lief nach Hause, schlüpfte in mein Stiletto-Outfit und huschte in die Nacht hinaus. Wenigstens hatte ich damit bis nach Sonnenuntergang gewartet, aber ich beging den Fehler, meinen Trenchcoat nicht in den Rucksack zu packen, um ihn im Notfall über meinem Outfit tragen zu können. Und es sollte der Punkt eintreten, an dem ich ihn dringend benötigen würde.

Etwa die erste Stunde meines Abenteuers rannte und kletterte und sprang ich herum, auf meinem Weg in den Nordteil der Stadt. Es war befreiend, auf diese Weise den ganzen Ärger loszuwerden. Und die Nebenwirkungen des Champagners verschwanden mit dem Schweiß.

Bevor ich mich versah, war ich an der 59th Street angekommen, am Rand des Central Parks. Ich hatte mich bislang nur selten so weit von meinem Zuhause entfernt. Zu diesem Zeitpunkt war es bereits beinahe elf Uhr in der Nacht und ich war müde. Jetzt hätte ich diesen doofen Mantel gut gebrauchen können, um ihn mir überzuwerfen und eine U-Bahn oder einen Bus zurück ins Gym nehmen zu können. Das ließ mich wieder wütend werden, diesmal auf mich selbst. Wie konnte ich nur so dumm sein? Jetzt steckte ich in meinem Aufzug als Stiletto fest und musste zu Fuß weiter.

Aber zuerst brauchte ich eine Pause, also kauerte ich mich zwischen das Plaza Hotel und ein Gebäude, das direkt westlich davon stand. Das Wetter war frühlingshaft und für Anfang Mai ungewöhnlich warm. Ich schwitzte wie ein Hund. Ich beschloss, hier für fünfzehn Minuten sitzen zu bleiben und dann wieder stadteinwärts zu laufen. Der zweite Fehler, den ich an diesem Abend beging, war der, mich in Tagträumen zu verlieren. Ich dachte über die Hochzeit und die Party nach, über Jimmy, über Billy in Chinatown und ob ich mich nun freiwillig für die Demokraten engagieren sollte oder nicht. *Ich passte nicht auf.*

So nahm das Unglück seinen Lauf. Zwei Streifenpolizisten tauchten direkt vor mir auf. Sie waren die 59th Street entlang patrouilliert. Rückblickend kann ich immer noch nicht fassen, dass meine Sinne mich nicht vor ihnen gewarnt hatten. Normalerweise merke ich, wenn jemand hinter einer Ecke steht. Die einzige Erklärung, die mir dazu einfällt, ist, dass ich mich nicht genügend konzentriert hatte. Ich war in Gedanken viel zu weit weg gewesen.

Die beiden Cops waren also keine zwei Meter von mir entfernt. Ich erstarrte, hoffte inständig, dass sie sich nicht umdrehen würden, denn sonst würden sie mich sofort sehen. Aber ich hatte kein Glück. Einer der beiden warf einen Blick in meine Richtung und blieb stehen. Der andere lief weiter, bis er bemerkte, dass sein Partner zurückgefallen war, drehte sich *ebenfalls* um und sah mich an. Es war einer von diesen

Momenten, in denen die Zeit stehen zu bleiben schien. Ich muss wie ein Tier ausgesehen haben, das geblendet ins Scheinwerferlicht starrt.

Der erste Cop zog seine Waffe. »Keine Bewegung!«, rief er aus.

»Heilige Scheiße«, entfuhr es dem anderen. Auch er zog seine Pistole. Dann wichen die beiden zurück, um aus meiner Reichweite zu gelangen. »Ist sie das wirklich?«

Cop Nummer 1 fragte mich: »Sind Sie es wirklich?«

»Ich bin nicht Bürgermeister Wagner, falls Sie das meinen«, lautete meine wenig einfallsreiche Antwort.

»Stehen Sie auf. Langsam. Hände über den Kopf, wo wir sie sehen können!«

Das tat ich. Ich dachte, ich wäre erledigt. Das NYPD hatte die Black Stiletto endlich geschnappt. Wo steckte mein Freund, der Cop aus Chinatown, der mich hatte entkommen lassen? Die beiden Kerle hier waren groß und bullig und meinten es ernst.

»Sie hat ein Messer, Sean«, sagte Cop Nummer 2.

»Verstanden. Lauf los und hol Verstärkung. Ich halte sie hier so lange fest.«

»Bist du sicher?«

»Los doch!«

Cop Nummer 2 rannte in Richtung Plaza und ließ mich mit *Sean* allein zurück.

»Wenn ich Sie bitten würde, das Messer herauszunehmen und fallenzulassen, würden Sie es einfach nach mir werfen, oder?«, fragte er.

»Nein.«

»Ich glaube Ihnen nicht. Ich werde es mir selbst holen. Und keine falschen Bewegungen. Behalten Sie die Hände oben.« Er wackelte kurz mit seiner Pistole herum. »Die hier ist genau auf Sie gerichtet.«

»Gehört alles Ihnen, Sean.« Ich trat mit meinem Bein einen Schritt vor, das Knie gebeugt, und bot ihm so einen leichteren Zugang zu meiner Messerscheide. In Wirklichkeit war das jedoch eine *Wushu*-Position, die Billy mir beigebracht hatte. Die Bewegung, die dieser Position normalerweise folgte, kannte ich nicht, aber ich hatte meinen eigenen *Power-Stoß* mit dem Ellbogen daraus entwickelt. Mein Gegner hatte dafür sogar genau die richtige Größe. Ich atmete tief und gleichmäßig, bereitete mich auf den Schlagabtausch vor, und wartete darauf, dass Sean, der Cop, näher herankam.

Als er das tat, schwang ich meinen linken Arm auf seinen Arm, der die Waffe hielt, hinab. Eine Hundertstelsekunde später rammte ich ihm meinen rechten Ellbogen zwischen Hals und Schulter. Das Ganze hätte nie funktioniert, wenn ich nicht so ein großes Mädchen gewesen wäre.

Seine Pistole rutschte ihm wie Butter aus der Hand. Der Schlag gegen seinen Hals fuhr wie ein Elektroschock durch sein Rückgrat und er sackte wie eine leblose Puppe zusammen. Ich sprang schnell über ihn hinweg und rannte hinaus auf die 59th Street, in Richtung Park. Der Verkehr war dicht, so wie immer in diesem Teil der Stadt, und meine Güte, beinahe hätte mich ein Taxi angefahren. Der Fahrer drückte auf die Hupe und kam quietschend zum Stehen, woraufhin der Wagen hinter ihm gegen seine hintere Stoßstange prallte. Das zog eine Kettenreaktion von mehreren Autos nach sich. Ich lief weiter, während immer mehr Autos hupten und Fahrer nach mir riefen und mich beschimpften. Ich schaffte es zwischen den Fahrzeugen auf der anderen Straßenseite hindurchzuschlüpfen und erreichte den Gehsteig, bevor der Cop seine Waffe aufheben und die Verfolgung aufnehmen konnte. Allerdings war er nicht so wagemutig wie ich und weigerte sich, sich blindlings in den Verkehr zu stürzen. Stattdessen pfiff er in seine Trillerpfeife, hielt mit den Händen die entgegenkommenden Fahrzeuge an und überquerte auf diese Weise die Straße. Da war ich aber bereits im Dunkel des Parks verschwunden.

Ich war bislang nur ein paar Mal im Central Park gewesen, und das bei Tag. In der Nacht war es dort unheimlich. Die Laternen, welche die Spazierwege säumten, genügten nicht, um alles ausreichend zu erhellen, weshalb allem ein diffuses Leuchten anhaftete, als hätte man eine Geisterwelt betreten. Früher sei der Central Park wohl einmal eine der schönsten Sehenswürdigkeiten New Yorks gewesen, hieß es. Ich wünschte, ich hätte ihn zu jener Zeit erleben können. Heutzutage hört man immer nur, wie gefährlich es in der Nacht dort zugeht, und selbst am Tag ist es manchmal nicht viel sicherer.

Ich kannte mich also nicht aus. Wenn man den Park erst einmal betreten hat, erwarten einen feste Gehwege, die von den verschiedenen Eingängen aus starten und sich dann über *fünfzig Querstraßen* hinweg wie durch einen Irrgarten winden, bis zur 110th Street hinauf. Hinweisschilder gibt es nur wenige. Einige Abschnitte haben viele Bäume und sind leicht hügelig. Überall im Park gibt es Teiche, wie jener, um den ich herumrannte, kaum dass ich den Park betreten hatte. Ich erinnerte mich, dass es im südöstlichen Teil eine Eislaufbahn gab, weil Lucy und ich dort einmal waren. Wir sind auch mit einem Karussell gefahren, aber ich war mir nicht mehr sicher, wo sich dieses befand.

Zumindest aber stieß ich auf die Wollman-Eislaufbahn. In dem schwachen Lichtschein wirkte sie grau und verlassen, obwohl ich glaubte, einige dunkle menschliche Umrisse auszumachen, die darum herum saßen.

Dann hörte ich auch bereits die Sirenen, also rannte ich weiter und folgte einem Weg, der nach Westen abzubiegen schien. Entweder musste ich einen Platz finden, an dem ich mich verstecken konnte – was riskant war – oder mich bis zum westlichen Ende durcharbeiten. Die Upper West Side entwickelte sich zu einem Szeneviertel der Stadt, also würden um diese Zeit dort noch viele Menschen unterwegs sein. Beide Möglichkeiten hatten ihre Tücken.

Der Weg bog plötzlich weiter nach Südwesten ab, als es mir lieb war, also nahm ich eine Abzweigung, die nach Norden führte ... oder zumindest glaubte ich das. Er führte durch ein sehr unheilvoll wirkendes Gelände voller dicht beieinanderstehender Bäume und Felsbrocken, die Teil der Landschaftsgestaltung waren. Hier und da sah ich die Enden von Zigaretten bernsteinfarben aufglimmen. Die Black Stiletto war nicht einzige, die sich in dem Park herumtrieb. Aber ich hatte weder die Zeit noch die Intention, anzuhalten und herauszufinden, ob mir die anderen Parkbesucher freundlich gesinnt sein würden.

In der Ferne hörte ich Männer rufen. Deutlich konnte ich die Worte ausmachen: »Sie ist da lang gelaufen!« Mittlerweile waren meine Sinne hellwach! Wenn sich mir jetzt ein Cop oder jemand anderes nähern würde, würde ich es bemerken. Ich hörte, wie in sechs Metern Entfernung ein Zweig brach. Mein innerer Gefahrensensor war auf voller Alarmbereitschaft. Aber wenn ich nicht langsamer wurde, würde ich zu schnell ermüden. Mein Herz schlug bestimmt eine Million Mal in der Minute und ich keuchte atemlos.

Der Pfad führte um einen hervorstehenden Felsen herum, dann ebnete sich das Terrain. Vor mir stand das Karussell. Es war wunderschön, bunt und wunderbar altmodisch. Die Pferde waren hübsch bemalt, und es gab auch noch andere Figuren, auf denen man *reiten* konnte. Zumindest war das bei Tag der Fall. In der Nacht sah es einfach nur unheimlich aus. Und da mir unabsichtlich alle anderen Möglichkeiten ausgegangen waren, mich zu verstecken, lief ich weiter, in der Absicht, das Karussell hinter mir zu lassen und nach Norden zu gehen, bis ich einen Weg fand, der nach Westen führte. Doch kaum, dass ich mich der Attraktion bis auf sechs Meter oder so genähert hatte, schälten sich zwei schwarze Umrisse aus den Schatten zwischen den hölzernen Pferden und stellten sich mir in den Weg. Einer von ihnen trug ein Messer bei sich.

»Sieh mal einer an, wen wir da haben?«, sagte der Bewaffnete.

»Sie trägt 'ne Maske!«

»Verschwindet«, rief ich ihnen zu.

»Oder was, Missy?«

»Sie hat auch ein Messer!«

Das war mein Stichwort. In diesem Moment sahen beide Männer zu meinem Bein hinab – das ich schnell zu einem *Mae-Geri* hochriss. Der Frontaltritt traf die Messerhand des Mistkerls. Die Waffe segelte in die Nacht davon. Ohne zu zögern trat ich auf die beiden zu und führte die Angriffe aus, die Billy mir beigebracht hatte. Es waren nicht exakt die Bewegungsabläufe der Gottesanbeterin, aber für mich funktionierten sie. Ich ahmte den schnellen und wiederholenden Kampfstil nach und schlug mit meinen Fäusten und den Handkanten zu. Der Ansturm traf die beiden Halunken völlig unvorbereitet. Der Erste war schnell überwältigt. Der andere schien über etwas mehr Kondition zu verfügen, also wirbelte ich herum und traf ihn mit einem *Mawashi-Geri*, einem Roundhouse-Kick. Hart, direkt am Kinn. Ich bin mir ziemlich sicher, dass ich seine Zähne zersplittern hörte, als sein Unterkiefer gegen den Oberkiefer getrieben wurde.

Ich hielt nur lange genug inne, um mich umzuhören. Stimmen. Polizei. Zwischen den dunklen Baumstämmen sah ich die Lichtkegel von Taschenlampen aufflackern.

Keine Zeit, um zu trödeln! Ich stürmte davon, den Pfad nach Norden entlang, und erreichte schneller als gedacht die 65th Street. Ein paar Straßen führen direkt durch den Park hindurch, damit die Autos und Taxen nicht immer außen herum fahren müssen, um zur anderen Seite zu gelangen. Ich folgte ihr nach Westen, aber die Scheinwerfer erhellten das Areal so sehr, dass man mich sehen würde. Außerdem war die Straße kurvig und schmal, ohne Gehsteige.

Unsicher, was ich nun tun sollte, sah ich zurück und hörte, wie die Cops das Karussell erreichten. Wahrscheinlich hatten sie bereits mein Werk vorgefunden, das dort am Boden lag.

Ich lief weiter in Richtung Norden.

Nachdem ich eine Weile ins schwarze Nichts gerannt war, blieb ich stehen und lauschte noch einmal. Ich hatte keine Ahnung, wo ich mich befand. Der Pfad hatte einige Male die Richtung gewechselt und ich hatte die Orientierung verloren. Ich erwog, zur 65th Street zurückzulaufen und mein Glück dort zu versuchen, aber dann entschied ich mich, geradeaus weiterzugehen.

Plötzlich erreichte ich eine weite offene Wiese. Keine Bäume, nur eine flache, grasbewachsene Ebene. Offenbar spielten hier am Tag die Kinder Fußball oder Football. Ich wollte nicht quer über den Platz laufen und mich so allen Blicken aussetzen, also trottete ich an dessen Rand entlang und hielt mich nahe der Baumreihen. Schließlich hörte ich Fahrzeuggeräusche direkt hinter den Bäumen. Es musste sich um eine andere Durchgangsstraße handeln, aber eine kleinere und nicht so dicht befahrene, also huschte ich um die Bäume und Felsbrocken herum und folgte ihr nach Westen.

Schließlich schaffte ich es aus dem Park heraus und gelangte zur 66th Street und Central Park West, liebes Tagebuch. Ich wollte schon den Gehsteig verlassen und über die Avenue hasten, als ein Streifenwagen die Straße hinunter gedonnert kam. Es war ausgeschlossen, dass ich irgendwo rechtzeitig in Deckung schlüpfen konnte. Die rotblauen Lichter gingen an und die Sirene heulte los. Der Wagen fuhr eilig an den Bordstein heran, also flitzte ich in den Park zurück. Ich musste mich nun doch verstecken.

Die unheimlichen Bäume wurden zu meinen Freunden. Ich hastete auf den schwärzesten, trostlosesten Flecken zu und folgte ihm bis ins Zentrum des kleinen Wäldchens. Meine Intuition half mir dabei sehr, denn ich konnte kaum etwas erkennen. Ich kam zu dem Schluss, dass ich etwas Besseres wohl nicht finden würde, also blieb ich stehen und kauerte mich hinter einen Baum.

Ich wartete. Hörte aus der Ferne Stimmen, sah aber keine Taschenlampen. Ich setzte mich auf den Boden. Er war feucht und kalt.

Die Wildnis um mich herum war voller unheiliger, dunkler Schemen. Wenn man mir erzählt hätte, dass es im Central Park Bären gab, hätte ich es sofort geglaubt.

Ich verhielt mich still. Ganz weit in der Ferne bemerkte ich winzig kleine Lichtkegel, die hin und her zuckten. Die Cops suchten weiter östlich nach mir. Sie liefen den Weg entlang, was ein gutes Zeichen war. Also hatten sie sich bis jetzt noch nicht ins Dickicht der bewaldeten Gebiete vorgewagt. Vielleicht hatten sie ja genauso viel Angst wie ich!

Ich musste meine Strategie ändern. Es war keine Verfolgungsjagd mehr. Jetzt hing alles davon ab, sich unbemerkt vorwärtszubewegen, langsam und umsichtig. Ich beschloss, von einem Baum zum nächsten zu huschen, wenn die Cops in meine Richtung kämen, und dann immer so weiter, bis sie aufgeben würden. Meine Sinne verrieten mir, dass zwei Grüppchen von Polizisten nach mir suchten, aber sie bestanden aus weniger Männern als ich anfangs befürchtete. Ich lauschte angestrengt, folgte den Geräuschen der Gruppe, die am nächsten an mir vorbeilief. Ihre Stimmen drangen als gedämpftes, undeutliches Murmeln zu mir heran.

Es kam mir vor, als hätte ich ewig an diesem kalten, dunklen Flecken zugebracht, liebes Tagebuch. Es muss mindestens eine Stunde gedauert haben, bis die Polizisten die Suche abbrachen. Ich nahm keine Aktivitäten mehr um mich herum wahr. Ich stand auf, klopfte mir den Hintern ab und trat *vorsichtig* zwischen den Bäumen hervor. Ein verlassener, gräulicher Pfad führte nach Westen. Ich folgte ihm, aber langsam, falls ich jemanden hören sollte. An diesem Punkt wäre ich wahrscheinlich lieber einer Bande von Kriminellen in die Hände gelaufen als dem NYPD!

Ich erreichte die Central Park West, überquerte die Avenue und lief auf der 64th Street nach Westen, bis ich den Broadway erreichte. Obwohl es sich dabei um eine geschäftige Durchgangsstraße handelte, war es weit nach Mitternacht. Es waren nur wenige Fußgänger unterwegs, aber es war trotzdem vernünftig, sich schnell vorwärts zu bewegen. Ich schaltete zurück in den flinken *Wer-blinzelt-hat-sie-verpasst*-Black-Stiletto-Modus, huschte von Gebäude zu Gebäude und hastete über Kreuzungen hinweg. Es war ein langer Weg nach Hause, aber ich schaffte es.

Erinnere mich daran, nie wieder normale Straßenkleidung zu vergessen.

16 | Judys Tagebuch

1960

21. Mai

Seit Lucys Hochzeit fühle ich mich niedergeschlagen. Ich hab mich wahrscheinlich komplett zum Narren gemacht, indem ich zu viel getrunken habe, jeden Mann in Sichtweite anbaggerte, mich Jimmy gegenüber lächerlich aufführte, und zu allem Überfluss noch das Fiasko im Central Park als Black Stiletto erlebte. Deshalb habe ich in letzter Zeit auch nichts geschrieben, liebes Tagebuch.

Ich zweige mir heimlich etwas von Freddies Bourbon ab. Er trinkt ihn ja nicht mehr, wieso sollte man ihn also verkommen lassen? Freddie meinte, dass ich jeden Abend betrunken wirken würde und vielleicht etwas langsamer machen sollte. Wahrscheinlich hat er recht, aber ich antworte nichts darauf. Im Moment schmecken mir die ein bis zwei Drinks nach dem Abendessen einfach zu gut.

Ich habe Lucy wiedergesehen, nachdem sie und Peter von den Bahamas zurückgekehrt sind. Sie war braungebrannt und sah großartig aus. Sie ist sehr glücklich. Sie erzählte mir, dass sie Schnorcheln war und prächtige, bunte Korallen und exotisch aussehende Fische gesehen hat. Das Essen war spektakulär gewesen und das Hotel einfach nur fantastisch. Ich bin sicher, dass ich alle Fotos sehen werde, wenn sie sie entwickelt haben. Lucy hasste es, in die wirkliche Welt zurückkehren zu müssen. Sie ist mit Peter zusammengezogen, also ist es eine ziemliche Plackerei, sie zu besuchen. Sie wohnt jetzt im West Village. Sie wollen sich aber irgendwo ein größeres Apartment kaufen. Ich sagte ihr, dass sie sich dafür besser auf der East Side umsehen sollen!

Peter hat uns Karten für das neue Off-Broadway-Musical *The Fantasticks* besorgt, das im Sullivan Street Playhouse gespielt wird. Jetzt kriege ich den Song »Try to Remember« nicht mehr aus dem Kopf. Ich würde gern öfter ins Theater gehen. Ich kann an einer Hand abzählen, wie oft ich eine Broadway-Show gesehen habe. Einige berühmte Stars treten dort auf. Es wäre dumm, mir das durch die Lappen gehen zu lassen.

Die meiste Zeit über arbeite oder trainiere ich. Ich habe im Telefonbuch nach *Wushu*-Lehrern gesucht. Obwohl ich weiter übe und meine eigene Technik entwickle, wäre es schön, diese Kampfkunst wirklich zu erlernen. Ein Studio, bei dem ich anrief, erklärte mir, dass sie keine Frauen unterrichten. Die Person, die an der zweiten Adresse ans Telefon ging, sprach kein Englisch, als gab ich auf. Mir kam die Idee, meine eigene Martial-Arts-Schule zu eröffnen, nur für Mädchen. Vielleicht sollte ich das tun. Ob sich irgendjemand dafür einschreiben würde? Gibt es außer mir noch andere Frauen, die sich selbst verteidigen wollen? Man sollte annehmen, dass es sie gibt.

Einmal bin ich zur Park Avenue South gegangen, um mir das Hauptquartier der demokratischen Partei anzusehen. Ein junger Mann und eine Frau saßen an einem Tisch auf dem Gehsteig und sprachen Passanten an, ob sie sich für die Wahl registriert hätten. Mir wurde bewusst, dass ich das noch nicht getan hatte, und füllte einen Antrag aus. Dann blätterte ich einige der ausliegenden Flyer durch und erzählte den beiden, dass ich hoffte, dass John Kennedy nominiert wird. Die Frau sagte: »Das Wichtigste ist, dass wir einen Demokraten ins Weiße Haus wählen.« Ich las, dass Präsident Eisenhower diesen Monat ein neues Bürgerrechtsgesetz unterzeichnete, mit dem schwarzen Wählern im Süden geholfen werden sollte. Ich hatte Clark danach gefragt, und er meinte, dass das neue Gesetz ein Anfang, aber längst nicht genug sei.

Vielleicht melde ich mich ja *doch* als Freiwillige.

Das könnte mein Leben wieder etwas zum Positiven verändern.

In der Zwischenzeit ist die Black Stiletto seit dem Zwischenfall im Central Park nicht wieder in Erscheinung getreten. In der letzten Zeit war mir nicht danach, aber heute Nacht werde ich es wieder tun. Es ist Sonntagabend, das Wetter ist schön und die Nacht ruft nach mir. Es ist eine Weile her, seit ich das letzte Mal in Chinatown gewesen bin. Ich will nachsehen, ob Billy und seine Mutter noch in dem Apartment über dem Restaurant wohnen. Wahrscheinlich bin ich verrückt, mich in meiner Maske dort noch einmal blicken zu lassen, aber ich habe einfach nichts Besseres vor.

22. Mai

Urks, heute habe ich einen ziemlichen Kater. Schätze, ich habe letzte Nacht wohl zu viel getrunken, aber ich war wirklich trübsinnig. Was stimmt denn nicht mit mir? Nach dem, was ich getan hatte, hätte ich glücklich sein sollen, aber das war ich nicht.

Gegen zweiundzwanzig Uhr verkleidete ich mich als Stiletto und schlüpfte hinaus. Die Gehsteige waren voller Menschen. New York City Ende Mai – die schönste Zeit des Jahres. Das bedeutete, dass ich mich ganz besonders vorsehen musste, wenn ich die Straßen entlang huschte und mich durch den Verkehr wand, und nicht zu lange an einem Ort bleiben durfte. Natürlich sahen mich die Leute. Ein paar der Reaktionen waren wirklich witzig. Die Frauen kreischten auf, als hätten sie eine Maus gesehen. Und auch ein paar Männer kreischten! Andere riefen mir Dinge zu, gute wie schlechte. »Plage!«, »Ein Hoch auf die Black Stiletto!«, »Schnapp sie dir, Stiletto«, »Ruft die Cops!«, und so weiter.

Es ist einigermaßen schwer, durch Chinatown zu gehen, ohne gesehen zu werden. Mein Plan sah vor, nach Billy zu sehen und dann wieder zu verschwinden. Ich wollte vermeiden, dass mich eine andere Gang der Flying Dragons in die Mangel nahm. Mein Bedarf an Prügel von einem wütenden Mob war gedeckt.

Die Elizabeth Street war ruhig. Das Restaurant war natürlich geschlossen und das Schild »Lee Noodle Restaurant« entfernt worden. Sperrholzbretter bedeckten das Innere der Fenster. An der Tür klebte eine Baugenehmigung. Ein anderes Schild verkündete: *Bald Neueröffnung unter neuem Manijment,* in Englisch und Chinesisch. Ich wette, dass ich die neuen Manager bereits kenne.

Ich überprüfte auch die Briefkästen im Hauseingang. Die Lees waren nicht länger aufgeführt. Verschwunden. Ich hoffe, Billy geht es gut. Vermutlich werde ich ihn nie wiedersehen.

Um mein Glück nicht unnötig zu strapazieren, machte ich mich schnell wieder davon. Ich lief die Elizabeth zur Canal hinauf und wollte gerade nach Osten eilen, als ich chinesische Hilferufe von einem Gemischtwarenladen an der Ecke hörte. Ein paar Leute blieben stehen und drehten sich um, also tat ich das Gleiche.

Zwei junge Männer mit Halloween-Masken aus Plastik auf dem Kopf waren dabei, den Laden zu überfallen! Der ältere Chinese hinter dem Tresen hatte die Hände gehoben. Einer der beiden – mit einer Mickey-Mouse-Maske – hielt eine Pistole auf ihn gerichtet. Der andere Ganove stand neben dem Manager, mit den Händen in der Registrierkasse. Seine Maske stellte Popeye dar.

Ohne zu zögern, öffnete ich die Tür, stürzte mich auf den bewaffneten Gangster und riss ihn an der Hüfte zu Boden. Die Pistole fiel auf den Boden und klapperte dabei wie eine Blechdose. Es war ein Spielzeug! Der Junge hinter dem Tresen ließ das Geld fallen, das er in der Hand hielt, sprang über den Tisch und rannte aus dem Laden, bevor ich ihn aufhalten konnte. Da ich einen der beiden geschnappt hatte, ließ ich ihn laufen.

Es war nicht schwer, den Jungen am Boden zu halten. Ich zog ihm die Mickey-Mouse-Maske vom Kopf, und darunter kam ein junger chinesischer Teenager zum Vorschein, kaum älter als Billy. Währenddessen hatte der Manager in seiner Sprache zu plappern begonnen und ein Telefon geschnappt. Wahrscheinlich wollte er die Polizei rufen.

»Wie heißt du?«, knurrte ich den Jungen an.

»Chow!«

»Chow? Ist das dein Name?«

Er nickte heftig. Er hatte solche Angst, dass er zu weinen anfing.

»Gehörst du zu den Tong?«

Darauf wollte er nicht antworten. Der Junge schluchzte nur und sagte: »Es tut mir leid! Es tut mir leid!«

»Antworte mir! Gehörst du zu einer der Tong?«

Da schüttelte er den Kopf. »Ich will ... ich will mich einer von ihnen ... das sein Initiation!«

»Du solltest diesen Laden ausrauben, um bei den Tong aufgenommen zu werden?«

Er nickte und weinte noch mehr.

»Welche Tong? Die Flying Dragons?«

Als ich das sagte, riss er die Augen weit auf. »Nein! Nein! Onlong! Onlong!« Zumindest war es das, was ich verstand. War das Chinesisch?

»Was soll das heißen, Onlong?«

»Nein, *On Leong!*« Da erinnerte ich mich wieder, was Billy mir erzählte. On Leong war der Name einer anderen Tong in Chinatown. Tatsächlich waren sie die größten Rivalen der Hop Sing Tong. Das bedeutete, dass dieser Junge die Flying Dragons nicht leiden konnte, weil diese ja mit der Hop Sing unter einer Decke steckten.

Ich stieg von ihm herunter und ließ den Jungen aufstehen, hielt ihn aber weiter am Genick gepackt. Dann wandte ich mich an den Manager. »Er ist nur ein Junge. Er hat nichts gestohlen. Soll ich ihn laufen lassen?«

Der alte Mann verstand mich nicht. Stattdessen ließ er eine wilde Kaskade aus wütendem Chinesisch auf mich einprasseln. Ich fragte den Jungen, was der Manager gesagt hatte.

»Er sagt, Sie sollen mich gehen lassen«, wimmerte der Junge.

»Oh, wirklich? Hörte sich für mich aber nicht so an. Ich denke, er will, dass du eingebuchtet wirst.«

»Bitte, ich tue es nie wieder! Ich verspreche es. Meine Eltern werden mich umbringen!«

Plötzlich tat er mir leid. Er zitterte. Ich drehte mich noch einmal zu dem alten Mann um. »Ich lasse ihn gehen, okay?« Der Alte fuhr mit seinem Monolog fort, hörte sich aber nicht mehr so zornig an. Ich drückte meine Hand fest um das Genick des Jungen und sagte: »In Ordnung, das ist eine Warnung. Du musst dich nicht einer Tong anschließen. Bleib in der Schule. Sei ein braver Junge.« Ich sah zu der Plastikwaffe hinunter und trat sie über den Boden. »Und spiele nicht mit Waffen«, fügte ich hinzu. »Jetzt mach dich vom Acker, bevor die Cops hier sind.«

Der Junge war schneller verschwunden als ein Texas Roadrunner. Der Ladenmanager hörte nicht auf zu reden. Er fuhr damit fort, mich zu beschimpfen, weil ich den Möchtegern-Räuber laufen ließ. Ich schüttelte nur den Kopf und sagte: »Er ist nur ein Junge! Sagen Sie den Cops, dass er abgehauen ist.« Ich war mir ziemlich sicher, dass der Mann kein Wort von dem verstanden hatte, was ich zu ihm sagte, also ging ich. Ein paar Passanten hatten sich auf dem Bürgersteig vor dem Laden versammelt, also wandte ich mich an sie: »Falls jemand von Ihnen Englisch sprechen sollte, dann sagen Sie der Polizei, dass es sich bei den beiden Räubern um zwei Jungen handelte und sie weggelaufen sind.« Meine Erklärung wurde mit leeren Blicken zur Kenntnis genommen. Ich schätze, sie hatten die Black Stiletto noch nie zuvor gesehen.

Das war's. Ich gab auf und rannte auf der Canal nach Osten. Dieses Mal hörte ich keine Polizeisirenen. Nachdem ich mich davon überzeugt hatte, dass mir niemand gefolgt war, begab ich mich zu dem Telefonmast, kletterte daran hinauf, sprang von dort auf die Dächer der 2nd Street und schlüpfte durch mein Fenster im Obergeschoss des Gym.

Das Seltsame ist, dass ich mich eigentlich gut hätte fühlen müssen. Ich hoffte, dass ich dem Jungen einen gehörigen Schrecken eingejagt hatte, damit er sich nicht einer Tong anschloss, und somit eine gute Tat vollbracht hatte. Doch stattdessen ergriff mich ein überwältigendes Gefühl der Frustration und des Versagens. Es war wieder diese Chinatown-*Sache*, wie fremd einem dort alles ist. Ich muss zugeben, dass ich es nicht verstand. Ich kam mir dort wirklich fehl am Platze vor, mehr als an jedem anderen Ort in New York.

Nachdem ich mir also mein Outfit aus- und meinen Pyjama und einen Mantel angezogen hatte, holte ich Freddies Bourbon und goss mir ein paar Gläser davon ein. Ich bin nicht sicher, wie spät es war, als ich schließlich ins Bett fiel. Daher der Kater, den ich heute habe.

Ach, alles Unsinn. Genug herumgeheult!

17 | Maggie

Heute

Ich freue mich schon auf die freien Tage an Thanksgiving. Morgen ist es soweit und ich werde den Tag mit Martin verbringen. Das ist das erste Mal seit recht langer Zeit, dass ich Thanksgiving wieder mit einem Mann zusammen verbringe. Wir werden bei mir zuhause essen. Ich habe schon einen Truthahn und alle Zutaten besorgt, um ihn damit zu füllen. Nach der Arbeit muss ich nur noch einmal los und etwas Obst und Cranberrys besorgen.

Im Woodlands ist es heute eher ruhig. Das Küchenpersonal bereitet ein Thanksgiving-Essen für die Bewohner vor. Martin will vorbeikommen und sich zu seiner Mutter setzen, wenn sie das Essen servieren. Ich sagte ihm, dass sich das mit unseren Plänen nicht überschneiden wird und ich ihn gern begleite.

Ich sah nach Judy und fand sie, wie sie vor ihrer Kommode stand und sich selbst im Spiegel betrachtete. Ihre rechte Hand streichelte dabei leicht über ihre Wange.

»Hallo Judy, wie geht es dir heute?«

Sie drehte langsam den Kopf und lächelte mich an. »Gut«, sagte sie, dann betrachtete sie sich wieder im Spiegel. Ich lief zu ihr und stellte mich neben sie.

»Wer ist denn diese gut aussehende junge Lady da im Spiegel?«, fragte ich.

Judys Lächeln wurde noch ein wenig breiter und sie schüttelte ihren Kopf. »Ich weiß nicht!«

»Das bist du, Judy.« Ich deutete auf ein Foto auf ihrer Kommode. »Und das bist du, vor ein paar Jahren.« Das Foto musste in den Siebzigern aufgenommen worden sein, denn es besaß die für die damalige Zeit übliche Färbung. Es zeigte eine wesentlich jüngere Judy Talbot, die neben einem Baum vor ihrem Haus in Arlington Heights stand. Damals sah sie umwerfend aus und sie ist auch jetzt noch eine sehr schöne Frau. Unglücklicherweise stiehlt Alzheimer so vieles von dem, was eine Frau attraktiv aussehen lässt. Judy sieht mittlerweile sehr viel älter aus als dreiundsiebzig Jahre und sie hat den Verstand einer Vierjährigen. Es ist so traurig.

Sie ließ den Blick über die anderen gerahmten Fotografien gleiten. »Wo ist mein Sohn?«

Ich deutete auf eines der aktuelleren Fotos. »Hier. Das ist Martin.«

Judy runzelte die Stirn. »Nein, das ist nicht ...« Dann fiel ihr Blick auf eine alte Schwarz-Weiß-Aufnahme aus den Sechzigern, auf der Martin noch keine zehn Jahre alt war. Judy nahm das Bild in die Hand und sagte: »Da ist sie ja.« Alzheimer-Patienten bringen oft die Geschlechter durcheinander.

»Genau, das ist er. Das ist Martin, als er noch kleiner war. Mittlerweile ist er erwachsen.« Ich deutete auf das neuere Foto. »Das ist Martin heute. Er kommt dich beinahe jeden Tag besuchen.«

»Tut er das?«

»Natürlich tut er das. Er wird dich morgen besuchen, zum Abendessen. Es ist Thanksgiving.«

»Thanksgiving?«

»Ja, und es gibt Truthahn und Soße. Klingt das nicht toll?«

Sie leckte sich tatsächlich die Lippen und nickte. Es war schön zu sehen, dass die Verbindung von ihrem Gehirn zu ihren Speicheldrüsen noch intakt war.

»Soll ich eine der Schwestern rufen, damit du spazieren gehen kannst?«

Sie stellte das Foto zurück und lief zu ihrem Schaukelstuhl. »Nicht jetzt.« Vorsichtig ließ sie sich in den Stuhl sinken und begann zu schaukeln.

Judy schien mir an diesem Tag bei ziemlich klarem Verstand zu sein. Sie hatte meine Fragen mit korrekten Antworten erwidert. Also beschloss ich, etwas anderes zu versuchen. »Judy, Martin hat mir einen Anstecker gezeigt, der dir gehörte. Es ist eine Anstecknadel aus dem Wahlkampf für John F. Kennedy und Lyndon Johnson von 1960. Erinnerst du dich daran?«

Judy schaukelte weiter und sah mich an. »Was?«

»John F. Kennedy. Erinnerst du dich, als er für das Amt des Präsidenten kandidierte? Du musst ihn wohl unterstützt haben.«

Sie nickte und sagte: »Ich war ein Kennedy-Girl.«

Das brachte mich völlig aus dem Konzept. Eine *was?* »Was sagtest du, Judy?«

Keine Antwort, nur ein Lächeln.

»Was ist denn ein Kennedy-Girl? Hast du Kennedy getroffen?«

Sie nickte. »Er kannte meinen Namen.«

Was? Waren die Kennedy-Girls welche von JFKs vielen Freundinnen, über die man munkelte?

»Also hast du ihn getroffen?«

Judy bekam einen träumerischen Gesichtsausdruck. Offenbar hielt sie an einer Erinnerung fest und genoss sie für einen Moment, doch dann änderte sich ihr Blick sehr schnell. Sie runzelte die Stirn und ihr Lächeln verschwand. Sie kniff die Augen zusammen und flüsterte: »Sie haben versucht, ihn umzubringen.«

Ich setzte mich auf die Bettkante neben ihrem Schaukelstuhl. »Das stimmt, Judy. Sie *haben* ihn umgebracht. In Dallas. Erinnerst du dich daran?«

Aber sie schüttelte den Kopf. »Nein, haben sie nicht. Ich habe ihn gerettet.«

Gespannt starrte sie mich weiter an. Was auch immer für Fantasievorstellungen durch ihren Kopf geisterten – für sie fühlten sie sich real an. Ich entschied, nicht weiter nachzubohren.

»Weißt du was, Judy, ich werde mal nachsehen, ob Jane gerade Zeit hat und mit dir eine Runde spazieren gehen kann. Es tut dir gut, ein wenig Bewegung zu haben. Du siehst ziemlich gut aus. Dein Blutdruck ist auch wieder gesunken. Die Medikamente helfen.«

Ich bin sicher, dass sie nichts davon verstand, aber ich stand auf und sagte ihr, dass ich gleich wieder zurück sei. Jane war gerade mit einem anderen Patienten beschäftigt, also versuchte ich mein Glück bei Eric, einem der Assistenten. Aber auch er konnte seine Aufgabe nicht unterbrechen, also kehrte ich zu Judys Zimmer zurück – und fand sie zusammengesunken in ihrem Stuhl, bewusstlos. Sie war ganz eindeutig nicht einfach nur eingeschlafen.

»Judy?«

Ich rannte zu ihr und überprüfte sofort ihre Vitalwerte. Die waren alles andere als gut, also griff ich nach dem Telefon und meldete einen Notfall.

Es bestand kein Zweifel: Judy hatte einen Schlaganfall erlitten.

18 | Judys Tagebuch

1960

10. Juni

Heute, an meinem freien Tag, ging ich zum New Yorker Büro der Demokraten und bewarb mich als Freiwillige. Ich beschloss, das einfach zu tun; auch, weil in meinem Leben gerade sonst nicht allzu viel passierte. Ich hatte nur meine Arbeit im Gym. Keinen Freund, keine Hobbys (nun, zumindest nicht die Art von Hobbys, die man normalerweise so hatte, haha) und keinen Freundeskreis, mit dem ich tratschen und shoppen gehen konnte, wie es die *normalen* jungen Frauen in der Stadt taten. Ich bin eine Außenseiterin, daran besteht kein Zweifel. Meine einzige Freundin ist Lucy, und jetzt, wo sie verheiratet ist, sehe ich sie nicht mehr so oft wie früher. Ich trainiere noch, aber das ist auch schon alles.

Und was die Black Stiletto anbelangt, habe ich das Outfit seit jener letzten Nacht in Chinatown nicht wieder übergezogen. Ich weiß nicht, wieso. Das Wetter ist schön – ziemlich heiß, um genau zu sein – und wie dafür gemacht, um sich nachts draußen herumzutreiben. Aber es reizte mich in letzter Zeit einfach nicht.

Also dachte ich, dass es eine gute Idee sei, mich in eine neue Aktivität zu stürzen. Ich verfolge John Kennedys Fortschritte – er hat gerade die Vorwahlen in Kalifornien gewonnen – und möchte ihn unterstützen.

An dem Wahlbüro ging es laut und geschäftig zu. Draußen auf dem Bürgersteig standen Menschen und verteilten Literatur oder ermunterten die Bürger dazu, sich für die Wahl registrieren zu lassen. Drinnen rannten junge Männer und Frauen um die zwanzig mit Stapeln von Unterlagen oder Kisten hin und her. Ich spürte, dass eine gewisse Energie in der Luft lag, und das war erfrischend und aufregend.

Sie gaben mir auch sofort etwas zu tun. Ich willigte ein, Flyer und Werbematerialien in meiner Nachbarschaft zu verteilen, und verbrachte ein paar Abende damit, Leute für die Wahl zu registrieren.

Heute aber war ich mit zehn anderen Leuten in einem Raum damit beschäftigt, Umschläge zu befüllen. Ich saß neben einem sehr netten Paar und wir unterhielten uns die ganze Zeit. Mitch Perry und Alice Graves. Sie müssen etwa Ende zwanzig sein. Mitch vielleicht schon Anfang dreißig. Er erzählte, dass er im Bereich Kapitalanlagen tätig sei, und dass seine Familie aus Spanien stammte. Perry hörte sich für mich nicht besonders spanisch an, aber er meinte, seine Familie sei seit Generationen *homogenisiert* worden. Alice hingegen sieht tatsächlich so aus, als würde südländisches Blut in ihren Adern fließen. Sie sagt, sie stammt aus Florida, und glaubt, dass ihre Vorfahren aus Südamerika stammen. Sie sind nicht verheiratet, aber ich habe den Eindruck, dass sie zusammenwohnen. Als sie mir erzählten, dass sie gern in die Klubs im Greenwich Village gehen, sagte ich, dass ich öfter im Café Wha? gewesen war und mir dort Gedichtlesungen der Beatniks angehört hatte. Mitch und Alice sind ebenfalls oft dort und sie haben Freunde im Village. Sie unterstützen Kennedy und hoffen, dass er nominiert wird, was uns auf Anhieb verband und wir Freunde wurden. Eine Menge Leute sind für Humphrey, und sogar noch mehr für Adlai Stevenson. Lyndon Johnson (ein Landsmann aus Texas!), gilt als Joker, und er hat noch nicht erklärt, ob er zur Wahl antreten wird oder nicht. Nächsten Monat findet in Kalifornien der Parteitag der Demokraten statt, und dann werden wir wissen, für wen wir schlussendlich Wahlkampf betreiben werden.

Jedenfalls fühlte ich mich hier sehr willkommen und gebraucht. Und der Umstand, dass ich etwas für mein Land tat, gab mir ein gewisses Gefühl von Nationalstolz.

Wer hätte das gedacht?

19. Juni

Ich schreibe das hier um halb ein Uhr morgens, aber für mich ist es noch immer Samstagnacht.

Ich bin gerade erst von einer Party heimgekommen, auf der ich einen *Mann* getroffen habe!

Doch darauf komme ich gleich noch. Ich habe in den letzten Tagen nichts geschrieben, liebes Tagebuch, weil ich so *beschäftigt* bin. Und das ist eine gute Sache, denn es macht mir *Spaß!* Ich liebe es, für das Komitee zu arbeiten, und ich tue mehr, als man von mir verlangt. Ich mag die Leute dort, und ich denke, sie mögen mich ebenfalls. Plötzlich habe ich mich in einer Gruppe von ... *Freunden* wiedergefunden?

Neben Mitch und Alice, die ich derzeit sehr häufig treffe, ist da noch Chip Rangel, der uns alle zum Lachen bringt. Er wiegt bestimmt zweihundertachtzig oder dreihundert Pfund. Er reißt einen Witz nach dem anderen und hat immer gute Laune. Das ist ansteckend. Ich schätze, der arme Kerl ist ein wenig verknallt in mich. Aus dem Grund versuche ich, mich nicht zu viel mit ihm abzugeben. Karen Williams, die so um die vierzig sein dürfte, ist Lehrerin, und so verhält sie sich auch hier im Wahlbüro. Es ist schon zu einer Art Dauerscherz geworden, dass Chip immer dann, wenn Karen uns etwas aufträgt, mit leiser Stimme fragt: »Und wer hat *sie* jetzt zu unserem Boss ernannt?« Mittlerweile murmelt er das sogar, wenn sie den Raum betritt, noch bevor sie irgendetwas gesagt hat, und das ist einfach nur *urkomisch*. Ich muss jedes Mal aufpassen, nicht laut loszulachen und mich zum Affen zu machen. Dann ist da noch Mr. Patton, der das Sagen hat, und Mr. Dudley und Mr. O'Donnell, Mrs. Bernstein und Mrs. Terrano und noch ein paar andere Leute. Sie sind alle nett und engagiert und ich bin gern mit ihnen zusammen, selbst mit Karen, wenn sie nicht gerade in Sorge darüber ist, dass eine bestimmte Aufgabe nicht rechtzeitig fertig wird.

Je näher der Parteitag rückt, umso verrückter wird alles. Zumindest sind sie gut organisiert, das muss ich ihnen lassen. Es ist noch *so viel* zu tun und es gibt nicht genügend Freiwillige. Ich habe versucht, Lucy und Peter zu überreden, aber sie haben abgelehnt.

Was ich so tue? Ich verkaufe Anstecknadeln für einen Dollar oder eine beliebige Spende, befülle und beschrifte Umschläge und bringe sie zur Post, wir verteilen Schilder und Flyer überall in der Stadt, wir bringen die Leute dazu, sich für die Wahl anzumelden, und versuchen, uns vernünftig mit Passanten zu unterhalten, die uns über die Demokraten befragen wollen. Die Mehrheit der Leute, mit denen ich mich auf der Straße unterhalte, sind nett und bleiben für einen Moment stehen, stellen vielleicht sogar die eine oder andere Frage, aber ein paar sind auch regelrecht unverschämt und sagen unhöfliche Dinge zu einem, während sie vorbeilaufen. Erst seitdem ich mit dieser Arbeit angefangen habe, wurde mir bewusst, wie unterschiedlich die Meinungen der Leute sein können, was Politik anbelangt. Die meiste Zeit meines Lebens habe ich den Republikanern oder Demokraten oder Politikern generell kaum Beachtung geschenkt. Erst jetzt merke ich, was für ein *heißes Eisen* das für manche Leute sein kann. Mein Gott, einmal schrie mich ein Mann sogar an und meinte, dass alle Demokraten Kommunisten seien und wir doch *zurück nach Russland* gehen sollten. Alles, was ich ihm darauf antwortete, war: »Entschuldigen Sie, Sir, sind Sie bereits für die Wahl registriert?«

Der Umstand, dass noch niemand von uns weiß, wer als Kandidat aufgestellt wird, macht unseren Job nicht leichter. Unter den Freiwilligen herrscht große Uneinigkeit, wer nominiert werden sollte. Viele sind für Kennedy, aber genauso viele für Stevenson und Symington. Die jüngeren Leute scheint es eher zu Kennedy zu ziehen. Ich halte seine Kampagne für die beste. Sein jüngerer Bruder leitet sie von Massachusetts aus. Er ist wohl irgendwie ein enorm wichtiger Anwalt im Justizministerium.

Wenn wir lange genug über den besten Kandidaten gestritten haben, kommen wir für gewöhnlich darauf zu sprechen, wer Vizepräsident werden soll. Kennedy hat noch niemanden ausgewählt.

Nun, so sieht mein Leben außerhalb des Second Avenue Gym derzeit aus.

Aber zurück zu *heute Nacht*. Ich war zusammen mit Mitch und Alice ein paar Mal im Café Wha? gewesen, wo wir uns Musik und Gedichtvorträge anhörten. Vergangene Nacht hatten wir uns Kennedy bei seinem Auftritt in der *Jack Paar Show* angesehen, in ihrem Apartment auf der East 52nd Street, zwischen der Lexington und Third. Was immer das genau für *Kapitalanlagen* sind, die Mitch da betreibt, müssen die ziemlich anständig sein, denn ich kann nicht glauben, was für eine tolle Wohnung die beiden haben. Sie liegt wirklich schön in der sechsten und obersten Etage eines großen Gebäudes. Ich habe sie nicht danach gefragt, aber es hat den Anschein, als wären sie gerade erst eingezogen. Es gibt nur wenige Möbel in der Wohnung und sie ist kaum dekoriert. Aber sie haben einen tollen Fernseher!

Heute Nacht luden mich Mitch und Alice zu einer Party ins Village ein, und zuerst sträubte ich mich ein wenig, weil ich ungern das dritte Rad am Wagen sein wollte. Alice sagte, dass sie und Mitch mich gern um sich hätten, weil ich *witzig* sei.

Außerdem müsste ich mich mit mehr Männern treffen, um jemanden kennenzulernen, damit wir zu viert ausgehen könnten. Also begleitete ich sie.

Die Party fand in einem Apartment auf der Christopher Street statt. Das war die gleiche Querstraße, in der sich auch das Studio Tokyo befunden hatte. Das Gebäude steht immer noch, aber seit dem Brand ist das Haus vernagelt und wird repariert. Ich war das erste Mal wieder in der Gegend, nachdem es passiert war. Ich musste an Soichiro denken und wie sehr ich ihn vermisste, und es erinnerte mich daran, öfter mal Isuzu, seine Tochter, anzurufen.

Ich war noch nie auf einer Party wie dieser gewesen! Die Gastgeber sahen wie Beatniks aus. Ron und Pam, ein Paar. Er hatte einen Schnurrbart, Haare am Kinn, und sie trug drinnen eine Sonnenbrille. Beide waren schwarz angezogen. Es waren noch andere Leute da, die ebenfalls wie Beatniks aussahen, die Art von Gästen, wie ich sie bereits im Café Wha? und im Village Vanguard gesehen hatte. Und sogar noch zwei schwarze Pärchen! Die Wohnung war klein, wie so viele New Yorker Apartments, nur eine Zweizimmerwohnung. Ich würde sagen, dass sich etwa fünfundzwanzig Leute im Wohnzimmer, in der Küche und im Schlafzimmer aufhielten. Wir passten unmöglich alle in das kleine Wohnzimmer, also verteilten wir uns auf die drei Räume. Es gab Wein und Wodka und Bourbon und Bier und Coke und es wurde wahnsinnig viel geraucht – das ganze Apartment war *voller* Rauch. Manches davon war dieses Marihuana-Zeug. Die kleine Gruppe, die das rauchte, saß im Schlafzimmer, und deshalb hielt ich mich dort nicht auf. Es machte mich ein wenig nervös, mit ihnen im gleichen Apartment zu sein, denn es ist illegal. Allerdings habe ich schon gesehen, wie Leute das bei einem Jazzkonzert rauchten.

Das Essen war interessant. Ich hatte noch nie zuvor gefüllte Pilze gesehen. Die Strünke hatte man entfernt und die Kappen waren mit Brotkrümeln und Petersilie und Käse und was nicht noch alles gefüllt. Irgendwer hatte einen großen Topf Spaghetti mitgebracht und wir aßen von Papptellern. Die Hi-Fi-Anlage spielte Jazzmusik und überall wurde laut gequatscht. Die Leute unterhielten sich über Politik, Filme, Kunst, Poesie, Bücher, Theater und Musik. Ich fürchte, ich kam ein wenig dumm rüber. Ich mochte das alles, aber als ich Elvis Presley erwähnte, fing ich mir ein paar abwertende Blicke ein. Alice ergriff jedoch Partei für mich und gab zu, Elvis ebenfalls zu mögen. Die meisten der Anwesenden waren für Kennedy, weshalb ich zumindest dafür Pluspunkte bekam. Gegen 21 Uhr oder so saß ich auf dem Boden, neben einem Sofa. Ich hörte einem NYU-Professor zu, der über Jack Kerouac sprach, als sich ein dunkelhaariger und gut aussehender Mann neben mich auf den Boden setzte. Er sah nicht ganz so sehr wie ein Beatnik aus wie der Rest. Aber er trug einen Kinnbart, den man wohl »Goatee« nannte, wie er mir später erklärte. Sein Name ist Michael Sokowitz. Er kommt aus Österreich, lebt aber nun in Amerika. Er spricht mit europäischem Akzent. Ich schätze, er ist um die dreißig. Er erzählte mir, dass er Schriftsteller sei und derzeit an vielen Dingen gleichzeitig arbeite, hauptsächlich einer Novelle. Ich fragte ihn, ob ich eines seiner Bücher im Laden finden könne, aber er meinte, dass er bisher noch nichts veröffentlich hat. Wir redeten vielleicht zwanzig Minuten miteinander, und dann sagte er, dass ihm wegen des ganzen Rauchs die Augen tränen würden, und ob ich ihn nicht vielleicht woanders hin begleiten würde, auf einen Kaffee. Ich sagte, klar, wieso nicht. Der Rauch störte mich ebenfalls, also gingen wir in ein Café drüben auf der Bleecker, das er kannte. Dort erzählte er mir, dass er jetzt seit zwei Jahren die amerikanische Staatsbürgerschaft besaß. Er war 1957 in die Vereinigten Staaten gekommen. Michael fragte mich, woher ich stammte und all diese Dinge. Er war überrascht, als er hörte, dass ich in einem Fitnessstudio arbeiten würde.

»Frauen sollten nicht kämpfen«, sagte er, aber ich erwiderte: »Manchmal müssen sie das.«

Michael hat tiefbraune Augen, hatte ich das schon erwähnt? Mit ihm zusammenzusitzen war beinahe schon bizarr. Er hatte diesen starken Akzent und sah aus wie ein russischer Kosak oder so etwas. Ich muss sagen, dass Michael während unseres kurzen Treffens ein ziemliches Geheimnis um sich herum aufbaute. Ich möchte mehr über ihn erfahren, ihn wiedertreffen. Es mag sich kitschig anhören, aber ich finde ihn auf eine mysteriöse Weise anziehend.

Nach einer schnellen Tasse Kaffee und einem kurzen Plausch fragte er mich nach meiner Telefonnummer. Ich gab ihm die vom Gym und sagte, er solle sich nicht wundern, wenn ein Mann ranging. Freddie ist daran gewöhnt, Nachrichten für mich entgegenzunehmen, besonders, seitdem ich ehrenamtlich tätig bin. Er sagte, er würde mich anrufen. Danach begleitete er mich noch ein Stück, schüttelte mir die Hand und verabschiedete sich.

Was für ein Abend!

19 | Judys Tagebuch

1960

26. Juni

Letzte Nacht war ich zum ersten Mal seit ... ach Gott, über einem Monat wieder als Black Stiletto unterwegs. Aber ich hielt mich in Schuss, trainierte immer weiter. Mein persönlicher Trainingsplan ist eine Kombination aus dem, was ich von Freddie und Soichiro lernte, den grundlegenden Informationen von Billy und meinen eigenen Erfindungen. Es ist gut, dass ich nicht nachlässig geworden bin, denn letzte Nacht benötigte ich die Fähigkeiten der Stiletto auf eine ganz bestimmte Art und Weise.

Was mich dazu brachte, das Outfit wieder anzulegen? Ich weiß es nicht. Ich verspürte einfach den Drang, wieder loszuziehen. Es war *in der Tat* schon eine Weile her. Vielleicht brauchte ich einfach ein wenig Abstand von ihr, nachdem sie in Chinatown gleich *zweimal* verprügelt worden war. In Wahrheit habe ich ... meine Güte, beinahe hätte ich geschrieben, dass ich »sie« vermisst habe. Mir ist aufgefallen, dass ich mich öfter auf die Black Stiletto beziehe, als wäre sie jemand ganz anderes als ich. Ist das seltsam? Nicht mehr lange und ich verhalte mich wie Anthony Perkins in *Psycho* und spreche mit mir selbst mit zwei unterschiedlichen Stimmen! Oh mein Gott, liebes Tagebuch, das war der *gruseligste* Film, den ich *je* gesehen habe! Er kam gerade erst in die Kinos und alle reden über ihn. Ich liebe Alfred Hitchcock und wollte ihn sehen, also haben mich Lucy und Peter begleitet. Lucy hat mehrmals laut aufgeschrien und sich während der Duschszene die Augen zugehalten. Und ich schrie, als der Detective umgebracht wurde und die Stufen hinunterstürzte. Ich konnte es nicht fassen, dass Janet Leigh in dem Film schon so früh stirbt. Urks! Das war *schrecklich*! Wir sind *sprachlos* aus dem Kino gekommen.

Ich kann es kaum erwarten ihn noch einmal zu sehen!

Einer der Gründe, warum ich mich als Stiletto aufmachte, war, weil ich ein wenig wütend war. Adam Clayton Powell behauptete, dass Dr. King von den Kommunisten kontrolliert würde. Wie kann er nur so etwas Furchtbares sagen? Als ob die Schwarzen nicht schon genug Probleme damit hätten, endlich die gleichen Rechte zugesprochen zu bekommen. Kennedy war vor ein paar Tagen in New York gewesen, aber ich habe ihn nicht gesehen. Angeblich traf er sich während seines Aufenthalts hier mit Dr. King. Ich würde auch gern einmal Kennedy treffen. Wenn er nominiert werden sollte und ich dann immer noch für seine Wahlkampagne arbeite, werde ich das vielleicht sogar.

Ich dachte mir, mich in die Stiletto zu verwandeln wäre eine gute Möglichkeit, um etwas Dampf abzulassen, also verließ ich gegen 22 Uhr das Haus. Es war eine heiße Nacht. Ich wollte in der Nähe meiner Wohnung bleiben und nur in der Lower East Side herumrennen, klettern und herumspringen. Draußen waren scharenweise Leute unterwegs. Ich hörte einige Pfiffe und Buhrufe von Passanten, während ich an ihnen vorbeirannte. Ein paar von den netteren Leuten winkte ich zu. Aber ich stieß auf keine Verbrechen, die im Gange waren, und lief glücklicherweise auch keinen Cops in die Arme.

Es war beinahe Mitternacht, als ich Sirenen in der Nähe des Washington Square hörte. Ein Feuerwehrauto raste mit wild flackernden Rundumleuchten an mir vorüber. Mich packte die Neugier, also tat ich was? Ich folgte ihm natürlich. Lautlos huschte ich von Haus zu Haus, bis ich die südwestliche Ecke des Parks erreichte. Vor einem roten Backsteingebäude westlich von mir, auf der 4th Street, standen Polizeiautos, ein Krankenwagen und ein Löschfahrzeug. Das Gebäude selbst hatte fünf oder sechs Etagen, mit hellen Zierleisten aus Beton. Die Polizei hatte einen Scheinwerfer aufgestellt, mit dem einer der Männer auf das Dach hinauf leuchtete. Ich musste die McDougal überqueren und mich einer Gruppe Schaulustiger anschließen, um einen besseren Blick auf das Geschehen zu bekommen.

»Was ist hier los?«, fragte ich.

Alle drehten sich zu mir um und ließen die Kinnladen fallen. Dann stürmte eine Fülle unterschiedlichster Reaktionen auf mich ein. »Das ist die Black Stiletto!«. »Heiliger Strohsack, seht doch nur!«, »Sind Sie es wirklich?«, und die ganzen anderen üblichen Rufe. Ich hob die Hände, um die Leute zu beschwichtigen.

»Psst, ich will nicht, dass die Cops mich sehen. Was machen die hier?« Und dann sah ich es selbst. Der Scheinwerfer erhellte einen menschlichen Umriss, der auf einem schmalen Betonvorsprung zwischen zwei Fenstern im obersten Stockwerk stand. Der Sims war so schmal, dass die Schuhspitzen bereits über den Rand hinausragten. Er hatte sich mit dem Rücken an die Hauswand gepresst, zu Tode geängstigt.

»Er wird springen, sehen Sie?«, sagte ein Mann neben mir und deutete nach oben.

»Oje«, antwortete ich. Von der Straße aus schien der Mann auf dem Sims noch sehr jung zu sein. Gerade mal im Highschool- oder College-Alter. »Wer ist das? Weiß das hier jemand?«

Ein Mädchen meldete sich. »Er ist Student an der NYU. Es heißt, es hätte etwas mit seinen Noten zu tun, dass er durchgefallen ist oder so etwas, und dass er sich selbst umbringen will, bevor sein Vater es tut.«

Die Feuerwehrleute ließen die Leiter ausfahren und einer der Männer begann langsam zu dem verängstigten Jungen hinaufzuklettern. »Kommen Sie nicht näher! Ich werde springen! Ich springe!«, schrie der Junge. Ich konnte nicht hören, was der

Feuerwehrmann darauf antwortete. Meine Instinkte rieten mir, über die Straße zu rennen und dem armen Kerl zu helfen. Eine unüberlegte Bewegung mit den Schultern, den Beinen oder den Armen und er würde das Gleichgewicht verlieren und hinunterstürzen.

Wenig später trafen auch die Nachrichtenwagen ein. Reporter versammelten sich vor dem Haus und schossen Fotos. Ich denke, einer der Journalisten hatte sogar eine Filmkamera dabei. Wenn es dem Springer um Aufmerksamkeit gegangen war, hatte er die nun ganz sicher bekommen.

Ein Polizist auf der Straße rief in sein Megafon hinein: »Komm schon, Sohn, geh wieder zurück zum Fenster. Du willst das doch nicht tun.«

»Ich werde springen!«

Der Cop versuchte es daraufhin mit einem strengeren Ton. »Geh dort wieder runter, *sofort*, bevor du noch ernsthaften Schaden anrichtest. Nicht nur deinetwegen, sondern auch für die Stadt!«

»Ich werde springen!« Der Junge spulte immer nur die gleiche Leier ab.

Mittlerweile hatten sich deutlich mehr Menschen versammelt, um das Spektakel zu verfolgen. Sie sahen mit vor den Mund gehaltenen Händen zu ihm hinauf und hielten vor Spannung den Atem an. Ich war in der Menge untergetaucht. Nur die Leute direkt um mich herum wussten, dass ich hier war. Das war mit einiger Sicherheit der klügste Ort, an dem ich mich aufhalten konnte, aber ich war genauso gebannt wie alle anderen auch.

Dann tauchte in dem Fenster rechts des Springers ein Feuerwehrmann auf. Das musste das gleiche Fenster gewesen sein, aus dem der junge Mann auf den Sims geklettert war. Der Feuerwehrmann redete mit ihm, aber wir konnten nichts davon verstehen. Ich sah, wie der Junge heftig den Kopf schüttelte.

Sowohl der Springer als auch das Rettungsteam steckten in einer Sackgasse. Die Polizisten und die Feuerwehrleute kamen nicht weiter. Schließlich ertrug ich die Anspannung nicht mehr und wollte unbedingt etwas tun. Es war vielleicht das Kühnste, was ich je gewagt hatte, aber ich zwängte mich durch die Menge und hielt auf die Polizei zu, welche die Straße abgesperrt hatte. Ich wandte mich an einen der Streifenpolizisten. »Kann ich irgendetwas tun, um zu helfen?« Seine Augen wären ihm beinahe aus dem Kopf gefallen, aber zumindest zog er nicht seine Waffe.

»Äh, Lieutenant?«, rief er. Der Mann mit dem Megafon drehte den Kopf zu uns herum und sah mich. Sofort zeigten alle mit den Fingern auf mich und tuschelten. Nun sah die Menschenmenge zu *mir* anstatt zu dem Springer hinauf! Die Blitzlichter der Fotoapparate der Reporter flackerten auf. Schließlich kam der Lieutenant zu mir herüber.

»Sie haben genau drei Sekunden, um von hier zu verschwinden, bevor ich Sie festnehmen lasse«, sagte er.

»Warten Sie, vielleicht kann ich helfen«, erwiderte ich. »Ich gehe zu ihm hinauf und rede mit ihm. Vielleicht hört er auf mich.«

»Wieso sollte er ausgerechnet auf Sie hören?«

Ich zuckte mit den Schultern. »Den Versuch wäre es zumindest wert. Kommen Sie schon.«

»Sie werden gesucht. Wir könnten Ihnen gleich hier Handschellen anlegen.«

»Nicht heute Nacht!«, herrschte ich ihn an, stürmte durch die Absperrung und rannte auf das Gebäude zu. Der Lieutenant rief mir hinterher, stehenzubleiben. Einige Streifenpolizisten versuchten mich festzuhalten, aber ich wand mich aus ihren ungeschickten Griffen und sprang die sechs Treppenstufen zu dem Hauseingang hinauf. Im Untergeschoss befanden sich auf beiden Seiten Restaurants, über denen, etwa auf Schulterhöhe, die unteren Plattformen der Feuerleiter begannen. Ich wählte die rechte, sprang hinauf und kletterte die Leiter nach oben.

Die Menschenmenge applaudierte und feuerte mich an. »Gut so, Black Stiletto!«, »Hilf ihm!«, und »Hurra!«

Ich bin mir ziemlich sicher, dass einige der Polizisten ihre Pistolen gezogen hatten und sie auf mich gerichtet hielten, denn ich hörte, wie der Lieutenant rief: »Nehmt die Waffen runter!« Ich sah aber nicht nach unten. Um den Springer nicht zu erschrecken, bewegte ich mich langsam und erreichte schließlich das oberste Stockwerk. Der Feuerwehrmann am offenen Fenster sagte: »Der Junge will nicht auf mich hören.«

»Lassen Sie mich mit ihm reden«, antwortete ich.

Der Scheinwerfer strahlte noch immer den Jungen an. Nun, wo ich näher gekommen war, schien er mir neunzehn oder zwanzig Jahre alt zu sein. Die Kante, auf der er stand, war etwa auf Augenhöhe. Er starrte mich an und rief: »Kommen Sie nicht näher!« Tränen rannen dem Jungen über sein Gesicht.

Ich näherte mich dem Geländer der Plattform, deutete auf den Sims und fragte: »Hey, war das schwer?«

»Kommen Sie nicht näher!«

»War das schwer, aus dem Fenster zu steigen und sich auf dem Vorsprung vorwärts zu bewegen? Kann ich es auch mal versuchen?«

»Nein! Verschwinden Sie!«

»Komm schon, das hab ich noch nie probiert. Ich versuche es mal, okay? Du siehst aus, als könntest du etwas Gesellschaft gebrauchen.« Ich wartete nicht auf eine Antwort von ihm. Stattdessen nahm ich meinen Rucksack ab und stellte ihn auf die Plattform, dann hob ich mein Bein, stellte meinen Stiefel auf das Geländer und zog mich hoch. Die gesamte Feuerleiter knarrte. Ich war in Sorge, ob das Geländer mein Gewicht halten würde, aber das tat es. Als ich oben war, erkannte ich, wie es ihm möglich gewesen war, den Vorsprung zu erreichen. In dem Mauerwerk befanden sich dekorative horizontale Absätze. Ich griff nach einem von ihnen, kletterte wie an einer Leiter die Wand hinauf und stellte dann meinen rechten Stiefel auf den Sims. Den Rücken gegen die Wand gepresst, schob ich mich langsam an den jungen Mann hinan.

»Alles gut. Ich bin ein Freund«, sagte ich. »Du weißt, wer ich bin, nicht wahr?« Sein schreckensbleicher Gesichtsausdruck sagte alles. »Hab keine Angst. Ich will mich nur mit dir unterhalten.«

»Kommen Sie keinen Schritt näher!«

Ich sah immer noch nicht nach unten. Meine Stiefel berührten kaum den gemauerten Vorsprung. Es war eine ausgesprochen gefährliche Lage und ich begann zu realisieren, was für eine dumme Idee das doch gewesen war. Eine starke Windböe allein konnte fatale Folgen haben, aber selbst eine falsche Bewegung oder der Verlust des Gleichgewichts würden mich zu Fall bringen, im doppelten Sinne.

Dann erinnerte ich mich an etwas, das Billy mir beigebracht hatte. Es war Teil der Entspannungsübungen, die ich machen musste, bevor wir zu den aggressiveren Übungen übergingen. Er nannte es *Tai Chi*, und er erklärte, dass es einem helfen würde, die innere Körpermitte zu finden. In der Hauptsache ging es dabei um Ausgeglichenheit und einen festen Stand.

Also konzentrierte ich mich darauf, klärte meinen Verstand und verbannte alle äußeren Reize. Ich vergaß, dass ich auf einem sechs Stockwerke hohen Gebäude stand und auf einem Seil aus zwanzig Zentimeter breitem Beton balancierte. Ohne Probleme bewegte ich über den Vorsprung und befand mich wenig später neben dem Springer.

»Hi. Wie heißt du?«

Der arme Junge zitterte am ganzen Leib. »B-B-Barry.«

»Okay, Barry, wieso willst du das tun? Ich habe gehört, es hätte etwas mit deiner Schule zu tun?«

»Ich bin d-d-durchgefallen. Ich f-f-fliege von der Schule. Meine Eltern werden s-s-sterben, wenn sie es erfahren.«

Ich schüttelte den Kopf. »Sie werden nicht sterben, aber du, wenn du von diesem Sims fällst. Und ich bin mir sicher, dass deine Eltern das nicht wollen, egal, was in der Schule passiert ist. Du bist ihr Sohn.«

»Mein Dad hasst mich!«

»Barry?«

»Was?«

»Ich hab nicht mal die Highschool beendet. Aus dem College geworfen zu werden ist nicht das Ende der Welt.«

Er fing an zu weinen. »Ich kann ihm nicht mehr unter die Augen treten! Er schämt sich für mich!«

»Ich glaube, er wird sich noch mehr schämen, wenn du dich umbringst. Bist du sicher, dass du das wirklich tun willst?«

Er nickte heftig.

»Was hält dich dann noch auf?«

Das verwirrte ihn. »Hä?«

Ich deutete auf die Menge unter uns. »Ich meine, du bist jetzt schon eine ganze Weile hier oben. Ich denke mal, wenn du wirklich springen wolltest, hättest du das längst getan.«

»Ich werde springen! Ich werde springen!«

»Und soll ich dir noch was sagen, Barry? Wenn ich von einem Gebäude springen wollte, würde ich mir ein wirklich hohes dafür suchen. Dieses Haus hier ist doch *Pillepalle* gegenüber den vielen anderen Hochhäusern in dieser Stadt, die du dafür hättest aussuchen können. Ich meine, wie viele Stockwerke sind das hier? Fünf? Sechs? Wieso hast du dir nicht das Empire State Building ausgesucht? Das wäre viel dramatischer gewesen. *Das wäre mal eine Ansage!* Damit hättest du es *wirklich* in die Nachrichten geschafft. Zumindest aber hättest du von einem dieser neuen Hochhäuser hüpfen können, die sie im Village bauen, aber doch nicht von so einem lächerlichen Haus wie dem hier.

Oder wenigstens einer Brücke! Wie wäre es mit der Brooklyn Bridge? Da springen andauernd Leute runter.«

»Seien Sie still!«

»Pass auf, wieso rutschen wir nicht wieder zu dem Fenster zurück und klettern hinein? Was meinst du? Ich gebe dir auch einen Drink aus oder so. Vielleicht kannst du ja die Schule wechseln. Vielleicht bist du besser, wenn du das Studienfach wechselst?«

»Mein D-D-Dad will, dass ich Anwalt werde.«

»Ist er ein Anwalt?«

»Ja, ein ziemlich wichtiger.«

»Aber du möchtest keiner werden?«

»Eigentlich nicht.«

»Was würdest du gern tun?«

Seine Lippen bebten. »Ich schreibe Theaterstücke. Ich wäre gern ein Bühnenautor.«

»Na, dann solltest du das versuchen. Ich denke, jeder sollte das tun, was er gern möchte, und nicht das, was andere von ihnen verlangen.«

»W-W-Wirklich?«

»Aber natürlich! Sag deinem Vater, dass du nicht bist wie er. Du bist *du selbst!*«

Barry sah mich an, als wäre er selbst noch nie auf diese Idee gekommen.

Ich beschloss, das Thema zu wechseln. »He, hast du dich zur Wahl registrieren lassen? Was glaubst du, wer wird dieses Jahr Präsident werden? Ich bin für Senator Kennedy. Ich denke, er würde einen großartigen Präsidenten abgeben. Was meinst du?«

Der arme Barry musste mich für völlig durchgedreht gehalten haben. Wir standen dreißig Meter über dem Boden auf einem schmalen Grat und ich fing an mich mit ihm über Politik zu unterhalten.

»Keine Ahnung«, sagte er schließlich.

»Ist das zu fassen, dass wir schon 1960 haben? Ein ganz neues Jahrzehnt wartet auf uns. Was wird wohl passieren? Glaubst du, dass wir jemanden zum Mond schicken werden?«

»Ich weiß nicht ...«

»Ich wette, die Wissenschaftler werden jede Menge neuer Dinge erfinden. Vielleicht ja ein Heilmittel gegen Krebs oder Herzattacken oder Schlaganfälle. Glaubst du, das wird passieren, Barry?«

Er antwortete mir nicht.

»Willst du denn nicht dabei sein, wenn es passiert? Wäre es nicht großartig, wenn du deinen Enkeln erzählen könntest, dass mal jemand den Mond betreten hat und du es live im Fernsehen mit angesehen hast? Ich wette, es wird im Fernsehen übertragen werden, wenn es soweit ist. Heutzutage kommt ja alles Mögliche im Fernsehen. Hast du eine Lieblingssendung? Ich würde sagen, meine Lieblingsshow ist *The Twilight Zone*. Hey, hier oben zu stehen hat sogar was von der Twilight Zone!« Ich lachte, und dann lachte *Barry ebenfalls*.

Ich redete weiter über belanglose Dinge mit ihm, bis er sich schließlich entspannte. Seine Angst verflog und er hörte auch auf zu zittern. Ich weiß nicht, wie lange ich dort auf diesem schmalen Sims stand, liebes Tagebuch, aber ich hätte es unmöglich ohne meine *Tai-Chi*-Übungen geschafft. Keine Ahnung, *wie* Barry es geschafft hatte, dort so lange auszuharren. Sein Körper muss wohl die ganze Zeit Adrenalin gepumpt haben. Ich war darauf vorbereitet, ihn zu packen, wenn er herunterfallen würde – das Problem war nur: Wer würde *mich* dann festhalten?

Schließlich sagte Barry wie aus heiterem Himmel: »Ich glaube, ich schaffe es nicht zurück zum Fenster. Ich habe zu große Angst. Ich werde abstürzen.«

Mir fiel auf, dass er ein anderes Wort benutzte. Abstürzen war etwas anderes als Hinunterspringen. Ich sah auch das als positives Zeichen an und sagte: »Barry, was hältst du davon, wenn ich mein Seil dort über das Dach werfe? Dann können wir uns auf dem Weg zurück daran festhalten, okay?«

Er hatte wieder diesen verängstigten Gesichtsausdruck bekommen und fing an in Panik zu geraten. Ich glaube, dass Barry zuvor so verzweifelt gewesen war, dass sein Verstand die Gefahr ausblendete, in die er sich begeben hatte, als er auf den Sims geklettert war. Jetzt aber schien ihm erst so wirklich klar geworden zu sein, wo er sich befand. »Was auch immer. Oh Gott, helfen Sie mir. Helfen Sie mir!«

»Beruhige dich, Barry. Alles wird gut. Atme tief ein. Kannst du das für mich tun?« Während ich so auf ihn einredete, löste ich das aufgerollte Seil von meinem Gürtel und befestigte den Haken an einem der Enden. »Ich werde es jetzt hinaufwerfen, Barry. Los geht's.«

Nur ungern wollte ich den Augenkontakt zu ihm unterbrechen, aber das musste ich. Während ich in die andere Richtung blickte, also seitwärts, wenn du verstehst, was ich meine, zielte ich auf einen Bereich auf dem Dach, direkt über der Feuerleiter, und warf den Haken mit lockerem Schwung von unten hinauf. Der Haken ging ins Ziel und verkeilte sich an der Kante. Perfekt. Ich drehte mich zu Barry um und reichte ihm mein Ende des Seils. »Hier. Halt dich daran fest. Zieh dich daran weiter vorwärts.«

»Ich kann nicht!«

»Barry, sieh mich an. Kannst du meine Augen hinter der Maske sehen?« Er nickte. »Dann wende deinen Blick nicht von ihnen ab, okay? Sieh mir in die Augen.« Das tat er. Dann begann ich mich an dem Seil in Richtung Feuerleiter zu bewegen, *rückwärts*, damit ich ihn nicht aus den Augen lassen musste. Zug um Zug ließ ich das Seil durch meine Hände gleiten. »Siehst du, wie ich mich an dem Seil entlang bewege, Barry? Ein Schritt nach dem anderen. Ich bin bei dir.«

Wir benötigten beinahe zehn Minuten für knappe zwei Meter, aber schließlich erreichte ich den Punkt, an dem ich über das Geländer geklettert war. »Wow, Barry, ich bin direkt über der Feuerleiter! Wir haben es fast geschafft!«

In dem Moment rutschte er mit seinem rechten Fuß weg, begann zu schwanken. Er verlor das Gleichgewicht. Er würde fallen, und wir beide wussten es.

Aber noch hielt er das Seil umklammert. Schreiend zuckte er und trat wild um sich, als ihn die Panik ergriff.

»Barry! Hör auf! Nicht bewegen! Halte dich einfach fest!«

Und dann fiel er. Ein Raunen fuhr durch die Menschenmenge unter uns. Er aber klammerte sich an das Seil und hing baumelnd daran. Es war gut, dass er noch ein Junge und relativ leicht war. Trotzdem war es für meinen rechten Arm eine enorme Belastung, ihn festzuhalten.

»Nicht loslassen«, rief ich. »Ich ziehe dich hoch!«

Stattdessen aber kletterte auch der Feuerwehrmann aus dem Fenster, eilte zum Rand der Feuertreppe und packte ebenfalls das Seil. Wenn er gewollt hätte, hätte er auch Barrys Schuhe greifen können.

»Pass auf, Barry, der nette Feuerwehrmann wird deine Knöchel festhalten, okay?«

Der Feuerwehrmann wartete nicht erst auf eine Antwort. Er wickelte seine Arme um Barrys Waden und zog ihn zu sich heran, sodass der Junge sich auf das Geländer stellen konnte. Er war in Sicherheit. Der Feuerwehrmann half ihm hinunter und der Junge ließ sich auf die Plattform sinken und vergrub sein Gesicht in seinen Händen. Drei weitere Feuerwehrleute tauchten auf der Plattform auf und widmeten ihre gesamte Aufmerksamkeit dem Jungen. Es schien, als hätten sie völlig vergessen, dass ich noch immer auf dem Sims stand.

Dann rief der Lieutenant durch sein Megafon laut und unmissverständlich zu mir herauf: »Black Stiletto, kommen Sie sofort herunter. Sie sind verhaftet. Wenn Sie dem nicht Folge leisten, werden wir Gewalt anwenden.«

Daraufhin begann die Menschenmenge ihn auszubuhen! Es war unglaublich. Ich hörte Rufe wie: »Sie hat den Jungen gerettet!«, »Was stimmt denn mit Ihnen nicht?«, »Lassen Sie sie gehen!«, oder »Sie ist eine Heldin!«

In diesem Moment wurde mir klar, dass es nicht sonderlich klug wäre, hinunterzuklettern, zumindest nicht an der Vorderseite des Hauses, wo Dutzende Reporter und Polizeibeamte darauf warteten, mir das Leben zur Hölle zu machen. Anstatt also die Feuerleiter hinunterzusteigen, kletterte ich nach *oben*, bis ich meinen Wurfhaken, das Ende des Seils und damit das Dach erreichte.

Das Megafon plärrte erneut, aber ich schenkte dem Lieutenant keine Beachtung. Ich kletterte hinauf, rollte mein Seil auf und verstaute es wieder an meinem Gürtel. Ich winkte der Menge zu – und sie jubelten. Bevor die Cops ein paar Männer auf die andere Seite schicken konnten, hastete ich über das Dach, sprang auf das angrenzende Gebäude und immer so weiter, bis ich eine Feuerleiter fand, die ich benutzen konnte. Die Polizei suchte überall nach mir. Mein Vorteil allerdings war, dass der Vorfall Schaulustige angelockt hatte. Die 4th Street war rappelvoll. An der 6th Street kletterte ich hinab. Die grellen Lichter, der Verkehr und die Menschen hier dienten mir als Deckung. Ich rannte, wich Passanten aus und huschte im Zickzack zuerst südlich und dann östlich durch die Straßen. Niemand verfolgte mich. Ich schaffte es sicher bis nach Hause.

Heute Morgen prangte die Black Stiletto wieder auf allen Titelseiten. Die *Daily News* hatte ein großes Bild von mir und Barry auf dem Sims abgedruckt, im Scheinwerferlicht. Die Schlagzeile lautete: *Black Stiletto rettet versuchten Selbstmörder*. In dem Artikel stand zu lesen, dass Barry tatsächlich wegen seiner Leistungen an der NYU verzweifelt gewesen war, gleichzeitig aber wurde sein Vater zitiert, dass er seinen Sohn lieben und sich nie für ihn schämen würde. Ich hoffe, das entspricht der Wahrheit.

Ich denke, ich habe ein gutes Werk getan, oder nicht?

Zeit, ins Gym zu gehen.

20 | Judys Tagebuch

1960

30. Juni

Heute Abend war ich mit Michael essen. Er hatte ein paar Mal im Gym angerufen und Nachrichten für mich hinterlassen, also rief ich ihn zurück und er lud mich ein.

Liebes Tagebuch, ich glaube, ich bin verknallt.

Er ist der *exotischste* Mann, den ich je kennengelernt habe, sogar noch mehr als Fiorello. Tatsächlich erinnert er mich sogar ein wenig an Fiorello und deshalb fühle ich mich von ihm so angezogen. So wie Fiorello ist Michael noch jemand vom *alten Schlag*, er spricht mehrere Sprachen und Englisch mit einem sexy klingenden fremdländischen Akzent, und er sieht auf eine Weise gut aus, die ihn von anderen amerikanischen Männern völlig unterscheidet. Ich weiß gar nicht, wie ich es beschreiben soll. Es ist eine *dunklere* Form der Schönheit, eine, die mich an klassische Gemälde oder Skulpturen griechischer Götter erinnert, vielleicht sogar an Jesus.

Obwohl er nett ist, gibt es doch definitiv eine Mauer um ihn herum. Die verrückte Jury meiner Intuitionen ist immer noch wie ausgeschaltet. Ich spüre keine der Warnsignale, die ich sonst empfinde, wenn ich einer wirklich gefährlichen oder bösen Person begegne, und doch gibt es da etwas in Michaels Vergangenheit oder Gegenwart, das sehr unerfreulich war ... oder immer noch ist. Er lächelt nur selten. Ich versuche, Witze zu reißen, aber er versteht sie nicht. Er nimmt alles sehr ernst, und ganz ehrlich, ich weiß nicht, ob ich damit umgehen kann. Ich lache ganz gern einmal. *Aber* – er ist fraglos sehr attraktiv, er *ist* nett und scheint intelligent zu sein.

Möglicherweise wird nichts daraus, aber fürs Erste werde ich sehen, wie es sich entwickelt. Was habe ich denn sonst an Liebesgeschichten in der letzten Zeit vorzuweisen?

Er lud mich in ein russisches Restaurant ein, in dem ich noch nicht gewesen bin, obwohl es vom Gym aus nur ein paar Querstraßen weiter die 2nd Avenue hinauf liegt. Ich bin nie hineingegangen, weil es … na ja, so *fremd* auf mich wirkte. Ich aß ein Gericht namens Bœuf Stroganoff, und das war richtig gut – flache, breite Nudeln in brauner Soße, mit Fleischstückchen. Ich kann nicht sagen, was Michael aß, aber das reizte mich nicht sonderlich. Ich begann mit einer Rübensuppe, die Borschtsch hieß, und ich muss sagen, dass ich die nicht besonders mochte. Michael sprach auf Russisch mit der Bedienung. Deutsch ist seine Muttersprache und wird hauptsächlich in Österreich gesprochen, von wo er stammt. Also spricht er allein drei Sprachen, von denen ich weiß. Ich glaube nicht, dass ich das könnte. Er erzählte mir, dass die meisten Menschen in Amerika ihn entweder für einen Nazi oder einen Kommunisten halten. Ich erklärte ihm, dass das nicht fair sei. Ich bekam das Gefühl, dass er mit seiner Entscheidung, in die USA zu emigrieren, nicht besonders glücklich war.

Unsere Unterhaltung beim Essen war zäh. Immer wieder gab es Minuten, in denen wir uns anschwiegen. Das ist eine andere Sache an Michael. Er ist kein großer Redner. Ich versuchte ihn aus der Reserve zu locken, indem ich ihm Fragen stellte. An einem Punkt fragte er mich dann: »Wann kann ich *dir* denn ein paar Fragen über deine Lebensgeschichte stellen?« Er sagte das mit einem Lächeln, einem der wenigen, die ich an diesem Abend an ihm gesehen hatte, aber ich spürte, dass er ein wenig verärgert deswegen war. Also ließ ich das Schweigen über mich ergehen. Versteh' mich nicht falsch, es war nicht *unangenehm* oder so, nur eben ein wenig seltsam.

Seine Augen sind auf jeden Fall sehr gefühlstief. Trotz der Vorbehalte, die ich Michael gegenüber noch habe, sind sie es, die mich gefangen nehmen. Seine Augen haben die Fähigkeit, mich zum Schmelzen zu bringen. Aber damit das passiert, müssen wir uns erst noch ein wenig aufwärmen, haha. (Ich kann nicht glauben, dass ich das gerade geschrieben habe!)

Als wir fertig waren, war es bereits fast 23 Uhr. Ich hatte einen Martini mit Wodka getrunken, der ziemlich stark war, außerdem Wein zum Essen, und war daher schon ein wenig beschwipst. Er bemerkte das ebenfalls und hätte es ausnutzen können, wenn er gewollt hätte, aber er verhielt sich wie ein Gentleman und brachte mich einfach nur nach Hause. Zumindest aber tauschten wir vor dem Gym einen explosiven Kuss aus!

Er sagte, dass er mich bald wieder anrufen würde.

Ich muss ein dämliches Grinsen im Gesicht getragen haben, als ich hineinlief, denn Freddie meinte, dass ich aussah, als hätte ich mein Date genossen. Er wollte Michael kennenlernen, aber ich sagte zu Freddie: »Du bist nicht mein Vater.« Ich glaube, damit habe ich seine Gefühle verletzt. Freddie stand auf und ging in sein Zimmer. Ich klopfte an seine Tür und sagte, dass es mir leidtäte, dass ich es nicht so gemeint hätte und das ich getrunken hatte. Er sagte: »Ist schon okay, ich gehe jetzt schlafen.« Also tat ich das auch.

5. Juli

Heiliger Bimbam, heute hat Lyndon Johnson seine Kandidatur für die Präsidentschaft bekannt gegeben. Das wirft dem Parteitreffen, das nächste Woche beginnen wird, ziemlich Sand ins Getriebe. Außerdem kam heraus, dass Kennedy möglicherweise an der Addison-Krankheit leidet. Ich habe nicht so ganz verstanden, was das ist, aber einige Politiker bezweifeln nun, ob Kennedy gesund genug ist, um überhaupt Präsident werden zu können. Ich bin nervös! Johnson wäre okay, denke ich. Ich mag ihn lieber als Symington. In unserem Hauptquartier geht es jedenfalls extrem geschäftig zu. Fast hat es den Anschein, als würden jede Minute neue Nachrichten zu dem Parteitag eintreffen, und so langsam wird alles recht kompliziert. Ich habe Jimmy ein paar von meinen Tagen im Gym abgegeben, damit ich mehr Zeit für mein Ehrenamt aufwenden kann.

Mitch, Alice und ich besuchten letzten Abend eine Bar in der Nähe der Park Avenue South, wo der Unabhängigkeitstag gefeiert wurde. Ich fühle mich oft wie das dritte Rad am Wagen, wenn ich mit den beiden ausgehe, also lud ich Michael dazu ein, sich dort mit uns zu treffen. Später wollten wir uns vom Dach des Gym aus das Feuerwerk ansehen. Mitch und Alice schienen etwas überrascht zu sein, als er sich später zu uns gesellte. Sie konnten sich noch ganz schwach von der Beatnik-Party an ihn erinnern, sprachen aber nicht viel miteinander. Die meiste Zeit über redeten nur ich, Mitch und Alice. Michael brachte kaum ein Wort heraus. Ich schwöre, dass ich eine gewisse Spannung zwischen ihnen spürte. Zuerst dachte ich, dass Mitch und Alice ihn nicht leiden konnten, weil er Österreicher war, aber deswegen ist er ja nicht gleich ein Kommunist oder so etwas. Nach ein paar Drinks verabschiedeten wir uns von Mitch und Alice und nahmen den 3rd-Avenue-Bus in die Stadt. Auf der Fahrt fragte ich Michael, ob zwischen ihnen irgendetwas im Busch sei, und er sagte: »Nein.«

Meine Antennen klingelten und ich wusste sofort, dass er nicht die Wahrheit gesagt hatte. »Bist du sicher?«, fragte ich. »Du schienst in ihrer Gegenwart etwas angespannt zu sein.«

Nach einer Weile nickte Michael und sagte: »Als wir auf dieser Party waren, habe ich gehört, was der Mann sagte.«

»Mitch?«

»Er sagte beleidigende Dinge über Osteuropäer, dass das alles Kommunisten seien. Aber nicht jeder in diesem Teil der Welt ist ein Kommunist. Und viele Menschen, die als Kommunisten leben, tun das, weil sie *dazu gezwungen sind*, und nicht etwa, weil sie es so wollen.« Er zuckte mit den Achseln. »Mir gefiel einfach nicht, was er sagte, das ist alles. Ich kenne ihn ja kaum.«

Ich sagte Michael, dass mir leidtäte, dass ich sie wieder zusammengebracht hatte, aber er nahm meine Hand und sagte: »Mach' dir keine Sorgen. Ist schon okay. Ich bin immer ein wenig schüchtern in Gegenwart von Leuten, die ich nicht kenne. Hast du bemerkt, dass ich dann nicht viel sage?«

»Ja.«

»Ich bin verlegen. Mein Englisch ist nicht das Beste.«

»Es ist sogar sehr gut, Michael! Meine Güte, es ist auf jeden Fall besser als mein Deutsch!«

Ich schätze, die Unruhe, die ich gespürt hatte, resultierte schlicht aus dem Gefühl, dass Michael sich unwohl fühlte. Das einzige Problem an der Sache war nur, dass es mir so vorgekommen war, als wäre die meiste Spannung am Tisch von Mitch ausgegangen.

Als wir das Gym erreichten, stellte ich ihn Freddie vor, und dann setzten wir uns auf dem Dach auf ein paar Stühle.

Das Feuerwerk war fantastisch, so wie immer. Dieses Mal bedeutete es mir noch mehr, jetzt, wo ich an der Wahl beteiligt war. Es fühlte sich irgendwie ... patriotischer an. Ich bekam eine Gänsehaut, obwohl es an diesem Abend sehr heiß war. Michael hielt die ganze Zeit über meine Hand. Als das Feuerwerk vorüber war, brachte ich ihn noch zur Tür und wir küssten uns wieder.

Noch mehr Feuerwerk!

10. Juli

Es ist Sonntag und ich bin wieder zuhause, nachdem ich letzte Nacht aus war. Lange aus war. Die ganze Nacht aus war.

Mit Michael.

Ja, liebes Tagebuch, du weißt schon, was ich meine.

Gestern war Samstag, und ich schaffte es, mir im Hauptquartier für den Abend freizunehmen. Ich sagte Michael, dass ich mich gern mit ihm treffen würde, wenn ich es schaffte. Wir aßen zusammen im Roosevelt Grill im Roosevelt Hotel auf der Madison Avenue. Schick! Es war sehr romantisch und Michaels Augen funkelten im Kerzenlicht. Ich sagte zu ihm, dass er nicht so viel Geld ausgeben müsse, er aber winkte ab. Ob er wohlhabend ist? Ich glaube nicht. Ich fragte ihn, wo er wohnt, und er antwortete: »Mal hier, mal da, aber heute Abend habe ich hier ein Zimmer.«

Oh-oh, dachte ich bei mir. Wie ungemein galant. Er hatte das Ganze also geplant, und so verbrachten wir den Rest des Essens damit, dass etwas *Unausgesprochenes* über uns schwebte. Das erzeugte natürlich eine gewisse Erwartungshaltung, wie du vielleicht verstehst.

Nun, mich machte das alles ein wenig nervös und deshalb trank ich wahrscheinlich zu viel Wein. Gegen Ende unseres Essens fragte er mich frei heraus, ob ich mir mit ihm auf seinem Zimmer eine Flasche Champagner teilen wolle.

Ich willigte ein. Ich konnte nicht anders. Er sah so gut aus und verströmte eine gewisse Stärke und ein Selbstvertrauen, das ich als sehr anziehend empfand. Außerdem war ich ein wenig betrunken. Und ... ich *wollte* es. Also folgte ich ihm zum Fahrstuhl und hinauf in den zwölften Stock. Sein Zimmer war geradezu prächtig und aus den Fenstern hatte man einen freien Blick auf Midtown.

Der Champagner kam und wir tranken jeder ein Glas auf der Couch. Das zweite Glas tranken wir im Schlafzimmer.

Wieder redete Michael nicht viel, aber, oh mein Gott, das musste er auch nicht.

Und mehr möchte ich zu diesem Thema nicht sagen!

21 | Martin

Heute

Meine Mutter liegt auf der Intensivstation des Northwest Community Hospitals und ist bis jetzt noch nicht wieder aufgewacht. Ich mache mir unglaubliche Sorgen. Mittlerweile ist es beinahe zehn Uhr abends, und morgen ist Thanksgiving.

Ich habe versucht, Gina in New York anzurufen, aber sie geht nicht ans Telefon. *Hi, hier ist Gina, bitte hinterlasse eine Nachricht,* lässt mich ihre fröhliche Stimme vom Band wissen. Das erste Mal bat ich sie einfach nur, mich zurückzurufen. Das war am späten Nachmittag, nachdem mich Maggie aus dem Pflegeheim angerufen und mir berichtet hatte, was passiert war. Ich verließ die Arbeit zeitiger und begab mich schnellstens ins Krankenhaus. Maggie würde sich später dort mit mir treffen. Vorher musste sie noch ihre Schicht beenden und dann für ein paar Stunden ihn ihr Büro. Sie sagte, dass sie aber bereits Dr. Schneider, Moms Hausarzt, informiert hätte.

Kurz nach sieben rief ich Gina erneut an und erreichte sie immer noch nicht. Dieses Mal sprach ich ihr auf Band, dass ihre Großmutter im Krankenhaus lag und sie mich bitte zurückrufen soll. Gerade habe ich es noch einmal versucht, aber wieder nur den Anrufbeantworter zu hören bekommen und keine weitere Nachricht hinterlassen. Wo zur Hölle steckte sie denn nur? Wahrscheinlich war sie mit Freunden aus, schließlich war es der erste Ferientag. An der Juilliard war die restliche Woche frei, wie bei allen anderen auch. Mit wem verbrachte sie Thanksgiving? Mit *Freundinnen,* wie sie mir erzählte, aber die kannte ich nicht.

Dr. Schneider sprach im Wartezimmer der Intensivstation mit mir. Er stellte mich Dr. Kitanishi vor, einer Asiatin um die vierzig, die meine Mom behandelte. »Ihre Mutter hat einen schweren Schlaganfall erlitten und liegt im Koma«, klärte sie mich auf. Als ich das hörte, drehte sich mir der Magen um. »Aber ihre Werte sind stabil und alles deutet darauf hin, dass sie aus dem Koma wieder erwachen wird. Bis sie wieder bei Bewusstsein ist, können wir nicht vorhersagen, welche Schäden sie dadurch erlitten hat. Der CT-Scan hat ergeben, dass der Schlaganfall höchstwahrscheinlich von einem arteriellen Embolus im Arterienbaum ausging. Ich glaube nicht, dass er von ihrem Herzen herrührte.«

»Warten Sie, warten Sie«, unterbrach ich sie. »Ich verstehe kein Wort.«

»Entschuldigen Sie. Ein Embolus ist eine Art Pfropf. Das kann alles Mögliche sein, Fett, Luft, ein kleines Stück Gewebe, das in den Blutkreislauf geraten ist, oder ein Thrombus, der sich löste. Der Embolus durchquert die Arterien, bis er auf das Herz oder das Gehirn trifft und dort den Schlaganfall auslöst.«

»Was ist ein Thrombus?«

»Ein Blutpfropf.«

»Okay.«

»Aus der Krankenakte Ihrer Mutter geht hervor, dass sie vor ein paar Monaten eine vasovagale Synkope erlitt?«

»Äh, ja, sie wurde ohnmächtig.«

»Das könnte ein frühes Symptom für einen Thrombus oder einen Embolus gewesen sein.«

Ich musste mich setzen, weshalb die beiden Ärzte mir gegenüber Platz nahmen. Dr. Kitanishi fuhr fort: »Wir führen weitere Tests durch, aber es ist gut möglich, dass sich der Embolus bereits aufgelöst hat, was ein gutes Zeichen wäre. Wenn nicht, müssen wir ihn ausfindig machen. Es gibt verschiedene Möglichkeiten, ihn zu zerstören, aber damit werden wir uns befassen, wenn wir ihn gefunden haben. Viel wichtiger ist es, die Quelle des Embolus zu finden. Woher dieser stammt.«

Ich nickte, als würde ich genau verstehen, wovon sie sprach.

»Mr. Talbot, Ihre Mutter hatte eine Schusswunde in ihrer linken Schulter sowie eine alte Narbe an ihrer rechten Schulter, die von einem Messer oder einem anderen scharfen Objekt zu stammen scheint. Und nicht nur das, ihr Körper weist weitere Narben und Veränderungen der Haut auf, die meiner Vermutung nach von einem Unfall stammen. Können Sie mir etwas über diese Verletzungen erzählen?«

Da waren sie also wieder, diese vertrackten Fragen über die Gesundheit meiner Mutter und ihre Vergangenheit. Maggie hat sie gestellt, und nun Dr. Kitanishi. Sofort spürte ich den vertrauten Kloß der Angst in meiner Brust. Wann immer ich direkt mit der Vergangenheit meiner Mutter konfrontiert wurde und sie mit der Gegenwart in Einklang bringen musste, flippte ich aus.

Also log ich. »Sie hat mir nie erzählt, wie sie diese bekam. Ich habe keine Ahnung.«

»Sie war nicht beim Militär?«

»Nein.« Ich lächelte nervös. »Die Ärztin im Pflegeheim hat mich bereits das Gleiche gefragt.«

Die Frau starrte mich an. Wahrscheinlich dachte sie bei sich: *Wie kann es sein, dass der Sohn der Patienten nicht weiß, woher ihre derart signifikanten Verletzungen herrührten?* Schließlich sagte sie: »Nun, es besteht die Möglichkeit, dass der Embolus ein Überbleibsel einer dieser alten Wunden darstellt.«

»Kann ich zu ihr?«

»Sie dürfen einen Blick zu ihr hineinwerfen, aber sie liegt *noch immer* im Koma und wird nicht auf Sie reagieren. Ich schlage vor, dass Sie im Anschluss nach Hause gehen und wir Sie anrufen, wenn es eine Veränderung geben sollte.«

Ich musste die Frage einfach stellen. »Doktor – wird sie es überleben?«

»Ich glaube schon. Aber nun wollen wir erst einmal die nächsten Tage abwarten. So wie ich das sehe, ist Ihre Mutter eine sehr starke Person. Sie muss in jüngeren Jahren sehr fit gewesen sein, habe ich recht?«

Ich nickte.

»Das kommt ihr jetzt zugute. Haben Sie noch weitere Fragen?«

Aus dem Augenwinkel sah ich Carol und Ross das Wartezimmer betreten. Sie hielten auf uns zu, als gehörten sie zur Familie, was mir alles andere als recht war. Carol *war* einmal Teil der Familie gewesen, Ross hingegen nie.

»Im Moment nicht«, antwortete ich der Ärztin. Wir drei standen auf und ich schüttelte den Ärzten die Hände. Dann ließen sie uns allein.

»Martin, es tut mir ja so leid«, sagte Carol. »Wie geht es ihr?«

Ich berichtete ihr, was die Ärztin mir erzählt hatte. Carol hörte stirnrunzelnd zu und nickte besorgt. Als ich fertig war, meldete sich Ross zu Wort. Er ist ein Anwalt, und ganz offenbar ein sehr reicher, um die sechzig, gut gekleidet, aber etwas zu aufgeblasen für meinen Geschmack.

»Martin, meine Mutter musste das Gleiche durchmachen und erholte sich wieder vollständig. Sie lebte danach noch fünfzehn Jahre.«

Ich sah ihn an und sagte mit einem reichlichen Maß an Sarkasmus: »Meine Güte, Ross, *ich danke dir!* Das hilft ungemein.«

Carol sprang für ihn die Bresche. »Martin, Ross wollte doch nur ...«

Ich hob abwehrend die Hände. »Ist schon okay, tut mir leid. Ich bin ein wenig neben der Kappe.«

In diesem Moment traf auch Maggie ein. Meine Rettung. Sie war mein Vorwand, mich nicht weiter mit Carol und ihrem Freund unterhalten zu müssen. Und es war zudem meine Gelegenheit, sie meiner Ex vorzustellen.

»Maggie, Gott sei Dank bist du hier!«

»Tut mir leid, ich bin spät dran. Der letzte Patient hat erst um sechs die Praxis verlassen. Und der Verkehr von Deerfield hierher war fürchterlich.« Sie sah zu Carol und Ross. »Hallo.«

»Maggie, das sind Carol Wilton und Ross Maxwell. Carol ist Ginas Mutter. Das ist Dr. Margaret McDaniel.«

»Oh, wie schön, Sie kennenzulernen.« Maggie gab ihr die Hand. Ich beobachtete Carols Gesicht, während ihr klar wurde, dass die umwerfende Frau neben mir meine neue Freundin war. Ich glaube, sie schien überrascht, dass ich bei jemandem weit außerhalb meiner Liga landen konnte. Ross schien ebenfalls nicht schlecht zu staunen.

»Maggie, wir können kurz hinein und nach Mom sehen.« Ich wiederholte, was ich auch schon meiner Ex erzählt hatte.

Maggie nickte und sagte: »Das dachte ich mir.« Sie legte die Arme für eine warme, liebevolle Umarmung um mich. »Mach' dir keine Sorgen, Martin. Vielleicht ist es nicht so ernst, wie es den Anschein hat.« Während sie mich umarmte, fiel mein Blick durch Zufall noch einmal auf Carol, und ich konnte sehen, dass sie noch immer ein wenig unter Schock stand.

Als wir uns trennten, wandte ich mich noch einmal kurz an Carol: »Ich habe nichts von Gina gehört. Hab ihr ein paar Nachrichten hinterlassen. Weißt du, wo sie steckt?«

Carol gewann die Fassung wieder und antwortete: »Sie ist zu Freunden nach New Rochelle gefahren. Das ist nicht weit von der Stadt entfernt. Sie wird das Wochenende dort verbringen.«

»Schön, dass sie mir nichts davon erzählt hat. Könnte sie ihr Telefon zuhause vergessen haben?«

»Das bezweifle ich. Wahrscheinlich ist sie beschäftigt, hat Spaß. Ich bin sicher, dass sie morgen anruft, vielleicht schon heute Abend.«

»Okay. Komm Maggie, wir sehen nach Mom.«

»Kann ich noch irgendetwas tun?«, fragte Carol. »Wir kamen, so schnell wir konnten.«

Normalerweise hätte ich mich dazu verpflichtet gefühlt, sie Mom sehen zu lassen, oder sie zum Essen einzuladen oder so etwas. Aber nicht dieses Mal, nicht mit Maggie an meiner Seite. »Danke, Carol, ich gebe dir Bescheid, okay? Ich weiß es wirklich zu schätzen, dass du gekommen bist, aber im Moment gibt es nichts, was wir tun können.« Ich warf ihr noch einen ernsten Blick zu und lief mit Maggie davon. »Pass auf dich auf«, hörte ich Ross hinter uns herrufen, und Carol fügte noch hinzu: »Ruf an, wenn du uns brauchst.« Ich denke, sie waren wegen meiner Abfuhr ein wenig angefressen.

Als wir auf die Intensivstation betreten hatten, sagte Maggie: »Das war also Carol, hm?«

»Das war Carol. Und ihr *Verlobter*.«

»Warst du nicht vielleicht ein wenig unhöflich?«

»Ist mir egal. Ich bin wirklich nicht in der Stimmung für Spielchen mit ihr und dem Geldsack.«

Mom lag allein in dem Zimmer, angeschlossen an unzählige Monitore und Maschinen. Eine Sauerstoffmaske bedeckte ihr Gesicht. Wäre der ganze Krankenhaus-Krimskrams nicht um sie herum gewesen, hätte man meinen können, sie würde friedlich schlafen. Ich trat zu ihrem Bett und starrte sie an. Was wohl in ihrem Kopf vorging? Konnte man träumen, wenn man im Koma lag? Konnte sie uns miteinander sprechen hören?

Für einige Minuten sagte ich kein Wort. Ich stand einfach nur da und sah ihr beim Atmen zu. Schließlich aber wurde mir klar, dass meine Anwesenheit keinen Zweck erfüllte. Morgen war Thanksgiving. Ich konnte genauso gut nach Hause gehen.

»Gute Nacht, Mom. Wir sehen uns morgen.« Ich beugte mich über sie und küsste sie auf die Stirn. »Werd' wieder gesund, okay? Du schläfst dich mal richtig aus und dann wachst du bald wieder auf, in Ordnung?«

Das Angstgefühl in meiner Brust schien kurz vorm Zerplatzen und ich merkte, wie mir Tränen in die Augen stiegen. Ich drehte mich zu Maggie und umarmte sie noch einmal. Dann ließen wir sie allein.

Wir fuhren zu Maggies Apartment. Der Plan war, dass ich die Nacht bei ihr verbringen würde, wir am nächsten Morgen wieder ins Krankenhaus fahren würden, und, wenn es keine Veränderungen geben würde, Thanksgiving zusammen verbringen würden. Maggie hatte schon alles für das Essen vorbereitet. Normalerweise würde ich mir am Nachmittag dann ein oder zwei Footballspiele ansehen, aber dieses Vorhaben lag vorerst auf Eis.

Sie goss uns zwei Drinks ein, obwohl sie darauf hinwies, dass ich keinen Alkohol trinken sollte, während ich Antidepressiva einnahm. »Einer wird schon nicht schaden, und ich glaube, du könntest einen gebrauchen«, sagte sie. Und da hatte sie recht.

Nachdem Maggie eine Norah-Jones-CD aufgelegt hatte, saßen wir schweigend auf der Couch. Nach einer Weile sagte sie: »Weißt du, Martin, es könnte wirklich hilfreich sein, wenn wir wüssten, woher die Narben deiner Mutter stammen.«

Die Sache schon wieder.

Als ich nichts darauf antwortete, fuhr sie fort: »Komm schon, Martin. Zwei Schussverletzungen? Messerstiche? Was zur Hölle hat deine Mutter bloß getrieben, als sie jung war? Kannst du schwören, dass du es nicht weißt?«

Ich hätte ihr so gern alles erzählt. Die Panik in meiner Brust fühlte sich wie ein Dampfkochtopf an, und die einzige Möglichkeit, etwas von dem Druck loszuwerden, bestand darin, die Wahrheit zu offenbaren. Das wusste ich. Doch stattdessen sagte ich einfach, dass ich es nicht wüsste, und dann rannen mir Tränen über die Wangen. Maggie nahm meine Hand und führte mich ins Schlafzimmer. Sie setzte mich aufs Bett, hockte sich vor mich, um mir die Schuhe auszuziehen, und dann drückte sie mich sanft in eine horizontale Position. Danach kletterte sie neben mich ins Bett, und so blieben wir liegen, bis wir eingeschlafen waren.

Etwas später schlugen wir beide die Augen auf und bemerkten, dass wir noch in unseren Kleidern steckten. Ich sah zu, wie Maggie aufstand und sich auszog. Dann schlüpfte sie wieder unter die Decke und lugte wie ein Schulmädchen darunter hervor, während ich mich ebenfalls meiner Kleidung entledigte. Ich schlüpfte neben sie und genoss das Gefühl ihrer weichen, warmen Haut. Die Küsserei begann, unsere Hände wanderten herum, und schon bald verschmolzen wir leidenschaftlich miteinander. Ich spürte, wie meine Angst verflog.

In diesem Moment wusste ich, dass Maggie die Frau für mich war. Und ich bin mir ziemlich sicher, dass sie genauso empfand. Zu hören, wie sie auf ihrem Höhepunkt meinen Namen rief, war wie Musik in meinen Ohren. Genau das hatte ich gebraucht.

22 | Judys Tagebuch

1960

11. Juli

Heute begann der nationale Parteitag der Demokraten in Los Angeles. Ich wünschte, ich hätte dabei sein können. Das wäre so aufregend gewesen. Ich drücke Kennedy die Daumen. Seine Kampagne hat enormen Zulauf, und die meisten Leute in unserem Büro glauben, dass er nominiert wird. Einen Vizepräsidenten hat er noch nicht ausgewählt, und es gibt alle möglichen Spekulationen, wer es sein könnte. Ohne Zweifel wird es wohl eine sehr anstrengende Woche in meinem Ehrenamt werden.

Liebes Tagebuch, ich glaube, die Sache mit Michael am Samstag war ein großer Fehler gewesen. Ich habe noch einmal gelesen, was ich gestern geschrieben habe, und jetzt fühle ich mich nicht mehr so gut deswegen. Ja, ich hatte eine schöne Zeit mit ihm, und es fühlte sich auch gut an und so, aber heute bin ich bereits nicht mehr so verliebt in ihn. Samstagnacht und einen Großteil des gestrigen Tages glühte ich noch nach, wahrscheinlich, weil es schon so lange her ist, dass ich mit einem Mann zusammen war. Da war natürlich die Sache mit Jimmy, aber da wusste ich, dass sich daraus keine Romanze entwickeln würde. Ich weiß, das klingt skandalös, aber das war eine rein *körperliche* Sache, etwas, das passierte, weil ich wohl einen Moment lang den Kopf verloren habe. Ich denke, Sex vor der Ehe ist okay, solange man den Typen wirklich mag. Was Michael angeht – nun, ich bin nicht in ihn verliebt. Ich mag ihn und werde ihn weiterhin treffen. Aber er ist einfach so ein seltsamer Kauz. Ich werde aus ihm nicht schlau. Vielleicht sind die Europäer ja einfach ... na ja, *anders*. Fiorello war Italiener gewesen, in Sizilien geboren, aber er war in Amerika aufgewachsen. Zu ihm konnte ich eine Verbindung herstellen. Michael hingegen lebt erst seit drei Jahren in den Staaten.

Aber davon einmal ganz abgesehen hat er mich gestern Abend nicht angerufen. Man sollte doch meinen, dass ein Kerl ein Mädchen am nächsten Tag anruft, nachdem er mit ihr geschlafen hat. Oh je, ich höre mich schon wie eine Dirne an.

Ich bin müde. Es ist nicht leicht, erst im Gym zu arbeiten und danach noch ins Wahlbüro zu gehen, und ich möchte jetzt wirklich nicht weiter über Michael oder Fiorello oder selbst John F. Kennedy nachgrübeln. Gute Nacht und süße Träume.

12. Juli

Heute Abend wurde ich dabei erwischt, wie ich Black-Stiletto-Angriffe im Gym trainierte.

Es war, nachdem wir bereits geschlossen hatten (wir schließen um 21 Uhr), und ich steckte in meinem Turnanzug und war gerade mitten in meinem Training, die Sandsäcke dienten mir als Gegner, und ich übte an ihnen meine *Wushu*-Tritte und Handattacken, so wie ich es für gewöhnlich immer mache. Ich werde langsam ziemlich gut in meinen selbstausgedachten Gottesanbeter-Bewegungen, wenn ich das so sagen darf. Ein chinesischer *Sifu* würde das anders sehen – die Bewegungen sind sicher alles andere als korrekt, aber sie sind anmutig und effektiv. Und außerdem kann ein Sandsack nicht zurückschlagen!

Ich erinnere mich noch, dass ich auf den Sandsack einschlug und dabei dachte, wie sehr ich doch Soichiro und sein Training vermisste, als ich hinter mir ein Geräusch hörte. Ich dachte, ich wäre ganz allein, also wirbelte ich herum und sah niemand anderen als Clark vor mir! Über ihn habe ich schon eine Weile nichts mehr geschrieben. Der schwarze Teenager ist kürzlich siebzehn geworden und sein Körper beginnt der eines Mannes zu werden. Bei all dem Training, das Clark nimmt, werden seine Muskeln immer größer, und er ist besser geworden, was das Boxen angeht. Obwohl er ein guter Schüler ist und viel liest, möchte er lieber Boxer werden. Ich habe ihm schon oft gesagt, dass er das als Ertüchtigung und Sport betreiben soll, aber nicht als Beruf. Er ist zu *schlau*, um Boxer zu werden.

Jedenfalls war ich überrascht, ihn da zu sehen. »Was machst du hier, Clark? Wir haben geschlossen«, sagte ich, ein wenig außer Puste.

»Ich bin im Umkleideraum eingeschlafen«, sagte er. »Das wollte ich nicht. Aber ich war so müde. Ich war die ganze letzte Nacht auf, um für eine Prüfung zu lernen.«

»Wo bist du eingeschlafen?«

»Auf der Bank, direkt vor meinem Spind! Ich hatte geduscht, mich abgetrocknet, und dachte, ich lege mich für eine Minute hin. Und ehe ich mich versah, war es schon so spät!« Sein Gesicht verriet, dass er mehr davon überrascht war, *mich* hier zu sehen, als von dem, was ihm passiert war. »Was waren das für Übungen? So etwas habe ich noch nie zuvor gesehen!«

Da hatte er recht. Niemand im Gym hatte bislang mein *Wushu*-Training gesehen. Sie wussten alle, dass ich boxte und *Karate* konnte, aber meine Gottesanbeter-Bemühungen hatte ich bislang für mich behalten.

»Oh, das ist nur etwas von dem Kampfkunst-Zeug, das ich trainiere«, sagte ich zu ihm.

»Das war aber kein *Karate*, oder?«

»Äh, nein, das ist etwas, das ich mir selbst ausgedacht habe.« Das war zumindest nicht gänzlich gelogen.

»Wow, das sah *fantastisch* aus. Kannst du mir das beibringen?«

»Clark, ich kann es selbst kaum richtig. Ich denke, man könnte sagen, dass ich meine eigene Technik entwickle, aber sie ist nicht perfekt. Ich könnte sie niemand anderem beibringen.«

»Für mich sah es perfekt aus. Es war wirklich schwer, deinen Händen zu folgen, so schnell bewegten sie sich. Damit könntest du jemanden richtig den Arsch versohlen!«

»Meinst du?«

»Ganz sicher sogar!«

»Nun, ich hoffe, dass ich das nie muss. Komm, ich sperre die Tür für dich auf, damit du nach Hause gehen kannst. Ich habe keinen Schimmer, wieso du überhaupt ins Gym gekommen bist, wenn du gestern Nacht nicht geschlafen hast. Worum ging es in deinem Test?«

Er erklärte mir, dass es um Geometrie ging. Als ich meiner Schulbildung den Rücken gekehrt hatte, stand Geometrie noch nicht einmal auf dem Lehrplan. Manchmal wünschte ich mir, ich hätte zumindest die Highschool beendet, aber bis jetzt komme ich auch ohne Abschluss ganz gut zurecht. Klar, es wäre schon schön, eine Million Dollar zu besitzen und auf der Fifth Avenue gegenüber dem Metropolitan Art Museum wohnen zu können, aber dem ist eben nicht so. Dafür habe ich einen Job, der mir gefällt, und ich mag mein Leben, wie es ist.

Denke ich, haha.

Nachdem ich ihn hinausgelassen und die Tür hinter ihm verschlossen hatte, kehrte ich zu dem Sandsack zurück und fuhr mit meinem Training fort. Es tat gut, ein wenig positives Feedback zu bekommen. Immerhin habe ich den Sandsack windelweich geprügelt!

13. Juli

Zwei große Ereignisse sind heute passiert, liebes Tagebuch. Wirklich *große* Ereignisse.

Zum einen wurde Kennedy heute als Kandidat nominiert! Hurra! Er hat immer noch keinen Vize ernannt. Im

Wahlkampfbüro heißt es, dass er Symington bitten wird, sein Vizepräsident zu werden. Mitch hat vorhergesagt, dass Symington ablehnen wird. Nun, ich denke, morgen werden wir es erfahren.

Für den Rest der Woche werde ich mir freinehmen. Jimmy hat nichts dagegen. Er übernimmt gern ein paar Stunden. Ich bin froh, berichten zu können, dass sich die Dinge zwischen uns etwas beruhigt haben. Ob er noch ein wenig in mich verknallt ist? Wahrscheinlich. Er himmelt mich immer ein wenig an, aber sein Verhalten ist dabei stets angemessen. Ich half ihm letztens während des Bankdrückens, und er schien damit kein Problem zu haben.

Die zweite große Sache ist das, was ich dir eigentlich berichten wollte, und es trug sich heute während der Mittagszeit zu. Ich verließ das Wahlbüro, um mir einen Kaffee und etwas zu Essen zu holen, und sah Michael auf der Straße. Er bemerkte mich nicht. Ich war hinüber zur Madison Avenue gegangen, und da war er. Er beugte sich gerade in das Fenster einer schwarzen Limousine und unterhielt sich mit dem Fahrer. Das Gesicht des Fahrers konnte ich nicht sehen, weil ich hinter dem Auto stand, auf den Beifahrer hatte ich jedoch einen besseren Blick. Ich kannte den Mann nicht, aber er erinnerte mich an Michael. Ein weiterer Osteuropäer? Ein Österreicher? Der Fahrer schien Michael über irgendetwas auszuquetschen. Immer wieder richtete er seinen Zeigefinger auf Michael und ganz schwach konnte ich wütende Worte in einer anderen Sprache aufschnappen. Deutsch? Russisch? Mein geschärftes Gehör konnte sie zwar aufnehmen, aber ich hatte keine Ahnung, um welche Sprache es sich handelte. Rückblickend denke ich, dass es sich eher russisch anhörte.

Ich wollte nicht, dass Michael mich bemerkt, deshalb trat ich in einen Hauseingang und beobachtete ihn weiter, nun mit einem besseren Blickwinkel. Das Auto war ein viertüriger Packard Patrician. Ich war so geistesgegenwärtig, mir das

Kennzeichen einzuprägen – 358 22X. Was ich mit der Information anstellen werde, weiß ich noch nicht, aber zumindest habe ich sie schon einmal. Michael versperrte noch immer meine Sicht auf den Fahrer, dafür konnte ich von meiner neuen Position aus den anderen Mann aber noch besser sehen. Er hatte lockiges dunkles Haar und dichte Augenbrauen, so wie Michael. Außerdem trug er ebenfalls einen Schnurrbart.

Etwas später quietschten plötzlich die Reifen des Packards über den Asphalt und der Wagen schoss davon. Michael sah ihm hinterher, mit dem Rücken zu mir. *Ach, was solls*, dachte ich bei mir, also trat ich aus meinem Versteck und lief zu ihm.

»Michael!«

Erschrocken wirbelte er zu mir herum. An seinem Gesichtsausdruck konnte ich erkennen, dass er nicht nur überrascht war, mich zu sehen, sondern auch verärgert.

»Schön, dich zu sehen«, sagte ich. »Was machst du hier? Möchtest du mich zum Essen begleiten?«

Er redete nervös. »Ich war, äh, auf dem Weg zu einem Münztelefon, um dich anzurufen, Judy, aber ich wusste nicht, ob du im Gym bist oder im Wahlbüro der Demokraten.« Er deutete nach Westen. »Das ist da drüben auf der Park Avenue, oder?«

Lügner. »Wer war das in dem Wagen?«

»Was?«

»Das schwarze Auto eben. Mit wem hast du gesprochen?«

»Oh, das waren nur Freunde von mir.«

Ich schwöre, dass es ihm ganz und gar nicht gefiel, dass ich gesehen hatte, wie er sich in dieses Auto gelehnt hatte, aber ich zog es vor, ihn nicht weiter darüber auszufragen.

»Aha. Ich hab mir ein paar Tage freigenommen, wegen der Parteitage.« Ich deutete auf ein Diner. »Gerade wollte ich etwas essen. Magst du mich begleiten?«

Er nickte und folgte mir hinein. Wir setzten uns an einen Tisch und ich versuchte etwas Small-Talk zu halten, bis die

Bedienung unsere Bestellung aufnehmen würde. Er sagte kein Wort, außer, dass er sich ein Glas Wasser bestellte. Er wirkte angespannt und wütend, tat aber sein Bestes, es sich nicht anmerken zu lassen.

»Stimmt etwas nicht?«, fragte ich.

»Nein.«

»Du scheinst wegen irgendetwas verärgert zu sein.«

»Oh, ich, äh, ich habe meine Brieftasche vergessen. Sie liegt noch in meinem Apartment. Jetzt muss ich wieder zurück.«

»Wo ist dein Apartment?«

Er änderte sofort das Thema. »Dein Kennedy ist nominiert worden.«

»Ja, ist das nicht toll?«

»Ich muss immer an dich denken, wenn ich ihn in den Nachrichten sehe.«

Michael sah zur Tür und zündete sich eine Zigarette an. Es bestand kein Zweifel. Er war nervös und unaufmerksam. Ich versuchte eine andere Taktik. »Mir hat unser Samstagabend gefallen«, sagte ich so kokett, wie es mir möglich war, was sich zugegebenermaßen ziemlich albern anhören mag.

»Mir auch«, erwiderte er.

Das war alles? Ich weiß, dass sich einige Männer von Frauen zurückziehen, nachdem sie sie ins Bett gekriegt haben. Das passierte mir mit diesem Idioten Mack, dem ersten Jungen, mit dem ich jemals im Bett war. Nachdem er mir erfolgreich an die Wäsche gegangen war, wollte er nichts mehr mit mir zu tun haben. Passierte hier gerade das Gleiche?

»Michael«, begann ich, »ich mag dich, aber du solltest wissen, dass ich keine Geheimnisse will. Wenn es da etwas gibt, das du mir sagen möchtest, dann tue das bitte.«

»Es gibt keine Geheimnisse«, antwortete er.

Lügner.

»Nein? Ich bin ein großes Mädchen, mir kannst du es verraten.«

»Hast du denn keine Geheimnisse?«, fragte er und sah mich mit diesen tiefbraunen Augen eindringlich an. Was meinte er denn damit? Für einen Moment war ich sprachlos. Dann, und ausgerechnet in dem Augenblick, als mein Essen eintraf, stand er auf. Direkt im Beisein der Kellnerin sagte er: »Es tut mir leid, Judy, aber wir können uns nicht mehr sehen. Mach's gut.«

Er wartete nicht auf meine Reaktion. Ohne ein weiteres Wort verließ er das Diner. Ist das zu glauben?

Die Bedienung, der eine Zigarette aus dem Mundwinkel hing, sah mich an und sagte: »Der ist die Mühe nicht wert, Schätzchen.«

Ich stand ein wenig unter Schock. Außerdem fühlte ich mich gedemütigt und war wütend. »Tja, was sagt man dazu«, antwortete ich. Die Bedienung stellte mein Sandwich und meine Pommes frites vor mir auf dem Tisch ab. »Ich sage Ihnen, er ist es nicht wert. Kaffee geht aufs Haus, wenn Sie welchen mögen, Schätzchen.«

Das war nett von ihr. Aber kannst du das glauben, liebes Tagebuch? Was für eine Art von Abfuhr war *das* denn gewesen? Das war ja geradezu *niederträchtig*.

Und abgesehen davon, dass er absolut ungehobelt ist, verbirgt er definitiv etwas.

23 | Judys Tagebuch

1960

14. Juli

In Los Angeles muss es heute wohl einiges an Gemauschel gegeben haben, denn Johnson hatte die Wahl zum Vizepräsidenten angenommen, nachdem man ursprünglich davon ausgegangen war, dass er sie ablehnen würde. Morgen wird wohl Kennedy die Nominierung offiziell annehmen, und dann werden wir in diesem November die Wahlliste Kennedy/Johnson unterstützen! Hurra! Ich habe mich dazu entschlossen, meine freiwillige Arbeit für die Kennedy-Wahlkampagne fortzuführen. Bis jetzt ist noch nicht klar, ob wir dafür in ein anderes Büro umziehen werden.

Nach einem langen und geschäftigen Tag bin ich nun endlich auf meinem Zimmer und habe beschlossen, ein paar Zeilen zu schreiben. Im Radio spielen sie dieses absolut witzige Lied. Es heißt »Itsy Bitsy Teenie Weenie Yellow Polka Dot Bikini.« Es ist ziemlich albern, aber ich mag es irgendwie, obwohl ich zu Anfang auch »Alley Oop« mochte, es mittlerweile aber nicht mehr hören kann. Ich denke, ich werde das Radio ausschalten und dafür die neue Elvis-Scheibe spielen. Sie heißt »It's Now or Never« und ich liebe sie. So ein toller Song. Die B-Seite ist »A Mess of Blues.« Als sie erschien, bin ich sofort in den Plattenladen auf der Bleecker Street gerannt und habe sie gekauft. Das einzige Wort, mit dem sich beschreiben lässt, wie ich mich fühle, wenn ich eine neue Elvis-Platte in den Händen halte, ist: *Glückseligkeit.*

Ich bin immer noch ratlos, was Michaels Reaktion gestern anbetrifft. Er hat sich natürlich nicht wieder gemeldet. Heute fragte mich Alice, wie es mit ihm läuft, und ich sagte ihr, das ich mir nicht sicher sei. Ich erzählte ihr nicht sofort, dass es aus war, keine Ahnung, wieso, aber ich fragte sie noch einmal, ob sie oder Mitch noch etwas über ihn wüssten, und sie antwortete, dass sie Michael so wie ich das erste Mal auf dieser Beatnik-Party trafen. Sie gab mir Pams Telefonnummer. Ron und Pam, die beiden, welche die Party ausgerichtet hatten. Vielleicht rufe ich sie an und frage, woher sie ihn kennen. Wäre das unhöflich? Um ehrlich zu sein, würde ich den Idioten sofort vergessen, wenn ich nicht das Gefühl hätte, dass da etwas nicht stimmt.

Ich werde eine Nacht darüber schlafen.

16. Juli

Es ist kurz nach Mitternacht und ich werde gleich ins Bett gehen. Heute Nacht war ich als Stiletto unterwegs. Es fühlte sich gut an, wieder die Straßen unsicher zu machen, der Ausflug selbst endete aber eher frustrierend. Ich suchte nach Michael, aber das kam natürlich der Suche nach der Nadel im Heuhaufen gleich.

Heute rief ich vom Wahlbüro aus Pam an – ihr Nachname lautet Kopinski – und erklärte ihr, wer ich war und dass ich zusammen mit Mitch und Alice auf ihrer Party gewesen war. Die Unterhaltung verlief seltsam, und zwar so:

Pam: »Oh, ja, ich erinnere mich an dich. Du bist wirklich groß.«

Ich: »Das stimmt. Ich wollte dich nach jemanden von der Party fragen, Michael Sokowitz?«

Pam. »Michael, war das der Typ aus Deutschland?«

Ich: »Österreich.«

Pam. »Ah, genau. Ja, ich erinnere mich an ihn. Was ist mit ihm?«

Ich: »Woher kennst du ihn, wenn ich fragen darf?«
Pam: »Entschuldigung?«
Ich: »Woher kennst du Michael?«
Pam: »Ich verstehe die Frage nicht.«
Ich: »Wieso war er auf deiner Party?«
Pam: »Keine Ahnung. Ich dachte, er wäre ein Freund von euch.«
Ich: »Nein, ich hab ihn dort das erste Mal gesehen.«
Pam: »Er kam nicht zusammen mit Mitch und Alice? Ich hatte den Eindruck, er wäre mit ihnen befreundet.«
Ich: »Nein, Alice sagt, sie kennt ihn nicht. Was ist mit deinem Mann? Kennt er Michael?«
Pam: »Wer, Ron? Er ist nicht mein Mann. Wir leben nur zusammen.«
Ich: »Oh, tut mir leid.«
Pam: »Schon in Ordnung. Ich glaube nicht, dass Ron ihn kennt, denn ich erinnere mich noch, dass er mich auch gefragt hat, wer das sei.«
Ich: »Also hast du keine Ahnung, wie er schlussendlich auf deiner Party gelandet ist?«
Pam: »Ich schätze nicht, aber das ist nicht weiter ungewöhnlich. Viele Leute da waren Freunde von Freunden. Die Party war wirklich offen für alle.«

Ich dankte ihr und legte auf, noch ratloser als zuvor. Wie war Michael zu dieser Party gekommen, wenn weder Mitch und Alice, noch Pam und Ron ihn kannten? Er hat mir nie seine Adresse genannt. Ich weiß nicht, wo er wohnt. Ich habe auch keine Telefonnummer von ihm, weil ich nicht daran gedacht hatte, ihn danach zu fragen. Michael rief mich immer von einem Münzfernsprecher aus an, von daher weiß ich gar nicht, ob er überhaupt ein Telefon besitzt.

Deshalb beschloss ich, diese Nacht als Black Stiletto loszuziehen und zu versuchen, ihn zu finden. Eine dumme Idee, nicht wahr? In einer Stadt, in der viele Millionen Menschen leben, suche ich nach einem Mann, ohne irgendeinen Anhaltspunkt, wo er sich aufhalten könnte?

Die erste Stunde lang war ich wütend. Michael hatte mit mir geschlafen und mich dann abserviert. Dieser Bastard. War ich für ihn so etwas wie eine amerikanische Trophäe gewesen? Zog er diese Nummer mit allen Mädchen ab, die er so traf? Ich denke, ich habe meine Lektion daraus gelernt. Ich sollte Männern, die ich nicht so gut kenne, nicht mehr so *offen* gegenüber sein. Mein Ansehen sollte mir mehr wert sein.

Und jetzt sitze ich hier, allein in meinem Zimmer. Ich schätze, auszugehen war ein gutes Training für mich. Die Stiletto war nicht mehr in Erscheinung getreten, seit ich diesen Jungen von dem Dach geholt hatte. Außerdem fühlte es sich gut an, denn Kennedy hat heute in L.A. die Nominierung angenommen. Das war ein Grund zu feiern, und gibt es eine bessere Art, das zu tun, als über Manhattans Dächer zu rennen, an Telefonmasten rauf- und runterzuklettern und wie eine Art Wonder Woman zwischen Fußgängern und Straßenverkehr hindurchzuschlüpfen?

22. Juli

Gott, ich kann gar nicht glauben, dass schon wieder eine Woche vergangen ist, seit ich das letzte Mal etwas schrieb. Meine Freiwilligentätigkeit ist jetzt umgezogen, auf die 48th und Park Avenue. Das ist ein Gebäude, in dem Kennedy einmal gewohnt hat, oder das ihm gehört oder so. Ein paar Räume dort werden als das New Yorker Hauptquartier der Kennedy/Johnson-Kampagne dienen. Der Weg mit dem Bus dorthin ist etwas weiter, aber dafür ist es aufregend, so viel Zeit des Tages in der Innenstadt verbringen zu können. Ich fühle mich wie eine dieser glamourösen Sekretärinnen von der Madison Avenue, die in einer der wichtigen Firmen arbeiten! Wen interessiert da, dass ich kein Geld dafür bekomme? Ich bin glücklich damit. Freddie hält mich für verrückt, aber es ist ihm egal, solange das Gym nicht vernachlässigt wird. Was das anbelangt, ist Jimmy wirklich meine Rettung.

Mr. Patton erzählte uns heute, dass überall im Land *Bürger-für-Kennedy*-Gruppen gegründet werden sollen und sie nach Freiwilligen für die *Kennedy-Girls* suchen. Dabei sah er mich direkt an. Kennedy-Girls werden eine Uniform tragen und zusammen mit dem Senator auftreten, wenn er in der Stadt sein wird. Mrs. Kennedy wird die Uniformen entwerfen. In jeder großen Stadt soll es dann Kennedy-Girls geben.

Alice meinte, dass ich mich dafür melden sollte. Ich muss zugeben – die Chance, zusammen mit Kennedy auftreten zu können, ist wirklich verlockend! Ich könnte ihn persönlich treffen!

Darüber werde ich ernsthaft nachdenken.

28. Juli

Heiliger Bimbam, und schon ist beinahe wieder eine Woche vorbeigeflogen.

Ich sagte Mr. Patton, dass ich gerne ein Kennedy-Girl werden würde, und er meinte, ich sei die *ideale Wahl* dafür. Ich war geschmeichelt. Er sagte, er würde mir im August Bescheid geben, wenn sie mit allen Mädchen gesprochen hatten, die sich dafür beworben haben. Ich kann mir vorstellen, dass sie dafür nur junge, attraktive Mädchen aussuchen. Chip meinte, die *fetten und hässlichen* würden sie wieder aussortieren. Ich fand es ziemlich gemein, so etwas zu sagen, wo er doch selbst fett ist, und ließ ihn das auch wissen. Aber ich denke, er hat recht. Außerdem war es lustig, wenn auch *ziemlich hinterhältig*, als er

Karen damit aufzog, *sie* solle sich doch freiwillig als Kennedy-Girl bewerben. Karen wurde rot und fauchte ihn an. Wir konnten alle nicht anders, als hinter ihrem Rücken zu kichern, aber ich kam ihr zu Hilfe und sagte mit ernster Stimme: »Also, ich denke, Karen würde ein großartiges Kennedy-Girl abgeben.«

»*Danke*, Judy«, sagte sie und verließ dann eilig den Raum.

Heute fragte mich Alice, ob ich etwas von Michael gehört hätte. Erst als sie seinen Namen erwähnte, wurde mir klar, dass ich nicht mehr über ihn nachgedacht hatte. Ich sagte ihr, dass schon seit Wochen Schluss sei. »Und Tschüss«, sagte sie, und dass ich froh sein soll, dass ich ihn los wäre.

Da muss ich ihr recht geben.

Die andere Nachricht des Tages ist, dass Richard Nixon heute die Wahl für die Republikaner angenommen hat. Henry Cabot Lodge wird sein Vizepräsident werden.

Das Rennen kann beginnen!

24 | Martin

Heute

Am Morgen von Thanksgiving bekam ich einen Anruf aus dem Krankenhaus. Meine Mom hatte das Bewusstsein wiedererlangt. Ich kann nicht beschreiben, wie erleichtert ich war, als ich das hörte. Maggie war ebenfalls sehr froh. Wir aßen ein schnelles Frühstück und sprangen dann sofort in den Wagen.

Wieder einmal schämte ich mich für mein Verhalten in der Nacht zuvor. Wie viele Männer weinen schon vor ihren Freundinnen? Ich fühlte mich gedemütigt, egal, wie oft ich mir sagte, dass das kein Zeichen von Schwäche gewesen sei. Aber Maggie war einfach großartig. Sie erwähnte es gar nicht. Die Funken, die danach zwischen uns stoben, als wir uns liebten, waren jedoch immer noch greifbar. Es blieb unausgesprochen, aber ich wusste, dass es ihr sehr gefallen hat. Es war, als ob wir schließlich einen Rhythmus gefunden hätten, der uns beiden gefiel. Darf ich soweit gehen zu sagen, dass etwas Magisches zwischen uns stattfand?

Ich fragte sie, wieso sie nie geheiratet hatte. Sie meinte, dass sie damals, als Medizinstudentin, jemanden gekannt hatte, mit dem es ihr sehr ernst gewesen war, und dass er ihr das Herz gebrochen habe. Seither hatte sie sich nur noch sehr unregelmäßig mit Männern getroffen und sich völlig auf ihre Arbeit konzentriert.

Während der Fahrt kam ich zu dem Schluss, dass Maggie sehr, sehr gut für mich war. Ich musste vorsichtig sein, durfte es nicht vermasseln, aber sollte ich diese Beziehung fortführen, ohne ihr die Wahrheit über meine Mutter zu sagen? Wann immer ich über diesen Stolperstein nachdachte, spürte ich, wie sich mir die Brust zuschnürte und mein Herz zu pochen begann. Ich musste mich ganz stark darauf konzentrieren, eine neue Panikattacke abzuwehren. Ich *hasste* es, dass ich dieses Problem mit mir herumschleppte. Die Medikamente zeigten keine Wirkung. Es war noch kein ganzer Monat vergangen, also war es dafür vielleicht auch noch zu früh.

Als wir im Krankenhaus ankamen, ließ die Schwester den diensthabenden Arzt mit ihrem Pager ausrufen. Dr. Kitanishi war natürlich nicht da. Nachdem wir fünf Minuten gewartet hatten, erschien ein Inder um die vierzig, der sich selbst als Dr. Benji vorstellte. Er berichtete, dass Mom am frühen Morgen, etwa gegen sechs Uhr, aufgewacht sei, aber noch nicht gesprochen hätte. Sie reagierte auf äußere Reize und trank Wasser, aber wenn man ihr Fragen stellte, ignorierte sie diese. Sie hatten ihr einen Katheter gelegt, damit sie pinkeln konnte. Außerdem steht sie unter Beruhigungsmitteln, damit sie keine Angst bekommt. Dr. Benji erklärte, dass sie weitere Tests durchführen würden, um herauszufinden, ob sie mögliche Schäden durch den Schlaganfall erlitten hat. Bislang hätte es aber nicht den Anschein, dass sie auf irgendeiner Körperhälfte die Bewegungsfähigkeit verloren hätte.

»Wie kommt es, dass sie nicht spricht?«, erkundigte ich mich.

Der Doktor hob die Hände. »Das wissen wir noch nicht. Es kann gut sein, dass sie durchaus imstande ist zu sprechen, aber gerade einfach nichts zu sagen hat.«

Maggie und mir wurde gestattet, ihr einen kleinen Besuch abzustatten. Als Mom mich erblickte, hellte sich ihr Blick ein wenig auf.

»Hi Mom, fröhliches Thanksgiving!«, rief ich so aufheiternd, wie es mir möglich war. »Heute gibt es Truthahn! Wie findest du das?«

Sie lächelte. Gut.

»Sieh mal, Judy, Martin, dein Sohn, ist hier«, sagte Maggie. »Und mich kennst du auch noch. Dr. McDaniel, erinnerst du dich? Wie geht es dir heute?«

Mom lächelte sie ebenfalls an. Gut.

»Kannst du Hallo sagen, Mom?«

Als sie dazu keine Anstalten machte, nahm ich ihre Hand. Sie drückte sie. Gut.

»Ist schon okay, Mom. Du kannst reden, wenn dir danach ist. Maggie und ich dürfen nur für eine paar Minuten bleiben, aber wir kommen heute Nachmittag noch einmal wieder und bringen dir etwas Truthahn mit.« Dr. Benji meinte zwar, dass sie wahrscheinlich einige Zeit keine feste Nahrung zu sich nehmen dürfte, aber ich dachte mir, dass sie mein Versprechen ohnehin schnell wieder vergessen haben würde.

Obwohl es noch viel zu früh für sie war, versuchte ich trotzdem, Gina in New York zu erreichen. Wieder ging nur die Mailbox ran, aber damit hatte ich schon gerechnet. Ich sagte zu Mom: »Ich habe gerade versucht, Gina anzurufen, aber sie schläft sicher noch. Sie hat Ferien.«

Ein Flackern huschte durch Moms Blick. Sie wusste, wen ich meinte, und das hielt ich für ein gutes Zeichen. Gina war wirklich das Licht ihres Lebens.

Alles, was ich tun konnte, war zu hoffen und zu beten, dass Mom bald wieder ins Woodlands zurückkehren könnte.

Maggie begann ihr zu erzählen, dass sie alle dort sehr vermissten, und ich schaltete für einen Moment ab. Ich weiß nicht, warum ich immer wieder darüber nachdachte, aber aus irgendeinem Grund kam mir wieder das Rätsel um Moms Finanzen in den Sinn. Das Mysterium, woher das Geld gekommen war, als ich aufwuchs, holte mich wieder ein, und ich fühlte, wie sich Unbehagen über mein Herz legte. Wenn ich sie als kleiner Junge gefragt hatte, ob sie einen Job hätte, hatte Mom immer geantwortet: »Mein Job ist es, auf dich aufzupassen.« Und als ich erwachsen war, erzählte sie mir, dass wir von dem gelebt hatten, was mein Vater uns vererbt hatte. Damals kam es mir nicht seltsam vor, dass sie ihre Geldangelegenheiten nicht mit mir besprechen wollte. Ich denke, das ist nachvollziehbar. Die wenigsten Eltern sprechen mit ihren Kindern über finanzielle Belange, bis ... nun ja, bis sie es müssen. Trotzdem erschien es mir seltsam, dass ich kaum Rechnungen für meine Mutter bezahlen musste. Ihr Anwalt – Onkel Thomas – verwaltete einen Fonds, aus dem die Behandlungs- und Pflegekosten beglichen wurden, die nicht von der Krankenversicherung abgedeckt wurden. In all der Zeit, als ich noch ein Kind gewesen war und zu Hause lebte, mussten wir uns um Geld nie Sorgen machen. Die *Erbschaft* war für unser Haus aufgekommen, meine College-Gebühren und unsere gesamten Lebenshaltungskosten, seit meiner Geburt.

Wie groß muss die verdammte Erbschaft denn gewesen sein, die mein Vater ihr hinterlassen hatte? Und wo *war* sie? Wusste Onkel Thomas etwas darüber? Wieso zur Hölle hatte ich ihn – *oder* meine Mom, als es ihr noch besser ging – nie über all die fehlenden Teile des Talbot-Familien-*Puzzles* ausgequetscht, die ich mein ganzes Leben lang so blind ignoriert hatte? Ich war ein totaler Idiot gewesen! Wenn ich eine aktivere Rolle in Moms täglichem Leben gespielt hätte, hätte ich vielleicht schon viel früher von ihrem Geheimnis erfahren.

»Wer war mein Vater, Mom?«

Bei Gott, ich schwöre, dass ich es nicht laut aussprechen wollte, aber ich tat es und hörte, wie Maggie neben mir die Luft einsog. Die Augen meiner Mutter schnellten zu mir und dieses Mal lag Schmerz in ihnen.

»Martin«, wisperte Maggie leise. »Herrgott ...«

»Tut mir leid«, sagte ich, eigentlich zu Maggie, aber laut genug, damit Mom es ebenfalls hören konnte. »Ich weiß nicht, wieso ich das gesagt habe, aber es spukt mir im Kopf herum.

Tut mir leid, Mom.« Urplötzlich schnürte es mir die Kehle zu, weshalb ich den Raum verließ, bevor ich wieder zu weinen anfing. Ich rannte in Dr. Benji hinein, der mir mitteilte, dass unsere Zeit mit der Patientin vorüber sei. »Wir wollen sie nicht zu sehr aufregen.«

Ich fürchte, dafür ist es zu spät, Doc.

Ich fühlte mich furchtbar.

Maggie meinte, dass Mom meine aus dem heiteren Himmel kommende Frage ziemlich gut weggesteckt hätte. Ihre der Krankheit geschuldete Verwirrung spielte wohl eine große Rolle dabei, dass sie nicht negativ darauf reagiert hatte. Es war gut möglich, dass sie sich nicht mehr erinnern konnte, wer mein Vater war. Es hatte sie überhaupt nicht aufgewühlt. Als ich den Raum verließ, hatte der Doktor das Zimmer betreten und sie bereits abgelenkt. Maggie verabschiedete sich und ging ebenfalls.

Auf dem Weg zu Wagen bemerkte Maggie: »Ich kann nicht fassen, dass du sie das gefragt hast.«

»Ich genauso wenig«, sagte ich. »Ich schwöre, Maggie, es platze einfach so aus mir heraus. Mir ging der Gedanke durch den Kopf und ich sprach ihn unbeabsichtigt aus.«

»Das glaube ich dir, Martin. Das tue ich wirklich.« Sie lachte ein wenig. »Das war ein ziemlicher Fauxpas.«

Das brachte auch mich zum Lachen. »Ich fühle mich wie einer von den drei Stooges.«

»Mach dir deswegen keine Sorgen. Ihr ging es gut, als ich sie verließ. Aber ich wüsste auch gern, wer dein Vater war. Es gibt viele Dinge über dich und deine Mutter, die ich gern wissen würde, Martin. Es ist nicht falsch, sich Fragen zu stellen. Ich komme nur einfach nicht darüber hinweg, dass du in der Angelegenheit nichts unternommen hast, bevor sie krank wurde.«

»Ich weiß, ich weiß. Ich bin ein Idiot.«

»Hör auf, das bist du nicht. Aber Liebling ... wenn das mit uns eine Zukunft haben soll, dürfen wir keine Geheimnisse voreinander haben. Siehst du das genau so?«

Ich sah sie an, mit einem Auge auf die Straße vor uns. »Hast du mich gerade Liebling genannt?«

»Ich koche doch nicht für jeden ein Thanksgiving-Essen.«

»Glaub mir, es gibt so vieles über meine Mutter, das ich nicht weiß, und auf das ich gern Antworten hätte.« Dabei ließ ich es bewenden, auch wenn ich damit ein gigantisches, welterschütterndes Geheimnis zurückhielt, dass alles verändern würde, wenn es an die Öffentlichkeit gelangen würde.

Alles.

Während das Essen kochte, versuchte ich Gina anzurufen, und bekam wieder nur den Anrufbeantworter zu hören. Ich überlegte, ob ich Carol anrufen und ihr von Moms Fortschritten berichten sollte, aber ich wollte ihr Thanksgiving zusammen mit *Ross* nicht stören. Ich fragte mich, ob sie etwas von Gina gehört hatte.

Leckere Gerüche zogen mich in die Küche, wo Maggie gerade einen Salat zubereitete. Der Truthahn brutzelte schon den ganzen Tag im Ofen. Mir knurrte der Magen und ich griff nach der Flasche Wein, die ich mitgebracht hatte. »Ich mache die schon mal auf«, sagte ich und Maggie stimmte zu.

»Lass aber noch etwas fürs Essen übrig.«

»Wo ist der Korkenzieher?«

Sie deutete auf eine Schublade neben dem Kühlschrank. Ich öffnete sie und kramte darin herum, bis ich ihn gefunden hatte. Da fiel mein Blick auf eine Visitenkarte, die mit einem Magneten an dem Kühlschrank hing. *Bill Ryan, Privatdetektiv*, stand darauf zu lesen, dazu eine Telefonnummer, E-Mail-Adresse und seine Anschrift.

»Was ist das?«, fragte ich. »Wozu brauchst du denn einen Privatdetektiv?«

Maggie sah auf. »Oh, Billy ist ein Freund von mir. Er hat sich selbstständig gemacht und mir seine Karte gegeben, das ist alles.«

»Aber wieso hängt sie dann an deinem Kühlschrank? Musst du seine Nummer schnell zur Hand haben?«

Sie legte das Messer ab, kam zu mir und nahm die Karte. Sie riss sie entzwei und ließ die beiden Stücke in den Mülleimer fallen. »Da«, sagte sie, »schon weg.«

»Das hättest du nicht tun müssen.«

»Ist schon in Ordnung. Ich war nicht sicher, welche deiner Reaktionen schlimmer war – das Misstrauen oder deine Eifersucht – also hab ich sie lieber gleich weggeschmissen.«

»Meine Güte, Maggie.«

Sie nahm den Korkenzieher und öffnete den Wein. »Ist schon okay, Martin. Trinken wir etwas Wein. Es ist Thanksgiving.«

Gerade, als die Gläser eingegossen waren, klingelte mein Handy. Carols Name und Nummer erschienen auf dem Display. »Hi Carol«, begrüßte ich sie. »Happy Thanksgiving.«

»Martin!« Sie klang verzweifelt.

»Was?«

»Es geht um Gina!«

Mein Herz blieb für einen Moment stehen. »Was ist mit ihr?«

»Oh mein Gott, sie wurde in New York *verhaftet!*«

25 | Judys Tagebuch

1960

12. August

Oje, ich muss dich auf den neuesten Stand bringen, liebes Tagebuch. Wie immer habe ich nicht so viel geschrieben, obwohl es noch nicht so stressig im Kennedy/Johnson-HQ zugeht. Aber der Sturm wird bald losbrechen. Und ja, so nennen wir es jetzt – das HQ.

Ich wurde als Kennedy-Girl ausgewählt. Wir warten jetzt darauf, dass die Uniformen eintreffen, und bis jetzt weiß noch niemand so recht, was wir dann tun werden. Ich habe zwei Mädchen kennengelernt, die ebenfalls ausgewählt wurden. Betty O'Connor ist eine hübsche Brünette, die als Bedienung im Waldorf-Astoria Hotel arbeitet. Auf den noblen Banketten dort ist sie schon unzähligen Berühmtheiten und VIPs persönlich begegnet. Betty ist so alt wie ich und wir haben uns gleich von Anfang an gut verstanden. Louise Kelly ist eine Blondine und Mitte zwanzig. Alle Jungs stehen auf sie, weil sie große Brüste hat und einfach wunderschön aussieht. Aber sie ist leider nicht die Hellste, fürchte ich. Neulich unterhielten wir uns über Francis Gary Powers, den Piloten des U-2-Spionageflugzeugs, der im Mai über Russland abgeschossen wurde. Ihm wird in Moskau gerade der Prozess gemacht und er könnte ins Gefängnis kommen oder sogar die Todesstrafe erhalten. Louise dachte, Powers wäre eine Frau gewesen, weil sein Vorname »Francis« lautet. »Die würden doch keine *Frau* hinrichten, oder?«, fragte sie. Sie spricht mit einem breiten Brooklyner Akzent und kaut die ganze Zeit über geräuschvoll Kaugummi. Mrs. Bernstein erklärte ihr, dass sie den Kaugummi ausspucken müsse, wenn sie als Kennedy-Girl arbeiten wird. Die meisten anderen Mädchen halten Louise für dumm und rollen mit den Augen, wenn sie Sachen sagt wie: »Moment, ist die Wahl schon *dieses* Jahr?« Doch ich mag sie. Sie ist lieb und hat ein großes Herz. Aber mit Betty freunde ich mich mehr an. Ich war mit ihr zusammen Mittagessen, kann mir aber nicht vorstellen, Zeit allein mit Louise zu verbringen. Sie macht mich wahnsinnig. Mittwochabend, nach dem Treffen, haben Betty und ich uns den neuen Film mit Frank Sinatra, Dean Martin und Sammy Davis Jr. angesehen, *Ocean's 11*. Der lief gerade erst an und die Leute standen auf der Straße Schlange, aber wir hatten Glück und bekamen noch Plätze. Es ist eine Gaunergeschichte mit viel Spannung, aber auch ziemlich witzig. Ich mochte ihn wirklich sehr.

Mr. Dudley und Mrs. Bernstein haben die Leitung der Mädchen inne. Wir sind zu acht. Wir hatten ein paar Treffen seither, aber viel ist nicht passiert. Man sagte uns, dass wir weiße Handschuhe tragen sollen. Sie seien Teil der Uniform, die Kampagne könne es sich aber nicht leisten, dafür aufzukommen. Betty zwinkerte mir zu und meinte, sie wüsste schon, wo wir welche umsonst bekämen. Ich sollte mich heute nach der Arbeit im Gym mit ihr am Waldorf treffen, und das tat ich.

Was für ein zauberhaftes Hotel! Ich war noch nie darin. Es ist ziemlich nobel, so wie das Plaza. Das Hotel befindet sich auf der Park Avenue zwischen der 49th und der 50th. Ich traf mich mit Betty vor dem Personaleingang auf der 50th Street. Wir liefen über einen Boden mit Schachbrettmuster bis zu einer Stelle, wo sie ihre Karte in eine Stechuhr steckte – sie fing gerade mit ihrer Schicht an – über der ein Wandgemälde »History Building Bright Futures« verkündete. Von dort liefen wir noch ein paar Schritte zu einem Fahrstuhl. Während wir auf ihn warteten, deutete Betty auf die Laderampen direkt neben den Parkplätzen. Wir fuhren in die fünfte Etage hinauf, wo die Angestellten wie die Irren herumrannten. Betty erklärte mir, dass sich hier die Umkleideräume für die Frauen und Männer, die Waschküchen und die Räume mit den Uniformen befänden. Es gab hier sogar einen hauseigenen Schneider, der sich sofort um beschädigte Kleidungsstücke kümmerte. Weiter den Gang hinunter lag ein anderer Raum, in dem Flecken gereinigt wurden. Niemand stellte meine Anwesenheit infrage. Sie mussten gedacht haben, dass ich eine neue Angestellte sei und Betty mich herumführte.

Sie nahm mich mit in den Raum für die Uniformen und zeigte mir die Stapel an weißen Handschuhen in kleinen, mittleren und großen Größen.

»Na los. Such dir ein Paar, das gut passt«, sagte sie.

Die mittelgroßen lagen eng an, so wie meine schwarzen Stiletto-Handschuhe, also entschied ich mich für sie. Dann folgte ich Betty in den Umkleideraum, wo sich bereits andere Frauen für die Arbeit umzogen. Er unterschied sich nicht sonderlich von unserem Umkleideraum im Gym. Ich fühlte mich ein wenig unsicher, aber Betty sagte, ich solle mir keine Gedanken machen. An diesem Abend war sie für den Empfang im großen Ballsaal eingeteilt, also zog sie eine weiße Bluse, eine dunkle Weste, schokoladenbraune Hosen mit dazu passendem Jackett und natürlich weiße Handschuhe an. Sie sah schick und elegant aus.

Bis zu ihrem Arbeitsbeginn blieben Betty noch ein paar Minuten, also gab sie mir eine schnelle Führung durch das Hotel. Wir liefen ein paar Treppenstufen in den vierten Stock hinunter und betraten einen langen Korridor mit vereinzelten Gruppen von roten Vorhängen an einer Seite. Sie zog einen davon auf und mir stockte der Atem. Von dort aus konnte man auf den großen Ballsaal hinuntersehen. Ein riesiger Kronleuchter dominierte die Decke und der Raum selbst war in Rot- und Elfenbeintönen dekoriert. Weiße Tischdecken bedeckten Dutzende von Tafeln und jede von ihnen war mit Blumengedecken verziert. Betty zeigte auf die *Kabinen* im oberen Teil des Ballsaals, wo für gewöhnlich die VIPs saßen. Die Eingänge zu diesen befanden sich in der fünften Etage.

Wir liefen in den dritten Stock hinunter und besichtigten einen sehr schönen Raum, der *Basildon Room* genannt wurde. Die Decke war mit einem Gemälde verziert, das eine Szene aus Dantes *Göttlicher Komödie* zeigte, wie mir Betty erläuterte. Ich kenne das Stück nicht, das Gemälde aber war atemberaubend. Nebenan befand sich der *Jade Room*, der seinen Namen den grünen Streifen verdankte, die durch Marmorsäulen liefen. Ich kam mir vor, als wäre ich in einem Museum.

Der letzte Halt unserer kleinen Tour war die Bankettküche im zweiten Stockwerk. Betty erklärte, dass die Küchen des Hotels drei Stockwerke einnahmen! Nun, diese Küche war wirklich riesig. Die Bereiche waren nach Art der Speisen untergliedert – so wurden zum Beispiel in einem Bereich nur Suppen und Soßen vorbereitet, in einem anderen wurde gebacken, und Fleisch- und Hauptgerichte am Ende der Halle zubereitet. Auch hier gab es ein Wandgemälde, mit dem Spruch: *Das Schwierige sofort, das Unmögliche dauert ein paar Minuten länger.* Betty meinte, das würde den Ort besser beschreiben, als ich mir vorstellen könnte. Die anderen Angestellten waren überall sehr freundlich. Ich durfte mir sogar eine kleine Pastete aus einer Schale in der Backsektion nehmen. Lecker!

Dann begann Bettys Schicht, also brachte sie mich noch hinunter ins Erdgeschoss, um mich zu verabschieden. Völlig geblendet machte ich mich auf den Weg nach Hause.

28. August

Ich bin noch immer geschockt von dem, was letzte Nacht passiert ist, liebes Tagebuch. Ich bin beschämt, wütend und verängstigt.

Es war 17 Uhr an einem Sonntagnachmittag und ich hatte mein Zimmer noch nicht verlassen. Freddie klopfte an die Tür, und ich sagte ihm, dass ich mich nicht so gut fühlte. Das stimmte sogar. Ich hatte den ganzen Tag keinen Appetit.

Der Abend begann damit, dass ich mich betrank. Ich kann nicht glauben, dass ich das tat – und *dann zog ich als Black Stiletto los*. Was für eine dumme, hirnlose, idiotische, unverantwortliche und *gefährliche* Idee! Ich hätte getötet werden können, und möglicherweise habe ich jemanden ernsthaft verletzt, wenn auch keinen sehr netten Mann.

Wieso ich mich betrunken habe? Ich bemitleidete mich selbst. Ich weiß, das ist dumm, denn eigentlich gibt es keinen Grund, mich schlecht zu fühlen. Ich habe Freunde, ich bin beschäftigt, ich liebe meine Arbeit und bin stolz auf mich. Der Grund dafür ist aber der, dass ich mich einsam fühle. Letzte Nacht vermisste ich John und Fiorello ganz besonders. Also kaufte ich mir eine Flasche Wodka und mixte mir Martinis. Freddie warnte mich davor, nicht mehr als zwei zu trinken. Ich hatte fünf.

Ich war, glaube ich, noch nie zuvor so betrunken. Der Abend ist für mich nur noch ein bruchstückhafter Albtraum, denn ich kann mich an *vieles* davon nicht mehr erinnern! Ich weiß noch, dass ich ziemlich beschwipst in der Küche war, und Freddie mir sagte, dass er nach der *Lawrence-Welk-Show* ins Bett gehen würde. Dann war ich in meinem Zimmer und alles drehte sich. Ich ließ mich aufs Bett fallen und bin wohl ein wenig eingeschlafen. Das Nächste, woran ich mich erinnere, ist, dass es bereits 22:30 Uhr war. Ich *dachte*, ich würde mich nicht mehr betrunken fühlen.

Dann kam ich auf die tolle Idee, mir mein Outfit anzuziehen. Es war kein guter Sommer für die Black Stiletto; ich war nur wenige Male aus gewesen. Ich dachte, es sei an der Zeit, mich in ihrer Maske wieder der Öffentlichkeit zu zeigen.

Was für ein Fehler.

Ich erinnere mich noch an die Hatz über die Dächer und dass ich an dem Strommast hinunterrutschte. Doch kaum, dass meine Stiefel den Boden berührten, merkte ich, dass ich keineswegs in der richtigen Verfassung war, um die Black Stiletto zu sein. Neben Gleichgewichtsproblemen hatte der Alkohol auch meine für gewöhnlich gesteigerten Sinne benebelt. Keine verstärkten Geräusche mehr und kein intuitiver Lügendetektor. Aber ich kehrte nicht um und lief nach Hause. Ich schätze, das muss ein störrischer Wesenszug von mir sein, und ich gab ihm nach.

Danach ist alles wie ein weißer Fleck, denn plötzlich fand ich mich in der Bowery am Rand von Chinatown wieder. Ich hatte keine Ahnung, wie ich dorthin gelangt war. Die einzige Erklärung, die ich dafür habe, ist, dass mein Unterbewusstsein meinen Körper lenkte, auch wenn ich weiß, dass das keinen Sinn ergibt. Aber offenbar hatte ich mehrere Avenues und Straßen überquert, bin zweifellos an Fußgängern vorbei und durch den Straßenverkehr gehuscht und hatte es ohne nachzudenken sicher von der 2nd Avenue bis zur Bowery geschafft.

Aber *was* hatte ich nur vorgehabt? Ich kann mich nicht entsinnen, die Idee gehabt zu haben, nach Chinatown zurückzukehren, aber hier war ich nun. Hatte mich mein Unterbewusstsein hierhergeführt? Ich spürte, wie es mir kalt den Rücken hinunterlief, als ich in die Richtung blickte, und das, obwohl es draußen verflucht heiß war. Zudem ist die Bowery in der Nacht ein unheimlicher Ort. Es gibt eine Menge Bars, weshalb sich hier viele Bettler und Kriminelle herumtreiben. Normalerweise ist das der erste Ort, an dem ich nachsehe, wenn ich als Black Stiletto ausgehe, vielleicht hatte ich also gar nicht vor, nach Chinatown zu gehen. Aber ich schwöre, ich habe keine Ahnung, was mich immer wieder an diesen Ort zieht.

Nichtsdestotrotz betrat ich Chinatown jedoch nicht. Ich begab mich nach Süden, und die Leute waren definitiv überrascht, mich zu sehen. Manch einer zeigte mit dem Finger auf mich und einige lachten. »Ist denn schon Halloween?«, rief jemand. Für sie war ich nur irgendein dummes Mädchen in einem Black-Stiletto-Kostüm. Wahrscheinlich, weil ich nicht so schnell unterwegs war wie sonst. Meistens blieb den Passanten gerade genug Zeit, zu bemerken, dass sie mich gesehen hatten, dann war ich auch schon wieder verschwunden.

Das Geräusch eines Glases oder einer Flasche, die zersplitterte, führte mich durch eine weit offen stehende Tür in eine muffige Absteige. Klein, düster, verräuchert und nur von echten Alkoholikern bevölkert. Darin kämpften zwei Männer an einem einzelnen Pool-Tisch miteinander. Sie waren vierzig oder fünfzig Jahre alt, aber das ließ sich schwer einschätzen bei Männern, die ihr ganzes Leben an der Flasche hingen. Sie waren schäbig angezogen und betrunken. Noch betrunkener als ich.

Einer von ihnen fuchtelte mit einer zerbrochenen Flasche vor seinem Kontrahenten herum. Der Barkeeper hing am Telefon und rief wahrscheinlich bereits die Polizei. Ich hatte tatsächlich die Sorge, dass die beiden Männer einen der anderen Gäste verletzen könnten. Ich hegte also nur gute Absichten, als ich ihnen befahl: »Hört auf zu kämpfen, Jungs.« Ich hörte mich aber nicht nach mir selbst an. Meine Stimme war brüchig und schwach. Die Kämpfer, der Barkeeper und die beiden Zuschauer drehten sich zu mir um. Es war wie in einer dieser Szenen in einem Western, wenn ein Fremder den Saloon betrat.

Dann lachten sie. Die beiden Raufbolde vergaßen ihre Feindseligkeiten und verbrüderten sich nun gegen die Black Stiletto. Auch sie dachten nicht, die Echte vor sich zu haben. Einer von ihnen nannte mich sogar ein *böses* Mädchen, weil ich mich verkleidet hätte.

Liebes Tagebuch, ich weiß nicht, was danach passiert ist. Ein weiterer Filmriss. Ob ich angefangen habe, kann ich nicht sagen, aber ich geriet in eine Schlägerei, an die ich keine Erinnerungen mehr habe. Das Nächste, woran ich mich erinnere, ist, dass ich mit dem Rücken auf dem Pool-Tisch lag. Mein Gesicht schmerzte. Einer der Streithähne *saß auf mir* und versuchte mir die Maske vom Gesicht zu reißen. Er sagte: »Wollen wir doch mal sehen, wie sie darunter aussieht!« Zum Glück wird die Maske von einem Knoten gehalten, den ich zwar leicht aufbekomme, mit dem andere aber ihre Schwierigkeiten haben. Ich versuchte ihn von mir herunterzubekommen, aber der andere Mann half, mich festzuhalten. Ich wehrte mich verbissen und Blut von meinem Gesicht tränkte die Hemdsärmel des Mannes.

Dann fühlte ich mich plötzlich in jene furchtbare Halloween-Nacht in Odessa, Texas, zurückversetzt, als ich dreizehn Jahre alt war. Als Douglas mich vergewaltigte. Stand mir erneut eine solche Erniedrigung bevor, dieses Mal mit zwei Angreifern, vielleicht mehr?

Die Männer schrien und johlten.

»Sehen wir sie uns mal genauer an!«

»Ich ziehe ihre Stiefel aus!«

Während ich mit ihnen rang, registrierte ich, dass einer der Gäste die Tür geschlossen und sich davor gestellt hatte. Der Mann auf mir, der nach Alkohol, Schweiß und Latrine stank, hatte den Knoten meiner Maske beinahe gelöst. Seinen Unterleib presste er fest zwischen meine Beine. Das tat weh und war einfach widerlich.

»Diese verdammte Maske ist zu fest verschnürt ...«

»Schneid' sie auf!«

Als ich das hörte, musste ich an etwas Scharfes denken und wurde an mein Messer erinnert. Mein Stiletto steckte noch immer in seiner Scheide an meinem Bein. Die Männer mussten so betrunken gewesen sein, dass sie es entweder nicht bemerkt hatten oder für eine Fälschung hielten. Ich griff nach unten, packte den Griff, zog die Klinge heraus und bohrte sie in den Bauch des Mannes. Er schrie. Das erschreckte den anderen Kerl so sehr, dass er zurücksprang und ich die Gelegenheit bekam, den angestochenen Mann von mir herunterzustoßen. Ich sprang auf die Füße und stand neben dem Pool-Tisch, mit meinem Messer, das auf die anderen zeigte und von dessen Klinge das Blut tropfte.

Der verwundete Mann hielt sich den Bauch und rollte sich stöhnend und jammernd zusammen.

»Was hast du da getan, Mädchen?«, fragte der andere Mistkerl.

Ich drehte mich zur Tür und zeigte mit meinem Messer auf den Mann, der dort stand. Der machte sofort die Fliege und so konnte ich die Tür aufstoßen und hinausrennen.

Dann, liebes Tagebuch, fehlen mir wieder die Erinnerungen. Der nächste bewusste Moment war, als ich in östlicher Richtung auf der 2nd Street entlanglief. Ich war die Bowery hinaufgerannt, nach Hause, ohne mich daran erinnern zu können. Ich sah auf meine Hand hinunter. Blut klebte an ihr, aber das Messer fehlte. Fieberhaft tastete ich nach der Scheide und war erleichtert, als ich das Stiletto darin spürte. Ich konnte mich nicht erinnern, es weggesteckt zu haben.

Was hatte ich getan? Ich hatte auf einen Mann eingestochen. Ich wusste nicht, wie schwer er verwundet war, aber war es denn nicht in Notwehr geschehen? Wollte er mir denn nicht wehtun?

Ich sagte mir, dass ich keine andere Wahl gehabt hatte. Er wollte mich demaskieren. Der andere hatte versucht, mir die Stiefel abzunehmen. Alle Männer in dieser Bar wollten sich an mir vergehen. Sie wollten das dumme College-Mädchen vergewaltigen, das sich als Black Stiletto verkleidet hatte und damit leichtsinnig in der Bowery aufgekreuzt war. Sie dachten, sie könnten ihr eine Lektion erteilen.

Ich musste sie aufhalten.

Oder etwa nicht?

26 | Judys Tagebuch

1960

7. September

Am Wochenende wurde Kennedy in Detroit von riesigen Menschenmassen begrüßt. Die Presse berichtete, dass es so etwas noch nie zuvor gegeben hatte. Er und Johnson haben mit ihrer landesweiten Kampagne begonnen, wo sie sich gelegentlich zusammen, die meiste Zeit aber getrennt voneinander zeigen. Mr. Dudley erzählte den Mädchen und mir, dass Kennedy im Oktober in New York sein wird, und die Kennedy-Girls dort ihren ersten Auftritt als Teil seiner Entourage absolvieren werden. Ich bin schon jetzt total aufgeregt! Ob ich ihn treffen werde? Vielleicht sogar seine Hand schütteln darf? Oh mein Gott, was, wenn er mir einen Kuss auf die Wange gibt oder so? Er ist bekannt dafür, das mit normalen Bürgern zu tun, die er so trifft. Ob Jackie ihn begleiten wird? Sie sieht so hinreißend und elegant aus. Sie würde ich ebenfalls gern treffen.

Die Girls mussten extra ein eigenes Lied einstudieren. Es ist »High Hopes« von Frank Sinatra, nur mit einem anderen Text. Sinatra hat den Song wohl kürzlich auf einer von Kennedys Wahlkampfstationen gesungen und nun adaptiert ihn die Leitung der Wahlkampagne als *den* Wahlkampfsong. Dafür mussten wir uns für ein paar Stunden mit einem Pianisten namens Choo Choo treffen– ja, so heißt der wirklich! – und mit ihm zusammen üben. Mein Lieblingsteil geht so:

> *Oops, there goes the opposition–KERPLOP!*
> *K–E–DOUBLE N–E–D–Y*
> *Jack's the nation's favorite guy*

Everyone wants to back–Jack
Jack is on the right track.
'Cause he's got high hopes
He's got high hopes

Es ist ziemlich witzig. Wir lachten und alberten bei der Probe die ganze Zeit herum, und Choo Choo schrie uns deswegen immer wieder an. Am Ende aber rissen wir uns zusammen und bekamen es gut hin.

Kennedy und Nixon haben sich darauf geeinigt, im Fernsehen einige Live-Debatten abzuhalten. Drei wird es definitiv geben, vielleicht sogar vier. Im Moment ist Nixon im Krankenhaus, wegen einer Knieinfektion, die sich entzündet hat. Ich weiß nicht, wie das passiert ist, aber die Zeitungen melden, dass er bald wieder in der Lage sein wird, den Wahlkampf fortzuführen. Weißt du noch, dass ich die Menschen manchmal einfach *lesen* kann? Wenn ich Nixon im Fernsehen sehe, dann traue ich ihm nicht. Außerdem glaube ich, dass wir mit ihm als Präsidenten die gleiche Art von Politik wie mit Eisenhower bekommen würden. Kennedy spricht viel über fortschrittliche Veränderungen, ganz besonders über einen »Zusatzartikel zur Gleichberechtigung« in der US-Verfassung. Zum Kommunismus hat er ebenfalls eine klare Meinung. Die Leute machen sich Sorgen, dass die Sowjets nach Kuba kommen und dort eine Militärbasis ganz nah an unserem Land errichten werden. Kennedy wird das nicht zulassen.

Meine Arbeit im HQ hat zugenommen, seit der Wahlkampf in vollem Gange ist. Ein paar Freiwillige haben uns verlassen, aber dafür sind neue Gesichter hinzugekommen. Mitch und Alice sind noch da, genauso wie Karen und Chip. Betty verbringt wegen ihres Jobs im Waldorf nicht mehr so viel Zeit im HQ, aber wenn ich sie sehe, gehen wir meist zusammen Mittagessen oder abends auf einen Drink in eines der Restaurants. Für mich fühlt es sich eigenartig an, diese Orte aufzusuchen, in denen sich normalerweise Geschäftsmänner und -frauen nach der Arbeit treffen. Ich höre, wie sie sich über den Aktienmarkt, Politik und Sport unterhalten. Niemand hier scheint sich über Bücher oder Filme zu unterhalten, so wie Lucy und Peter und ich das immer taten. Oder Mitch und Alice. Sie sind das, was man jetzt *hip* nennt. Das ist ein Wort, das die Beatniks benutzen, wenn jemand *cool* ist. Ich denke, ich bin auch cool, oder was meinst du, liebes Tagebuch? Ich hoffe es doch. Ich möchte nicht *spießig* sein, womit man jemanden beschreibt, der nicht *up to date* ist. Siehst du? Ich lerne bereits lauter neue Vokabeln!

Seit dieser furchtbaren Nacht in der Bowery war ich nicht wieder als Black Stiletto unterwegs. Die Zeitungen berichteten am nächsten Tag, dass eine Frau, die sich als Stiletto *ausgab*, bei einer Schlägerei in einer Bar von einem Mann schwer verletzt wurde und dann floh. Dem Bericht zufolge sei noch unklar, wieso sie jenes Kostüm trug und was sie dort wollte. Dass die Männer versucht hatten, die arme Lady zu vergewaltigen, wurde nicht erwähnt! Beim Lesen des Artikels bekam man beinahe den Eindruck, als hätte sie es gewollt. Der Barkeeper wurde mit den Worten zitiert: »Das war nicht die echte Black Stiletto, denn sie war schwach und betrunken und dumm.« Nun, ich mag betrunken und dumm gewesen sein, aber ich war nicht schwach. Aber gut, sollen sie nur glauben, dass es sich um jemand anderes handelte. Ich wollte nur ungern erleben, dass die echte Stiletto den Kopf für die Messerstecherei hinhalten muss. Ich hoffte nur, dass es diesen Pennern eine Lehre war und sie nicht wieder versuchen würden, sich auf diese Weise eines Mädchens zu bemächtigen. In einem ähnlichen Artikel erinnerte man die Bürger daran, dass die Black Stiletto eine gesuchte Verbrecherin sei. Der Polizei-Commissioner warnte in einer Stellungnahme alle Frauen davor, sich als Black Stiletto zu verkleiden, selbst an Halloween. Offenbar konnte man bereits Black-Stiletto-Kostüme in den Läden kaufen. Ich hoffe, sie verkaufen sich prächtig! Wäre es nicht *cool*, wenn ich an den Verkäufen beteiligt werden würde?

Nun, jedenfalls versuche ich jetzt, nicht mehr so viel zu trinken. Vielleicht ein Glas Wein zum Essen, aber die harten Sachen werde ich für eine Weile nicht anrühren. Ich habe meine Lektion gelernt. Wenn ich wieder einmal so traurig wie in jener Nacht sein sollte, werde ich runter ins Gym gehen und für eine halbe Stunde den Sandsack bearbeiten. Dabei verliert man wirklich gut seine Anspannungen. Ich kann meine Frustration also an einem Speed-Bag auslassen oder wie eine Wilde auf einen Sandsack eintreten. Und ich arbeite immer noch an meinen *Wushu*-Übungen. Die Gottesanbeter-Techniken, kombiniert mit meinen Erfahrungen im Boxen und im *Karate,* haben mir eine völlig neue Möglichkeit eröffnet, mich zu verteidigen. Eines Abends habe ich Freddie vorgeführt, was ich mittlerweile so alles kann, und er war beeindruckt. Als er mich danach fragte, gab ich zu, im letzten Winter in paar Stunden in Chinatown genommen zu haben, mir das Meiste mittlerweile aber selbst ausdenke. Er half mir, meine Ausgangsposition für einen Tritt zu verbessern, der eine Mischung aus einem *Yoko-Geri-*Seitwärts-Tritt und einem Angriff ist, den ich bei dem Turnier gesehen habe. Es ging hauptsächlich darum, meinen Oberkörper noch mehr in den Tritt hineinzulegen. Nachdem Freddie mir den Unterschied gezeigt hatte, klappte es viel besser.

Vielleicht ist es ja an der Zeit, dass die Stiletto wieder in Erscheinung tritt.

9. September

Du wirst es nicht glauben! *Ich habe Billy heute gesehen!*

Er war im Kennedy/Johnson-Wahlkampf-HQ! Ich hätte beinahe meinen Kaugummi verschluckt, als ich ihn sah. Zum

Glück konnte ich mich zurückhalten, denn ich hätte beinahe laut nach ihm gerufen! Aber ich blieb mucksmäuschenstill, denn Billy kennt Judy Cooper nicht. Er hat mich nie getroffen. Billy kennt nur die Black Stiletto. Aber beinahe hätte ich mich verraten, liebes Tagebuch!

Offenbar gibt es eine Menge Highschools in der Stadt, die ihren Schülern Bonuspunkte in Sozialkunde geben, wenn sie sich freiwillig für eine Partei ihrer Wahl engagieren. Billys Schule in Chinatown ist eine davon. Er war einer von zwei Jugendlichen, das andere war ein Mädchen namens Lily.

Ich habe versucht, ihnen aus dem Weg zu gehen. Ich fürchtete, dass Billy meine Stimme wiedererkennen könnte, oder meine Augen. Aber innerlich hüpfte ich vor Freude auf und nieder, weil ich nun wusste, dass er am Leben und in Sicherheit war und noch immer in der Stadt wohnte.

Jetzt ist es 21 Uhr und ich werde gleich mein Stiletto-Outfit anlegen, um auszugehen. Ich habe vor, nach Chinatown zurückzukehren, um zu sehen, ob Billy und seine Mutter wieder in ihrem alten Appartement über dem Restaurant wohnen. Ich weiß, dass das riskant ist, aber ich muss es einfach wissen. Wünsch mir Glück!

Später

Es ist beinahe 23 Uhr. Ich blieb nicht lange weg, denn der Ausflug erwies sich als ergebnislos, und außerdem geriet ich ein wenig in Schwierigkeiten.

Ich hatte keine Probleme, mich durch die Straßen bis nach Chinatown zu arbeiten und schließlich die Elizabeth Street zu erreichen. Das Gebäude, in dem ich mich bislang versteckt hatte – jenes mit den Bauarbeiten – war inzwischen fertiggestellt worden, also konnte ich mich dort nirgendwo mehr zusammenkauern. Ich war für alle Passanten klar und deutlich zu sehen, die mit dem Finger auf mich zeigten, mich anstarrten und sich in ihrer eigenen Sprache miteinander unterhielten.

Nichtsdestotrotz näherte ich mich mutig dem Restaurant und sah, dass es nun den Namen »Dim Sum« trug. Ich habe keine Ahnung, was das bedeutet. Das Licht brannte und Chinesen saßen an Tischen und aßen zu Abend. Das Lokal war umdekoriert worden. Ich konnte weder Billy noch seine Mutter darin ausfindig machen, also nahm ich an, dass die Tong das Restaurant tatsächlich wieder übernommen und in ein anderes Restaurant umgewandelt hatten.

Von dort huschte ich durch die Tür, die zu den Appartements darüber führte und überprüfte die Briefkästen im Foyer. Derjenige, der früher Billys Nachnamen getragen hatte, war nun mit »Ming« beschriftet. Also wohnten sie tatsächlich woanders.

Ich wollte wirklich wissen, wo Billy jetzt lebte, aber die einzige Möglichkeit, das herauszufinden, wäre, ihm nach seiner Arbeit im HQ nach Hause zu folgen. *Judy Cooper* konnte das tun. Er wollte, dass ich mich von ihm fernhielt, aber ich kann nicht anders. Wir waren Freunde geworden, und er hatte Kopf und Kragen riskiert, um mir *Wushu* beizubringen. Ich schuldete ihm etwas.

Aber es war Zeit, zu verschwinden. Ich hatte mich ohnehin schon zu lange hier aufgehalten. Also eilte ich in schnellem Tempo auf der Elizabeth nach Norden, als ich plötzlich hinter mir einen gellenden Pfiff hörte. Jemand hatte sich zwei Finger in den Mund gesteckt und damit diesen lauten Pfeifton erzeugt.

Eine Stimme rief: »Hey, Lady!«

Ich drehte mich um und sah sechs junge Schlägertypen, die mitten auf der Straße entschlossen auf mich zuhielten. Offenbar waren sie mit Fleischerbeilen bewaffnet!

Demnach war den Flying Dragons meine Anwesenheit in Chinatown nicht entgangen. Ich musste eine schwerwiegende

Entscheidung treffen, liebes Tagebuch. Sollte ich stehenbleiben, mich ihnen stellen und vielleicht wieder in eine gefährliche Schlägerei verwickelt werden? Oder war es besser, einfach zu verschwinden, bevor jemand verletzt wurde? Ich wusste, dass ich ihnen ohne weiteres entkommen könnte. Würden sie das als Feigheit auslegen?

In dem Moment ertönte ein weiteres schrilles Pfeifen, dieses Mal direkt *vor* mir, vom Ende der Elizabeth. Vier weitere Ganoven waren dort aus den Schatten aufgetaucht. Auch sie trugen Fleischerbeile bei sich – und Macheten.

Das nahm mir die Entscheidung ab. Ich wollte nicht wieder in die Zange genommen werden, also lief ich geradeaus. An vieren war leichter vorbeizukommen, als an sechs. Ich zog das Stiletto, hielt es angriffsbereit vor mich und rannte mit vollem Tempo los. Die jungen Tong-Mitglieder stürmten ebenfalls mit gezückten Waffen auf mich zu. In der Mitte der Straße trafen wir aufeinander und wären beinahe kollidiert – wenn ich nicht geschickt zwischen zwei von ihnen hindurchgeschlüpft wäre, durch eine Lücke, die ich mir mit meiner hin- und hersausenden Klinge verschafft hatte. Einer von ihnen schwang sein Fleischerbeil nach mir, doch ich wehrte den Schlag mit meinem linken Unterarm ab. Das tat verflucht weh, aber zumindest verhinderte ich damit, dass er mir die scharfe Schneide in den Schädel trieb! Ich blieb jedoch nicht stehen, um weiterzukämpfen, sondern lief weiter. Ich schaffte es bis zur Canal und bog dann scharf nach rechts ab. Die Jungs rannten mir hinterher, blieben mir dicht auf den Fersen, aber meine Übungsstunden im Gym zahlten sich schließlich aus. Sie fielen zurück. Ich schoss auf die Bowery, direkt in den Verkehr hinein. Autos hupten und Reifen quietschten, aber ich wurde nicht angefahren. Direkt vor mir kam ein Taxi kreischend zum Stehen und blockierte mir den Weg. Ich sprang in die Luft, griff nach dem Dach des Wagens, schwang mich darüber hinweg und landete auf der anderen Seite. Das stoppte die Verfolgung der Gangmitglieder. Es schien, als wollten sie sich nicht zu weit aus ihrem angestammten Revier entfernen. Ich schaffte es bis zur Chrystie, die etwas weiter nördlich natürlich zur 2nd Avenue wird.

Und ehe ich mich versah, befand ich mich auch schon wieder in der sicheren Umgebung des Gym. Ich überzeugte mich davon, dass mir niemand gefolgt war, dann kletterte ich den Telefonmast hinauf und von dort aufs Dach.

Das war knapp gewesen, und ich frage mich, ob ich Chinatown *jemals* wieder als Stiletto einen Besuch abstatten kann.

27 | Judys Tagebuch

1960

10. September

Ich weiß jetzt ein wenig mehr über Billy und bin über ein neues Rätsel gestolpert.

Heute war Billy im HQ zusammen mit Lily damit beschäftigt, die Briefumschläge zu befüllen, während ich dabei half, die Infomaterialien zu sortieren, die wir den Leuten auf der Straße mitgeben. Wir haben ein Radio im Büro und der Sender spielte »It's Now or Never« (der Song ist immer noch auf Platz 1). Das gab mir den Mut, mich ihm vorzustellen. Ich stand ganz beiläufig auf, lief zu ihrem Tisch und fragte: »Na, wie läuft's bei euch?«

»Gut«, antwortete Lily.

Ich gab ihr zuerst die Hand. »Hi, ich glaube, wir haben uns noch nicht vorgestellt. Ich bin Judy.« Sie schüttelte meine Hand und nannte mir ihren Namen. Dann tat ich das Gleiche mit Billy. Er lächelte mich an, nahm meine Hand und sagte: »Ich bin Billy Lee.«

Obwohl ich die Antwort zu kennen glaubte, fragte ich ihn: »Wie bist du dazu gekommen, dich für Kennedy zu engagieren?«

Billy erzählte mir von den Bonusnoten in Sozialkunde, die sie an ihrer Highschool bekamen. Um herauszufinden, wo er wohnte, fragte ich: »Wo kommt ihr her? Habt ihr es weit bis hierher?«

Lily antwortete: »Wir leben in Chinatown. Das ist in der Innenstadt, in der East Side, unterhalb der Canal Street.«

»Ich weiß, wo Chinatown ist, ich war schon einmal da. Ich liebe das Essen dort!«

Billy sah mich verwundert an. »Woher kommen Sie? Sie hören sich anders an.«

Oh-oh, dachte ich bei mir. Ich räusperte mich und sagte: »Äh, ja, ich komme aus Texas. Ich fürchte, den Dialekt werde ich wohl nie ganz los. Ich höre mich an wie eine Hinterwäldlerin.«

Lily lachte und sagte: »Was soll ich denn sagen? Mein Englisch ist nicht so gut.« Sie deutete mit einem Kopfnicken auf ihren Freund. »Billy hört sich amerikanisch an.«

»Ich *bin* Amerikaner«, sagte er. »Ich bin hier geboren und aufgewachsen.«

Das stimmte, Billy hörte sich wie jeder andere Junge aus New York an. Lily hingegen sprach mit einem Akzent und redete langsamer.

»Dein Englisch ist toll, Lily«, erklärte ich, aber Billy sah mich weiterhin so an, als suchte er in meinem Gesicht nach irgendetwas. Hatte er meine Stimme wiedererkannt? Ich hielt es für besser, die Unterhaltung zu beenden. »Nun, es freut mich, euch beide kennengelernt zu haben. Ich sollte mich wieder an die Arbeit machen. Da warten noch eine Million Flugblätter auf mich, die sortiert werden wollen.«

Als ich wieder an meinem Schreibtisch ankam, warf ich einen Blick zu ihnen zurück. Billy starrte mich immer noch an. Vielleicht war es doch keine so gute Idee gewesen, mit ihm zu reden. Freddie sagte mir einmal, dass ich mich anders anhören würde, wenn ich die Black Stiletto war. Mein Dialekt bleibt, aber meine Stimme nimmt dann einen befehlenderen, selbstbewussteren Ton an. Dabei *versuche* ich gar nicht, anders zu klingen, und ich höre mich ja auch nicht selbst reden. Vielleicht hat es etwas mit dem Kostüm zu tun. Ich *fühle* mich darin wie eine andere Person.

Als die Arbeit getan war, standen Billy und Lily auf und wollten nach Hause gehen. Sobald sie zur Tür hinaus waren, entschuldigte ich mich bei Mr. Patton, dass ich zeitiger gehen müsse. Es ist eine ehrenamtliche Tätigkeit und die Arbeitszeiten sind flexibel, sofern wir nicht mitten in einer Arbeit mit einer festen Deadline stecken. Er sagte, dass das absolut in Ordnung ginge. Also schnappte ich meine Handtasche und eilte auf die Park Avenue hinaus. Ich erspähte Billy und Lily, die gerade um die Ecke in Richtung Osten abbogen. Höchstwahrscheinlich waren sie unterwegs zur U-Bahn, die sie ins Zentrum bringen sollte.

Und so folgte ich ihnen. Ich setzte meine Sonnenbrille auf und tauchte in den Grüppchen aus Passanten unter, die den Gehweg entlang liefen. Die Kinder waren etwa einen Häuserblock vor mir, aber ich konnte sie klar und deutlich sehen. Einmal nahm Billy Lilys Hand. Aha! Dann war sie also seine Freundin! Ich fand das süß. Sie schien mir ein nettes Mädchen zu sein.

Wie vorausgeahnt wandten sie sich auf der Lexington nach Norden und näherten sich dem U-Bahn-Eingang auf der 15st Street. Kaum, dass sie unten angekommen waren, lief auch ich die Stufen hinab. Sie hatten bereits das Drehkreuz passiert. Ich musste mir noch eine Münze kaufen. Am kniffligsten würde es werden, auf dem Bahnsteig zu warten, ohne von ihnen gesehen zu werden, also blieb ich für ein paar Minuten vor dem Drehkreuz stehen. Ich kramte ein Buch aus meiner Handtasche – gerade lese ich *Wer die Nachtigall stört* von Harper Lee – und vertiefte mich in ein Kapitel, während ich wartete. Im HQ reden alle nur noch von diesem Buch! Schließlich hörte ich den Zug einfahren, steckte meine Münze in das Drehkreuz und schlüpfte hindurch. Ich warf einen schnellen Blick nach rechts und sah Billy, der zusammen mit Lily auf einer Bank saß. Ich kehrte ihnen den Rücken zu und lief ans andere Ende der Plattform, gerade, als der Zug einfuhr. Ich stieg ein und beobachtete, wie die Kinder den dritten oder vierten Waggon betraten.

Als der Zug sich in Bewegung setzte, lief ich von einem

Waggon zum nächsten, bis ich in dem direkt vor ihnen ankam. Ich konnte sie durch die Fenster hindurch sehen. Sie saßen gemeinsam auf einem Sitz und hielten Händchen. Sie sahen so niedlich aus. Anstatt mich hinzusetzen, blieb ich stehen und hielt mich an einer Stange fest, um sie im Auge behalten zu können.

Es dauerte eine Weile, aber schließlich rollte der Zug in den Bahnhof an der Canal Street ein. Ich überzeugte mich davon, dass Billy und Lily aufstanden, um auszusteigen, und als sich die Türen öffneten, trat ich hinaus auf die Plattform. Sie waren hinter mir, also drehte ich ihnen wieder schnell den Rücken zu und hastete zu den Treppen, als wäre ich in Eile. Als die beiden auf der Höhe der Straße erschienen, wartete ich bereits außer Sichtweite auf sie.

Mit genügend Abstand folgte ich ihnen auf der Canal nach Westen, bis sie sich auf der Mulberry nach Süden wandten. Ich stand an einer Ecke neben einer Telefonzelle, um nicht von ihnen gesehen zu werden. Sie blieben vor einem Ziegelhaus stehen und unterhielten sich noch für eine Minute. Ich rechnete damit, dass er sie küssen würde, aber ich schätze, chinesische Teenager tun das in dem Alter noch nicht. Vielleicht täusche ich mich da aber auch. Was wusste ich denn schon? Jedenfalls schien es offensichtlich, dass sie hier wohnte und Billy sie nach Hause begleitet hatte. Nachdem sie in dem Haus verschwunden war, lief er weiter Richtung Süden, auf die Bayard zu. Ich beschattete ihn wieder. Er blickte sich kein einziges Mal um und ich hatte nichts zu befürchten, mich in Chinatown aufzuhalten, denn ich war Judy Cooper und nicht die Stiletto.

Auf der Bayard lief er nach Osten, bog dann aber sofort nach Süden auf die Mott Street ab. Ich folgte Billy beinahe bis zur Pell, doch dann blieb er stehen und betrat ein Gebäude auf der Ostseite. Ich wartete noch etwa eine Minute, dann folgte ich ihm. Es war ein schäbiges, heruntergekommenes Haus, das dringend eine Renovierung nötig gehabt hätte. Ich trat durch die Haustür und sah nach den Briefkästen. Und richtig, auf der Nummer sechs stand »Lee« in englischen und chinesischen Schriftzeichen zu lesen. Ich vermutete, dass sich das Appartement im zweiten Stockwerk befinden würde, also überquerte ich die Mott und stellte mich auf der anderen Seite auf den Gehsteig. In beiden Fenstern der zweiten Etage brannte Licht. An der Vorderseite des Hauses hing eine Feuerleiter. Für einen kurzen Moment sah ich Billy Mutter an einem der Fenster vorbeilaufen.

Jetzt wusste ich, welches ihr Appartement war.

Zufrieden machte ich mich auf den Weg nach Hause. Ich lief die Mott bis zu Bayard entlang und bog nach rechts ab. Und dann, liebes Tagebauch, sah ich etwas, das mir eine Gänsehaut bescherte – nämlich den dunkelhäutigen Beifahrer aus dem schwarzen Packard, zu dem sich Michael kurz vor unserer Trennung hineingebeugt hatte. Ich konnte nicht glauben, dass ich ihn tatsächlich wiedererkannte, aber er kam direkt vor mir aus einem Gemischtwarenladen und überquerte die Straße. Dann ein weiterer Schock. Er stieg auf den Beifahrersitz eines schwarzen Packards, der in einer Reihe mit anderen Fahrzeugen am Straßenrand parkte. Das Nummernschild verriet mir, dass es sich um das gleiche Auto handelte: 358 22X. Das hatte ich mir gemerkt. Und dieses Mal saß Michael am Steuer. Sie fuhren davon, ohne mich zu bemerken.

Wohnten Sie in Chinatown? In einem der Häuser hier auf der Bayard Street?

Wahrscheinlich sollte ich das alles lieber vergessen, denn ich habe kein Interesse daran, Michael wieder zu begegnen. Aber du kennst mich gut genug, liebes Tagebuch, und ich kenne mich selbst. Ich bin neugieriger als hundert Katzen.

Ich hatte ein neues Rätsel zu lösen!

11. September

Heute Abend wäre ich beinahe hinweggefegt worden, liebes Tagebuch! Und damit meine ich nicht von einer Kanone, sondern von Mutter Natur höchstselbst!

Das Wetter begann bereits stürmisch zu werden, als ich noch im HQ arbeitete. Der Radiosprecher erklärte, dass der Hurrikan Donna auf New York zuhielt, aber ich schenkte dem keine große Beachtung. Es gab andere Neuigkeiten, wegen denen ich aufgeregter war ... Mr. Dudley erzählte uns, dass die Kennedy-Girls einen *Notfall*-Auftritt absolvieren sollten, *in drei Tagen!* Kennedy wird in der Stadt sein, und wir sollen irgendetwas zusammen mit ihm tun. Was das genau ist, weiß ich noch nicht, aber ich gehe davon aus, dass nun jeden Tag unsere Kostüme eintreffen müssten. Oh je, ich hoffe nur, dass mir mein Kleid passt. Ich bin schließlich die Größte in unserer Gruppe.

Als ich nach Hause kam, regnete es in Strömen, aber unvernünftig wie ich nun mal bin, war ich viel zu neugierig, was Michael und den anderen Typen und den Packard auf der Bayard anbelangte, um drinnen zu bleiben. Ich legte mein Stiletto-Outfit an und kletterte wie üblich aus meinem Schlafzimmerfenster. Der Wind wehte stärker als während eines normalen Unwetters, aber davon ließ ich mich nicht aufhalten. Klar, ich würde nass werden, aber das war nichts Neues. Das Leder meines Outfits war wasserabweisend, also würde ich nicht bis auf die Knochen durchweicht werden. Nun, zumindest war das bislang so gewesen.

Während ich die Dächer auf dem Weg zu dem Telefonmast überquerte, merkte ich bereits, dass dies keine leichte Nacht werden würde. Der Wind wehte wirklich *stark*. Aber ich schaffte es hinunter auf die Straße und begann meine Wanderung nach Chinatown. Auf den Straßen fuhren noch ein paar Autos, aber die meisten Menschen hatten sich nach drinnen verzogen. Die wenigen Fußgänger, die ich erblickte, rannten mit kaputten Regenschirmen die Straße entlang, versuchten erfolglos, sich ein Taxi zu rufen, oder drängten sich in Hauseingängen zusammen. Es war schwer, gegen den starken Wind und den Regen anzukämpfen, liebes Tagebuch, aber schließlich erreichte ich die Bayard Street.

Der Packard stand noch immer an der gleichen Stelle. Ich sah durch die Scheiben hinein, konnte wegen des vermaledeiten Regens aber nichts erkennen. Es wurde immer schlimmer. Und dann wurde mir klar, dass ich einen furchtbaren Fehler begangen hatte. Was hatte ich mir nur dabei gedacht? Was hoffte ich, damit zu erreichen? Ich denke, tief in meinem Inneren hatte ich gehofft, Michael oder seinen Beifahrerkumpel oder vielleicht den ersten Fahrer, den ich damals nicht richtig zu Gesicht bekommen hatte, in den Wagen steigen zu sehen und so vielleicht herauszufinden, wo sie wohnten. Aber wie standen die Chancen dafür? Eine Million zu Eins?

Also kehrte ich um und lief wieder nach Hause zurück, doch der Sturm hatte seine Intensität binnen weniger Minuten verdoppelt. Es war ein *Hurrikan*, und ich war mittendrin! Die Autos fuhren an den Straßenrand, um darauf zu warten, dass er vorüberzog, so schlimm war es. Um mich herum flogen Äste, Müll und Metallstücke herum – es war *gefährlich!* Allein die Bowery zu überqueren erforderte schon übermenschliche Kraftanstrengungen. Ich hatte das Gefühl, gegen eine Steinwand anzukämpfen. Zweimal fiel ich hin und rutschte in einem regelrechten *Fluss* dahin, der die Straße hinunterrann. Ich schaffte es, mich aufzurichten, kroch auf die andere Seite und verschnaufte in einem Hauseingang. Ich erwog, dort auszuharren, aber es schien offensichtlich, dass der *Hurrikan* noch schlimmer werden würde. Der Himmel war mit tiefschwarzen Wolken verhangen. Die Straßenlaternen fielen aus. Ich hörte, wie Fenster zu Bruch gingen. Und dann sah ich, wie ein

Fahrrad durch die Luft wirbelte und gegen ein parkendes Taxi prallte.

Ich musste nach Hause. Auf keinen Fall durfte ich mich weiter draußen aufhalten. *Weit und breit* waren keine Fußgänger mehr zu sehen. Ich schwöre es, der Wind wehte nun stark genug, um einen Menschen wie einen Käfer herumzuwirbeln. Ich hatte so etwas noch nie zuvor erlebt.

An die Fassaden der Häuser gepresst bewegte ich mich langsam die Bowery nach Norden entlang und klammerte mich an jeden Rettungsanker, den ich finden konnte. Liebes Tagebuch, es kostete sogar Mühe zu *atmen!* Es schien, als würde ich nichts als Wasser inhalieren. Ich konnte keine drei Meter weit sehen. Zum Glück wusste ich, in welche Richtung ich gehen musste, denn ich hätte mich auch genauso gut blind vorantasten können.

An der Grand Street, oder der Broome Street – keine Ahnung, welche von beiden es war! – wandte ich mich nach Osten. Aufgrund ihrer Breite hatte die Bowery dem Sturm wie eine Art Tunnel gedient. Auf den Straßen nach Osten und Westen war der Wind nicht ganz so schlimm, aber immer noch ein Monster. Dann gelangte ich zur Chrystie. Auf deren östlichen Seite befindet sich ein Park, der Sara-Roosevelt-Park, und der ist voller Bäume. Jene Bäume waren von dem Sturm *krummgebogen* worden. Wie die Bowery war auch die Chrystie eine von Norden nach Süden verlaufende Straße und diente dem Sturm ebenfalls als Windkanal. Aber es war mein einziger Weg nach Hause. Wieder zog ich den Kopf ein und klammerte mich an Vorsprünge der Ladenfronten, um mich vorwärtszubewegen.

Die Houston Street zu überqueren war eine Herausforderung. Ich bin noch nie durch Stromschnellen gelaufen, aber ich denke, dass es sich genau so anfühlen muss. Eine wahre Sturzflut ergoss sich aus dem East River nach Westen. Das Wasser reichte mir bis zu den Oberschenkeln! Mir blieb nichts anderes übrig als hineinzulaufen, gegen die Strömung anzukämpfen und auf die andere Seite zu waten. An einem Punkt verloren meine Füße den Halt und das Wasser trug mich wie einen Baumstamm mehrere Meter weit mit sich, bis es mir gelang, mich wieder aufzurichten und meine Stiefel auf die Straße unter mir zu bekommen. Dann stapfte ich vorwärts, bis ich die Houston schließlich sicher überquert hatte. Nur noch zwei Querstraßen.

Als ich die 1st Street erreichte, traf mich etwas seitlich am Kopf. Ich habe keine Ahnung, was es war. Es tat weh und ließ mich einige Sekunden lang benommen werden, aber ich denke, dass meine Lederkapuze einen Großteil des Treffers abgefangen hat. In einem Hauseingang auf der Ostseite der 2nd Avenue blieb ich stehen und wartete, bis ich wieder klar denken konnte. Jetzt war es nicht mehr weit. Aber wie zum Kuckuck sollte ich an diesem dämlichen Telefonmast hinaufklettern, über die Dächer schlendern und durch mein Fenster einsteigen? Ausgeschlossen, dass mir das gelingen würde.

Also tat ich das einzig Mögliche. Als ich das Second Avenue Gym erreichte, klingelte ich nach Freddie. Ich hämmerte gegen die Eingangstür. Ich rief nach ihm. Drückte wieder auf die Klingel. Hämmerte wieder gegen die Tür. Immer und immer wieder, bis ich drinnen *endlich* die Lichter angehen sah. Freddie, mein Retter, erschien, dem der Schock ins Gesicht geschrieben stand. Er öffnete die Tür, und ich *fiel* praktisch hinein, keuchte und blutete, wie sich herausstellte, aus einer kleinen Schnittwunde am Kopf.

Freddie war *so* wütend, liebes Tagebuch. Anstatt mich zu fragen, wie es mir geht, schrie er mich an. »Was *zur Hölle* tust du da? Du dummes, dummes Mädchen!«

Er half mir auf, und dann begann ich zu weinen. Bis zu diesem Zeitpunkt hatte ich gar nicht gemerkt, wie verängstigt ich draußen bei dem Sturm gewesen war. Ich schätze, damit machte er mir die wahre Torheit meiner Aktion erst so richtig bewusst.

Ich sagte, dass es mir leidtäte, dass ich einen Fehler gemacht hätte, aber er hörte nicht auf.

»Du hättest sterben können! Und wieso kommst du in deinem gottverdammten Kostüm an den Eingang gelaufen? Jemand hätte ich dich dabei beobachten können!«

»Freddie, es war niemand auf der Straße. Niemand hat mich gesehen.«

»Du verrücktes Mädchen, ich hab mir *Sorgen* um dich gemacht!« Er half mir, meine Maske abzustreifen, und brachte mich nach oben. »Ich hab bei dir angeklopft, um dir zu sagen: *He, sieh mal aus dem Fenster, ist das zu fassen?*, und du warst *verschwunden!* Ich hatte solche Angst, dass der Sturm dich ins Jenseits befördert!«

»Oder nach Oz«, versuchte ich es scherzhaft.

»Das ist nicht witzig! Tu das *nie, nie* wieder!«

Ich entschuldigte mich noch einmal bei ihm, und er half mir, mich hinzusetzen. Danach versorgte er meine Wunde. Es war nicht weiter schlimm, aber in meiner Kapuze klaffte jetzt ein kleines Loch. Ich würde es nähen müssen.

Schließlich umarmte mich Freddie und sagte, dass er froh wäre, dass mir nichts passiert sei. Ich küsste ihn auf die Wange, wir schlossen Frieden, und dann ging ich in mein Zimmer, um mich aus meinem Outfit zu schälen und in mein warmes Bett zu kriechen.

Während ich dies schreibe, wütet Hurrikan Donna noch immer, aber ich denke, wir werden morgen alle noch hier sein. Hoffentlich.

Gute Nacht.

28 | Judys Tagebuch

1960

13. September

Hurrikan Donna hat eine Menge Schaden angerichtet, besonders auf Long Island. In der Stadt war es nicht so schlimm, wie es anfänglich schien. Einen Tag lang war alles nass, es gab ein paar zerbrochene Fenster und in den Straßen lag eine Menge Müll. Für eine Weile war der Strom ausgefallen und wurde heute erst wieder angeschaltet. Letzte Nacht mussten Freddie und ich in unserem Appartement Kerzen benutzen, und die meisten Geschäfte blieben gestern und heute geschlossen. Wir hielten das Gym offen, aber es ließ sich kaum jemand blicken. Clark kam für seine Trainingseinheit vorbei, und das beschäftigte mich für ein paar Stunden. Weil so wenig zu tun war, gab Freddie mir für den Rest des Tages frei. Ich schätze, er fühlte sich mies, weil er mich in der Nacht zuvor so angeschrien hatte.

Ich unternahm einen Spaziergang, um mir das Ausmaß der Schäden anzusehen. Natürlich fand ich mich alsbald in Chinatown wieder, aber als Judy Cooper hatte ich nichts zu befürchten. Die Geschäfte und Restaurants öffneten gerade wieder. Unauffällig bummelte ich bis zur Bayard Street. Der schwarze Packard parkte an der gleichen Straße, obwohl der Fahrer ihn irgendwann an diesem Tag wegen der Straßenreinigung würde umparken müssen. Ich trieb mich in einigen der Läden dort herum, in der Hoffnung, dass ich einen der Typen dabei beobachten konnte, wie sie zu dem Wagen liefen. Auf der anderen Straßenseite hatte ein Restaurant geöffnet, also ging ich hinein, setzte mich an einen Tisch am Fenster und bestellte mir eine süßsaure Suppe, eine Frühlingsrolle und Rindfleisch mit

Brokkoli. Aber niemand erschien, um den Wagen wegzufahren. Nach dem Essen gab ich es auf und ging nach Hause.

Wieso kümmerte es mich? Wieso war ich so argwöhnisch? Aber ich wusste, wieso – denn der Grund, weshalb Michael aufgehört hatte, sich mit mir zu treffen, hatte irgendetwas mit seiner Unterhaltung mit dem Fahrer an jenem Tag zu tun.

Na ja, den Rest des Tages werde ich mich wohl besser für morgen ausruhen. Judy Cooper, das Kennedy-Girl, wird ihren Debütauftritt haben!

14. September

Oh mein Gott, liebes Tagebuch, *was für ein Tag!*

Ich habe John F. Kennedy getroffen!

Ich schwöre, wäre er nicht verheiratet, wäre ich jetzt hin und weg. Er sieht so gut aus und ist so charmant. Er hat sogar mit mir *geredet!* Ich war so aufgeregt, dass ich mich wahrscheinlich wie eine Idiotin angehört habe, aber für ein paar Minuten war ich auf Wolke Sieben.

Der Tag begann im HQ. Alle Kennedy-Girls trafen um 9 Uhr ein, um sich ihre Kostüme anzuziehen. Es sind süße, ärmellose, taillierte Baumwollkleider mit einem Trapezrock, der bis kurz über die Knie reicht. Sie sind rot-weiß gestreift, weshalb wir zusammen mit den marineblauen Schärpen mit der Aufschrift *Kennedy* aussehen wie wandelnde amerikanische Flaggen. Wir haben auch weiße *Strohhüte* aus Styropor bekommen. Die sind ebenfalls mit marineblauen Bändern verziert. Unsere weißen Handschuhe mussten wir selbst mitbringen, dafür bekamen wir von der Wahlkampfleitung aber noch falsche weiße Perlenketten, die überraschend hübsch aussahen. Die Wahl unseres Schuhwerks lag ganz bei uns, solange es sich um Highheels handelte. Als wir angezogen waren, machten Mr. Patton und Mr.

Dudley Fotos von uns. Ich muss zugeben, dass Louise einfach umwerfend aussah. Sie mag vielleicht nicht die Hellste sein, aber einen Schönheitswettbewerb würde sie im Handumdrehen gewinnen. Betty sah ebenfalls großartig aus, und das Gleiche sagte sie auch über mich. Als ich mich im Spiegel betrachtete, dachte ich: *Hmmm, gar nicht mal schlecht*, wenn ich das so sagen darf.

Kennedy wurde zwischen 12 und 13 Uhr auf dem LaGuardia-Flughafen erwartet. Er kam aus St. Louis. Wir sollten uns mit ihm am Commodore Hotel an der Lexington und 42nd Street treffen. Die Women's Division des Democratic State Committee veranstaltete dort ein Mittagessen. Die Leute mussten ein Heidengeld für Tickets dafür bezahlen, und am Ende waren um die viertausend Anwesende da, hauptsächlich Frauen. Die Kennedy-Girls durften umsonst daran teilnehmen.

Die Spannung in dem Bankettsaal, in dem wir auf Kennedy warteten, war kaum auszuhalten. Mein Herz pochte wie das eines Sperlings. Immer wieder flüsterte ich Betty zu: »Wann wird er hier sein? Wann wird er hier sein?« Sie meinte, ich würde mich wie ein liebeskrankes Schulmädchen anhören, haha.

Und dann war er *endlich* da, und ... oh mein Gott, es war, als würde man einen Filmstar im echten Leben treffen. Er lächelte unentwegt und sah in seinem sportlichen Anzug einfach wundervoll aus. Alle standen auf und klatschten und jubelten, als er den Saal betrat. Zusammen mit der Leiterin des Komitees und anderen Leuten aus seinem Wahlkampfteam nahm er an einem Tisch Platz. Die Kennedy-Girls saßen an einem eigenen Tisch in seiner Nähe. Ich war ihm so nahe, dass ich ihn mit einem Brötchen hätte bewerfen können! Nachdem der Senator aufgegessen hatte, gab Mr. Dudley uns ein Zeichen und die Girls standen auf und bildeten hinter dem Podium eine Reihe. Jemand stellte Kennedy noch einmal vor und er stand auf und trat an das Podium, doch zuvor schenkte er uns ein breites

Lächeln und sagte: »Hi, Girls!« Alle applaudierten und lachten. Dann setzten wir uns, während er seine kurze Ansprache hielt.

Ich muss sagen, dass ich mich in diesem Moment sehr gut gefühlt habe.

Gegen 14:45 Uhr scheuchten uns Mr. Dudley und Mrs. Bernstein in einen Transporter, der gerade groß genug war, um ihnen und uns acht Mädchen Platz zu bieten. Das HQ hatte ihn für diesen Tag angemietet. Am City Center auf der W. 55th Street ließ man uns wieder heraus, für eine Senioren-Kundgebung zum Thema ärztliche Versorgung. Die Straße war *brechend* voll mit alten Menschen! Mr. Dudley sagte, dass wenigstens viertausend Leute da sein mussten, und alle hielten Kennedy/Johnson-Schilder in der Hand und jubelten. Wieder standen wir acht Girls in einer Reihe hinter Kennedy, während er sich an die Menge wandte. Er schenkte uns sein typisches Lächeln, stellte uns als *seine* Kennedy-Girls vor und fragte: »Sind sie nicht wundervoll?« Wir winkten und warfen Kusshände in die Menge.

Etwa um 16:15 Uhr war der Auftritt zu Ende. Nach seiner Rede schoben sie den Senator eilig in eine Limousine, dann fuhr er ins Waldorf-Astoria davon, zu einem privaten Spenden-Empfang in der Jansen-Suite, der von Billy Brandt, dem Vorsitzenden der demokratischen Wahlkampfkommission, ausgerichtet wurde.

Als wir das Stadtzentrum gerade verlassen wollten, fragte mich ein netter alter Mann auf der Kundgebung, ob ich mit ihm Essen gehen würde. Sein Begleiter neben ihm sagte: »Achten Sie gar nicht auf Mort hier, gehen Sie lieber mit *mir* einen Trinken!« Dann fielen noch ein paar andere Senioren mit ein. Sie flirteten mit uns Girls. Das war ziemlich witzig. Ich sagte: »Vielleicht beim nächsten Mal, Mort«, und dann zwängten wir uns alle wieder in den Van.

Es dauerte eine Weile, bis wir das Waldorf erreichten, weil eine riesige Menschenmenge davor stand, in der Hoffnung, einen Blick auf den Senator erhaschen zu können. Wir brauchten uns gar nicht erst bis zur Rezeption vorkämpfen. Die war nur den VIPs vorbehalten, also erklärte man uns, dass wir in der Waldorf-Lobby warten sollten. Mitch, Alice, Chip, Karen und ein paar andere Helfer tauchten ebenfalls auf, weil um 17 Uhr eine weitere große Kundgebung anberaumt war, gesponsert von den *Citizens for Kennedy*. Alle Freiwilligen aus dem New Yorker Wahlkampfbüro halfen mit aus.

Kurz vor der Kundgebung kam Kennedy aber von der Rezeption in die Lobby herunter und trat auf die Park Avenue hinaus – und dort warteten bereits *Tausende* von Menschen auf der Straße! Es war unglaublich. In nur dreißig Minuten hatte sich die Zahl der Schaulustigen verzehnfacht. Auch wir Girls legten einen Spontanauftritt hin. Mr. Dudley trommelte uns eilig zusammen und führte uns zu den Türen hinaus, wo wir uns hinter den Senator stellen sollten, der der Menschenmenge zuwinkte.

Dann war es an der Zeit, in den Großen Ballsaal zu gehen, wo das Treffen abgehalten wurde. Chip sagte, dass man darin fünftausend Menschen zusammengepfercht hatte. Dieses Mal waren die Girls zusammen mit Choo Choo und einem Klavier hinter dem Podium auf der Bühne. Wenn der Senator mit einer anderen Rede fertig sein würde, sollten wir »High Hopes« singen.

Nun, liebes Tagebuch, ich hörte seiner Rede zu und sah dabei ins Publikum ... als ich beinahe aus der Haut gefahren wäre! Ich sah *Michael* in der Menschenmenge. Zumindest glaubte ich, dass er es war. Der Mann sah ganz so aus wie er. Er stand etwa im vorderen Drittel des Saals vor der Bühne. Das Seltsame aber war, dass er sich nicht wie die anderen auf Kennedy konzentrierte. Stattdessen starrte er zu den Logenplätzen an der Seite des Ballsaals hinauf. Michael schien sich mehr für den Raum als für Kennedys Ansprache zu interessieren.

Bevor ich mich versah, war der Senator am Ende seiner Rede angekommen und Choo Choo begann das Intro des Songs zu spielen. Wir fingen an zu singen und die Menge stimmte mit ein. Ich vergaß Michael und genoss einfach den Augenblick, während wir unsere Nummer aufführten. Wir kamen uns vor wie die *Rockettes*! Nachdem alle applaudiert hatten, musterte ich wieder die Stelle in der Menge, an der Michael gestanden hatte, aber er war verschwunden. Ich suchte den Saal ab und glaubte schon, ihn verloren zu haben, als ich ihn in der Nähe der Ausgänge an der Seite wieder erblickte. Er jedoch klatschte und jubelte nicht. Er stand einfach nur mit seinem ausdruckslosen Gesicht da und starrte Kennedy durchdringend an. Natürlich war ich weder in der Lage, von der Bühne zu gehen und ihn anzusprechen, noch hatte ich es vor. Aber was machte er hier? Wie war er an eine Einladung gelangt?

Meine Verwirrung wurde unterbrochen, denn Kennedy drehte sich zu uns um und warf uns wieder Kusshände zu, weshalb ich meine Augen von Michael nahm und wir Girls lächelten, winkten und dem Senator wiederum Küsse zuwarfen. Als ich die Chance hatte, wieder zu ihm zurücksehen, war Michael verschwunden.

Nun, ich *denke*, dass er es gewesen ist. Jetzt bin ich mir nicht mehr so sicher, aber in dem Moment war ich der festen Überzeugung gewesen. Betty fragte mich, ob mit mir alles in Ordnung sei, und ich sagte ihr, dass ich jemanden gesehen hatte, den ich kannte. Sie musste bemerkt haben, dass ich nicht allzu glücklich darüber schien, denn sie fragte: »Ein früherer Freund, der nicht zu schätzen wusste, wie toll du bist?«

»So etwas in der Art«, antwortete ich.

»Von denen hatte ich auch ein paar.«

Um 18 Uhr begaben wir Girls uns in den wunderschönen *Jade Room*, zu einem privaten Spendendinner von Adlai Stevenson. Etwa einhundertfünfzig bis einhundertfünfundsiebzig

Personen waren anwesend, von denen offenbar alle über sehr tiefe Taschen verfügten. Wir hatten großes Glück, dazu eingeladen zu sein, denn von den anderen Freiwilligen durfte niemand anwesend sein. Unser Job war es, die Leute zu begrüßen, wenn sie hereinkamen. Ich dachte, dass es sehr nett von Stevenson war, ein Dinner für Kennedy auszurichten, wo sie doch Anfang des Jahres noch Rivalen gewesen waren. Tatsächlich aßen aber weder Kennedy noch wir Girls etwas, denn für 20 Uhr war ein *weiteres* Dinner geplant, an dem wir teilnehmen sollten.

Dann gab es eine Riesenüberraschung. Nachdem der frühere Senator Herbert Lehman und der Gouverneur von Connecticut, Abraham Ribicoff, den Raum betreten hatten, kam niemand anderes als Eleanor Roosevelt herein. Sie sah wunderbar aus. Meine Güte, ich glaube, sie muss wenigstens fünfundsiebzig Jahre alt sein. Ich schüttelte ihr die Hand, und sie fragte mich: »Wie geht es Ihnen?« Und hinter *ihr* lief *Harry Truman!* Oh mein Gott! Ich wusste nicht, dass auch er hier sein würde. Ich musste ihm ebenfalls die Hand schütteln und Hallo sagen. Er war viel kleiner, als ich es erwartet hätte, aber er trug seine unverkennbare Truman-Brille. Auch er muss um die siebzig sein.

Und dann und dann und dann ... *traf ich Kennedy!* Er lief unsere Reihe ab, sprach mit jedem der Girls und fragte uns nach unseren Namen. Als er bei mir angekommen war, hielt er mir die Hand hin und sagte mit seinem hinreißenden Bostoner Dialekt: »Hallo, und wie ist *Ihr* Name?« Ich griff seine Hand und schüttelte sie, aber ich war wie geschockt und brachte keinen Ton heraus! Betty stupste mich diskret an und dann gelang es mir zu antworten: »Judy Cooper, Sir. Ich bin froh, Sie einmal treffen zu können.«

»Und ich bin sehr froh, Sie kennenzulernen.« Und *dann* fragte er mich: »Woher kommen Sie, Judy?«

Das brachte mich wieder aus dem Konzept und für einen Moment lang starrte ich einfach nur in seine traumhaft blauen

Augen. Er blinzelte, und das brachte mich auf die Erde zurück.
»Texas«, sagte ich.

Er nickte und sagte: »Ich dachte mir doch, dass ich den Dialekt kenne! Ich war einige Male da. In Dallas gefiel es mir sehr.« Dann lief er zu dem nächsten Mädchen. Gütiger Gott, mein Herz schlug wie verrückt. Ich fühlte mich, als hätte ich jemanden aus dem Königshaus berührt. Am liebsten hätte ich mir nie wieder die Hände gewaschen.

Ich war völlig hingerissen.

An den Rest des Dinners erinnere ich mich nur noch verschwommen. Ehe ich mich versah, wurden wir wieder hinaus und in den Van geführt und fuhren ins Commodore Hotel zurück, für das 20-Uhr-Dinner. Es wurde von den Liberalen ausgerichtet, mit dem Zweck, dass Kennedy ihre Nominierung für das Amt des Präsidenten akzeptierte. George Meany, Präsident der American Federation of Labor und des Congress of Industrial Organizations war die große Nummer hier. Als wir endlich an unseren Tischen saßen, war ich beinahe am Verhungern. Ich schätze, dass ich über den Tag meinen gesamten Vorrat an Adrenalin verbraucht hatte und mich deshalb nun ein wenig schlapp fühlte. Vielleicht aber auch nur wegen Kennedys Berührung, haha.

Der Senator hielt eine wundervolle Ansprache. Es ging hauptsächlich darum, wie es ist, sich als Liberaler zu fühlen. Ich erinnere mich nicht mehr an die exakten Worte, aber seine Rede war sehr prägnant. Er sagte, ein Liberaler sei jemand, der nach vorn sieht, neue Ideen willkommen heißt, und sich am allerwichtigsten um das Wohlergehen der Menschen sorgt. Kennedy erntete lange anhaltenden Beifall, als er sagte: »Wenn das einen liberalen Menschen ausmacht, bin ich stolz darauf, sagen zu können, ein Liberaler zu sein.«

Nach all den Reden und dem ganzen Tamtam reihten wir Girls uns noch einmal auf und verabschiedeten den Senator.

Am nächsten Morgen würde Kennedy nach New Jersey aufbrechen, was bedeutete, dass wir ihn dann eine ganze Weile nicht mehr wiedersehen würden. Als er mir gegenüber stand, könnte ich schwören, dass er mich interessierter ansah als die anderen Mädchen. Und er erinnerte sich sogar noch an meinen Namen!

»Ich hoffe, ich sehe Sie bald wieder, Miss Cooper.«

Ich weiß nicht mehr, was ich darauf geantwortet habe, aber es muss wohl etwas gewesen sein, dass keinen Sinn ergab, so wie: »Danke, ich ebenfalls, das tue ich auch.« Herrje, ich kam mir wie ein richtiger Einfaltspinsel vor. Doch nachdem er verschwunden war, sagte Betty zu mir: »Du solltest besser aufpassen, Judy. Was man so hört, hat er eine Schwäche für die Damen.«

Ich winkte ab und sagte: »Komm schon, er ist verheiratet.«

Aber hey, wenn er *mich* mag, dann hat er wohl wirklich Geschmack!

29 | Maggie

Heute

Martin und seine Ex-Frau Carol flogen am Freitag nach Thanksgiving, also vor zwei Tagen, nach New York, um sich dort um die Sache mit ihrer Tochter zu kümmern. Ich habe letzte Nacht mit Martin gesprochen und herausgefunden, dass man Gina verhaftet hat, weil sie einen Mann verfolgt oder besser gesagt belästigt hatte und dieser Anzeige gegen sie erstattete. Ich kenne die genauen Details nicht, aber Martin und Carol mussten einen Anwalt einschalten. Ich weiß, dass Gina kürzlich einige Probleme in Zusammenhang mit einem Überfall und einer versuchten Vergewaltigung hatte. Martin erzählte mir, dass sie davon besessen sei, den Mann zu finden, der das getan hatte. Offenbar war jener Mann, den sie belästigt hatte, einer der Verdächtigen. Armer Martin. Er hat schon genug am Hals, jetzt, wo seine Mutter im Krankenhaus liegt. Ich habe Gina noch nicht kennenlernen dürfen, aber für mich hört es sich so an, als ob sie eine bessere psychologische Behandlung gebrauchen könnte als jene, die sie derzeit erfährt. Martin meint, dass sie ein gutes Kind gewesen sei und nie in irgendwelche Schwierigkeiten geraten war. Da sie eine gute Schülerin an der Highschool war und jetzt die Juilliard besucht, wird das wohl stimmen. Trotzdem hört es sich ganz danach an, als hätte sie Probleme.

Bill Ryan rief mich gestern an und hatte einige Neuigkeiten zu vermelden, die mich noch mehr verwirren. Offenbar zogen Judy und Martin von Odessa, Texas nach Illinois. Es gibt Aufzeichnungen über eine Judy Talbot, die in dieser Stadt für mehrere Monate gegen Ende des Jahres 1962 lebte. Bill will versuchen, sich von dort aus zurückzuarbeiten und ihre Stationen bis zurück nach Los Angeles zu verfolgen. Wir müssen davon ausgehen, dass Martin die Wahrheit sagt, wenn er angibt, in L.A. geboren zu sein, und dass sie 1962 von Kalifornien nach Texas zogen. Ich frage mich nur, wieso sie das mit einem Kleinkind hätte tun sollen.

Laut Bills Angaben lebten eine Menge Judys oder Judith Talbots in dieser Zeit in Los Angeles. Es würde extrem schwierig werden, herauszufinden, ob sie eine von ihnen gewesen ist. Er wiederholte noch einmal, dass er dort viel Zeit verbringen müsse und das es sehr kostspielig werden könne.

Noch interessanter ist Bills Entdeckung, dass vor 1962 kein Soldat mit dem Namen Richard Talbot im Vietnamkrieg fiel. Natürlich sind diese Aufzeichnungen nicht einhundertprozentig zuverlässig, und wir wissen auch nicht, ob Richard Talbot in der Army, der Navy, der Air Force oder als Marine diente. Die Beteiligung der Amerikaner Anfang des Jahrzehnts in diesem Krieg war eher minimal. Offiziell waren unsere Truppen zu diesem Zeitpunkt nur *militärische Berater*, aber im Jahre 1963 hatten wir um die sechzehntausend Männer in Süd-Vietnam stationiert. Wie hoch standen die Chancen, dass Richard einer von ihnen gewesen war?

Ich entschied, ein wenig in Martins Appartement herumzuschnüffeln. Das ist furchtbar, ich weiß, aber ich brauchte Antworten. Ich rechtfertigte meine Handlungen, indem ich mir sagte, dass mir die Beziehung zu Martin zu wichtig wäre. Ja, ich habe mich in ihn verliebt, und ich weiß, dass er für mich genauso empfindet. Er hat mir den Schlüssel für seine Wohnung gegeben. »Ich vertraue dir«, hatte er mit einem Zwinkern gesagt. Ich denke, das war scherzhaft gemeint, weil er natürlich nicht davon ausging, dass ich ihm wirklich etwas stehlen würde. Aber ich glaube nicht, dass er damit meinte, dass es mir freistehen würde, seine Schränke und Schubladen zu durchwühlen, also fühlte ich mich deswegen schuldig.

Tja, Pech. Mein Seelenfrieden war mir in diesem Moment wichtiger.

Sein Haus in Buffalo Grove liegt in einer ruhigen Gegend. Eine Doppelhaushälfte, und damit perfekt für einen allein lebenden Mann. Ich begann mit dem Schrank im Flur – in dem sich nichts weiter als Mäntel und Kleidungsstücke befanden – und dann durchsuchte ich die Schubladen in der Küche. Aber auch da war nichts Interessantes zu finden. Der Kennedy/Johnson-Wahlkampfanstecker von 1960 lag noch immer auf dem Couchtisch. Ich frage mich, ob er als Antiquität einen gewissen Wert besitzt?

Das Haus verfügt über zwei Schlafzimmer – eines, in dem er schläft (und ich ebenso, wenn ich bei ihm bin), und ein zweites, das er als eine Art Büro benutzt. Letzteres wählte ich für meine Nachforschungen als Nächstes aus. In den Schreibtischschubladen befanden sich nichts weiter als persönliche Unterlagen über Martins Haus, sein Auto, seine Krankenversicherung und Ginas Schule. Die beiden Aktenschränke enthielten Arbeitskram von ihm – Steuererklärungen und anderes Material, das von seinem Job als Buchhalter stammte.

Aber während ich die untere Schublade in einem der Schränke untersuchte, bemerkte ich einen kleinen Leerraum hinter den hängenden Aktenmappen. Zuerst dachte ich, die gesamte Schublade sei voll, aber das war sie nicht. Nur einige Objekte nahmen auch den hinteren Raum ein. Ich zog die Aktenmappen hervor, um an den hinteren Bereich zu gelangen, und fand eine metallene Schatulle.

Ich zog sie heraus und hielt sie mit beiden Händen fest. Es befanden sich Gegenstände darin, denn es klapperte, wenn ich die Schatulle schüttelte, und sie war schwer genug, um darauf hinzudeuten, dass die Objekte einiges Gewicht mitbrachten.

Unglücklicherweise war sie verschlossen. Mit dem Aufbrechen des Schlosses hätte ich sicher eine Linie überschritten, wenn ich das nicht ohnehin bereits getan hatte. Daher legte ich die Schatulle zurück an ihren Platz und schob die Schublade zu.

Mein dummes und selbstsüchtiges Unterfangen war eine enttäuschende Zeitverschwendung gewesen. Nach meiner Herumschnüffelei fühlte ich mich noch viel schuldiger. Um mein Gewissen zumindest ein wenig zu beruhigen, schrieb ich »Ich vermisse deine Küsse« auf einen Notizblock auf Martins Schreibtisch und unterschrieb mit meinem Namen. Dann riss ich die Seite ab und legte sie ihm aufs Bett, wo er sie dann finden würde, wenn er nach Hause kam.

Zumindest das kam von Herzen.

30 | Judys Tagebuch

1960

15. September

Es ist Donnerstag und heute habe ich im Gym gearbeitet. Ich bin noch völlig erschöpft von dem gestrigen Trubel mit Kennedy. Ich war so aufgekratzt von all der Aufregung, dass ich letzte Nacht gar nicht gut schlafen konnte. John F. Kennedy hat mit mir gesprochen! Und ich habe Harry Truman und Eleanor Roosevelt getroffen! Unglaublich. Ich frage mich, was meine Brüder in Odessa wohl davon halten würden. John ist wahrscheinlich noch bei der Armee und macht Karriere. Und Frank arbeitet sicher noch in seinem Handwerksladen.

Über Michaels Anwesenheit auf der Kundgebung mache ich mir noch immer so meine Gedanken. Ich bin mir nicht mehr wirklich sicher, ob er es war, aber ich gehe einfach mal davon aus. Heute Abend nach dem Essen unternahm ich einen kleinen Spaziergang nach Chinatown und zur Bayard Street.

Der schwarze Packard war verschwunden.

Die ganze Sache wird immer mysteriöser.

26. September

Heute Abend fand die erste Fernsehdebatte zwischen Kennedy und Nixon statt. Wir gehen alle davon aus, dass diese Debatten einen großen Einfluss auf die Wahl haben werden. Ich habe sie zusammen mit Alice und Mitch in ihrem Appartement verfolgt. Sie hatten die Plattform der Feuerleiter in eine Terrasse verwandelt, indem sie Pflanzen und Dekoration hinausstellten.

Ein paar von uns standen dann draußen auf dieser *Terrasse*, rauchten Zigaretten (ich nicht!) und redeten über Politik. Es waren auch noch ein paar andere Leute aus dem HQ da, darunter Betty und Chip.

Die Kandidaten saßen in einem Studio in Chicago und die Debatte wurde live ausgestrahlt. Das war ziemlich aufregend. Zuvor hatte Mitch auf den Kanal von NBC geschaltet, damit wir den neuen Wahlwerbespot sehen konnten, den Kennedys nationales Wahl-Hauptquartier gedreht hatte. Wir wussten genau, wann er ausgestrahlt werden würde. Der war wirklich nett. Hauptsächlich bestand er aus vielen Bildern des Senators, die von einem eingängigen Song untermalt wurden, der so ging: »Kennedy, Kennedy, Kennedy, Kennedy, Ken-ne-dy for me—a man who's old enough to know and young enough to do—«

Als dann die Debatte begann, schaltete Mitch auf CBS. Ich fand, dass Kennedy großartig aussah. Nixon hingegen wirkte krank. Keiner von uns war der Ansicht, dass er besonders gut dabei wegkam. Nach der Debatte sagte Chip: »Also, ich glaube, es besteht kein Zweifel, wer *diese* Runde für sich entscheiden konnte.«

Und wir stimmten ihm alle zu.

1. Oktober

Heute Nacht hat die Black Stiletto einen Schnapsladen-Räuber auf frischer Tat ertappt.

Nachdem ich eine Weile nicht mehr in Aktion getreten war, entschloss sich mich, mein Outfit anzulegen und auszugehen. Ich mied jedoch Chinatown und begab mich nur ein paar Häuserblocks weiter stadteinwärts. Es war kurz nach 21:30 Uhr und draußen waren noch viele Leute unterwegs. Nach etwa einer halben Stunde auf der Straße stolperte ich über einen versuchten Raub in Browns Liquors an der 2nd Avenue und 9th Street. Ein gruselig aussehender Kerl lief vor dem Laden auf und ab. Er murmelte etwas vor sich hin, so wie es einige New Yorker Obdachlose hin und wieder tun. Er hatte mich nicht bemerkt, was seltsam war, denn sonst dreht sich *jeder* nach mir um, wenn ich vorbeihusche. Ich dachte, dass er nur genau das wäre – nämlich obdachlos und verrückt – also lief ich weiter. Doch dann hörte ich plötzlich eine Frau laut aufkreischen: »Er hat eine Waffe!« Ich drehte mich um und sah, dass der Kerl den Laden betreten hatte und zwei alte Damen aus der Tür eilten. Eine von ihnen rief: »Jemand muss die Polizei rufen!« Also rannte ich zurück und fragte sie, ob sie verletzt wären, wobei ich fürchte, dass ich ihnen mehr Angst eingejagt habe als der Mann mit der Pistole. Sie starrten mich erschrocken an und hasteten dann so schnell die 2nd Avenue hinunter, wie ihre alten Beine sie tragen konnten.

»Ich bin eine von den Guten!«, rief ich ihnen hinterher, aber dann widmete ich meine Aufmerksamkeit dem Schnapsladen. Und tatsächlich konnte ich durchs Fenster sehen, wie der unheimlich aussehende Kerl eine Pistole auf den Mann hinter der Kasse richtete. Der Ladeninhaber hatte die Hände gehoben. Da wusste ich, dass der Schütze eine Schraube locker haben musste. Niemand, der einigermaßen bei Verstand wäre, nicht einmal der schlimmste Ganove, würde jemanden um diese Tageszeit und vor aller Augen überfallen. Jeder konnte ihn durch das Schaufenster dabei beobachten.

Ich stürmte durch die Tür, warf mich auf den Räuber und riss ihn um. Wir beide fielen auf den Boden. Die Pistole ging lautstark los und ich hörte eine Flasche zerbersten. Ich packte seinen Arm mit der Waffe und schlug ihm mühelos die Pistole aus der Hand. »Nein, nein, nicht die Nadel! Nicht die Nadel! Bitte nicht!«, begann der Mann zu wimmern. Ich hatte keine Ahnung, wovon er sprach, rang ihn aber nieder und band seine Hände mit meinem Seil hinter seinem Rücken zusammen. Als ich damit fertig war, hatte der Besitzer bereits die Cops gerufen.

»Der arme Eric«, sagte der Ladenbesitzer. »Es war nur eine Frage der Zeit, bis dem mal die Sicherung durchbrennt. Danke!«

»Sie kennen den Typen?«, fragte ich.

Der Mann nickte und begann die Reste der zerbrochenen Flasche aufzuwischen. »Das ist Eric. Er ist ein Trinker. Kommt jeden Tag für eine Flasche hierher. Aber mir fiel auf, dass sein Verhalten in letzter Zeit immer verschrobener wurde. Heute Abend wollte er eine Flasche für umsonst haben.«

»Sie hätten getötet werden können.«

Der Mann zuckte mit den Schultern. »Ich führe hier einen Schnapsladen. Da ist so was Berufsrisiko. Deswegen habe ich auch Esther.« Er holte eine *Schrotflinte* unter seinem Tresen hervor. »Ich hatte nur keine Chance, mir die gute alte Esther zu schnappen und ihm zu zeigen, dass meine Kanone größer ist als seine. Ich bin mir ziemlich sicher, dass Eric dann das Weite gesucht hätte.«

Ich hörte, wie sich Sirenen näherten. Eric saß schluchzend am Boden und murmelte weiterhin etwas über eine Nadel. »Wovon redet er da?«

»Was weiß ich. Sie sollten besser verschwinden. Danke noch mal, jetzt kann ich jedem erzählen, dass ich der Black Stiletto begegnet bin.« Er streckte die Hand aus, ich schüttelte sie, und dann machte ich mich vom Acker, bevor die Cops eintreffen würden. Um die Wahrheit zu sagen, erschien mir der Ladenbesitzer mindestens genauso durchgeknallt wie die Räuber. Wer nennt denn schon seine Schrotflinte *Esther*?

Ich war der Ansicht, dass das genug Aufregung für eine Nacht gewesen war, also ging ich wieder nach Hause.

5. Oktober

Ich habe Michael heute gesehen, liebes Tagebuch.

Es war bei der Nixon-Kundgebung am Rockefeller Center. Der Kandidat war heute in der Stadt, und einige von uns aus dem HQ bekamen die Erlaubnis, hinüberzugehen und seiner Rede zuzuhören. Nach seinem schwachen Auftritt in der Fernsehdebatte veröffentlichte Nixon ein Statement, wonach er sich krank gefühlt habe und die Beleuchtung im Studio außerdem auf unfaire Weise Kennedy begünstigt habe. CBS bestritt jedoch diese Vorwürfe.

Ich war überrascht, wie viele Leute da waren. Nixon besaß genau so viele Unterstützer wie Kennedy, als er im September hier gewesen war. Das zeigt, wie naiv ich doch bin. Ich war wirklich davon ausgegangen, dass beinahe jeder in New York für Kennedy stimmen würde. Ganz offensichtlich ist das aber nicht der Fall. Von Nixons Rede war jedoch keiner von uns begeistert.

Als er seine Rede beendet hatte und alle jubelten und applaudierten, sah ich Michael in der Menge. Er stand etwa zehn Meter von mir entfernt und war umringt von einem Menschenmeer, aber mein geschärftes Sehvermögen fing ihn sofort ein. Dieses Mal war ich sicher, dass er es war. Auch hier sah ich ihn weder jubeln noch applaudieren. Er stand einfach nur da und starrte auf das Podium hinauf, welches sie für Nixon errichtet hatten.

Nun, ich beschloss, ihn zur Rede zu stellen. Ich entschuldigte mich bei Alice und begann mich durch die Menschenmenge zu arbeiten. Als ich näherkam, drehte Michael sich um und sah mich. Ich schwöre, dass ein Blick des *Abscheus* über sein Gesicht huschte, als er mich erblickte, und dann rannte er davon. Er schoss durch die Menge und stieß dabei die Umstehenden grob beiseite. Ich wollte ihm nach, aber die Schaulustigen bewegten sich weiter nach vorn in Richtung Bühne, mit der Absicht, dem Kandidaten die Hand schütteln zu können. Nixon war kühn von der Bühne herabgestiegen und begrüßte seine Unterstützer persönlich. Es war ausgeschlossen, dass ich es durch die Menge schaffen würde, ohne jemanden zu verletzen, also gab ich die Verfolgung auf. Ich verlor Michael aus den Augen und wurde dann unbeabsichtigt mit dem Schwarm mitgerissen. Weil mir nicht sonderlich viel daran lag, Nixon die Hand zu schütteln, kämpfte ich gegen die wogende Menschenmenge an und arbeitete mich zu Alice und den anderen zurück.

»Wo wolltest du hin?«, fragte sie mich besorgt.

»Ich sah Michael und wollte mit ihm reden, aber er ist weggerannt, als er mich sah.«

Sie verzog das Gesicht, als wäre sie angeekelt. »Wirklich?«

»Wieso sollte er so etwas tun? Da ist irgendetwas faul mit ihm«, sagte ich.

Alice schüttelte den Kopf. »Vergiss ihn, Judy. Ich mein's ernst.« Sie schien verärgerter zu sein als ich.

»Wieso machst du dir deswegen solche Gedanken?«, fragte ich sie auf dem Rückweg zum HQ.

»Ich will einfach nicht, dass du verletzt wirst, das ist alles.«

Ich versicherte ihr, dass ich mit Michael über diesen Punkt bereits hinaus sei. Sie sagte kein Wort mehr, bis wir unser Büro auf der Park Avenue erreichten. Als ich sie fragte, ob irgendetwas nicht stimmen würde, hätte sie mich beinahe angeblafft.

Meine Güte!

7. Oktober

Heute Abend fand die zweite Fernsehdebatte statt. Dieses Mal wurde sie in Washington D.C. abgehalten. Wieder hatte sich eine kleine Gruppe in Alices und Mitchs wunderschönem

Appartement eingefunden. Mitch war zu Anfang noch nicht da. Er kam etwas später und wirkte gehetzt. Er begrüßte jeden, dann führte er Alice in die Küche, damit sie sich leise unterhalten konnten. Als sie zurückkehrte, fragte ich: »Ist alles in Ordnung?«

»Klar«, antwortete sie. »Mitch steckte für beinahe eine Stunde in der U-Bahn fest und ist deswegen sauer.« Die Worte hatten ihren Mund kaum verlassen, das wusste ich schon, dass das nicht stimmte. Alice hatte es erfunden. Offenbar wollte sie mir nicht erzählen, wo Mitch wirklich gewesen war, und ich schätze, es ging mich auch nichts an. Als er sich zu uns gesellte, hielt er einen Drink und eine Zigarette in der Hand und war sichtlich schlechter Laune.

Die Debatte schien dieses Mal ausgeglichener zu sein. Nixon sah besser aus. Alice meinte, dass er beim ersten Mal kein Make-up getragen hatte, dieses Mal aber schon. Wir fanden, dass sich Kennedy wacker geschlagen hatte, aber Nixon schien dieses Mal die Oberhand gewonnen zu haben.

10. Oktober

Ich habe heute erfahren, dass ich am Mittwoch wieder ein Kennedy-Girl sein werde. Der Senator ist heute in der Stadt eingetroffen und weilt im Biltmore Hotel. Für das kältere Wetter haben wir neue Outfits bekommen. Die könnten den anderen nicht unähnlicher sein ... gerade geschnittene blaue Röcke mit einem Schlitz auf der Rückseite und dazu weiße Wolljacken mit blauen Paspeln. Louise meinte, dass wir damit wie Matrosen ausgesehen hätten, und da musste ich ihr recht geben, aber die roten Schals, die wir um den Hals trugen, und die gleichen albernen weißen Strohhüte wie damals halfen ein wenig, den Eindruck abzuschwächen. Ich finde, die Outfits sehen nicht so süß aus wie die ersten, aber wir sind immer noch ziemlich scharf. Choo Choo hat uns ein paar neue Songs beigebracht: »Walking Down to Washington« und »Happy Days Are Here again.« Und natürlich haben wir immer und immer wieder »High Hopes« geprobt.

Ich bin müde und will mich aufs Ohr hauen. Das werden anstrengende Tage.

12. Oktober

Michael Sokowitz ist ein kommunistischer Spion! Da bin ich mir sicher. Ich habe keine Beweise dafür, aber ich würde jeden einzelnen Penny in meinen Taschen verwetten — was nicht viele sind – dass ich recht habe. Und ich weiß nicht, was ich dagegen unternehmen soll.

Meine Güte, was für ein Tag. Er begann damit, dass wir Kennedy-Girls uns im HQ umzogen und dann um 11 Uhr zu einem Mittagessen ins Waldorf-Astoria gingen, das vom National Council of Women ausgerichtet wurde. Es war wundervoll, Kennedy wiederzubegegnen. Er strahlte, als er uns in den neuen Outfits sah, und während seiner Rede erklärte er, dass Jackie das Design unserer Kostüme abgesegnet hatte. Wir sangen unsere Lieder, winkten mit unseren Hüten wie bei einer Revue, und dann wurden wir wieder eilig aus dem Gebäude und in den Van geführt.

Der nächste Halt war das Park-Sheraton-Hotel, wo Kennedy zur National Conference on Constitutional Rights sprechen würde. Wo kamen eigentlich diese ganzen Organisationen her? Während wir chauffiert wurden, meinte Betty, dass es ziemlich ironisch sei, dass Kennedy und Chruschtschow – ich brauchte ein paar Anläufe, um das richtig zu schreiben! – am selben Tag in der Stadt seien. Das überraschte mich.

»Wusstest du das nicht? Er gastiert im Waldorf!«

Ich fragte sie, ob sie ihn gesehen habe, was sie jedoch verneinte.

Unser Auftritt im Park-Sheraton war kurz und knapp. Wir sangen »High Hopes« und waren auch schon wieder verschwunden. Ich weiß nicht, wie Kennedy es schaffte, auch nur irgendetwas zu den Anwesenden der Konferenz zu sagen, aber irgendwie schaffte er es. Wir waren während der Rede schon nicht mehr anwesend, stattdessen befanden wir uns bereits auf dem Weg zur Parade anlässlich des Columbus Day auf der 5th Avenue. Um Punkt 12:30 Uhr wollte uns das HQ auf Kennedys Tribüne an der 64th Street stehen sehen. Der Senator traf dort nur kurz nach uns ein. Er wirkte ein wenig gestresst, setzte aber ein breites Lächeln auf, und wir winkten den Menschen zu, die an uns vorbeizogen, und den Highschool-Kapellen, die patriotische Lieder zum Besten gaben.

Danach hatten wir unseren Teil absolviert. Es stand uns frei, in dem Van wieder zurück ins HQ zu fahren, aber der Verkehr war so dicht, dass die meisten von uns lieber zu Fuß gehen wollten. Nachdem ich mich umgezogen hatte, lief ich allein zum Waldorf, um zu sehen, was dort vor sich ging. Jemand im HQ hatte mir erzählt, dass Chruschtschow heute Morgen vor den Vereinten Nationen gesprochen und dort mit seinem Schuh auf den Tisch getrommelt hatte! Später war ein Bild von ihm in den Abendzeitungen. Er hatte es wirklich getan! Wie ungehobelt kann man denn nur sein? Aber zu dem Zeitpunkt war ich neugierig und wanderte hinüber zu dem Hotel. Eine Menge offiziell aussehender Fahrzeuge standen vor dem Vordereingang. Die Polizei war in Scharen zugegen und hielt Schaulustige und Reporter auf Abstand. Ich stand auf der anderen Seite der Park Avenue. Dank meiner exzellenten Sehschärfe konnte ich ohne Mühen die Eingangstüren überblicken.

Mein Timing war perfekt gewesen. Eine Limousine fuhr heran und die Cops trafen spezielle Vorkehrungen, um sie hindurchzulassen, damit sie vor dem Eingang parken konnte. Dann sah ich ihn. Nikita Chruschtschow persönlich stieg aus dem Auto und betrat unter dem Blitzlichtgewitter der Reporter das Hotel. Einige Menschen in der Menge buhten ihn aus! Der Russe ignorierte sie und huschte ohne ein Wort an irgendwen hinein. Auf gewisse Weise wusste ich, dass ich hier Zeuge wurde, wie Geschichte geschrieben wurde.

Ich wartete noch etwas länger, dann begann sich die Menge aufzulösen. Die Show schien wohl vorüber zu sein. Die Polizei bleib jedoch vor Ort und überprüfte jeden, der das Hotel betreten wollte. Ich kann mir nicht vorstellen, wie es sich an einem Tag wie diesem angefühlt haben muss, ein normaler Gast dort zu sein.

Nun, gerade, als ich beschloss, den Bus in die Stadt zu nehmen, sah ich Michael. Er lief auf der Hotelseite der Park Avenue die Straße entlang und hielt von Süden aus auf die Polizeiabsperrungen zu. Vor den Cops zückte er etwas – seinen Ausweis vielleicht – und *betrat das Hotel*. Dann dämmerte es mir. Michael war ein Spion der Commies. Musste es sein. Wieso sollte er sonst in das gleiche Hotel wollen, in dem Chruschtschow und sein Gefolge abgestiegen waren? Michael würde ja sicher nicht dort *wohnen*, oder?

Vielleicht war Michael deswegen bei den Kundgebungen von Kennedy und Nixon anwesend gewesen. Die Sowjetunion hält beide Kandidaten für stark antikommunistisch und glaubt, dass sie den zukünftigen Plänen der UdSSR für Kuba in die Quere kommen könnten. Das ist ein großes Thema in diesem Wahlkampf – wie werden die USA mit Kuba umgehen, jetzt, wo es ein kommunistisches Land geworden ist?

Sammelte Michael Geheimdienstinformationen für die Sowjets? Wollte er sich deswegen nicht länger mit mir treffen? War er deswegen ein so kaltherziger Bastard gewesen und hatte mich wie Dreck behandelt?

Vielleicht bilde ich mir das alles ja auch nur ein, liebes Tagebuch, aber irgendwie fühlte sich meine Intuition in dieser Sache richtig an.

31 | Judys Tagebuch

1960

13. Oktober

Ich habe eine Menge nachzudenken, liebes Tagebuch. Ich habe heute einige Dinge über Michael erfahren.

Ich brauchte erst nach Mittag im HQ zu sein, also lief ich am Morgen zur Bayard Street. Der schwarze Packard parkte wieder an der Straße, nur dieses Mal an einem anderen Fleck. Mein Herz begann wie wild zu rasen, denn von dem Auto ging etwas Unheilvolles aus. Das hatte ich schon beim allerersten Mal gespürt, als ich es gesehen hatte.

Der Gemischtwarenladen gegenüber war geöffnet und erfreute sich reger Beliebtheit. Ich lief hinüber und der Chinese hinter dem Tresen grinste mich an und begrüßte mich auf Englisch. Ich kaufte eine Pastete und eine kleine Packung Milch, dann blieb ich in seiner Nähe stehen und aß.

»Schöner Tag, oder?«, fragte der Mann.

»Sehr schön«, erwiderte ich. »Ich mag die Gegend.« Das stimmte eigentlich nicht, aber ich wollte das Eis brechen.

»Sie leben in Gegend?«, erkundigte er sich.

»Nein, nein. Aber ich habe Freunde hier.« Ich hielt ihm die Hand hin. »Ich bin Sally.«

Der Mann lächelte so breit, als hätte er noch nie zuvor einen Freund besessen. »Joe«, sagte er und schüttelte zaghaft meine Hand.

»Nett, Sie kennenzulernen, Joe. Ist das ein chinesischer Name?«

Der Mann verstand meinen Witz sogar und lachte. »Joe«, wiederholte er und dann nickte er energisch.

Ich deutete mit dem Kopf auf die Limousine, die man durch das Fenster hindurch sehen konnte. »Sagen Sie, Joe, wissen Sie, wem dieses Auto gehört?«

»Schwarzes Auto?«

»Genau.«

Joes Englisch war ziemlich gut. Mir waren noch nicht viele Ladenbesitzer in Chinatown begegnet, die es derart gut beherrschten. Nickend sagte er: »Er kommen öfter hierher.«

»Hat er einen Schnäuzer und einen kleinen Bart?«

»Was?«

Ich tat so, als würde ich meine Oberlippe und mein Kinn bemalen. »Haare. Schnurrbart.«

»Oh, ja, ja.« Dann sah Joe an mir vorbei und zum Fenster hinaus. »Er gerade da.«

Ich drehte mich um und sah niemand anderen als Michael, der die Stufen zu einer Souterrainwohnung hinaufkam, zu dem Packard lief, ihn aufsperrte und sich auf den Fahrersitz setzte.

»Hinterher«, sagte Joe. »Sie ihn noch kriegen.«

»Nein, ich muss ihn nicht treffen. Ein Ex-Freund von mir.« Ich schüttelte den Kopf und verzog angewidert das Gesicht. Mein neuer Freund lachte und nickte, als würde er mich vollkommen verstehen.

Michael startete den Wagen, lenkte ihn aus der Parklücke und fuhr davon.

Ich aß meine Pastete auf, leerte meine Milch, warf die Reste in den Müll und winkte dem Chinesen zu. »Auf Wiedersehen, Joe.«

»Danke, und noch schönen Tag, Sally!« Wieder ein breites Grinsen.

Ich überquerte die Straße und näherte mich langsam der Souterrainwohnung. Es war heller Tag. Überall waren Menschen. Ich musste so wirken, als wüsste ich ganz genau, was ich tat, also lief ich zielstrebig die Stufen hinunter, während ich in meiner Handtasche nach den Schlüsseln für die Tür *suchte*. Unten angekommen war ich praktisch außer Sicht. Ich wusste, dass solche Tiefgeschosswohnungen für gewöhnlich ein Fenster besaßen, das zum Schlafzimmer oder Wohnzimmer gehörte, und auch bei dieser war es nicht anders. Die Vorhänge waren geöffnet. Vorsichtig näherte ich mich dem Fenster und spähte hinein.

Es war ein Schlafzimmer und ich konnte die rechte Hälfte des Raums einsehen. Ein Mann lag schlafend darin und ich erkannte ihn als den Beifahrer aus dem Packard von meiner ersten Begegnung mit den Männern wieder. Dunkle Haare. Schnurrbart. Auf gewisse Weise ähnelte er Michael. Wer war er? Und wer war der Fahrer der Limousine an jenem Tag gewesen? Der, dessen Gesicht ich nicht sehen konnte?

Ich machte mich schnell wieder aus dem Staub, stieg mit schnellen Schritten die Stufen zur Straße hinauf und lief bis zum Ende des Gebäudes, als würde ich hier wohnen. Auf der Fahrt mit dem Bus in die Stadt überlegte ich, was ich nun tun sollte. War das ein Fall für die Black Stiletto? Vielleicht. Möglicherweise. Aber da war immer noch das FBI. John würde mir zuhören, aber mit ihm wollte ich nicht reden. Ich konnte die öffentliche Nummer anrufen und einen anonymen Tipp abgeben, aber ich war mir nicht sicher, ob man mir glauben würde. Was sollte ich ihnen denn sagen? Ich hatte die Antwort bereits im Ohr: »Da ist also dieser Kerl namens Michael, was vielleicht nicht sein richtiger Name ist, und Sie glauben, er ist ein Spion der Kommunisten? Wieso?« Und darauf würde ich keine Antwort parat haben. »Wegen meiner weiblichen Intuition?«, würde ich vielleicht sagen und dafür Gelächter ernten. Dann waren da noch das Nummernschild und der Wagen. Ich konnte ihnen die Nummer nennen und behaupten, er wäre gestohlen worden oder so. Aber was würde das nützen?

Nein. Es sah ganz danach aus, als wäre das wirklich ein Job für die Black Stiletto.

Zurück im HQ passierte etwas, das einfach ein Geschenk des Himmels war. Pures Glück, Zufall. Ich war in Mr. Dudleys Büro, um einen Stapel Dokumente abzuliefern, und dabei fiel mir auf, dass das oberste Blatt auf dem Stapel in meinen Händen Kennedys Benutzung von Regierungsfahrzeugen in New York betraf. Eine Menge Autos waren zusammen mit ihren Nummernschildern aufgelistet, und mir fiel auf, dass alle Nummern mit dem Buchstaben X endeten. 337 24X. 594 65X, und immer so weiter. Das erinnerte mich an das Nummernschild des Packard: 358 22X. Deshalb erkundigte ich mich bei Mr. Dudley danach. »Was hat es denn mit dem X auf diesen Nummernschildern auf sich?«

Er sah von seinem Schreibtisch auf und sagte: »Das bedeutet, dass sie auf die Regierung eingetragen sind, oder eine Botschaft, oder Diplomaten. Wieso?«

»Ich war nur neugierig. Vor meinem Haus steht ein Auto mit so einem Kennzeichen.«

Bevor ich den Raum verließ, prägte ich mir noch die Telefonnummer der Firma ein, welche den Fuhrpark für Kennedy bereitstellte. An einem Platz, an dem ich ungestört telefonieren konnte, wählte ich dann die Nummer. Ein netter Mann meldete sich, und ich erzählte ihm, dass ich für Kennedys Wahlkampfteam arbeitete und nach einem Wagen mit einem bestimmten Kennzeichen suchte, den der Senator benutzte, weil er darin unter Umständen etwas verloren hatte. Der Typ am Telefon kaufte mir die Story ab, also gab ich ihm Michaels Autokennzeichen durch. Nach einem kurzen Moment war mein neuer Freund wieder am Hörer und sagte, dass es ausgeschlossen sei, dass Kennedy diesen Wagen benutzt haben könne. Er wäre seit drei Jahren auf die *sowjetische Botschaft* registriert.

Ich kehrte in den Arbeitsraum zurück. Alice musterte mich eindringlich und fragte dann: »Ist mit dir alles in Ordnung?«

»Was?«

»Du siehst aus, als hättest du einen Geist gesehen.«

»Ich glaube, Michael ist ein kommunistischer Spion«, entfuhr es mir. Ich weiß nicht, wieso ich das gesagt habe, es sprudelte einfach aus mir heraus. Es spielte aber keine Rolle – ich vertraute Alice.

Sie sah mich an, als wäre ich verrückt geworden, aber ich glaube, die Möglichkeit erschreckte auch sie ein wenig. Sie war zusammengezuckt, als ich es erwähnte. »Woher willst du das wissen, Judy?«, fragte sie mich skeptisch.

»Keine Ahnung«, lautete meine dümmliche Antwort. »Ist einfach nur so ein Gefühl.«

»Ich dachte, du wolltest ihn vergessen?«

»Das habe ich auch.«

»Das klingt aber nicht danach.«

Nach der Arbeit ging ich nach Hause und sah mir zusammen mit Freddie die dritte Debatte im Fernsehen an. Die beiden Kandidaten befanden sich in New York und die Sendung wurde von den ABC Studios drüben auf der W. 66th Street ausgestrahlt. Ich denke, es lief gut. Freddie war der Ansicht, dass Nixon sie für sich entschieden hatte, doch ich war anderer Meinung. Aber wahrscheinlich hätte ich auch dann behauptet, dass Kennedy gewonnen hätte, wenn es nicht der Fall gewesen wäre.

Aber dieses Mal war ich mir wirklich sicher!

32 | Judys Tagebuch

1960

14. Oktober

Heute Abend zog ich mir mein Stiletto-Outfit an und machte mich auf nach Chinatown, um Michaels Appartement auszuspionieren. Es war kurz nach 22 Uhr, weshalb die Läden und Restaurants langsam schlossen und sich die Anzahl der Menschen auf den Straßen etwas lichtete. Als ich dort ankam, kauerte ich mich in den Schatten des Eingangs zu einem Gemischtwarenladen auf der gegenüberliegenden Straßenseite und beobachtete das Gebäude. In dem Appartement brannte Licht, der Packard aber war verschwunden.

Wenn ich dortblieb, wo ich war, würde sich auch nichts weiter ereignen, also überquerte ich die Straße und schlich mich die Treppenstufen zu dem Untergeschoss hinab. Ich versuchte durch das Fenster zu spähen, musste meinen Kopf aber schnell wieder zurückziehen – denn Michael und der andere Mann befanden sich in dem Zimmer. Ich wich in die Dunkelheit zurück, um von dort das Geschehen unbemerkt beobachten zu können. Der andere Mann war am Telefon. Michael saß auf dem Bett und sah ihm dabei zu. Durch das Fenster hindurch konnte ich ganz schwach die Stimme des Mannes hören. Für mich klang es so, als würde er Russisch sprechen. Michael zog immer wieder langsam seine Finger zusammen, ballte sie zu Fäusten und streckte sie wieder auseinander. Vielleicht knackte er dabei auch mit den Knöcheln. Der andere Mann wirkte beunruhigender auf mich. Tatsächlich konnte ich allein schon von seinem Anblick ableiten, dass er ein sehr gefährlicher Mann sein musste. Ihm haftete eine unverhohlene Kälte an, so als besäße er keinerlei Emotionen. Außerdem hatte er sehr böse Augen. Ich war immer schon der Meinung gewesen, dass einem die Augen eine ganze Menge über eine Person verraten können. Ob er mit Michael verwandt war? Die Möglichkeit bestand durchaus, denn sie verfügten über ähnliche Gesichtszüge.

Der Mann legte auf, dann unterhielten sich die beiden, wobei der andere Mann die meiste Zeit sprach. Michael hörte seinem Zimmergenossen zu, ohne ihn dabei anzusehen, und ließ weiter seine Knöchel knacken. So ging das vielleicht noch fünf Minuten weiter, dann verließ der Russe den Raum. Michael schnappte sich eine Jacke und zog sie sich über. *Oh-oh,* sie brachen auf.

Ich musste mich verstecken. Jeden Moment würden sie die Tür öffnen. Ich hastete die Stufen hinauf und sah die Straße auf und ab. Zum Glück kehrten die mir nächsten Passanten den Rücken zu, aber von der entgegengesetzten Seite kamen weitere auf mich zu. Der einzige Weg, den ich nehmen konnte, führte hinauf, also schwang ich mein Seil mit dem Greifhaken und bekam die Feuertreppe zu fassen. Ich zog mich an dem Seil hinauf, bis ich die Plattform im zweiten Geschoss erreichte und mich dort ungesehen in den Schatten verbergen konnte.

Liebes Tagebuch, nur wenig später fuhr der schwarze Packard heran und hielt vor dem Gebäude. Ich hörte, wie unter mir die Appartementtür geöffnet und wenige Sekunden später wieder zugeschlagen wurde. Michael und der andere Mann tauchten auf dem Gehsteig auf und liefen auf das Auto zu. Ich war direkt über ihnen. Aber wegen des steilen Winkels konnte ich den Fahrer wieder nicht erkennen! Dafür konnte ich dieses Mal eine Frau ausmachen, die auf dem Beifahrersitz saß. Ein ausgesprochen femininer Arm und eine Hand mit lackierten Fingernägeln ruhten auf dem heruntergelassenen Fenster, aber ich befand mich hinter dem Wagen und konnte ihr Gesicht nicht erkennen. Michael und sein Zimmergenosse stiegen auf die Rückbank, dann fuhr die Limousine davon.

Das war meine Chance. Ich sprang von der Feuerleiter herunter und landete leichtfüßig auf dem Gehsteig. Schnell blickte ich mich um und vergewisserte mich, dass mir niemand zusah. Dann schlich ich mich zu der Appartementtür hinunter und holte aus der Tasche an meinem Gürtel meine Dietriche hervor. Hineinzugelangen war nicht schwer. Ich hatte die Tür in weniger als einer Minute geöffnet. Ein Flur führte ins Wohnzimmer und zur Küche und durch eine Tür auf der linken Seite gelangte man in das Schlafzimmer, dessen Fenster zur Straßenseite hinauszeigte.

Es war offensichtlich, dass zwei Junggesellen hier lebten. Hier herrschte das reinste Chaos. Im Wohnzimmer lagen überall Zeitungen herum, zusammen mit leeren Kaffeebechern und schmutzigem Geschirr. Einige davon waren New Yorker Tageszeitungen, die meisten anderen schienen aber in Russisch verfasst zu sein. Die Küche war der reinste Schweinestall. Urks. Ich dachte mir, dass ich wohl am ehesten im Schlafzimmer etwas Interessantes finden würde, und konzentrierte mich auf diesen Bereich.

Dort gab es zwei Doppelbetten und einen Schreibtisch. Kleidungsstücke lagen verstreut. Michael war für gewöhnlich gut angezogen und gepflegt gewesen, weshalb es mich überraschte, zu sehen, wie er lebte. Ich lief zu dem Schreibtisch und blätterte mich durch die darauf liegenden Dokumente und Ordner. Ich fand eine Menge Wahlkampfmaterial von beiden Parteien. Kennedy und Nixon. In der obersten Schublade befanden sich einige Dokumente in russischer Sprache und ein Scheckbuch. Die Schecks stammten von einer New Yorker Bank. Sie waren nicht ausgefüllt, also ließ sich nicht herausfinden, wie viel Geld sich auf ihrem Konto befand.

In dem Scheckbuch steckte ein geöffneter Briefumschlag des Waldorf-Astoria, ohne Anschrift. Der Name des Hotels stand geprägt in der linken oberen Ecke. Darin befanden sich zwei

Tickets für das Alfred-E.-Smith-Dinner am 19. Oktober, also in fünf Tagen. Ich hatte schon davon gehört. Sowohl Kennedy als auch Nixon würden daran teilnehmen. Ich war noch nicht sicher, ob auch die Kennedy-Girls an diesem Abend dort auftreten würden, aber ich hatte just an diesem Tag noch einiges für diese Veranstaltung vorbereiten müssen. Wie war Michael an zwei Einladungen für ein derart prestigeträchtiges Dinner gelangt?

Darüber hinaus fand sich nichts weiter in dem Schreibtisch, also widmete ich mich dem Schrank. Zwischen den normalen Kleidungsstücken hingen dort zwei Uniformen der Hotelpagen des Waldorf-Astoria. Ich erkannte sie von meinen wenigen Besuchen in dem Hotel wieder.

Im obersten Regal lagen drei braune, förmlich aussehende Koffer. Zwei davon waren klein, der Dritte groß und lang. Ich nahm einen der kleineren Koffer herunter, öffnete ihn und schnappte nach Luft.

Eine Pistole lag darin. *Smith&Wesson* war an der Seite des Laufs eingeprägt. Mit Waffen kannte ich mich nicht aus, aber ich war mir ziemlich sicher, dass es sich um eine sogenannte Halbautomatik handeln musste, denn sie verfügte über so ein Einschub-Dingens – ein Magazin, in dem die Patronen steckten. Vorsichtig legte ich den Koffer zurück und überprüfte den anderen, der eine identische Waffe enthielt. In dem länglichen Koffer fand ich ein Gewehr mit einem leistungsstarken Zielfernrohr. Ich könnte schwören, dass es sich dabei um ein Scharfschützengewehr handelte. Denn hatten nicht alle Scharfschützengewehre diese aufmontierten teleskopartigen Visiere?

Bevor ich überhaupt wirklich erfassen konnte, was ich da soeben entdeckt hatte, hörte ich Schritte auf der Treppe vor dem Fenster. Zwei Paar Schuhe. Die Männer waren zurück!

Fieberhaft warf ich den Koffer auf das Regal zurück, kletterte in den Schrank und zog die Schranktür von innen zu. Im selben

Moment hörte ich, wie die Wohnungstür aufgeschlossen und geöffnet wurde. Ich erkannte Michaels Stimme. Sie sprachen Russisch miteinander.

Bitte kommt nicht ins Schlafzimmer!, schrie ich in Gedanken.

Natürlich hatte ich Angst. Wenn sie mich erwischten, könnte das alles platzen lassen. Sie würden wissen, dass jemand ihre Pläne kannte, welche das auch immer wären. Sie würden mich umbringen und dann verschwinden. Niemand würde je erfahren, dass sie existierten. Andererseits … wenn sie mich nicht umbrachten und ich es schaffte, sie zu überwältigen, würde ich vielleicht nie herausfinden, was sie beabsichtigten.

Die beiden Männer liefen direkt ins Wohnzimmer. Ich hörte, wie einer von ihnen den Wasserhahn aufdrehte. Vorsichtig öffnete ich die Schranktür gerade weit genug, um einen Blick hinaus wagen zu können. Die Luft war rein. Ich stieg aus dem Schrank, schlich lautlos bis zur Schlafzimmertür und warf einen verstohlenen Blick in den Flur. Der andere Mann stand mit dem Rücken zu mir im Wohnzimmer. Michael konnte ich nicht sehen, aber ich wusste, dass er sich in der Küche befand. Jetzt oder nie. Eilig schritt ich zur Wohnungstür, doch irgendetwas in dem Schrank, in dem ich mich versteckt hielt, fiel um und machte ein lautes Geräusch dabei. Es musste wohl einer der Pistolenkoffer gewesen sein – ich hatte ihn wohl nicht richtig auf das Regalbrett zurückgelegt.

»Hey!«

Während ich mit dem Schloss an der Tür kämpfte, hörte ich, wie der andere Mann auf mich zugerannt kam. Gerade, als ich sie aufziehen konnte, wickelten sich zwei starke Arme um meinen Oberkörper, zogen mich von der Tür weg und rammten mich gegen die Wand. Er schrie etwas auf Russisch, packte mich erneut, dieses Mal, indem er meine Arme mit seinen umklammert hielt, und drehte mich zu Michael um, der gerade im Flur aufgetaucht war. Ich wehrte mich, aber der Kerl hielt mich so fest wie ein Schraubstock. Michael zog ein Messer und kam damit auf mich zu. Zum Glück hatte der Russe keine Kontrolle über meine Beine, also setzte ich zu seinem *Mae-Geri* an, einem Frontaltritt, und trat Michael die Waffe aus der Hand. Dann erwies sich mein Judo-Training als nützlich. Ich ging in die Hocke, zog das Gewicht des Russen mit hinab und über meinen Rücken, dann warf ich ihn unbeholfen über meine Schulter. Er landete hart auf dem Boden, schaffte es aber, mein Bein zu fassen zu bekommen, während ich versuchte, das Gleichgewicht wiederzuerlangen. Ich stolperte auf ihn. Da rannte Michael hinzu und trat mir gegen den Kopf, was einen grellen Lichtblitz aus Schmerz hinter meinen Augen verursachte, also rollte ich mich von dem Russen herunter, um einen weiteren Tritt zu vermeiden. Zum Glück befand ich mich mit dem Rücken zur Wand und nutzte das zu meinem Vorteil, um mit beiden Beinen nach ihnen treten zu können. Immer wieder rammte ich meine Stiefel in die Seite des Russen und zwang ihn so, sich zu bewegen und aufzustehen.

In dem engen Flur gab es nicht viel Platz. Als ich wieder auf die Beine gesprungen war, schwang Michael bereits seine Fäuste nach mir. Ich wehrte ihn ohne Mühen ab und mogelte erfolgreich einen rechten Haken durch seine Verteidigung. Ehrlich gesagt machte ich mir um den anderen Russen größere Sorgen. *Er* war der bessere Kämpfer und er wog deutlich mehr. Der Mann begann mit mächtigen Schlägen nach mir auszuholen, die ich kaum abzuwehren vermochte. Ich hatte nicht genügend Spielraum für *Karate*tritte, also beschränkte ich mich auf die Gottesanbeterinnen-*Wushu*-Improvisationen, die ich mir selbst ausgedacht hatte. Meine Arme und Fäuste wirbelten den Männern entgegen und trafen sie völlig unvorbereitet. Während meine Schläge auf ihre Gesichter und Brustkörbe einprasselten, zogen sie sich immer weiter in Richtung Wohnzimmer zurück. Ich drängte voran, hielt meinen Rhythmus und die Stärke meiner Attacken konstant. Schließlich wichen sie weit genug von mir zurück, dass eine Lücke zwischen uns entstand.

Ich zog das Stiletto und stach damit in die Luft vor mir. Geschockt starrten sie mich an. Die Männer verstanden nicht, was eben mit ihnen geschehen war. Michael rieb sich das Kinn. Der Russe blutete aus der Nase.

»Bleibt zurück. Ich verschwinde«, verkündete ich.

Sie rührten sich nicht. Ich zog mich rückwärts zur Eingangstür zurück, öffnete sie und rannte hinaus – die Stufen zur Straße hinauf, und *wusch*, schon sprintete ich auf die Bowery zu und nach Hause.

Nachdem ich sicher in meinem Zimmer angekommen war und mein Outfit abgelegt hatte, untersuchte ich mein Gesicht und meinen Kopf. Die Stelle seitlich an meinem Schädel, wo Michael mich getreten hatte, schmerzte, aber ansonsten hatte ich keine sichtbaren Schäden davongetragen.

Ein Kennedy-Girl durfte ja schließlich keine hässlichen blauen Flecke im Gesicht haben, nicht wahr?

15. Oktober

Heute arbeitete ich nicht im HQ und blieb stattdessen im Gym. Während meiner Mittagspause lief ich zur Bayard Street – selbstverständlich in Straßenkleidung – und sah noch einmal nach Michaels Appartement.

Der schwarze Packard war nirgends zu sehen. Ein ziemliches Risiko eingehend lief ich ein wenig die Treppenstufen zur Appartementtür hinunter, um durchs Fenster sehen zu können. Es war niemand im Raum. Das Schlafzimmer war komplett sauber. Alle Kleidungsstücke, die auf dem Boden herumgelegen hatten, waren verschwunden. Die Schranktüren standen offen und der Schrank war ebenfalls leer.

Michael und der Russe waren ausgezogen.

Höchstwahrscheinlich, weil die Black Stiletto ihnen auf die Schliche gekommen war. Aber dann lautete die große Frage: Wo steckten sie jetzt?

Frustriert kehrte ich ins Gym zurück und versuchte sie zu vergessen. Was mir natürlich nicht gelang.

17. Oktober

Gestern unternahm ich einen weiteren Ausflug zur Bayard Street, aber die Souterrainwohnung ist noch immer unbewohnt. Ich musste mir eingestehen, dass ich Michael und seinen russischen Zimmergenossen verloren hatte. Mein einziger Trost war, dass sie vielleicht nicht ahnten, dass ich ihre Einladungen für das Dinner am neunzehnten Oktober gefunden hatte.

Dort würde ich sie finden.

Im HQ passierte heute etwas, das mich ein wenig erschütterte. Ich war gerade dabei, im Hinterzimmer zusammen mit Billy und Lily Umschläge zu befüllen. Sie sprachen Chinesisch miteinander, aber ich konnte Billy deutlich die Worte »Black Stiletto« sagen hören. Das schreckte mich etwas auf, also fragte ich: »Hast du gerade von der Black Stiletto gesprochen?«

Er grinste und sagte: »Tut mir leid, Judy, es war unhöflich von uns, Chinesisch zu sprechen. Wir werden versuchen, uns auf Englisch zu unterhalten.«

»Nein, ist schon in Ordnung, das macht mir nichts aus. Ich dachte nur, ich hätte gehört ...«

»Ich habe Lily nur erzählt, dass einige Leute behaupten, die Black Stiletto vor ein paar Nächten in Chinatown gesehen zu haben.«

Ich tat interessiert. »Ist das so? Hast du sie gesehen?«

»Nein, aber ich bin ihr zuvor schon einmal begegnet.«

»Bist du das?«

»Sie war ein paarmal schon in Chinatown. Ich habe sie getroffen und mit ihr gesprochen.«

Ich setzte mein bestes *Das-glaub-ich-nicht*-Gesicht auf. »Ach, hör auf«, sagte ich. »Das hast du nicht.«

»Doch, habe ich. Wirklich.«

»Das hat er«, bekräftigte Lily. »Billy hat mir alles darüber erzählt.«

Ich fuhr damit fort, die Umschläge vollzustopfen. »Hmpf«, murmelte ich, als würde ich die Geschichte noch immer mit Vorsicht genießen. »Und wie ist sie so?«

»Na ja«, sagte Billy. »Sie ähnelt Ihnen sehr, Miss Cooper.«

Mir gefror das Blut in den Adern, aber ich erholte mich schnell wieder und arbeitete weiter. »Inwiefern?«, fragte ich.

»Sie ist ungefähr so groß wie sie«, erklärte er. »Und ihre Stimme ... ich weiß nicht, irgendwie erinnern Sie mich an sie, das ist alles.« Er lief rot an und wandte sich wieder seiner Arbeit zu.

»Nun«, antwortete ich, »ich schätze, das verstehe ich als ein Kompliment.« Dann suchte ich nach einer Ausrede, schnell den Raum zu verlassen!

33 | Martin

Heute

Ich kann kaum glauben, schon wieder in New York zu sein, nicht einmal zwei Monate nach meinem letzten Besuch hier. Und wieder, man hält es nicht für möglich, bin ich mit Carol hier, und wir versuchen, uns vor unserer leichtsinnigen und in großen Schwierigkeiten steckenden Tochter wie Eltern zu benehmen. Zumindest empfinde ich das so. Ganz egal, was ich sage, Carol ist stets anderer Meinung als ich, und Gina stimmt keinem von uns beiden zu. Seit Carol und ich hier angekommen sind, befinden wir uns in einem anhaltenden launigen Dauerstreit.

Es fing schon miserabel an und wurde von da an nur noch schlimmer. Ich muss zugeben, dass ich bereits auf Gina sauer war, noch bevor ich überhaupt herausfand, was sie überhaupt getan hatte. Wir wussten nur, dass sie festgenommen wurde, weil sie einen Mann belästigt hatte. Keine Details. Ich kam also schon nicht gerade mit der besten Einstellung an. Carol und ich malten uns aus, wie Gina in einer Zelle saß, zusammen mit den üblichen Verdächtigen aus Gangstern, Besoffenen und Drogenabhängigen, weshalb der Flug nach New York sehr angespannt und unangenehm verlief. Unsere Taxifahrt zum Hotel verlief komplett schweigsam. Und dann machte ich den Fehler, zu sagen: »Ich wünschte, sie hätte auf mich gehört, als ich ihr sagte, sie soll sich ein Semester freinehmen und nach Hause kommen.«

Carol explodierte förmlich. Sie bezichtigte mich, Gina für schuldig zu halten, ohne überhaupt die Fakten zu kennen. Und dann beschuldigte sie mich aus heiterem Himmel – und für mich sehr überraschend – dass ich beständig Schuldgefühle in ihr wecken würde, weil sie glaubt, dass ich verärgert darüber bin, dass sie Ross heiraten wird.

Der Rest unseres Aufenthalts in Manhattan war also ein wunderbarer Albtraum.

Mein alter Freund Detective Ken Jordan empfing uns auf dem 20. Revier an der W. 82nd Street. Ich denke, Jordan war überrascht darüber, uns schon wieder zu begegnen. Es stellte sich heraus, dass Gina bei mehreren Gelegenheiten dabei gesehen wurde, wie sie einem Mann auf der Upper West Side in der Nähe der Juilliard nachstellte. Schließlich stellte sie der Mann, ein in der Gegend lebender Künstler, zur Rede. Offenbar erweckte Gina den Eindruck, ihn körperlich angreifen zu wollen, und es entbrannte ein heftiger Wortwechsel. Dann erstattete der Künstler Anzeige. Und da heutzutage offenbar sehr strenge Gesetze in Bezug auf Stalking existieren, nahmen die Cops Gina fest. Erschwert wurde die Sache noch dazu, da der Mann, den sie *belästigt* hatte, einer der entlasteten Verdächtigen im Fall ihrer Körperverletzung war.

Gina ging es gut, sie hatten sie in einer Einzelzelle untergebracht und dafür gesorgt, dass sie sich einigermaßen wohlfühlte. Sie hatten sie gut verköstigt und waren den Angaben meiner Tochter zufolge sehr nett zu ihr gewesen. Außer der Tatsache, dass sie die Nacht in einem eher spartanisch eingerichteten Hotelzimmer verbringen musste, war sie in guter Verfassung. Trotzdem mussten wir eine Kaution von fünftausend Dollar hinterlegen und einen teuren Anwalt einschalten. Es stank mir, dass *Ross* derjenige war, der das Geld dafür auf den Tisch legte, obwohl ich die Summe mit etwas Mühe und Herumschieben ebenfalls hätte aufbringen können. Aber es hätte meinem Geldbeutel schon etwas wehgetan. Um die Kaution kamen wir aber nicht herum, Ross hatte das Geld, also bezahlte er es in bar und

Carol brachte es mit dem Flieger herüber. Dann, nachdem wir die ganzen Unannehmlichkeiten hinter uns gebracht hatten, ließ der Künstler – dessen Name Gilbert Trejano lautete – die Anklage fallen, unter der Einschränkung, dass eine einstweilige Verfügung gegen Gina verhängt wurde. Sie darf sich Trejanos Wohnung nicht nähern. Außerdem bestand die Möglichkeit, dass die Juilliard sie nun suspendieren würde.

Das einzig Tröstliche an der ganzen Sache war, dass Jordan uns in einem privaten Gespräch wissen ließ, dass er Ginas Anschuldigungen in Bezug auf Trejano sehr ernst nahm. »Wir werden uns Mr. Trejano sehr viel genauer ansehen«, versicherte er. »Halten Sie sie aber fern von ihm. Ihre Stunden finden in seiner Nachbarschaft statt, aber das ist auch der einzige Ort an der Straße, den sie aufsuchen darf.«

»Warten Sie mal, welche Stunden?«, fragte ich. »Ihr Unterricht findet doch an der Juilliard statt.«

»Ihre Martial-Arts-Stunden.« Als Jordan unsere verdatterten Gesichter sah, fügte er hinzu. »Wie ich sehe, wussten Sie nichts davon, dass Gina Trainingsstunden für Selbstverteidigung nimmt?«

Äh, nein.

Nachdem wir sie nach Hause in ihr Studentenzimmer in der Meredith Willson Residence Hall begleitet hatten, wurde Gina von ihren Zimmergenossinnen aufmunternd begrüßt, dann ließ man uns für eine Weile allein.

»Er ist es gewesen«, sagte Gina. »Da bin ich mir sicher.«

»Aber Schätzchen, du hast ihn bei der Gegenüberstellung doch nicht erkannt«, gab ich zu bedenken.

»Aber nur, weil ich in dieser Nacht sein Gesicht nicht gesehen habe!«

»Hat er mit dir gesprochen?«

»Nur, als wir miteinander stritten.«

»Wieso glaubst du dann, dass er es ist?«

»Ich weiß es nicht! Es ist die Art, wie er sich bewegt. Ich kann es nicht erklären.«

Carol ergriff das Wort. »Vergessen wir das Ganze einfach, in Ordnung? Es ist vorbei. Er wird die Sache nicht weiter verfolgen. Ross bekommt sein Geld zurück.«

»Und das macht es besser?«, fragte ich. »Ich mache mir hier ernsthaft Sorgen. Gina, das ist ein inakzeptables Verhalten, und das weißt du, oder?«

»Dad, bitte.«

»Dad, bitte? Mehr hast du nicht zu sagen?«

Carol ging dazwischen. »Martin, lass sie in Ruhe, sie ist gerade erst aus dem *Gefängnis* entlassen worden!«

»Ich versuche nur zu verstehen, was hier passiert ist, Carol. Unsere Tochter hat ein *Verbrechen* begangen, und richtig, *sie ist gerade aus dem Gefängnis entlassen worden.* Hättest du dir *je* träumen lassen, dass unsere Tochter *jemals* eine Nacht hinter Gittern verbringen wird? Das ist nicht die Gina, wie *wir* sie kennen, oder?«

»Nein, natürlich nicht! Aber ...«

»*Hört auf!*«, schrie Gina. »*Hört endlich auf!*« Dann rannte sie in ihr Zimmer und schlug die Tür hinter sich zu. Wir konnten sie weinen hören. Carol funkelte mich böse an. »Ganz toll, Martin.« *Was?* Was hatte ich denn getan? Carol klopfte an ihre Tür und fragte, ob sie hereinkommen könne, aber Gina wollte sie nicht sehen. Okay, prima. Dann ist es also meine Schuld.

Nun, es tut mir ja *leid*, aber selbst der größte Dummkopf konnte sehen, dass Gina Hilfe brauchte. Der Überfall hat sie psychologisch in Mitleidenschaft gezogen und ihr Verhalten verändert. Deshalb sollte sie zurück nach Illinois kommen und nächstes Jahr einen frischen Start an der Schule wagen. Aber auf mich will ja niemand hören. Gina nicht, und Carol bestärkt sie auch noch darin. Carol glaubt, Gina sei stark genug, um weiterzumachen, und dass ihre Erlebnisse ihre Aktionen rechtfertigen würden. »Mit ihrer Wut war zu rechnen«, sagte Carol, »angesichts dessen, was mit ihr passiert ist.«

Ich stimme ihr zu, ich bin ebenfalls wütend wegen des Überfalls auf sie, und ich bin mir absolut bewusst, dass es für sie noch tausendmal schlimmer sein muss. Aber aus ihren wunderschönen Augen sieht mich jetzt eine andere Gina an. Die Wut verändert sie, das kann ich sehen, kann ich spüren, aber ich erkenne sie nicht wieder. Ich verstehe natürlich, dass menschliche Emotionen hier eine enorme Rolle spielen, und dass mit der Wut auch der Wunsch nach Vergeltung wächst. Aber das ist genau der Punkt, an dem Gina einen Strich zu ziehen hat, denn das ist falsch.

Und wieso, verdammt nochmal, nimmt sie auf einmal Martial-Arts-Stunden?

Ich sagte Carol, dass ich auf einen Drink in eines der Restaurants auf der anderen Straßenseite gehen würde. Sie hielt mich nicht zurück. Wahrscheinlich hätte sie auch gern einen gehabt, wäre aber lieber tot umgefallen, als mich zu begleiten. Ging mir genauso. Ich wollte meinen Kummer lieber in Ruhe allein ertränken.

Nach dem zweiten Martini wusste ich, wieso ich so ausgerastet war, denn das Verhalten meiner Tochter erinnerte mich an das, was meine Mutter getan hatte, als sie in Ginas Alter gewesen war.

Hallo Panikattacken.

Carol und ich flogen am nächsten Tag wieder nach Hause. Was hätten wir auch sonst tun sollen? Keiner von uns beiden wollte in Ginas Studentenbude oder in Hotelzimmern herumsitzen und sich streiten. Gina versprach uns, dass sie sich von Trejano fernhalten würde und dass sie ihre Lektion gelernt habe. Die Sache mit den Martial-Arts-Stunden ließen wir ungeklärt. Auch die Möglichkeit, dass Gina für ein Semester nach Hause zurückkehren würde, wurde nicht wieder zur Sprache gebracht. Sie würde weiterhin ihren Therapeuten aufsuchen. Hoffentlich würde sich der unglückliche Zwischenfall in Wohlgefallen auflösen.

Mein Zorn war verflogen und nun fühlte ich nur noch Liebe und Sorge für meine Tochter.

Meine Ex-Frau und ich sprachen während des Fluges kaum ein Wort miteinander. Ich merkte, dass sie in Bezug auf Gina genauso besorgt war wie ich. Der Unterschied zwischen uns ist, dass Carol immer die Optimistin ist, während ich wohl immer der Pessimist bleiben werde.

Ich konnte mich dazu durchringen, zu Carol zu sagen: »Ich wusste nicht, dass ich dir das Gefühl gebe, verärgert darüber zu sein, dass du wieder heiraten wirst, aber ich wünsche dir alles Gute. Ich hoffe, wir können Freunde werden. Und ich werde mir auch mit Ross Mühe geben.«

Sie wusste das zu schätzen und drückte meine Hand.

34 | Judys Tagebuch

1960

10. Oktober

Um genau zu sein, sind es nur noch wenige Stunden, bis der 20. Oktober beginnt. Ich bin völlig erschüttert von dem, was sich gestern Abend im Waldorf-Astoria ereignet hat. Ich sollte besser ganz am Anfang beginnen und alles niederschreiben, bevor ich versuche, ein paar Stunden zu schlafen.

Gestern war ich wieder ein Kennedy-Girl im Autokorso des Senators, der den unteren Broadway entlangfuhr. *Das* war aufregend! Alle Girls waren da und Jackie Kennedy begleitete ihren Ehemann ebenfalls. Sie war schon sehr schwanger, sah aber absolut blendend aus. Sie trug einen austernfarbenen Mantel, ein dazu passendes Barett und weiße Handschuhe. Sie erzählte mir und einigen der anderen Mädchen, dass dies ihr letzter Wahlkampfauftritt sein würde. Von jetzt an wolle sie sich nur noch ausruhen und um den kleinen Braten in der Röhre kümmern. Kennedy begrüßte uns alle sehr warmherzig. Er sah mich an und sagte: »Miss Cooper, nicht wahr?« Ich kann nicht glauben, dass er sich meinen Namen gemerkt hat. Er muss doch täglich Hunderte von Menschen treffen.

Es sah ganz danach aus, als würde es regnen wollen. Der Himmel war dunkel und bewölkt, aber zum Glück fing es erst später damit an. Wir starteten am Biltmore Hotel auf der E. 43rd Street und fuhren in unserem Van die Battery hinab, wo die Wagenkolonne bereits aufgereiht stand. Tausende Schaulustige hatten sich den Broadway entlang versammelt, wo eine Konfettiparade geplant war. Das würde ein anstrengender Tag werden. Kennedy hatte mehrere Events auf seinem Terminplan stehen, die im Alfred-E.-Smith-Dinner an diesem Abend im Waldorf ihren Höhepunkt finden würden. Jenem Dinner, weswegen ich mir Sorgen machte.

Die Parade startete kurz vor Mittag und wir benötigten beinahe eine halbe Stunde, um vom Bowling Green zur City Hall auf dem Broadway zu kommen, ein Weg, für den man normalerweise keine zehn Minuten brauchte. Es gab eine Blaskapelle, die Girls liefen neben Kennedys Cabrio her, und wir alle winkten der Menge zu, während Konfetti und Papierschlangen auf uns herabregneten. *Das* war unser Regen! Wir sangen »High Hopes« und »Marching Down to Washington« und die Band spielte dazu. Vor der Trinity Church legten wir eine kurze Pause ein und Kennedy hielt eine Rede. Es war beeindruckend, dass die Menschen so lange den Mund hielten und ihm zuhörten. Mr. Dudley sagte, dass eine Million Menschen wegen der Parade unterwegs gewesen seien. Auf den Stufen der City Hall wartete bereits Bürgermeister Wagner auf uns. Als wir dort ankamen und unsere Plätze auf den Stufen einnahmen, sprach der Bürgermeister als Erster. Er erklärte, dass dies der großartigste Empfang sei, der jemals jemandem in Manhattan bereitet wurde. Kennedy dankte dem Bürgermeister dafür, dass er und seine Frau dazu eingeladen waren, die offizielle Begrüßung der Stadt zu erfahren.

Er hielt eine wunderbare Ansprache. Ich kann mich natürlich nicht mehr an alles erinnern, aber ein paar Dinge sind hängen geblieben. Ich gebe es nicht wortgetreu wieder, aber sinngemäß sagte er: »Von der Wall Street bis in die entferntesten Winkel des Landes werden sich die Menschen für den Fortschritt entscheiden. Sie sind den Stillstand leid. 1960 werden die Menschen *ja* zum Fortschritt sagen. Ich trete gegen Mr. Nixon an, der in den gefährlichsten Zeiten in der Geschichte dieses Landes mit dem Slogan antritt, dass *wir es doch noch gut haben*. Ich glaube jedoch nicht, dass es gut genug ist!«

Die Menge brandete auf und bezeugte ihre Zustimmung.

Von dort wurden wir zum Rockefeller Plaza und dem Café Française gescheucht, wo wir zu Mittag aßen. Das Essen war delikat, wir Girls wurden aber an einen eigenen Tisch gesetzt und hatten daher keine Gelegenheit, uns mit dem Senator oder seiner Frau zu unterhalten. Danach war unser Pflichtprogramm für diesen Tag beendet, denn Kennedy würde nach dem Essen nach Yonkers fahren, dann zurück nach Manhattan, um eine Rede in der Employees Union Hall zu halten, und danach am späten Nachmittag sogar noch ins HQ selbst. Das Dinner im Waldorf war für 20 Uhr an diesem Abend anberaumt. Betty erzählte mir, dass sie im Ballsall als Bedienung arbeiten würde und deshalb nicht nur Jack und Jackie Kennedy wiedersehen, sondern auch Richard Nixon und seine Frau treffen würde. Ein paar andere hohe Tiere aus dem Wahlkampf-HQ hatten ebenfalls Tickets: Mr. Dudley und Mr. Patton natürlich, und ein paar Freiwillige, die vor Ort mithelfen würden. Ich wusste, dass Alice und Mitch da sein würden, aber aufgrund meiner Aufgaben als Kennedy-Girl hatte man mich dafür nicht ausgewählt.

Der Regen brach schließlich nach dem Mittagessen los. Ich hörte, dass der arme Senator Kennedy ohne Schirm in dem Regenschauer stehen musste, während er zu den Leuten sprach. Ich selbst kehrte ins HQ zurück, um meinen Rucksack zu holen, in dem mein Stiletto-Outfit verstaut war. Ich erwog, nach Hause zu fahren, machte mir wegen des Dinners aber einfach zu große Sorgen. Michael und sein Zimmergenosse würden da sein, das wusste ich, und sie hatten Pistolen. Es bestand für mich kein Zweifel, dass etwas Schlimmes passieren würde. Was planten die beiden? Ich musste es herausfinden, und, was noch viel wichtiger war, sie aufhalten.

Es war etwa gegen 16 Uhr, als ich im Waldorf eintraf. Die Haupteingänge waren natürlich streng bewacht, also lief ich zum Mitarbeitereingang auf der 50th. Überraschenderweise konnte ich dort einfach hineinspazieren. Dem Sicherheitsmann erklärte ich, dass ich Betty O'Connor suchte, und dass wir beide als Kennedy-Girls arbeiteten. Er glaube mir und hielt mich wohl für einen Teil der Dinner-Festivitäten. Ich nahm den Fahrstuhl in den fünften Stock und zu den Umkleiden der Angestellten. Dort fand ich tatsächlich Betty vor, die sich gerade ihre Uniform anzog.

»Was machst du denn hier, Judy?«

»Betty, frag mich nicht, woher ich das weiß, aber ich denke, der Senator ist in Gefahr. Vielleicht sogar jeder hier, das weiß ich nicht genau.«

»Wovon redest du da?«

Ich versuchte ihr zu erklären, dass ein paar russische Spione das Dinner infiltrieren und Ärger verursachen wollten. Sie lachte ein wenig und meinte, das sei das Verrückteste, was sie seit einiger Zeit gehört habe. »Ist vielleicht etwas zu früh für Cocktails gewesen, Judy«, witzelte sie. Ich versicherte ihr, dass es mir ernst damit war, aber sie sagte: »Judy, der Senator hat Leute vom Secret Service um sich, und Leibwächter. Genau wie Nixon. Der große Ballsaal ist im Moment wahrscheinlich der sicherste Ort der Welt. Komm, ich zeig dir was.«

Sie führte mich in die dritte Etage hinunter und zum Eingang des Ballsaals. Er war wunderhübsch dekoriert. Prächtige weiße Tischtücher bedeckten Dutzende von Tafeln. Betty erklärte mir, dass sowohl Kennedy als auch Nixon am Kopf der Tafeln sitzen und von Sicherheitsbeamten umringt sein würden. Ich begann mich ein wenig besser zu fühlen, als plötzlich Billy hereinkam! Er trug Programme bei sich, die auf jedem Tisch verteilt werden sollten.

»Judy! Betty!«

»Hi Billy«, begrüßte ich ihn. »Arbeitest du heute während des Dinners?«

Er nickte. »Mr. Patton hat mich persönlich darum gebeten.«
»Wo ist Lily?«
»Sie konnte nicht. Nur ich und ein paar von den anderen.« Er nannte ein paar Namen, die ich kannte.
Betty entschuldigte sich. »Kinder, ich muss arbeiten. Wir sehen uns später.«
»Viel Spaß heute Abend!«, rief ich ihr hinterher. Dann drehte ich mich zu Billy um und fragte: »Hast du Alice oder Mitch gesehen?«
»Ja, die sind hier irgendwo.« Er deutete auf eine der Logen hoch oben auf der rechten Seite. »Ich hab ihn da oben gesehen. Wo Alice ist, weiß ich nicht. Sie werden an einem der Tische hier unten sitzen. Sie haben Tickets.«
»Wieso ist er dann dort oben?«, fragte ich. »Sie verkaufen keine Tickets für die Galerie oder die Logen, es ist ein Dinner.«
Er zuckte mit den Schultern. »Keine Ahnung.«
»Danke, Billy. Ich werde mal nach ihm suchen.«
»Dann bis später, Judy.«
Die Eingänge zu den Logen befanden sich in der fünften Etage. Die Empore ließ sich von der vierten Etage aus begehen. Beides hätte einen idealen Platz für einen Mann abgegeben, um sich dort mit einem *Scharfschützengewehr* zu verstecken. Ich verließ den Ballsaal und nahm den Fahrstuhl hinauf in den fünften Stock, wo Hotelpagen und Angestellte herumwuselten, aber ich erblickte weder Mitch noch Alice. Als reine Vorsichtsmaßnahme sah ich in jede Loge entlang des Ballsaals. In jeder von ihnen gab es rote Samtvorhänge, für mehr Privatsphäre, und über vier gepolsterten Sesseln, von denen aus man hinuntersehen konnte, hing jeweils ein entzückender kleiner Kronleuchter.

Als ich mich umdrehte, sah ich Mitch den Gang entlang der Logeneingänge entlangkommen. Er trug einen eleganten Smoking.

»Judy!« Offenbar war er überrascht, mich hier zu sehen.
»Oh, hallo Mitch, dich habe ich gesucht.«
»Weswegen?«
Ich führte ihn in eine der Logen, damit wir uns ungestört unterhalten konnten. »Mitch«, begann ich, »frag mich nicht, woher ich das weiß, aber ich habe Grund zu der Annahme, dass Michael – du erinnerst dich doch noch an Michael? – und ein anderer Mann kommunistische Spione sind und heute Abend hier sein werden, um dem Senator etwas anzutun.«

Mitch runzelte die Stirn. »Judy, das ist ziemlich weit hergeholt. Wo hast du das gehört?«

»Das kann ich nicht sagen, Mitch, du musst mir einfach vertrauen.«

»Ich verstehe einfach nicht, wie du auf so etwas kommst.«

»Es ist wahr, Mitch, wirklich. Wirst du mir helfen? Oder soll ich selbst zur Polizei gehen?«

Er schüttelte den Kopf und sagte: »Nein, komm, lass uns zu den Jungs vom Secret Service gehen. Ich kenne sie. Dann kannst du ihnen erzählen, was du mir gerade erzählt hast. Wahrscheinlich werden sie dich für verrückt halten, aber ich werde für dich bürgen.«

»Danke, Mitch.«

Also folgte ich ihm aus der Loge in den Flur und eine kleine rote Rampe hinauf durch eine Tür. Wir kamen neben einer Treppe an, die hinunter in die vierte Etage führte, also liefen wir die Stufen hinab, wandten uns nach links und befanden uns dann hinter den Kulissen, in dem Bereich, der nur den Angestellten vorbehalten war. Ich erinnerte mich an diesen Teil, von der kleinen Führung, die Betty mir gegeben hatte. Wir liefen einen kleinen Flur zu den Mitarbeiter-Aufzügen hinunter. Mitch drückte auf den Knopf, um den Fahrstuhl zu rufen.

»Wir müssen zu dem Raum hinauffahren, wo sie ihr Hauptquartier eingerichtet haben«, erklärte er mir.

»Du kennst dich ja in dem Hotel gut aus«, sagte ich. »Hat Betty dir geholfen?«

»Betty? Oh, ja, klar, sie hat mir und Alice alles gezeigt.«

Der Fahrstuhl kam, wir stiegen ein, und dann drückte er den Knopf für die 27. Etage. In dem Moment begannen meine Instinkte verrückt zu spielen. *Das siebenundzwanzigste Stockwerk?*

»Was hast du im fünften Stock gemacht?«, fragte ich Mitch.

»Ich hab nach Alice gesucht.«

Wieso sollte Alice in der fünften Etage sein, fragte ich mich – dann öffneten sich die Fahrstuhltüren. Mitch trat hinaus. Ich blieb im Fahrstuhl stehen.

»Komm schon«, sagte er.

»Wohin gehen wir?«

»Sagte ich dir doch bereits. Raum 2730. Dort wartet mein Kontakt vom Secret Service.«

Da stimmte etwas nicht. In Mitchs Nähe zu sein aktivierte diese lästigen Gefahrensignale in mir, die ich manchmal empfing. Nichtsdestotrotz folgte ich ihm den Flur entlang bis zu dem fraglichen Raum. Als er einen Schlüssel hervorkramte, um damit die Tür aufzuschließen, wusste ich endgültig, dass hier etwas faul war. Wieso sollte Mitch einen Schlüssel für einen Raum des Secret Service besitzen?

Ich wich zurück. »Was machst du da?«, fragte Mitch.

»Ich, äh, glaube, ich habe unten etwas vergessen«, murmelte ich und *rannte* zu dem Fahrstuhl zurück.

»Judy! Komm zurück!«

Die Türen hatten sich bereits wieder geschlossen und der Aufzug war hinuntergefahren. Ich hatte keine Ahnung, wo sich die Treppen befanden. Mitch lief mir hinterher und rief meinen Namen. Ich drückte ein dutzend Mal auf den Rufknopf für den Fahrstuhl, als würde das den Prozess irgendwie beschleunigen.

»Judy, stimmt was nicht?«

Komm schon, flehte ich den Aufzug an.

Mitch war beinahe neben mir angekommen, als sich die Türen öffneten und ein Hotelpage aus dem Fahrstuhl trat. Aber *nein, das war gar kein echter Hotelpage,* sondern der Russe, Michaels Zimmergenosse! In einer der Uniformen, die ich in ihrem Appartement gesehen hatte! Ich japste, wollte mich umdrehen und weglaufen, aber Mitch hielt mich am Arm fest.

»Ivan«, spie er aus.

Der Russe trat hinter mich und ich spürte, wie sich mir der harte Lauf einer Pistole in den Rücken bohrte.

»Was macht sie hier?«, fragte der Mann mit einem breiten russischen Dialekt in der Stimme.

»Herumschnüffeln«, antwortete Mitch.

»Hat sie mit der Polizei geredet?«

Mitch sah mich an. »Hast du das, Judy? Hast du *irgendjemanden* erzählt, was du mir erzählt hast?«

Mitch? Ich konnte es nicht fassen. *Mitch war einer von denen?*

Ich ließ Betty aus der Sache heraus. »Nein«, log ich. »Ich schwöre.«

Mir gingen alle möglichen Szenarien durch den Kopf. Sollte ich meine Stiletto-Fähigkeiten einsetzen, um es in meiner Straßenkleidung mit diesen beiden Männern aufzunehmen? Damit würde ich mich mit Sicherheit verraten. Die andere Möglichkeit bestand darin, weiter das wehrlose Opfer Judy Cooper zu spielen und zu versuchen, herauszufinden, was zum Teufel hier vor sich ging.

»Gehen wir ins Zimmer«, befahl Mitch. Er wedelte drohend mit seinem Finger vor mir herum. »Keinen Mucks, Judy, oder Ivan bläst dir ein Loch ins Rückgrat.«

Die beiden eskortierten mich zu Raum 2730. Mitch holte wieder seinen Schlüssel hervor und schloss die Tür auf. Sie schoben mich in eine große Suite, die aus einem Wohnbereich und einem separaten Schlafzimmer bestand. Während Mitch hinter uns wieder zusperrte, gab mir der Mann namens Ivan mit seiner Pistole zu verstehen, stehenzubleiben. In dem Moment kam *Michael* aus dem angrenzenden Schlafzimmer herein. Und *er* trug die andere Hotelpagen-Uniform aus ihrem Appartement.

»Was zur Hölle?«, entfuhr es ihm. Dann fuhr er die anderen beiden in Russisch an. Sowohl Ivan als auch *Mitch* antworteten ihm ebenfalls auf Russisch und dann wechselte Mitch wieder auf Englisch um.

»Deine alte Freundin hat hier herumgeschnüffelt. Sie weiß etwas. Wir müssen sie hierbehalten.«

»Was weiß sie?«

»Genug. Und das ist alles deine Schuld.«

Ivan nahm mir meinen Rucksack ab, sah aber zum Glück nicht hinein, dann deutete er mit seiner Waffe auf den angrenzenden Raum und sagte: »Gehen Sie da rein.« Nervös, liebes Tagebuch, lief ich ins Schlafzimmer, wo ich mich aufs Bett setzen sollte. Michael entnahm einem offenen Koffer eine Rolle Klebeband. Es war ausgeschlossen, einen Kampf anzuzetteln, ohne von Ivan aus nächster Nähe erschossen zu werden, also musste ich es über mich ergehen lassen, von Michael zuerst vor dem Körper die Handgelenke und danach meine Knöchel zusammengebunden zu bekommen. Als er damit fertig war, warf Ivan meinen Rucksack in eine Ecke, steckte seine Waffe ein und holte eine mit einer braunen Flüssigkeit gefüllte Medizinflasche und einen Waschlappen aus dem Badezimmer. In der Zwischenzeit sah ich mich kurz um.

Ivan öffnete die Flasche und ich roch sofort etwas Süßliches. Er kippte etwas davon auf den Waschlappen, schraubte die Flasche wieder zu, und kam dann mit dem Lappen zu mir. Ich wehrte mich, aber Michael hielt mich fest. Ivan legte mir den Waschlappen um Mund und Nase und zwang mich, den Atem anzuhalten. Ich wollte nichts von dem Zeug einatmen, denn ich wusste, was es war: Chloroform!

Ich trat um mich, wand mich, versuchte zu schreien – aber es nützte nichts. Schließlich konnte ich die Luft nicht länger anhalten. Der blumige Duft stieg in meine Lunge und dann verblasste nach und nach alles, als würde man langsam die Lautstärke an einem Radio herunterdrehen, bis es schwarz um mich wurde.

35 | Judys Tagebuch

1960

19. Oktober

Verwirrt und orientierungslos wachte ich wieder auf. Zuerst wusste ich nicht, wo ich mich befand. Meine Ohren klingelten und alle Geräusche klangen dumpf. Ich sah nur verschwommen, aber langsam kehrte meine Sehschärfe zurück und offenbarte das elegant eingerichtete Hotelzimmer. Ich lag auf einem weichen, großen Bett. Sie hatten mich betäubt.

Liebes Tagebuch, mir war übel und am liebsten hätte ich mich übergeben. Meine Hände und Füßen wurden noch immer mit Klebeband zusammengehalten. Als ich meinen Körper zur Seite rollte, drehte sich der Raum vor meinen Augen und mein Magen rebellierte. Dem Chloroform, oder was immer Ivan benutzt hatte, um mich schlafen zu legen, schien das *ganz und gar nicht* zu gefallen.

Die Uhr auf dem Nachttisch zeigte 19:13 Uhr an. Bald würde das Dinner im Großen Ballsaal beginnen.

Schließlich kehrte auch mein Gehör zurück und die gedämpften Stimmen entpuppten sich als hitzige Konversation eines Mannes und einer Frau im Nachbarzimmer. Ich war verwirrt, wieso ich nicht verstand, was sie sagten, und dann erst wurde mir klar, dass sie sich auf Spanisch unterhielten. Aber ich erkannte die Stimmen. Mitch und Alice. Dann hörte ich, wie eine Tür geöffnet und wieder geschlossen wurde. Eine dritte Stimme mit deutlichem Akzent war zu hören. Es war Ivan, der Russe.

»Michael ist in Position. Um genau 21 Uhr wird er abdrücken.« Alice redete auf Spanisch weiter.

»Sprich Englisch, verdammt nochmal!« Offenbar war das die einzige Sprache, die alle drei verstanden.

»Ich sagte ihr, dass wir zu unserem Tisch müssen«, erklärte Mitch. »Kennedy und Nixon wurden bereits in den Ballsaal eskortiert, nicht wahr?«

»Ja. Worüber habt Ihr gestritten?«

»Judy.«

»Worüber genau?«

»Was wir mit ihr tun sollen.«

»Wir können sie nicht einfach umbringen«, sagte Alice.

»Wieso nicht?«, fragte Mitch. »Sie weiß zu viel. Sie weiß, wer wir sind. Wenn das alles vorbei ist, müssen wir sie loswerden.«

»Das ist absolut korrekt«, meldete sich Ivan. »Alice, du weißt, dass es nicht anders geht. Wir lassen sie schlafen. Sie wird nichts merken.«

»In Ordnung, ich verstehe schon. Es ist nur einfach schade um sie, das ist alles.«

»Unsere größere Sorge gilt Michael«, sagte Mitch.

»Er ist ein Frauenheld und ein Narr«, knurrte Ivan. »Sein Leichtsinn hat das Mädchen überhaupt erst in die Sache hineingezogen. Wir haben unsere Befehle.«

»Was willst du damit sagen?«, fragte Alice.

Mitch hatte die Antwort parat. »Michael ist eine Primadonna. Er ist viel zu sehr von sich überzeugt und glaubt, er wäre unantastbar. Es war ihm untersagt, sich mit der Bevölkerung einzulassen, aber er konnte es nicht lassen. Du hast ja gesehen, wie schwierig er zu kontrollieren ist. Er folgte uns zu dieser Party, wo er dann Judy traf. Seine Befehle lauteten, inkognito zu bleiben, aber er fing eine Beziehung mit ihr an.«

»Das war unvorsichtig und unprofessionell«, fuhr Ivan fort. »Er hätte die ganze Operation damit aufs Spiel setzen können.«

»Aber wir haben ihm befohlen, sich nicht mehr mit ihr zu treffen, und das tat er auch«, sagte Alice.

»Das spielt keine Rolle. Was geschehen ist, ist geschehen«, erwiderte Ivan.

So trug sich also alles zu, liebes Tagebuch. Es war Mitch gewesen, der an jenem Tag den Packard fuhr, als ich Michael auf der Straße sah. Kurz darauf servierte Michael mich ab. Und als ich den Wagen wieder auf der Bayard Street sah, saßen Mitch und Alice darin, die Michael und Ivan abholten. Sie steckten alle gemeinsam in der Sache drin.

»Jetzt aber los, ihr zwei, macht euch bereit«, befahl Ivan. »Ich sehe in der Zwischenzeit nach Michael.«

Mitch sagte auf Spanisch etwas zu Alice, dann hörte ich, wie die Tür geöffnet und geschlossen wurde. Einen Moment später betrat Alice das Schlafzimmer.

»Du bist aufgewacht«, stellte sie fest.

Ich musste weiterhin die unschuldige Judy spielen, also fragte ich sie: »Alice, was geht hier vor? Wieso haben die das mit mir gemacht?«

»Du hast deine Nase in Angelegenheiten gesteckt, die dich nichts angehen, Judy«, antwortete sie ernst. Das war nicht die Alice Graves, die ich aus dem HQ kannte. Jetzt hörte sie sich ziemlich unterkühlt an und sprach, als würde sie mich hassen. Außerdem konnte ich spüren, dass sie verängstigt war. »Entschuldige mich, aber ich muss mich für das Dinner fertigmachen.«

Sie begann sich umzuziehen und ein förmliches schwarzes Kleid anzulegen.

»Mir ist übel.«

»Das sind die Nebenwirkungen des Chloroforms. Das legt sich wieder.«

»Wirst du mich dann umbringen?« Darauf antwortete sie nicht. Stattdessen setzte sie sich neben mir auf die Bettkante. »Verrätst du mir, was das alles soll? Oder zumindest, *wieso* du das tust? Wer *bist* du?«

»Mein wirklicher Name ist Alice Garcia. Mitchs eigentlicher Nachname lautet Perez. Wir sind kubanische Amerikaner, die für die sowjetische Regierung arbeiten. Wir schlossen uns den Kennedy-Wahlhelfern an, um über die Pläne des Senators informiert zu bleiben. Die Sowjets brauchten jemanden vor Ort, und das waren wir.«

»Und Michael? Und der andere Mann?«

Sie stand auf, zog sich bis auf die Unterwäsche aus, lief ins Badezimmer und sprach von dort aus weiter, während sie ihr Make-up auflegte. »Ivan ist ein sowjetischer Verbindungsmann. Er ist der Boss der Operation, könnte man sagen. Michael ist ein Attentäter des KGB. Er ist einer der besten Scharfschützen der Sowjetunion.«

Mit einem Mal wurde mir die ganze Tragweite ihrer Worte bewusst. Sie planten den Mord an Kennedy. Mir schossen Tränen in die Augen.

»Ihr könnt nicht einfach den Senator umbringen«, flüsterte ich.

Alice kehrte aus dem Badezimmer zurück und zog sich ihr Kleid zu Ende an. »Das können und das werden wir.«

»Wieso? Weil Chruschtschow es so will?«

Sie lachte ein wenig. »Ich weiß nicht einmal, ob Chruschtschow von dem Plan überhaupt weiß. Vielleicht ja, vielleicht auch nicht.«

Bei diesen Worten zuckte ich ein wenig zusammen. »Aber das ergibt doch keinen Sinn!«

»Wir stellen unsere Befehle nicht infrage, sondern befolgen sie. Sonst sterben wir. Und wieso sollten wir das auch tun? Wir werden anständig dafür bezahlt und danach sicher außer Landes gebracht.«

Ich musste hier weg. Ich musste sie aufhalten. Ich zerrte an dem Klebeband, doch es ließ sich nicht zerreißen.

Sie setzte sich wieder aufs Bett. »Hör auf, Judy. Es ist sinnlos.«

»Damit werdet ihr nicht durchkommen!«

»Doch, das werden wir. Michaels Pläne lauten, zuerst Kennedy zu töten, und dann, wenn es ihm noch möglich ist, auch Nixon zu erschießen. Sie werden während des Dinners an ihren Tischen sterben. Und sollte man einen von uns erwischen, sind wir mit Zyankali-Tabletten ausgestattet, und wir werden sie benutzen. Wir werden bereits längst über alle Berge sein, wenn das Hotelpersonal morgen früh deine Leiche hier in diesem Raum finden wird, zusammen mit ... es tut mir leid, Judy. Das ist nicht meine Idee gewesen. Die Sache ist schon schief genug gelaufen.«

Sie würden auch Michael umbringen und ihn hier bei mir zurücklassen. Schwer zu sagen, welchen Reim sich die Cops auf das Szenario machen würden. Während Alice sich weiter anzog, grübelte ich darüber nach, welches Motiv sie für ihre Taten haben mochten. Kennedy ist sehr anti-kubanisch eingestellt. Wenn er zum Präsidenten gewählt wird, könnten die Pläne der Sowjetunion mit Kuba ins Wanken geraten. Versuchten sie vielleicht, die Präsidentschaftswahl ins Chaos zu stürzen? Ich wusste es nicht und würde es wohl nie herausfinden. Es war einfach alles so unglaublich.

Es klopfte an die Schlafzimmertür. »Komm rein«, rief Alice. Mitch trat ein.

»Es ist soweit«, sagte er.

Alice ließ mich auf dem Bett zurück und ging ins Badezimmer. Mit der Chloroform-Flasche und einem Lappen in der Hand kehrte sie zurück. Ich konnte die gefürchtete Chemikalie schon über mehrere Meter hinweg riechen und bei dem Geruch drehte sich mir wieder den Magen um.

»Mir wird übel«, brachte ich noch hervor. Dann erbrach ich mich *wirklich*, direkt auf das Bett.

Alice und Mitch fluchten. Auf Spanisch, denke ich. Sie stellte die Flasche und den Lappen ab und griff sich einen Mülleimer.

Alice schob ihn mir unter das Gesicht, gerade noch rechtzeitig für einen zweiten Schwall. Urks. Ich hasse es, mich übergeben zu müssen. Sie hielt den Mülleimer fest, solange, bis die Würgekrämpfe nachließen, dann entleerte sie ihn in der Toilette.

Ich musste aufstehen. Ich musste sie bekämpfen. Ich musste fliehen.

»Lass sie!«, befahl Mitch.

Ich war einfach zu mitgenommen, um irgendetwas tun zu können. Mein Kopf fühlte sich an, als wäre er aus Blei, und alles, was ich wollte, war, ihn auf das Kissen sinken zu lassen. Es war mir sogar egal, dass neben mir das stinkende Erbrochene lag.

Ich glaube mich noch erinnern zu können, dass ich schwach Gegenwehr leistete, als Alice und Mitch über mir mit dem choloformgetränkten Lappen auftauchten. Der letzte Gedanke, der mir durch den Kopf ging, war, dass sie mich wohl im Schlaf umbringen würden. Dann verlor ich wieder das Bewusstsein.

Ich habe eine Schreibpause eingelegt, um zu duschen. Das tat gut.

Nun, irgendwann wachte ich wieder auf, immer noch allein in dem Hotelzimmer. Ich hatte keine Ahnung, ob nur fünf Minuten oder mehrere Stunden vergangen waren. Alice war nicht mehr im Schlafzimmer.

Das Erbrochene war ein wenig getrocknet, also war das ein Zeichen dafür, dass zumindest eine *geraume* Zeit vergangen sein musste. Aber es stank noch immer. Mein Magen vollführte Purzelbäume, also rollte ich mich auf die andere Seite.

Die Uhr zeigte 20:49 Uhr an.

Oh mein Gott. Schlagartig wurde mir bewusst, liebes Tagebuch, dass mir nur noch sehr wenig Zeit blieb, um den Senator und den Vizepräsidenten retten zu können, und das sorgte für einen Adrenalinstoß. Irgendwie musste mir dieser geholfen haben, denn ich fühlte mich sofort besser.

Ich versuchte tief einzuatmen, so wie Soichiro es mir beigebracht hatte. Ich schloss die Augen, versuchte meinen Kopf freizubekommen. Atmete.

Um 20:51 Uhr richtete ich mich auf, schwang meine Beine auf den Boden und suchte das Zimmer ab.

Ich stellte mich auf die Füße und hüpfte über den Boden. Es fühlte sich gut an, sich wieder zu bewegen. Ich schaffte es, mich auf die Knie sinken zu lassen, und dann hockte ich mich neben meinen Rucksack. Mit meinen zwei zusammengebundenen Händen hob ich ihn auf und stellte in mir auf den Schoß. Meine Bewegungen waren plump, aber ich zog den Reißverschluss auf und holte mein Outfit hervor, Stück für Stück. Zuerst dachte ich, dass ich mein Stiletto dazu benützen könnte, um das Klebeband durchzuschneiden, aber es stellte sich als schwierig heraus, den Griff mit beiden gefesselten Händen zu umfassen. Ivan hatte mir die Handgelenke aneinandergeklebt, mit den Handinnenflächen nach außen gerichtet. Glaub mir, in dieser Position ist es beinahe unmöglich, irgendetwas zu greifen. Ich musste mich also an das kleinere Messer in meinem Stiefel halten. Die zusammengelegten, kniehohen Stiefel lagen ganz unten in meinem Rucksack, also kramte ich sie hervor und zog meinen fünfzehn Zentimeter langen Dolch heraus. Er hatte genau die richtige Größe, um den Griff zwischen meine Handrücken zu *quetschen*. Dort hielt ich das Messer so fest, wie es mir möglich war.

Ich zog die Knie an den Körper und zerschnitt das Klebeband um meine Knöchel. Sobald meine Beine befreit waren, sprang ich auf und lief mit noch immer gefesselten Händen zur Tür. Mit nur einer Hand drehte ich langsam an dem Türknauf und schob die Tür einen Spaltbreit auf. Ich war allein. Gut.

Ich kehrte zu dem Bett zurück, setzte mich im Schneidersitz darauf, und schaffte es, mein Stiletto zu ziehen und zwischen meine Fußsohlen zu klemmen. Meine Strümpfe erwiesen sich als rutschiger, als ich dachte, aber mir blieb keine Zeit, sie auszuziehen. Mit dem Messer stocherte ich auf das Klebeband um meine Handgelenke ein, bis ich meine Hände auseinanderziehen konnte.

Schnell legte ich mein Black-Stiletto-Outfit an. Als ich die Suite verließ, muss es ein oder zwei Minuten vor 21 Uhr gewesen sein.

36 | Martin

Heute

Bei meiner Rückkehr nach Chicagoland hatte ich nicht den Eindruck, als würden sich die Dinge wesentlich verbessern. Nachdem ich gegen Mittag angekommen war, sprang ich ins Auto und fuhr ins Krankenhaus, um Mom zu besuchen. Unterwegs rief ich Maggie an, um ihr zu sagen, dass ich zurück sei. Sie ging nicht ran, also hinterließ ich ihr eine Nachricht. Als ich im Krankenhaus eintraf, schlief Mom gerade, aber ich hatte die Gelegenheit, mit Dr. Benji zu sprechen.

Er hatte nicht die besten Nachrichten für mich. Moms Zustand hätte sich gebessert, weil sie wieder sprechen konnte, aber er fürchtete, dass sie sich auf einem gewissen Niveau eingependelt hat und vielleicht nicht mehr alle Fähigkeiten wiedererlangen würde, die sie vor dem Schlaganfall besessen hatte. Mit anderen Worten war es möglich, dass sich ihre Alzheimer-Symptome verschlimmern würden. Im Moment ist sie wohl etwas desorientiert, weshalb Dr. Benji sie noch ein wenig auf der Intensivstation beobachten will. Ihrem Herz geht es gut, aber es sei das Beste, wenn Mom nicht zu viel Aufregung erfährt. Seltsamerweise sei sie laut den Worten des Doktors aber nicht sonderlich erschüttert darüber, in einem Krankenhaus zu sein – ganz im Gegensatz zu anderen Alzheimer-Patienten. Sie verstehen oft nicht, was los ist, und werden dann ängstlich oder wütend, manchmal sogar gewalttätig.

Nach meinem Gespräch mit ihm war auch Mom wieder aufgewacht. Eine Schwester namens Victoria war bei ihr im Zimmer und schien sich gut um sie zu kümmern. »Oh, sehen Sie mal, wer da ist«, sagte sie, als ich mich dem Bett näherte. Mom wirkte verwirrt, schien ihre Umgebung nicht wirklich wahrzunehmen. Ich dachte zuerst, dass es daran läge, weil sie gerade erst aufgewacht war, aber dieser Zustand hielt während meines gesamten Besuches an. Normalerweise, und selbst dann, wenn sie sich nicht mehr erinnern kann, wer ich bin, lächelt sie mich an, weil sie spürt, dass ich jemand bin, den sie liebt. Dieses Mal aber tat sie nicht einmal das. Ich kann es nur so beschreiben, dass diese *Leere*, die Alzheimer-Patienten befällt, stärker ausgeprägt zu sein schien. Trotzdem setzte ich mich zu ihr und redete mit ihr. Ich erzählte ihr von meinem Flug nach New York und dass Carol und ich Gina besucht hatten, verschwieg ihr aber den Grund dafür. Hin und wieder antwortete sie mit: »Wirklich?«, oder: »Das ist schön«, hörte mir aber zumindest zu. Ob sie meine Worte verstand oder nicht, konnte ich nicht sagen, aber ich blieb den ganzen Nachmittag bei ihr.

Auf meinem Weg zu Maggies Wohnung fühlte ich mich ziemlich deprimiert. Der Besuch bei meiner Mom war entmutigend gewesen und machte mich traurig. Ich kam nicht umhin, in Betracht zu ziehen, dass sie bald nicht mehr unter uns sein wird, und ich bin nicht sicher, wie ich damit umgehen soll.

Abends aßen wir etwas vom Chinesen. Ich hatte noch eine Flasche Wein mitgebracht. Maggie schien ein wenig nervös zu sein, als ich bei ihr eintraf, also sprach ich sie darauf an und sie sagte, dass sie einfach nur müde sei und die letzten Tage ohne mich recht anstrengend gewesen wären. Sie sah sehr hübsch aus, und es fühlte sich gut an, ihre Arme um mich zu spüren und einen Kuss zu bekommen. Ich erzählte ihr von meiner Mutter und sie sagte die richtigen Dinge und versuchte mich aufzumuntern.

Sie hatte die Weihnachtsdekoration aufgestellt, zusammen mit einem Weihnachtsbaum mit Lichtern und Weihnachtskugeln und einem Engel als Spitze. »Hey, wann hast du denn dafür noch Zeit gefunden?«, fragte ich.

»Als du in New York warst, natürlich.«

»Aber ich hätte dir doch geholfen. Du hättest damit warten können.«

»So hatte ich über das Wochenende etwas zu tun. Und ich wollte dich damit überraschen, wenn du nach Hause kommst.«

Während wir in ihrem Wohnzimmer aßen und fernsahen, besserte sich meine Laune zusehends. Ich erzählte Maggie von meiner Reise nach New York und meinen Bedenken, was Gina anbelangte. Außerdem erwähnte ich, dass ich mit Carol Frieden geschlossen hatte. Ihre Hochzeit findet nächste Woche statt.

»Ich hoffe, du gehst mit mir zusammen hin«, sagte ich.

»Es wäre mir eine Freude«, antwortete sie. »Ich hatte schon Angst, du würdest nicht mehr fragen.«

»Ich war mir nicht so sicher, ob *ich* überhaupt hingehen sollte, aber ich denke, das werde ich. Gina wird dafür auch nach Hause kommen. Wenn du mit dabei bist, wird es sicher weitaus weniger verstörend werden, Maggie.«

Sie hob eine Augenbraue. »Wieso sollte es denn verstörend sein, solange du mich liebst und nicht immer noch in sie verliebt bist?«

»Was? Nein, ausgeschlossen«, sagte ich. »Ich und noch verliebt in Carol? Du machst wohl Witze? Nein, nein, nein, nein, nein. *Du* bist jetzt die Liebe meines Lebens.« Und damit war es mir ernst.

Im Fernsehen begann *World Entertainment Television* und wie immer führte uns meine alte Bekannte Sandy Lee durch die Sendung. Es waren dieselben geistlosen Geschichten über das Who-is-who in Hollywood wie immer, wer gerade mit wem zusammen war, wieso Soundso wieder aus dem Gefängnis entlassen wurde und anderer Klatsch, der mich nicht die Bohne interessierte.

Dann sagte Sandy Lee wie aus heiterem Himmel: »Bleiben Sie dran für eine Geschichte über die Black Stiletto und ihre Zeit in Los Angeles, gleich nach der Werbung.« Das erregte meine Aufmerksamkeit. Tatsächlich schreckte es mich so sehr auf, dass ich mir den Wein über mein Hemd kippte. Ich musste in die Küche laufen und kaltes Wasser darüber laufen lassen. Jetzt war es voller Flecken, aber das kümmerte mich nicht weiter. Ich war rechtzeitig zur Story zurück. Zum Glück machte sich Maggie mehr Sorgen um mein Hemd und zwang mich, es auszuziehen. Sie nahm es in die Wäschekammer, während ich weiter das Programm verfolgte.

Sandy Lee interviewte einen Polizisten aus L.A. im Ruhestand, welcher erzählte, der Stiletto während eines Bankraubs begegnet zu sein. Sein Name war Scott Garriott und er war Ende der Fünfziger, der Sechziger und der Siebziger Streifenpolizist gewesen. In den Achtzigern war er pensioniert worden und ging nun stramm auf die Neunzig zu. Geistig schien er aber noch ganz fit zu sein, denn er beschrieb meine Mutter ziemlich treffend.

»Sie war groß, athletisch, und hatte hübsche braune Augen«, berichtete er. »Es war 1961 und ich war mit meinem Partner Danny Delgado im Streifenwagen unterwegs. Es war im September, und ich erinnere mich noch, als wäre es erst gestern gewesen. Wir fuhren zum Revier zurück, denn unsere Schicht war so gut wie vorüber. Plötzlich bekamen wir über Funk einen Raubüberfall in der Pacific Bank kurz hinter dem Hollywood Boulevard gemeldet. Danny und ich waren die ersten Polizeibeamten vor Ort und wir überraschten die Bankräuber. Einer der Angestellten musste wohl den stummen Alarm ausgelöst haben. Danny und ich warteten nicht auf Verstärkung. Es waren insgesamt vier, bewaffnet und maskiert. Zwei hielten die Angestellten und ein paar Kunden als Geiseln, während sich die beiden anderen im hinteren Teil an die Arbeit gemacht hatten.

Sie trugen Halloweenmasken von Filmmonstern, sie wissen schon, Dracula, Frankenstein und der Wolfsmensch.

Wir stürmten hinein und Danny wurde angeschossen. Ich ging hinter einem Banktresen in Deckung und feuerte meine Waffe auf einen der Räuber ab. Aber einer der Ganoven packte eine Zivilistin und hielt ihr eine Kanone an den Kopf, also gab es nichts, was ich hätte tun können. Danny war verwundet worden und benötigte medizinische Hilfe, also warf ich den Mistkerlen meine Waffe zu und hob die Hände, so wie sie es von mir verlangten.

Aber wer tauchte dann plötzlich auf? Die Black Stiletto. Ich habe keine Ahnung, woher sie so urplötzlich gekommen war, aber da war sie, in der Bank, wich Kugeln aus und kämpfte mit den Verbrechern. Ich konnte es nicht fassen. Ich hatte schon gehört, dass sie in Los Angeles wäre, aber ich wollte es nicht glauben, bis ich sie mit meinen eigenen Augen sah. Die Bankräuber entkamen in einem Van, der mit quietschenden Reifen vor dem Vordereingang hielt und sie aufgabelte. Die Black Stiletto verschwand ebenfalls. Die Räuber hatten irgendetwas aus einem Bankschließfach mitgehen lassen, aber kein Geld mitgenommen. Vielleicht haben sie das Geld zurückgelassen, weil die Stiletto plötzlich aufgekreuzt war. Die Sache ist aber die ... ich bin nicht sicher, ob die Stiletto nicht sogar in den Überfall involviert war. Steckte sie mit der Gang womöglich unter einer Decke? Möglich wäre es. Ihr Eingreifen konnte auch nur eine Ablenkung gewesen sein, damit die Ganoven entkommen konnten.«

Nun, ich glaubte kein Wort von der Geschichte. Es war unsinnig. Mom würde niemals irgendwelchen Bankräubern helfen. Wahrscheinlich wollte sie den Raubüberfall stoppen, ihre Handlungen wurden aber falsch ausgelegt.

Die Bankräuber wurden nie gefasst.

Wissen Sie, ich habe mich immer gefragt, wie und vor allem *warum* meine Mutter von New York nach L.A. kam. Ob dieses

Geheimnis in dem nächsten Tagebuch gelüftet wird? Ich muss am Ball bleiben und das Dritte zu Ende lesen und dann mit dem nächsten beginnen. Vielleicht findet sich dort ein Hinweis, wer Richard Talbot wirklich gewesen war.

Der Fernsehbericht und das Nachdenken über die Identität meines Vaters lösten aber etwas in mir aus. Plötzlich fühlte ich mich nicht mehr so gut. Ich spürte, dass sich eine weitere Panikattacke ankündigte und ich wollte nicht in der Gegenwart von Maggie sein, wenn es passierte. Ich lief hinaus und fand sie in der Waschküche. Ich nahm ihr das nasse Hemd ab und zog es über.

»Ich muss gehen«, sagte ich.

»Martin, dein Hemd ist ganz nass!«

»Ist mir egal, ich muss los. Ich ziehe es zuhause aus.«

»Martin, was ist los?«

»Nichts, ich muss einfach nur gehen. Es tut mir leid, Maggie. Bitte ...«

»Aber wieso?«, fragte Maggie. »Du hast getrunken, du kannst nicht mehr fahren.«

»Und ob ich das kann.«

»Martin, was stimmt denn nicht mit dir?«

»Ich fühle mich nicht so gut.«

»Dann solltest du auf keinen Fall gehen.«

»Ich gehe.« Abrupt wendete ich mich zur Wohnungstür und zog mein Jackett über das nasse Hemd.

»Martin, *was verbirgst* du vor mir?«, wollte Maggie wissen.

»*Gar nichts!*«, schrie ich. Maggie zuckte vor meinem Wutausbruch zurück und ich entschuldigte mich sofort. »Es tut mir leid Maggie, tut mir leid. Ich wollte dich nicht anschreien.«

»Ist schon okay, Martin. Aber ich bin auf deiner Seite, um Himmels willen.«

Ich wusste nicht, was ich tun sollte und hielt es für das Beste, zu verschwinden. »Ich muss gehen. Tut mir leid, Maggie. Wir reden morgen darüber.«

Und dann ging ich.

Verflucht, ich bin ein elender Krüppel. Und das ist alles nur Moms Schuld.

37 | Judys Tagebuch

1960

19. Oktober

Ich nahm den Fahrstuhl ins vierte Stockwerk. Nachdem sich die Türen geöffnet hatten, schaute ich vorsichtig in den Mitarbeiterbereich und überzeugte mich davon, dass niemand hier war. Ich flitzte zu den Treppen, rannte in den fünften Stock hinauf und stand dann vor dem Korridor, wo sich die Eingänge zu den Logen des Ballsaals befanden. Sicherheitshalber spähte ich um die Ecke und sah Ivan vor einer der Logen stehen. Die Vorhänge waren geschlossen. Ich nahm an, dass sich Michael darin mit seinem Scharfschützengewehr aufhielt und sich darauf vorbereitete, Kennedy und Nixon zu ermorden. Ivan trug noch die gleiche Hotelpagen-Uniform wie zuvor. Neben ihm stand ein Rollwagen, wie ihn die Hotelpagen benutzten, um Gepäckstücke herumzufahren. Gebügelte Tischdecken und Servietten stapelten sich darauf, Ich nahm an, dass sie diesen Wagen als Tarnung benutzt hatten, um sich frei im Hotel bewegen zu können. Niemand würde zwei Hotelpagen verdächtig finden, die Tischwäsche durch das Gebäude schoben.

Ivan schien auf irgendetwas zu warten, weshalb ich annahm, dass Michael noch nicht geschossen hatte. Vielleicht konnte ich ja doch noch den Ausgang dieses Abends verändern.

Ohne wirklichen Plan im Kopf spurtete ich wie bei einem Sechzig-Meter-Sprint auf den kommunistischen Agenten los. Ich war so schnell, dass er mich erst sah, als es bereits zu spät war. Ivan riss vor Schreck die Augen weit auf, als er schließlich die Black Stiletto wie eine Lokomotive direkt auf sich zustürmen sah. Er griff in sein braunes Jackett und zog eine Pistole hervor, wahrscheinlich eine der Smith&Wesson, die ich bei ihnen gesehen hatte, aber bevor er damit auch nur halbwegs auf mich zielen konnte, prallte ich schon mit ihm zusammen. Es gelang ihm noch, sich abzuwenden und den Aufprall abzufedern, aber ich wirbelte herum und holte mit meinem Fuß zu einem *Mawashi-Geri*-Roundhouse-Tritt gegen Ivans Körper aus. Mein Stiefel krachte gegen seine Hand mit der Waffe und ließ die Halbautomatik durch die Luft segeln. Ich ging sofort wieder in Position und ließ einen Hagel meiner speziellen Gottesanbeter-Faustschläge auf ihn einprasseln, schlug ihm ohne Pause ins Gesicht, auf die Schultern, die Brust und seinen Hals, immer und immer wieder. Kaum verwunderlich, dass er davon zu Boden ging, aber er schüttelte die Sterne, die ihm um den Kopf kreisen mussten, schnell wieder ab und stürzte sich auf die Waffe, die anderthalb Meter von ihm entfernt lag. Ich beförderte die Smith&Wesson mit dem Fuß über den Flur auf die andere Seite aus seiner unmittelbaren Reichweite heraus. Dann trat ich Ivan mit meinem anderen Bein direkt ins Gesicht.

In diesem Moment steckte Michael seinen Kopf durch die Vorhänge hindurch. »Was ...?«, murmelte er und riss dann die Augen auf, als er mich erblickte.

»Geh wieder rein!«, befahl Ivan. »Erledige den Job! Sofort!«

Ich drehte mich um, um Michael zu packen und daran zu hindern, seine Mission zu vollenden, aber Ivan riss mich um. Wir beide fielen auf den Teppichboden, er oben auf. Er bearbeitete mich mit beiden Fäusten, während Michael wieder in der Loge verschwand. Für einen Moment war ich benommen. Ivan ließ von mir ab, kletterte von mir herunter und kroch auf allen vieren durch den Flur zu seiner Waffe. Als mir klar wurde, was er vorhatte, rollte ich mich herum und setzte zu einem Sprung durch den Korridor an, um ihn zu erwischen. Aber er überraschte mich, indem er mir mit beiden Händen einen Draht wie ein Lasso um den Hals legte. Er zog fest zu, und *oh mein Gott,* liebes Tagebuch, plötzlich wurde mir die Luft abgeschnitten. Meine Ledermaske half nur wenig und bewahrte mich allenfalls davor, dass der Draht in meine Haut einschnitt, was auch nicht so schön gewesen wäre. Ivan hatte mich mit einer Garrotte angegriffen, einem Hilfsmittel, dessen sich Killer oft bedienten, um ihre Opfer zu strangulieren oder sogar zu enthaupten. Fiorello hatte mir alles darüber erzählt.

Während ich nach dem Draht um meinen Hals krallte, stand Ivan auf und zog mich mit sich nach oben. Ich litt fürchterliche Schmerzen und konnte kaum atmen, aber instinktiv zog ich mein Stiletto. Wofür sollte ich mich entscheiden? Ivan davon abzuhalten, mich umzubringen, oder Michael zu stoppen, bevor er Kennedy umbrachte?

Ich warf das Messer durch den Flur und es bohrte sich durch den roten Samtvorhang vor der Loge. Ich konnte nicht sehen, was passierte, aber das leise, dumpfe Geräusch, als die Klinge ins Ziel traf, war Musik in meinen Ohren. Doch nach ein paar Sekunden trat Michael aus der Loge und begann seltsam unbeholfen über den Flur und auf den Ausgang zuzulaufen. Mein Stiletto steckte in seinem Rücken. Er wollte sich davonmachen.

Damit blieb nur noch der Russe, und ich wusste, dass ich nur wenige Sekunden davon entfernt war, ohnmächtig zu werden. Ivan war groß und kräftig, ich aber schlank und flink. Ich trat nach hinten aus und erwischte dabei sein linkes Bein. Er grunzte, also wusste ich, dass ich ihm Schmerzen bereitet haben musste. Ich tat es sofort noch einmal, dieses Mal härter. Aber verflucht noch mal, der Russe wollte sich dem Schmerz einfach nicht geschlagen geben. Ich zielte auf sein Knie, aber mir ging die Puste aus. Der Flur um mich herum wurde dunkel. Mir ging der Sauerstoff aus. Und dann stellte sich Panik ein. Ich würde sterben.

Kurz darauf glaubte ich, etwas Dunkles und *Schnelles* wahrzunehmen, dass uns attackierte. Wir beide fielen zu Boden und

Ivan löste die Schlinge um meinen Hals! Nach Luft schnappend rollte ich mich nach vorn und riss ihm den verfluchten Draht aus den Händen. Mit frischer, süßer Luft in der Lunge sah ich auf und erkannte, was passiert war.

Billy stand in traditioneller *Wushu*-Kampfposition vor Ivan, der sich noch immer von der mir unbekannten Attacke erholen musste, die mein junger chinesischer Freund gegen den Russen angewendet hatte. Sobald sich Ivan auf seinen Gegner konzentrierte, ging Bill zum Angriff über und deckte ihn mit mehreren Gottesanbeterinnen-Schlägen ein. Ich rappelte mich auf, hustete, versuchte immer noch, wieder genügend Luft durch meine Luftröhre zu bekommen, und sah zu, wie Billy Ivan Saures gab. Nachdem ich wieder zu Atem gekommen war, fragte ich mich, ob man uns wohl unten im Ballsaal hören würde. Bis jetzt war der Kampf erstaunlich still abgelaufen. Sollte ich um Hilfe rufen? Was würde ich tun, wenn Agenten des Secret Service oder die Polizei den Korridor entlanggestürmt kämen? Ich war mir nicht sicher, ob ich das riskieren wollte.

Ich riss den Kopf im selben Moment wieder zu Billy und Ivan herum, als der sowjetische Agent dem Jungen einen derben Schlag verpasste und Billy damit zu Boden schlug. Im Bruchteil einer Sekunde, den ich dafür brauchte, um reagieren und ihn angreifen zu können, erspähte Ivan die Pistole, die nur ein paar Zentimeter von ihm entfernt lag. Sein Blick traf sich mit meinen. Er wusste, dass er die Pistole aufheben konnte, bevor ich bei ihm sein würde, und er wusste, dass ich es wusste. Der Mann schnappte sie und zielte auf mich, während ich mich auf ihn stürzte. Es hätte ihm gelingen können, doch ich riss ihn um, bevor er imstande war, sie abzufeuern. Ich packte sein Handgelenk mit beiden Händen und versuchte, es so fest zusammenzudrücken, dass er die Waffe fallen ließ, doch es gelang ihm, seine Hand aus meinem Griff herauszuwinden und mir den Lauf an den Kopf zu halten. Ich lockerte den

Griff meiner Rechten und hieb mit ihr stattdessen gegen seine Hand. Aus dem Handgemenge wurde ein Tauziehen um die Waffe, nur dass wir gegeneinander drückten, anstatt zu ziehen. Ich stemmte meinen Körper mit aller Kraft gegen ihn und zog einen kleinen Vorteil daraus, die Absätze meiner Stiefel in den Teppich am Boden bohren zu können. Aus den Augenwinkeln sah ich, wie Billy aufstand und seinen Kopf schüttelte. Dieses Mal konnte ich mich nicht darauf verlassen, dass mein Freund mir den Rücken freihielt, also konzentrierte ich mich darauf, Ivans unheimliche körperliche Stärke zu überwinden.

Die Hand mit der Waffe zuckte einen Zentimeter in die Richtung des Russen, dann kroch sie wieder zwei Zentimeter auf mich zu. Und immer so weiter, hin und her, wie beim Armdrücken. Ich keuchte und er biss die Zähne zusammen. Unsere Blicke trafen sich und ich konnte seine Verachtung aus ihnen herausquellen sehen. Ich hatte seinen großen Plan ruiniert. Ganz egal, was jetzt noch geschah – sein Vorhaben, Kennedy umzubringen, war vereitelt worden.

Und dann war ein *Fffump* zu hören, als sich die Smith&Wesson in unseren Händen aufbäumte. Der Knall war laut, aber nicht so laut wie ein normaler Pistolenschuss. Ich hatte keine Ahnung, was passiert war, aber Ivan schien Schmerzen zu verspüren. Sein Blick wechselte von Überraschung zu blankem Entsetzen. Ein blutroter Fleck erblühte auf seinem weißen Hemd und breitete sich über seiner Brust aus. Er starb in meinen Armen, Auge in Auge und bis zum letzten Moment mit mir ringend.

Die Smith&Wesson fiel auf den Teppich und da erst bemerkte ich den andersartigen Lauf. An dessen Ende befand sich ein dicker Zylinder, den ich vorher nicht wahrgenommen hatte.

Billy half mir auf die Beine. »Ist mit Ihnen alles in Ordnung?«
»Ja. Was ist mit dir?«
»Mir geht's gut.«

»Was tust du hier?«, fragte ich.

»Ich kam hier herauf, um mir in einer der leeren Logen Kennedys Rede anzuhören.«

»Nun, du bist genau im richtigen Moment hier aufgetaucht, Billy. Danke.«

»Gern geschehen. Jetzt sind wir quitt!« Er grinste breit über sein Gesicht und schien sehr stolz auf sich zu sein.

»Das hast du großartig gemacht, Billy.« Ich sah mir die Pistole näher an. »Die war nicht besonders laut.«

Er deutete auf den Lauf. »Sie hat einen Schalldämpfer.«

»Was?«

»Das da auf dem Lauf, das ist ein Schalldämpfer.«

»Ah, ich verstehe.«

Das Geräusch von Beifall aus dem Großen Ballsaal brachte mich wieder in die aktuelle Situation zurück. Schnell huschte ich zu der Loge und zog die Vorhänge auseinander. Das Scharfschützengewehr lag auf dem Boden. Ich nutzte die Gelegenheit und spähte auf die Menge hinab. Kennedy und Nixon saßen an ihren Tischen, völlig ahnungslos über das, was sich soeben zwei Stockwerke über ihnen abgespielt hatte. Selbst die Männer vom Secret Service hatten keine Ahnung. Sie hatten uns weder gehört noch gesehen.

Ich hob das Gewehr auf und verließ die Loge. Billy wartete auf Instruktionen und ich deutete auf Ivan. »Wir müssen ihn hier wegbringen«, sagte ich. »Je weniger die Öffentlichkeit darüber erfährt, umso besser.« Billy zeigte auf den Rollwagen. Ich nickte. »Gute Idee.«

Billy half mir dabei, Ivan hochzuheben und seine Leiche auf den Wagen zu hieven, dann bedeckten wir ihn mit einer Tischdecke. Das Scharfschützengewehr und die Smith&Wesson schob ich ebenfalls darunter,

Liebes Tagebuch, ich kann noch immer nicht glauben, was Billy und ich getan haben. Wir schafften es, diesen Wagen den

Korridor entlang und die Rampe hinauf zu fahren und ihn dann die Treppenstufen ins vierte Stockwerk zu *tragen*, wo wir um die Ecke herumkurvten und zu dem Fahrstuhl fuhren. Keine einzige Menschenseele beobachtete uns dabei. Die einzige Erklärung, die ich dafür habe, ist die, dass das gesamte Personal mit anderen Dingen beschäftigt war. Immerhin fand im Ballsaal des Hotels gerade ein wichtiges, prominent besetztes Bankett statt, an dem unter anderem der Senator von Massachusetts, der Vizepräsident der Vereinigten Staaten und viele andere VIPs teilnahmen. Außerdem war die Route, die wir nahmen, abseits gelegen und wurde nur von den Mitarbeitern bei den Schichtwechseln benutzt. Trotzdem hatten wir ungeheures Glück.

»Danke, Billy«, sagte ich. »Ich möchte, dass du jetzt gehst. Bitte erzähle niemandem davon, in Ordnung?«

»Ich soll nicht zur Polizei gehen?«

»Nein. Wir dürfen nicht in diese Sache verwickelt werden, vertraue mir.«

»Sind Sie sicher, dass es Ihnen gut geht?«

Ich sah an meinem Outfit hinab. Ein großer Teil meines Oberteils war von Ivans Blut getränkt.

»Ja. Bitte, Billy, du musst jetzt verschwinden.«

»Okay.«

»Ich danke dir.«

Der Fahrstuhl kam. Ich schob den Wagen hinein und Billy verduftete. Ich hatte eine ziemlich gute Idee, wohin Michael gegangen sein würde. Als ich im siebenundzwanzigsten Stock ankam, ging ich in die Hocke, hob die Tischdecke an und griff in Ivans Hosentasche, um den Schlüssel für die Suite herauszuholen. Ich fand ihn und dann schloss ich leise die Tür damit auf. Ich rechnete fest damit, Mitch und Alice und Michael in dem Zimmer vorzufinden, mit ihren Waffen in den Händen und bereit, mich umzunieten, aber ich schwang die Tür trotzdem auf.

Michael lag mit dem Gesicht nach unten mitten im Wohnzimmer. Er war unter der Messewunde zusammengebrochen und das Stiletto ragte noch immer aus seinem Rücken. Überall auf dem Teppich war Blut. Die Schlafzimmertür war geschlossen, also schlich ich zu ihr und öffnete sie vorsichtig.

Leer.

Ich kehrte zur Zimmertür zurück und rollte den Wagen herein.

Als Erstes zog ich mein Stiletto aus der Leiche, dann wusch ich so gut es eben ging das Blut von dem Messer und meinem Outfit. Erst danach dachte ich darüber nach, wo ich war und was ich getan hatte. Die Black Stiletto war allein in einer Hotelsuite, zusammen mit zwei toten russischen Agenten. Ich wusste, dass sich die Polizei und das FBI früher oder später mit dem Fall befassen würden, also grübelte ich darüber nach, welche Geschichte ich ihnen durch das entsprechende Umarrangieren des Tatorts auftischen sollte. Es wäre nicht der wahre Tathergang, aber vielleicht würden sie es mir abkaufen.

Als ich damit fertig war, zog ich die Maske vom Kopf und legte sie in den Rucksack, warf mir meinen Trenchcoat über mein Outfit und verließ das Hotelzimmer. Ich nahm den Personenaufzug bis ins Erdgeschoss. Während das Dinner im Ballsaal noch in vollem Gange war oder vielleicht gerade seinem Ende zuging, lief ich aus dem Hotel, als wäre nichts geschehen.

Zum Glück wusste ich, wo ich Mitch und Alice finden würde. Wenn sie mein Werk in der Hotelsuite entdeckten und nach Hause liefen, würde dort bereits die Black Stiletto auf das betrügerische Paar warten.

38 | Judys Tagebuch

1960

19. Oktober

Vor ihrem Appartementhaus auf der E. 52nd Street trat ich in einen dunklen Winkel, setzte mir die Maske auf und stopfte meinen Trenchcoat in den Rucksack zurück. Ich war wieder die Stiletto. Ich wusste, welche *Terrasse* der Feuerleiter zu Mitch und Alice gehörte – die sechste, ganz oben. Ich konnte ohne Probleme die Silhouetten der Pflanzen erkennen, denn aus dem Fenster dahinter drang Licht. Und du wirst es nicht glauben – der schwarze Packard parkte nur wenige Meter die 52nd hinunter.

Ich überlegte mir genau, wie ich vorgehen sollte. Der Trick bestand darin, die Feuerleiter hinaufzusteigen, ohne von Passanten gesehen zu werden. Es war zwischen 21 und 21:30 Uhr, also waren noch viele Menschen unterwegs. Ich wollte vermeiden, dass die Black Stiletto in *irgendeiner Weise* mit den bisherigen Geschehnissen in Zusammenhang gebracht würde. Die Polizei würde mit Sicherheit mit den Leuten im HQ reden, und auch mich, Judy, befragen. Unbeabsichtigterweise könnte mich irgendetwas mit der Stiletto in Verbindung bringen. Außerdem ging ich davon aus, dass das für mein Alter Ego schlechte Publicity bedeuten würde, selbst wenn ich alle gerettet hatte.

Zu meinem Glück ebbte der Verkehr für einen Moment ein wenig ab. Die nächsten Personen kamen gerade vom anderen Ende des Häuserblocks auf mich zu. Ich rannte über die Straße, stellte mich unter die Feuerleiter, schwang mein Seil mit dem Wurfhaken und zog damit die Leiter herunter. Als die Passanten unter mir vorbeiliefen, kauerte ich bereits in der Dunkelheit der Plattform auf der vierten Etage. Von dort kletterte ich langsam bis ganz nach oben und sah durchs Fenster. Ich erinnerte mich wieder, dass sich die *Terrasse* vor Mitchs und Alices Schlafzimmer befand.

Zu meiner Überraschung sah ich Alice auf dem Bett liegen, die immer noch ihr Kleid trug. Ein offener Koffer stand neben ihr, aber ich konnte nicht erkennen, was sich darin befand. Es schien, als hätten Mitch und Alice das Dinner früher verlassen und waren dabei, zu verschwinden, aber wieso um alles in der Welt sollte Alice dann ausgerechnet jetzt ein Nickerchen machen?

Ich versuchte mein Glück am Fenster und fand es unverriegelt vor. Ich schob es nach oben und stieg hindurch. Erst nachdem ich mich dem Bett genähert hatte, wurde mir klar, was wirklich passiert war. Alices Augen waren geöffnet und starrten leblos an die Decke. Weißer Schaum hatte sich um ihren Mund gebildet und rann an ihren Mundwinkeln aufs Bett hinunter. Sie hatte also nicht gelogen, was die giftigen Tabletten betraf. Sie war tot und ich empfand ein wenig Trauer darüber. Immerhin *waren* wir Freunde gewesen. Ich hatte sie *gemocht*. Sie *und* Mitch! Aber sie hatten mich hintergangen. Und das machte mich zornig.

Ein weiterer Schock erwartete mich, als ich einen Blick in den offenen Koffer warf. Er war voller Geld, Bündel voller amerikanischer Banknoten. Die Bezahlung, die Alice schlussendlich versagt blieb?

Ich hob den Kopf und sah Mitch im Türrahmen stehen. Meine Entdeckungen auf dem Bett mussten mich zu sehr aufgerüttelt haben, um ihn zu bemerken. *Natürlich* hielt er eine Waffe auf mich gerichtet. Meine Reflexe schalteten sich ein und ich hechtete zur Seite, als er die Waffe abfeuerte. Der Schuss war laut und würde mit Sicherheit die Polizei auf den Plan rufen, aber er verfehlte mich. Ich rollte mich nach vorn über den Boden ab und kam hinter dem Bett wieder auf die Beine, nahe genug, um Mitchs Arm mit der Waffe zu packen, mich zurückfallen zu lassen und ihn mir über den Kopf zu werfen.

Die Pistole segelte durch den Raum. Ich sprang schnell wieder auf, zog mein Stiletto und richtete es auf Mitch, der am Boden kauerte.

»Bitte nicht!«, stammelte er.

Er litt Todesangst – und das nicht unbedingt nur meinetwegen.

»Wollt ihr irgendwohin?«, fragte ich.

Mitch nickte.

»Das Land verlassen?«

Er nickte wieder.

»Was ist mit Alice passiert?«

»Als es bereits nach 21 Uhr war und nichts geschah, standen wir von unserem Tisch auf und sind gegangen. Wir wussten, dass etwas schiefgelaufen sein musste. Alice hatte zu große Angst. Sie ... sie bestand darauf ...«

»Wieso hast du dich nicht ebenfalls umgebracht?«

Mitchs Mund bebte und seine Augen huschten ruhelos durch den Raum. »Ich hatte Angst«, antwortete er. »Bitte, Judy, lass mich gehen.«

Judy? Er hatte mich Judy genannt!

»Du bist es doch, oder nicht?«, ergänzte er. »Ich denke, dass du es bist.«

Das erschwerte die Dinge. Ich konnte ihn nicht einfach nur fesseln und den Cops überlassen, denen er dann erzählen würde, dass ihn die Black Stiletto alias Judy Cooper erwischt hatte. Was sollte ich also mit ihm anstellen? Ich konnte ihn schließlich ebenso wenig einfach kaltblütig *ermorden*, dazu war ich nicht fähig.

»Hast du noch deine Pille?«, fragte ich ihn.

Er nickte.

»Meinst du nicht, dass das erstrebenswerter wäre als das Gefängnis?«

Mitch schüttelte den Kopf. »Das Gefängnis ist erstrebenswerter als das, was mit uns geschieht, wenn wir versagen.«

Mit diesen Worten sprang er unverhofft auf und hastete auf das Fenster zu. Ich sprang ihm hinterher und bekam seine Beine zu fassen, gerade als er auf die Plattform der Feuertreppe hinaussprang. Mitch trat mit Wucht nach mir, weshalb ich ihn losließ und er entkam. Ich kletterte durch das Fenster und folgte ihm die Feuertreppe hinauf aufs Dach – aber bevor er dieses erreichen konnte, sprang eine der Schrauben ab, welche das obere Ende der Leiter mit dem Rand des Gebäudes verbanden. Kleinere Ziegel- und Betonbrocken regneten auf uns herab, als Mitch den Halt verlor. Er fiel. Ich besaß die Kühnheit, seinen Arm zu packen, aber sein Gewicht zog mich nach unten. Ich stürzte auf die Plattform im sechsten Stock hinunter. Mitch aber prallte auf das Geländer und rutschte auf der anderen Seite davon ins Leere. Es gab nichts, was ich für ihn hätte tun können. Er schrie den ganzen Weg hinab. Als ich es über mich brachte, hinunterzusehen, sah ich seinen Körper mit abgespreizten Gliedmaßen auf dem Gehsteig liegen.

Der Himmel möge mir verzeihen, aber ich empfand keine Reue für Mitch oder Alice, und ich war erleichtert, dass mein Geheimnis zusammen mit den beiden Verrätern gestorben war.

Eilig rannte ich zurück in das Schlafzimmer, ließ das Fenster aber geöffnet. Ich musste mir rasch einen weiteren Tatort ausdenken und dann so schnell wie möglich von hier verschwinden. Die Polizeisirenen in der Ferne kamen näher, und ich hegte keinen Zweifel daran, dass sie bereits zur 52nd Street unterwegs waren. Ich nahm meine Maske ab und warf meinen Trenchcoat über. Bevor ich jedoch das Zimmer verließ, klappte ich den Koffer voller Geld zu, ließ die Verschlüsse zuschnappen und nahm ihn mit. Er war schwer, aber ich würde es schaffen.

Der Fahrstuhl war leer. Als ich im Erdgeschoss ankam, hatten sich bereits einige Leute um Mitchs Leichnam versammelt.

»Was ist passiert?«, fragte ich unschuldig.

»Der Kerl ist gesprungen«, sagte ein Mann.

»Oh mein Gott!«

»Wohnen Sie in dem Haus?«

»Nein, ich habe Freunde besucht. Ich bin auf dem Weg zum Bahnhof.« Danach beachtete mich der Mann nicht weiter, also lief ich davon.

Jetzt bin ich zuhause und der Morgen bricht beinahe an. Ich werde versuchen, noch ein paar Stunden Schlaf zu bekommen, bevor ich im Gym erscheinen muss. Ich würde zu gern das Geld in dem Koffer zählen, aber ich bin einfach zu müde. Ich habe ihn unter meinem Bett versteckt, für später, und mich erst einmal ins Bett verkrümelt.

Wie gesagt, ich bin immer noch erschüttert von den Vorgängen heute Nacht, aber jetzt, wo ich alles aufgeschrieben habe, fühle ich mich ein wenig besser. Gute Nacht.

21. Oktober

Heute Abend habe ich mir in Lucys und Peters Appartement die vierte Debatte zwischen Kennedy und Nixon angesehen. Es lief ziemlich gut, und ich glaube, Kennedy war der Gewinner. Ich habe jetzt ein ziemlich gutes Gefühl, was die Wahl anbelangt. Ich denke, Kennedy wird gewinnen. Die beiden Kandidaten über vier Gesprächsrunden hinweg im Fernsehen sehen zu können, hat geholfen, sie ihn jedermanns Wohnzimmer zu bringen, sozusagen, und jeder hat das Gefühl, nun eine sehr viel persönlichere Wahl zu treffen.

Zumindest aber bin ich froh, dass beide noch am Leben sind.

Die Zeitungen von gestern warteten mit kleineren Berichten über mein Werk auf. Ein Artikel berichtete über zwei russische Männer, verkleidet als Waldorf-Astoria-Hotelpagen, die sich gegenseitig in einer Suite umgebracht hatten. Einer von ihnen war erstochen worden, der andere hatte sich selbst erschossen.

Offenbar hatten sie diplomatische Verbindungen zur sowjetischen Mission der Vereinten Nationen, weshalb das FBI und die CIA nun untersuchten, ob ihre Anwesenheit in irgendeinem Zusammenhang mit dem Auftritt der beiden Präsidentschaftswahlkandidaten während des Alfred-E.-Smith-Dinners im gleichen Gebäude stand. Natürlich leugnete die sowjetische Gesandtschaft, die beiden Männer zu kennen.

In einem anderen Artikel wurde gemeldet, dass sich ein kubanisch-amerikanisches Paar in einem Appartement im östlichen Teil des Stadtzentrums umgebracht hatte. Die Frau, Alice Graves, hatte sich vergiftet, während sich der Mann, Mitch Perry, von der Feuerleiter im sechsten Stockwerk in die Tiefe gestürzt hatte. Die Polizei untersuchte noch die Möglichkeit, dass er seine Frau umgebracht hatte, bevor er sich in den Tod stürzte. Perry wurde als erfolgreicher Börsenmakler beschrieben, was seine Motivation noch rätselhafter machte.

Die Black Stiletto blieb unerwähnt.

Heute kam die Polizei ins HQ, um mit Mr. Dudley und Mr. Patton zu sprechen. Da Mitch und Alice ehrenamtlich für Kennedys Wahlkampf gearbeitet hatten, gingen die Cops nun allen Spuren nach. Mit uns sprachen sie aber nicht. Bislang haben sie das Paar noch nicht mit Michael oder Ivan in Verbindung gebracht, und ich bezweifle auch, dass sie das werden.

Ich denke, ich bin dahintergekommen, was in jener Nacht im Waldorf hätte passieren sollen. Ivan hatte eine Suite im siebenundzwanzigsten Stock gebucht, als Operationsbasis. Mitch hatte das Scharfschützengewehr wahrscheinlich in seinem Koffer und zusammen mit den anderen Gepäckstücken ins Hotel geschmuggelt. Die Dinner-Tickets waren eigentlich für Mitch und Alice bestimmt gewesen, nicht für Ivan und Michael. Ivan und Michael hatten sich als Hotelpagen verkleidet, um sich so ungehindert in dem Hotel bewegen zu können. Zum rechten Zeitpunkt hätte sich Michael in die Loge begeben, den Koffer geöffnet, das Gewehr zusammengesetzt, Kennedy und Nixon erschossen und wäre dann mit dem Koffer zu den Treppen gehastet. Den Koffer hätte er in Zimmer 2730 verstaut. Er und Ivan, noch immer als Hotelpagen verkleidet, hätten daraufhin und in all dem Chaos völlig unauffällig sofort das Hotel verlassen, danach die Stadt, und wären einfach verschwunden. Mitch und Alice hätten die Nacht noch in der Suite verbracht, wären am Morgen darauf ausgecheckt und mit dem Gewehrkoffer als einem ihrer Gepäckstücke abgereist. Ihre Anwesenheit bei dem Dinner wäre das perfekte Alibi gewesen.

Wenn ich mich nicht schwer täusche, werden die Geschichtsbücher nie einen Hinweis auf ein geplantes Attentat auf John F. Kennedy und Richard Nixon an einem 19. Oktober 1960 enthalten. Niemand weiß etwas davon, außer den Commies natürlich, und die werden sich hüten, etwas zu verraten, haha.

Oh, und soll ich dir noch etwas verraten, liebes Tagebuch? In dem Koffer befanden sich zwanzigtausend Dollar. Ich habe keine Ahnung, woher das Geld stammt, aber jetzt gehört es mir! Juhu!

39 | Maggie

Heute

Vor ein paar Tagen habe ich mich sehr über Martin geärgert. Er ging an jenem Abend einfach ohne jeglichen Grund nach Hause. Sein Benehmen war völlig bizarr – er zog sich ein nasses Hemd an, das ich gerade für ihn waschen wollte, und dann verschwand er. Offenbar quälte ihn etwas, aber er wollte mir nicht sagen, was es war. Irgendetwas im Fernsehen musste ihn aufgewühlt haben, denke ich. Außerdem erfuhr er wohl ein paar schlechte Neuigkeiten über seine Mutter im Krankenhaus, weshalb auch das eine große Rolle spielen könnte. Aber wie soll es mit uns weitergehen, wenn er mit mir nicht darüber reden und bezüglich der Dinge, die ihn umtreiben, ehrlich sein will?

Bill Ryan rief mich heute im Büro an, weshalb ich ihn dann während meiner Mittagspause zurückrief.

»Judys und Martins Sozialversicherungsnummern wurden 1962 in Odessa, Texas angemeldet«, sagte er.

»Martin war gerade erst geboren, also macht das durchaus Sinn«, überlegte ich laut. »Aber wieso sie?«

»Vielleicht hat sie ihren Ausweis verloren und musste sich neu registrieren lassen. Vielleicht war sie nie registriert. Oder …«

»Vielleicht hat sie ihre Identität gewechselt?«

»Das ist durchaus möglich. Der neue Ausweis lautete auf ihren Ehenamen – Talbot. Dieser Teil bleibt also weiter ein Geheimnis.«

Das konnte man laut sagen.

Ich fürchte, ich muss annehmen, dass Judy in Los Angeles eine Art Kriminelle gewesen sein muss. Die Hinweise darauf sind mehr als stichhaltig. Und wie kann es sein, dass Martin nichts über ihre Schussverletzungen weiß? Es ergibt einfach alles keinen Sinn.

Ich habe beschlossen, dass ich Martin mit meinem Verdacht konfrontieren und ihm sagen muss, dass ich die Beziehung beenden werde, wenn er mir nicht verraten will, was er vor mir geheim hält. Ich möchte so etwas nicht noch einmal erleben müssen. Lügen und Täuschungen zerstörten bereits die andere ernsthafte Liebesbeziehung, die ich in meinem Leben hatte. Es gibt da einen dunklen *Fleck*, der Martin und seine Mutter überschattet, und ich muss wissen, was es ist. Ich kann an nichts anderes mehr denken, denn, nun ja, ich denke, ich liebe ihn wirklich. Ich möchte Martin nicht von mir weisen, aber ich weiß aus Erfahrung, dass genau das passieren muss, wenn ich keine Antworten bekomme.

Aber zuerst müssen wir zur Hochzeit seiner Ex-Frau fahren. Oh je.

40 | Judys Tagebuch

1960

5. November

Gestern hatte ich Geburtstag. Ich bin jetzt dreiundzwanzig. Meine Freunde im HQ überraschten mich mit einer Torte. Gestern Abend führte mich Freddie zum Essen ins *Gage & Toller* auf der Fulton Street aus. Dort traf ich Fiorello das erste Mal und das brachte einige schmerzliche Erinnerungen zurück. Das Essen aber war exquisit, und Freddie dankte mir, weil ich das ganze Jahr *auf ihn aufgepasst* hätte. Er war sehr lieb. Ich hatte Tränen in den Augen.

Von Lucy hatte ich nichts gehört. Hatte sie mich vielleicht vergessen?

Na ja, diese Geburtstage werden sowieso überbewertet.

Mein letzter Auftritt als Kennedy-Girl war heute, Samstag, am New York Coliseum am Columbus Circle. Kennedy hielt dort eine Rede und es war gleichzeitig das letzte große Event vor der Wahl am Dienstag. Nixon hatte an der gleichen Stelle am Mittwoch eine Rede gehalten, aber da bin ich nicht hingegangen. Ich war zu beschäftigt, immer und immer wieder meine neue Elvis-Schallplatte »Are You Lonesome Tonight« abzuspielen. Irgendwann musste ich damit aufhören, nachdem Freddie drohte, sich die Pulsadern aufzuschneiden, wenn er das Lied noch ein einziges Mal hören musste, haha.

Betty, Louise und die restlichen Girls waren heute alle zugegen, und gemeinsam sangen wir »High Hopes«, »Marching Down to Washington« und »Happy Days Are Here Again«, so wie wir es immer tun. Eine Menge Leute drängten sich bei dem Auftritt zusammen. Ich hörte, dass bei der gestrigen Rede des Senators in Chicago über eine Million Schaulustige zusammengekommen waren. Vor dem Coliseum heute mochten es bestimmt genauso viele Unterstützer gewesen sein.

Kennedy dankte jedem Mädchen persönlich für dessen Hilfe. Auch dieses Mal sprach er mich wieder mit »Miss Cooper« an. Ich bin begeistert, dass er sich meinen Namen gemerkt hat. Ich wünschte ihm Glück und sagte, dass ich mir sicher sei, dass er das Rennen machen würde.

»Glauben Sie, dass ein Schutzengel über mich wacht?«, fragte er mich mit einem Zwinkern im Auge.

»Mehr als Sie ahnen«, antwortete ich.

Er schüttelte meine Hand und wandte sich dem nächsten Mädchen zu. *Seufz.*

Ich werde es vermissen, ein Kennedy-Girl zu sein. Zum Glück dürfen wir unsere Uniformen behalten. Betty scherzte, dass die eines Tages vielleicht mal was wert sein würden.

Aber eine Sache des heutigen Tages beschäftigt mich. Billy sollte bei uns sein, war er aber nicht. Lily und er hatten wichtige Aufgaben. Ich erkundigte mich bei Lily, wo er steckt, aber sie wendete ihren Blick ab und sagte: »Er ist krank.« Ich fragte sie, ob alles okay mit ihm sei, aber sie wollte darauf nicht antworten. Im Gegenteil, sie sah aus, als würde sie jeden Moment anfangen zu weinen! Da wusste ich, dass sie mir nicht die Wahrheit gesagt hatte. Da stimmte etwas ganz und gar nicht.

Ich beschloss, am nächsten Tag Chinatown einen Besuch abzustatten.

6. November

Heute Nacht riskierte ich es, mich als die Stiletto zu verkleiden und zurück in gefährliches Terrain zu begeben. Es ist schon eine Weile her, seit ich das letzte Mal meine Maskerade in Chinatown zeigte, und ich hatte keine Ahnung, was mich erwarten würde. Ich wusste aber, dass Billy und seine Mutter auf der Mott Street wohnten, und das lag unglücklicherweise mitten im Revier der Flying Dragons und der Hop Sing Tong. Ich hoffte, schnell genug wieder von dort verschwinden zu können, ohne zu viel Aufsehen zu erregen.

Ich wartete bis nach 22 Uhr, wenn die Geschäfte und Restaurants geschlossen und weniger Menschen auf den Straßen unterwegs waren. Völlig leer blieben die Bürgersteige aber nie. Ich bin sicher, dass ich dabei beobachtet wurde, wie ich von Schatten zu Schatten über die Canal zur Mott huschte. Das Haus, in dem Billy lebte, wirkte noch verfallener und mittlerweile stand auch ein Baugerät davor. Das machte meinen Job tatsächlich ein wenig leichter, weil ich mir keine Sorgen machen musste, wie ich die Feuerleiter hinaufkam und es zudem meine Anwesenheit vor ihrem Fenster verbergen würde. Ich kletterte also auf die Plattform im zweiten Stock hinauf und spähte durchs Fenster.

Es schien sich um eine Einzimmerwohnung zu handeln, in der das Schlafzimmer, die Küche und der Wohnbereich in einem Raum untergebracht waren. Ich sah ein Bett und etwas, das wie eine Armeepritsche aussah. Auf dieser lag Billy, und, oh mein Gott, sein Gesicht war angeschwollen und mit blauen Flecken überzogen. Er war übel zusammengeschlagen worden. Seine Mutter saß neben ihm in einem Sessel, mit einem Buch in ihren Händen.

Obwohl sie mich nicht leiden konnte, klopfte ich ans Fenster. Die Frau sah hoch und machte ein wütendes Gesicht. Sie stand auf, plapperte etwas auf Chinesisch und gab mir gestikulierend zu verstehen, dass ich verschwinden soll. Ich legte meine Hände wie bei einem Gebet aneinander und formte mit den Lippen die Worte: »Bitte, lassen Sie mich herein«, doch sie weigerte sich. Dann öffnete Billy seine Augen, sah mich und sagte etwas zu seiner Mutter. Sie kam herüber und öffnete das Fenster. Ich huschte hinein.

»Danke«, sagte ich an sie gewandt, dann kniete ich mich neben Billys Pritsche. Erst da bemerkte ich auch die blutigen Bandagen um seinen Oberkörper. »Billy, was ist passiert?«

Er bekam kaum ein Wort heraus, liebes Tagebuch, und litt fürchterliche Schmerzen. So, wie er atmete, schätzte ich, dass er einige gebrochene Rippen haben musste, vielleicht sogar eine verletzte Lunge, was sehr ernst sein konnte.

Trotzdem sah er mich lächelnd an. »Ich bin froh … Sie zu sehen.«

»Billy«, wiederholte ich, »was ist passiert? Wer hat dir das angetan?«

»Die Flying Dragons, wer sonst?«

»Was ist passiert?«

Er sprach langsam und unter großen Mühen. »Wir schulden ihnen zehntausend Dollar. Sie wollten, dass ich mich im Gegenzug dafür ihnen anschloss. Ich lehnte ab. Wie könnte ich mich der Gang anschließen, die meinen Vater umgebracht hat? Ich stellte mich ihnen entgegen, und sie … sie …«

Ich beruhigte ihn und untersuchte seine Verletzungen. Er hatte eine Messerwunde in der Brust und seine Mutter hatte versucht, sie mit ein paar Lumpen zu verarzten. Sein Gesicht war übel zugerichtet worden und er konnte seinen rechten Arm nicht bewegen. Wenn ich ihn berührte, zuckte er zusammen, ein Indiz dafür, dass er gebrochen war.

»Meine Güte, Billy, du gehörst in ein Krankenhaus!«

Er schüttelte den Kopf. »Wir haben kein Geld für ein Krankenhaus.«

»*Ich* werde dir das Geld dafür geben. Außerdem hätten sie dich trotzdem behandelt, Dummerchen. Sie würden dich so nicht einfach wieder wegschicken.« Ich sah mich um. »Habt ihr ein Telefon?«

Wieder schüttelte er den Kopf.

»Ich gehe hinaus und werde einen Krankenwagen rufen.« Ich griff in meinen Rucksack und holte alles an Geld heraus, was ich bei mir hatte – fünfunddreißig Dollar. Aber zuhause gab es noch viel, viel mehr. Ich drückte es seiner Mutter in die Hand. »Fürs Krankenhaus«, erklärte ich ihr, aber sie sah die Scheine an, als wären sie aus Gold. »Ich bringe morgen Abend noch mehr. Sag deiner Mutter, dass sie mich etwa zur gleichen Zeit erwarten soll. Welches ist das nächste Krankenhaus?«

Billy wurde zusehends schwächer. »Beekman Downtown«, presste er noch hervor, bevor er das Bewusstsein verlor.

Ich verließ die beiden, fand an der Straßenecke ein Telefon und rief einen Krankenwagen. Ich versteckte mich im Dunkeln und wartete, bis er eintraf, dann sah ich zu, wie die Sanitäter Billy nach unten brachten. Ich fürchte, ich vergoss ein paar Tränen, als sie davonfuhren.

Dann ging ich nach Hause.

7. November

Das Beekman Downtown Hospital befindet sich in der Nähe der City Hall. Nach der Arbeit im Gym nahm ich in Straßenkleidung den Bus, um nach Billy zu sehen. Als ich die Schwester fragte, ob man ihn besuchen dürfe, fragte sie mich: »Sind Sie eine Verwandte? Oh, natürlich nicht.« Ich erklärte ihr, dass ich eine Freundin sei, aber sie wollte mich nicht in sein Zimmer lassen. Sie ließ mich einzig wissen, dass sein Zustand stabil sei, was immer das bedeuten soll. Als ich die Station verließ, sah ich jedoch Lily im Flur und erwischte sie gerade noch.

»Oh, hallo Judy. Waren Sie hier, um Billy zu besuchen?«

»Sie wollten mich nicht zu ihm lassen. Wie geht es ihm?«

»Ich kann Sie mitnehmen. Ich darf ihn besuchen. Aber er schläft jetzt. Seine Mutter ist auch hier. Sie mag keine Besucher.«

»Das verstehe ich. Sag mal, weißt du, was für Verletzungen er hat?«

Sie erzählte mir in ihrem gebrochenen Englisch, dass Billy niedergestochen worden war, zwei gebrochene Rippen, eine leicht punktierte Lunge, einen gebrochenen rechten Arm und zahlreiche Prellungen im Gesicht und am Körper hatte. Die Flying Dragons hatten ihn beinahe totgeprügelt, aber nur beinahe, absichtlich, damit er sich immer daran erinnern würde.

Das ließ mich die Tongs mehr als je zuvor abgrundtief hassen.

Heute Abend, zur verabredeten Zeit, brachte ich als Stiletto Billy Mutter fünftausend Dollar aus Mitchs Koffer. Dieses Mal schien sie erfreuter, mich zu sehen, und bereit für die Übergabe. Es machte mir nichts aus. Ich bin sicher, dass sie in ihrem ganzen Leben noch nie so viel Geld auf einmal gesehen hatte. »Für Billy, für Billy«, sagte ich ihr. Sie nickte, als würde sie mich verstehen, aber dann setzte sie sich sofort und begann das Geld zu zählen. Ich wartete nicht darauf, auf eine Tasse Tee eingeladen zu werden, und verschwand so, wie ich gekommen war – durchs Fenster.

Meine Güte, morgen ist Wahltag. Die ganze harte Arbeit für Senator Kennedy wird sich endlich auszahlen.

Hoffe ich zumindest!

9. November

Es ist drei Uhr morgens, liebes Tagebuch, und ich bin gerade erst von der Siegesfeier im HQ zurückgekehrt! JOHN F. KENNEDY WIRD DER NÄCHSTE PRÄSIDENT DER VEREINIGTEN STAATEN SEIN! Heiliges Kanonenrohr, es war *so* knapp gewesen! Ich glaube, selbst ein Alfred-Hitchcock-Film könnte nicht spannender sein als letzte Nacht. Kennedy und Nixon lieferten sich ein Kopf-an-Kopf-Rennen und am Ende gewann der Senator nur um Haaresbreite. Ich war überrascht, dass es so knapp ausging. Das zeigt aber, wie blind ich durch meine Arbeit für Kennedys Wahl war. Ich wusste, dass Nixon viele Unterstützer im Land besaß, aber ich hätte nicht gedacht, dass er sich als ein derart starker Kontrahent für Kennedy entpuppen würde. Wow.

Nun, wir schmissen eine Party im HQ. Tranken Champagner. *Sehr* viel Champagner. Alle waren da – Mr. Dudley und Mr. Patton und Chip und Betty und Louise und Karen und Mrs. Bernstein, viele meiner Freunde und der Rest der Kennedy-Girls. Billy war natürlich nicht mit dabei, und Lily auch nicht. Ein paar Leute erwähnten Mitch und Alice, aber für den Rest unseres Teams blieben sie einfach ein Rätsel. In den Zeitungen wurde nichts weiter über sie geschrieben, genauso wenig wie über Michael oder Ivan. Dieses Kapitel von 1960 war damit geschlossen.

Ich war sehr, sehr glücklich, aber auf meiner Fahrt im Taxi nach Hause – es war bereits so spät, dass ich mir das gönnte, außerdem kann ich es mir jetzt ja leisten – wurde ich ein wenig traurig. Ich musste daran denken, dass das Jahr damit begonnen hatte, dass jemand, der mir wichtig war, im Krankenhaus lag, und es nun so aussah, als würde 1960 auf die gleiche Weise enden, nur mit jemand anderes in einem Krankenhausbett.

Ich bin niemand, der viel betet, aber heute Nacht sprach ich für Billy ein Gebet.

41 | Judys Tagebuch

1960

10. November

Das Erste, was ich an diesem Abend tat, war einen Koffer zu packen.

Dann verließ ich gegen 21:30 Uhr als Stiletto verkleidet das Haus. Es war kalt und windig und deshalb waren nicht viele Menschen in Chinatown unterwegs. Die Restaurants schlossen und auch die Ladenbesitzer verriegelten für die Nacht ihre Geschäfte. Ich hoffe, an meinem Zielort den freundlichen chinesischen Ladeninhaber wiederzutreffen, der Englisch sprach. Ich wusste, dass er noch geöffnet haben würde.

Joe war zum Glück da, aber dieses Mal grinste er die Stiletto nicht so strahlend an wie unlängst noch Judy Cooper! Ich muss ihm wohl einen gewaltigen Schrecken eingejagt haben. Er hob die Hände und hätte beinahe angefangen zu weinen. Offenbar dachte er, ich würde ihn ausrauben wollen.

»Nein, nein, Joe, Joe, ich bin ein Freund. Beruhigen Sie sich«, rief ich immer wieder über sein Gejammere hinweg. Schließlich dämmerte es ihm, dass ich ihn mit seinem Namen ansprach.

»Joe?«, fragte er.

»Ja, *Joe*. Wie geht es Ihnen?« Ich hielt ihm meine Hand hin und wartete. Joe konnte nicht glauben, was mit ihm passierte. Vorsichtig griff er meine Hand und ich schüttelte sie energisch. »Ich freue mich, Sie kennenzulernen. Wie ich hörte, haben Sie hier ein großartiges Geschäft.«

Das brachte ihn zum Lächeln.

»Oh, vielen Dank! Vielen, vielen Dank!«

Ich kaufte mir eine Flasche Coke, öffnete sie, trank sie gleich dort in dem Laden und unterhielt mich mit Joe. Kunden kamen und gingen, starrten uns staunend an, kümmerten sich aber um ihre eigenen Angelegenheiten. Schließlich, nachdem wir allein und nunmehr beste Freunde waren, fragte ich ihn: »Sagen Sie, Joe, wissen Sie etwas über die Tong?«

Das machte ihm ein wenig Angst. Entschieden schüttelte er den Kopf. »Nein, nein, ich kenne die Tong nicht, nein, nein.«

Aber ich wusste, dass er log. Das war so klar zu sehen wie sein süßes Lächeln. Ich mochte Joe. Keine Ahnung, wie alt er ist, aber er muss wenigstens um die fünfzig sein.

»Oh, kommen Sie schon, Joe. Man hat mir gesagt, ich bekäme gute Informationen von Ihnen.« Ich schob ihm einen Zwanzig-Dollar-Schein über den Tresen. »Ich muss wissen, wo ich die Flying Dragons finde.«

Du meine Güte, seine Augen wurden riesengroß, als ich ihn danach fragte. Er hielt den Zwanziger in seinen Händen und starrte ihn an, als würde er fieberhaft darüber nachgrübeln, ob das Geld es wert war, von den Tong die Kehle durchgeschnitten zu bekommen. Aber er brauchte nicht lange dafür. Joe steckte den Geldschein ein, beugte sich über seinen Tresen und sprach dann sehr leise zu mir. Ich hätte nicht gedacht, dass Joe überhaupt *in der Lage* wäre, leise zu sprechen, aber er tat es. Er erzählte mir von einer Bar auf der Pell Steet, in der sich Tommy Cheng und seine *Freunde* oft aufhielten. Ihr Hauptquartier befand sich wohl in einem der Hinterzimmer oder einem angrenzenden Gebäude. Das ergab Sinn, denn ich wusste ja bereits, dass die Dragons mit den Hip Sing Tong verbündet waren, deren Gebäude und Büros sich für jedermann sichtbar auf der gleichen Straße befanden.

»Danke, Joe.« Ich kniff ihm mit meiner behandschuhten Hand in die Wange und verließ das Geschäft.

Zielgerichtet spurtete ich also die Mott in Richtung Pell hinunter. Jetzt waren noch weniger Leute unterwegs, aber ich erntete trotzdem ein paar verwunderte Blicke oder Finger, die auf mich zeigten. Es würde sich schnell herumsprechen, dass die Black Stiletto wieder in Chinatown war. Dieses Mal aber erreichte ich die Flying Dragons, bevor sich die Nachricht verbreiten konnte.

Die fragliche Bar war nicht als solche gekennzeichnet. Es war einfach nur eine Tür mit einer Nummer und ein paar chinesischen Schriftzeichen darüber. Sie befand sich im Erdgeschoss eines Ziegelgebäudes, das schon bessere Zeiten erlebt hatte, und neben der Tür war ein Fenster, durch das ich Neonschilder für Biermarken und noch mehr chinesische Buchstaben sehen konnte.

Es kribbelte in meinem Bauch. Ich wusste, dass ich ein großes Risiko einging. Ich konnte schwer verletzt werden, vielleicht sogar Schlimmeres. Ich konnte Freddie förmlich hören, wie er mich anschrie, dass ich doch vollkommen übergeschnappt sei. Ich lief mit einem Schild mit der Aufschrift »Frischfleisch« direkt in die Höhle des Löwen, haha. Richtig, es war *wirklich* gefährlich. Aber es musste endlich etwas getan werden, liebes Tagebuch. Ich war es leid, dass diese Mistkerle meine Freunde terrorisierten, und ich war es leid, mich in Chinatown fürchten zu müssen.

Ich betrat die Bar. Der Raum war nicht groß, sondern im Gegenteil sogar regelrecht intim zu nennen. Der Laden wurde von bunten Neonlichtern und anderen Lampen erhellt. Alle Gespräche verstummten. Ich hatte erwartet, hier diese seltsame chinesische Musik aus dem Radio zu hören, aber stattdessen lief typisch amerikanischer Rock 'n' Roll. Chubby Checker plärrte irgendwas davon, den »Twist« zu tanzen. Nun, ich dachte, genau das würde hier ebenfalls gleich passieren.

Alle Gesichter waren auf mich gerichtet. Chinesen. Jung und männlich. Aus ihren Mundwinkeln hingen Zigaretten oder Zahnstocher. Kalter Hass drang aus ihren Augen. Niemand bewegte sich. Sie waren wie erstarrt – über einen Pooltisch gebeugt, an einer Bar lehnend oder an Tischen in Ecken mit vergammeltem, zerrissenem Vinylboden sitzend.

»Ich bin hier, um mit Tommy Cheng zu sprechen«, verkündete ich. »Geschäftlich.«

Stille. Ein paar der Männer wechselten kurz Blicke.

Mein Blick fokussierte sich auf einen Kerl, den ich bereits kannte – meinen alten Freund Pockengesicht. Er saß in einer der Nischen, und ich schwöre, dass er mir mich anknurrte.

»Bekomme ich eine Antwort? Wo kann ich Tommy Cheng finden?«

Ein Mann an Pockengesichts Tisch, der dort mit dem Rücken zu mir saß, stand langsam auf und drehte sich zu mir um. Er war um die zwanzig, mit einem Elvis-Haarschnitt und einer Narbe über seinem linken Auge. Der Anzug, den er trug, war ihm mindestens eine Nummer zu groß, aber es gelang ihm doch, diese gewisse Überlegenheit auszustrahlen, die alle Gangster zu besitzen scheinen, egal, welcher Rasse oder Kultur sie entstammen.

»Ich bin Tommy Cheng«, sagte er auf Englisch mit einem leichten Akzent in der Stimme. Bevor ich etwas erwidern konnte, zog er ein Springmesser und ließ die Klinge herausschnappen, was gleichzeitig das Zeichen für alle anderen Tong-Mitglieder war, ebenfalls ihre Waffen zu ziehen. Die grellbunten Lichter der Bar spiegelten sich in den metallenen Oberflächen, und kurz darauf sah ich mich einem guten Dutzend Pistolen, Messern und Schlachterbeilen gegenüber.

Ich stellte meinen Koffer ab und hob die Hände, um anzuzeigen, dass ich nicht bewaffnet war. »He, immer mit der Ruhe, Freunde. Ich bin hier, um zu verhandeln. Ich möchte ein Geschäft vorschlagen.« Dann sah ich zu Cheng und sagte: »Wie hören sich zehntausend Dollar für dich an?«

Alle schwiegen.

»Spricht hier niemand Englisch? Mr. Cheng? Sind Sie nun der Anführer der Flying Dragons oder nicht?«

Cheng trat zwei Schritte vor und machte eine Riesenshow daraus, mit seinem Messer herumzuwedeln, dann ließ er es mit einer schwungvollen Bewegung zuschnappen und steckte es sich in die Tasche. Auch die anderen folgten seinem Beispiel.

»Was wollen Sie?«, fragte er.

Ich nickte Pockengesicht zu. »Ich möchte ihn zu einem Turnierkampf herausfordern. Jetzt und hier.« Pockengesicht schien die Idee zu gefallen. Er leckte sich die Lippen und offenbarte dabei ein paar faulige Zähne.

»Wieso?«, fragte Cheng.

»Er und ich haben noch eine offene Rechnung zu begleichen. Das hier ist der Deal: Wenn er gewinnt, gebe ich Ihnen zehntausend Dollar, und damit sind die Schulden der Familie Lee abbezahlt. Sie und Ihre Tong werden Mrs. Lee und ihren Sohn nie wieder behelligen. Wenn ich gewinne, gilt für die Familie Lee das Gleiche, aber Sie sehen kein Geld.«

Cheng sah zu Pockengesicht. Dann begannen beide zu lachen. »Meinen Sie das ernst?«, fragte mich der Anführer.

»Todernst. Aber hier sind die Regeln – wir kämpfen wie bei einem Turnier. Alles ist erlaubt, aber niemand stirbt. Wir kämpfen nicht bis zum Tod.«

Chengs Augen wanderten zu dem Koffer am Boden. »Was ist da drin?«

»Das Geld natürlich. Darf ich es Ihnen zeigen?«

Er nickte. Ich hob den Koffer auf und stellte ihn auf einen Tisch. Als ich ihn öffnete, um ihnen die Geldbündel zu zeigen, murmelten alle Gangster in dem Laden anerkennend. Ich schloss den Koffer wieder und legte ihn auf den Bartresen. »Ich lasse ihn hier stehen. Wenn ich gewinne, nehme ich ihn wieder mit. Wenn ich verliere, können Sie ihn behalten. Sind wir uns einig?«

»Was kümmert Sie die Lee-Familie?«, fragte Cheng. »Die gehen Sie nichts an, Black Stiletto. Das hier ist nicht Ihre Gegend. Das sind nicht Ihre Leute.«

»Sie sind meine Freunde, mehr brauchen Sie nicht zu wissen«, sagte ich. »Also, was sagen Sie?« Ich nickte mit dem Kopf zu Pockengesicht. »Es sei denn, er hat zu viel Schiss, mit mir zu kämpfen.«

Mein Erzfeind bellte Cheng auf Chinesisch etwas zu. Sie tauschten ein paar Worte miteinander aus, dann trat Cheng auf mich zu. »Meinetwegen«, sagte er.

Ich hielt ihm die Hand hin. »Sie willigen ein, die Lees künftig nicht mehr zu belästigen, egal, wer von uns beiden gewinnt? Sie lassen sie in Ruhe?«

»Ja.« Wir schüttelten uns die Hände.

»In Ordnung. Dann lassen Sie uns kämpfen.«

Alle in der Bar standen auf und wichen vor uns zurück. Der verfluchte Pooltisch nahm viel Platz ein, aber vor der Bar gab es eine etwa zwei auf zweieinhalb Meter große Fläche, die damit nur ein wenig kleiner war als der Ring im *Wushu*-Turnier. Das würde genügen.

Unsere Schuhe zogen wir nicht aus. Das Stiletto steckte noch in seiner Scheide an meinem Bein. Niemand hatte gesagt, dass Waffen nicht erlaubt wären, ich aber würde das Messer solange nicht ziehen, bis ich dazu gezwungen wäre. Pockengesicht betrat den »Ring« mit leeren Händen, aber ich schloss nicht aus, dass er irgendwo eine versteckte Waffe verbarg. Aus der Erfahrung wusste ich, dass er ein Schnappmesser und eine Pistole bei sich trug. Und auch wenn wir abgemacht hatten, dass keiner von uns sterben würde, wäre es töricht von mir gewesen, davon auszugehen, dass auch er sich an die Regeln hielt.

Tommy Cheng übernahm natürlich die Rolle des Schiedsrichters. Einige seiner Untergebenen teilte er als Punktrichter und zum Stoppen der Zeit ein. Der Barkeeper händigte dem, der auf die Zeit achten sollte, eine Metallpfanne aus, gegen die dieser zu Beginn und am Ende jeder Runde schlagen sollte. Der Rest der Tong umringte uns. Einer von ihnen hatte mit einem Stück Kreide die Ringbegrenzung auf den hölzernen Boden gezeichnet. Viel Platz, um sich zu bewegen, gab es nicht. Der Kampf würde sehr körpernah ablaufen und persönlich werden.

Pockengesicht betrat also den Ring und wir begrüßten zuerst Cheng und uns gegenseitig mit der in die Handfläche gepressten Faust, gefolgt von einer Verbeugung. Dann schlug der Zeitnehmer auf die Pfanne und die erste Runde begann.

Pockengesicht verschwendete keine Zeit. Geschwind hielt er auf mich zu und entfesselte ein Trommelfeuer aus Gottesanbeterinnen-Schlägen. Die erste halbe Minute konnte ich nichts anderes tun, als seine Schläge zu blocken, doch es gelang dem Killer, immer wieder durch meine Deckung zu brechen und mich zu treffen. Er sammelte Punkte wie verrückt. Cheng gab dem Punktrichter jedes Mal ein Zeichen, wenn Pockengesicht einen Punkt erzielte.

Ich bin mir sicher, dass die Gang davon ausging, dass ich verlieren würde. Sie jubelten Pockengesicht zu und lachten mich aus. Während die Runde andauerte, trieb mich mein Gegner immer weiter an den Rand des Rings zurück, und versetzte mir dann einen krachenden Kinnhaken, der mich die Linie übertreten ließ. Zwei Punkte für Pockengesicht. Daraufhin wurde er übermütig und zeigte seinen Freunden ein triumphierendes Lächeln – und in diesem Moment sprang ich wieder in den Ring hinein und ließ den Mörder mit einem *Yoko-Geri*-Seitwärtstritt zu Boden gehen. Er rollte aus dem Ring und das waren vier Punkte für mich. Pockengesicht rappelte sich schnell wieder auf und der Kampf ging weiter. Dieses Mal hatte ich den Eindruck, dass ich die dominierende Kraft war. Ich hieb auf ihn mit einer Mischung aus *Karate*, amerikanischem Boxen und meinen erfundenen *Wushu*-Angriffen ein, die unter normalen

Umständen in einem echten Turnier nicht erlaubt gewesen wären. Aber das war kein gewöhnlicher Wettkampf. Die Manöver überrumpelten meinen Gegner, wie schon bei unserem letzten Treffen, und es gelang ihm nicht, einen Großteil meiner Angriffe abzuwehren.

Der Zeitnehmer schlug auf die Pfanne. Die zwei Minuten waren wie im Flug vergangen. Ich zog mich auf meine Seite des Rings zurück und atmete ein paarmal tief durch. Pockengesicht tat das Gleiche, aber jemand reichte ihm noch ein Glas Wasser. Zu mir war niemand so nett.

Die zweite Runde begann und mein Gegner versuchte die Oberhand zu gewinnen, aber das ließ ich nicht zu. Meine ungewöhnliche Kampftechnik täuschte ihn erneut, als ich ihm zuerst einen *Mwashi-Geri*-Roundhouse-Kick verpasste, gefolgt von meinen modifizierten *Wushu*-Attacken. Für einen Moment versuchte er taumelnd, mich zu blocken, während ich ihn mit Schlägen eindeckte. Ich merkte, dass er kurz davor war, einfach umzufallen, wenn ich ihn nur *umpusten* würde, aber um sicherzugehen, trat ich zurück und verpasste ihm einen *Mae-Geri*-Frontaltritt. Benommen sackte Pockengesicht zu Boden. Doch die Runde war noch nicht zu Ende. Der Punktrichter begann auf Chinesisch zu zählen, während mein Gegner wieder auf die Beine zu kommen versuchte. Er schaffte es auf die Knie und schließlich auf die Füße, aber er schwankte sichtlich. Pockengesicht deutete an, dass er bereit wäre, weiterzukämpfen, und winkte mich zu sich heran. Ich tat ihm den Gefallen und stürmte auf ihn zu, aber er erwartete mich bereits mit einem Tritt, den ich nicht vorhergesehen hatte. Sein Schuh krachte gegen meinen Kiefer und ließ mich seitwärts aus dem Ring segeln.

Damit endete Runde Zwei, aber ich lag vorn. Zumindest, wenn Cheng uns ehrlich bewertete. Wir beide ruhten uns kurz aus, dann begann die finale Runde.

Als wir uns einander näherten, bemerkte ich ein Funkeln in Pockengesichts Augen, das vorher noch nicht da gewesen war. Meine alten Instinkte verrieten mir, dass er irgendetwas im Ärmel verbarg, also sprang ich sofort zurück – gerade, als er seine rechte Hand mit einem geöffneten Springmesser kreisförmig dorthin schwang, wo sich eine Sekunde vorher noch mein Bauch befunden hatte. Er holte weiter mit seinem Messer aus, bis ich aus dem Ring trat. Ich dachte, dass er dann aufhören und sich zurückziehen würde, aber stattdessen hielt er weiter auf mich zu. Unser Kampf war offensichtlich nicht länger ein Turnierkampf mit gewissen Regeln. Pockengesicht meinte es ernst.

Die Bandenmitglieder traten auseinander, als er mich aus dem Ring verfolgte, und schließlich fand ich mich mit dem Rücken an dem Pooltisch wieder. Mein Gegner stürmte auf mich zu, mit seinem Messer als tödliche Lanzenspitze vor sich gestreckt. Mit auf den Rand des Pooltischs gestützten Ellbogen und Unterarmen hob ich den unteren Teil meines Körpers an und trat mit beiden Beinen nach meinem Angreifer. Ich traf Pockengesichts Messerhand, aber sein Griff blieb eisern. Ich verwandelte den Schwung in einen Rückwärtssalto und landete mit den Füßen auf dem Pooltisch. Mehrere Billardkugeln lagen darauf verteilt, und so trat ich eine davon meinem Angreifer entgegen. Er wich ihr aus, hielt weiter auf mich zu und ließ sein Messer in dem wilden Versuch vor sich durch die Luft zischen, mich aufzuschlitzen.

Na schön. Er war hier nicht der Einzige, der mit Messern spielen konnte.

Ich zog mein Stiletto, sprang von dem Tisch und glich die Chancen ein wenig aus. Es war einige Zeit her, seit ich in einen waschechten Messerkampf verwickelt gewesen war, also musste ich mir schnell die Tricks und Strategien ins Gedächtnis zurückrufen, die Fiorello mir beigebracht hatte. Für einen Moment dachte ich, dass sich auch die anderen Tong-Mitglieder in den Kampf einmischen würden und ich sie alle bekämpfen müsste, aber sie hielten respektvollen Abstand. Das war Pockengesichts Krieg, und sie überließen es ihm, sich zu beweisen.

Zwischen uns stand der Tisch, also ließ ich ihn für einen Stoß herumkommen. Er schien geradezu versessen darauf zu sein, also trat ich ihm, so fest ich konnte, ins Gesicht. Pockengesicht taumelte zurück. Sein Gesichtsausdruck verriet mir, dass er nicht sicher war, was ihn da getroffen hatte. Und ich hörte an der Stelle nicht auf. Ich bewegte mich auf ihn zu und stach mit meinem Stiletto nach seinem Messerarm. Die Klinge durchdrang seinen Ärmel und Blut sickerte hervor. Er kreischte, doch es gelang ihm, seine Waffe in der Hand zu behalten. Ich stürzte mich auf ihn, um ihn mit meiner linken Faust zu treffen, doch er erholte sich von meinem vorangegangenen Tritt und schlitzte mir den Unterarm auf. Die Klinge zerschnitt das Leder und ich spürte, wie meine Haut aufplatzte. Es tat mordsmäßig weh, aber es half nicht, meinen Schwung aufzuhalten. Meine Faust traf zwar nicht ins Ziel, aber mein gesamter Körper prallte gegen seinen und wir fielen gemeinsam zu Boden. Mein erster Instinkt war, alles daran zu setzen, ihn zu entwaffnen, also hieb ich ihm mit der gleichen Wucht meiner Handkante auf den Unterarm, mit der ich in Soichiros Studio Holzlatten zerschlagen hatte. Pockengesicht jaulte laut auf und ließ das Messer fallen. Wahrscheinlich hatte ich ihm ein paar Knochen gebrochen.

Er lag auf dem Rücken und ich sah auf ihn hinunter. Ich stellte meinen Stiefel auf seine Brust und hielt ihn damit am Boden, dann drückte ich ihm die Spitze meines Stilettos unter sein Kinn.

»Gibst du auf?«, knurrte ich ihn an.

Mein Gegner sah mich einfach nur voller Hass an. Er spuckte nach mir und sein Speichelklumpen landete auf meiner Maske und meinem Mund. Igitt. Nun, das machte mich wirklich wütend. Der Kerl hatte betrogen, sich nicht an die Regeln gehalten, und außerdem war er ein Mörder. Er hatte versucht, mich umzubringen, und Billy um seinen Vater gebracht. Er war ein böser Mann.

Also schnitt ich ihm ein Ohr ab.

Er schrie und rollte sich herum, um sich zu schützen, und blutete dabei den ganzen Boden voll. Ich stand auf und bereitete mich darauf vor, mich gegen die anderen Tongs zu wehren. Tommy Cheng stand mit finsterer Miene ganz in der Nähe, doch er hob seine Hand, um die anderen daran zu hindern, mich anzugreifen.

»Niemand stirbt, lautete Ihre Regel«, sagte der Anführer.

»Sagen Sie das ihm. Er hat versucht, mich umzubringen, Sie haben es selbst gesehen. Er verdient es, zu sterben. Er hat Mr. Lee und dessen Bruder getötet.« Ich warf das blutige Ohr vor Cheng auf den Boden. »Aber das hier wird die einzige Buße sein, die ich ihm abnehme.«

Ich wischte die Klinge meines Stilettos an dem Filz des Pooltischs ab und steckte das Messer zurück in seine Scheide. Dann lief ich zu dem Koffer voller Geld und nahm ihn vom Tresen. Ich sah zu Cheng. »Ich würde sagen, ich habe gewonnen, oder?«

Der Gangster zögerte. Ich starrte ihn solange an, bis er schließlich nickte. »Und Sie werden die Lees in Ruhe lassen? Die Mutter und ihren Sohn? Ihre Schulden sind beglichen?«

Cheng nickte erneut.

»Wenn Sie Ihr Versprechen brechen, sind *Sie* als Nächstes dran.«

Ich verließ die Bar und lief nach Hause. Der Schnitt in meinem Arm war nur oberflächlich und brauchte nicht genäht zu werden. Freddie schlief Gott sei Dank bereits, also säuberte und verband ich die Wunde selbst.

Dieses Erlebnis niederzuschreiben hat tatsächlich eine läuternde Wirkung auf mich. Als ich diesen Tagebucheintrag begann, fühlte ich mich unruhig und mein Herz pochte. Jetzt bin ich entspannter. Und ich lebe noch.

Ich werde mir jetzt ein Glas Wein und eine Dusche gönnen und dann ins Bett gehen.

42 | Martin

Heute

Es sind noch zehn Tage bis Weihnachten und Gina ist aus New York nach Hause gekommen. Sie wohnt natürlich bei Carol. Es ist gut, dass sie dort ist und bei den Vorbereitungen für die Hochzeit hilft, die heute Abend in Ross' Haus in Lincolnshire stattfinden wird. Sein Haus ist ziemlich riesig, weil er ja ein reicher Anwalt ist und so, weshalb Carol ihr Haus verkaufen und bei ihm einziehen wird.

Mom liegt immer noch im Krankenhaus, aber die Ärzte sind zuversichtlich, dass sie noch vor Weihnachten wieder ins Woodlands zurückkehren kann. Ich war sehr stolz auf Gina. Sie hat Mom immens aufheitern können. Mom strahlte regelrecht, als sie ihre Enkelin sah. Sie führten sogar eine Unterhaltung, die wirklich Sinn ergab. Zwar war sie noch ein wenig einseitig, weil Gina die meiste Zeit redete, aber Mom gab die richtigen Antworten und schien überhaupt ehrlich an dem interessiert zu sein, was Gina zu berichten hatte. Sie erzählte von ihrer Schule und ihren Fächern, den Lehrern und von Jungs. Offenbar hatte sie erst kürzlich ein Date mit einem Typen, der ebenfalls die Juilliard besucht. Ich fand das vielversprechend – nicht, weil ich Gina gern in einer ernsten Beziehung sehen wollte, aber weil ich der Ansicht war, dass es ihr guttat, wenn sie mehr unter Leute ging. Sie beginnt erste Anzeichen dafür zu zeigen, sich von den Schwierigkeiten der letzten Zeit zu erholen. Ein interessanter Punkt ihrer Unterhaltung betraf Ginas Martial-Arts-Kurse. Sie erzählte Mom davon, dass sie *Krav-Maga*-Unterricht nahm, und lernte, sich selbst zu verteidigen. *Krav Maga* ist eine israelische

Kampfsportart, bei der es ziemlich grob zur Sache gehen kann, soweit ich weiß. Gina versuchte Mom zu erklären, was *Krav Maga* sei, und fragte sie: »Weißt du, was *Karate* ist?« Und Mom antwortete doch tatsächlich: »Ja, das weiß ich.« Dann formte Mom ihre Hand wie die Spitze eines Speers und ließ sie mit einer hackenden Geste durch die Luft schnellen! Gina lachte und sagte: »Genau, Oma! Dafür solltest du einen schwarzen Gürtel bekommen!« Und Mom antwortete todernst: »Ich habe einen schwarzen Gürtel.« Gina schien es entweder zu ignorieren oder dachte, dass Mom von einem normalen Kleidungsstück sprach, also lachte sie und erwiderte: »Wirklich, Oma? Das ist echt cool.«

Ich tat mein Bestes, um das Thema zu wechseln, weshalb ich Gina aufforderte, doch etwas von den Hochzeitsplänen ihrer Mutter zu erzählen. Wenn sie sich erinnerte, wer *ich* war, hatte Mom auch kein Problem, sich daran zu erinnern, dass Carol und ich geschieden waren, denn das hatte sich schon lange, bevor sie erkrankt war, zugetragen. Trotzdem hatte ich hin und wieder den Eindruck, dass es Mom freute, wenn sie mich zusammen mit Maggie sah. Wann immer wir zusammen das Krankenhauszimmer betraten, hellte sich ihre Miene auf und sie schien unsere Gesellschaft mehr zu genießen, als wenn ich sie allein besuchte.

Gina und Maggie verstanden sich auf Anhieb sehr gut. Ich fürchtete schon, dass Maggie vielleicht eine vorgefertigte Meinung über Gina haben und sie seit ihrer Verhaftung für eine Art Problemkind halten könnte. Aber Maggie verstand das Trauma, das Gina durchlebt hatte, und hielt ihr die Geschehnisse der letzten Woche nicht vor. Später meinte Gina zu mir, dass ich mit ihr *das große Los gezogen* hätte.

Maggie und ich versöhnten uns leidlich peinlich wieder, nach meinem idiotischen Verhalten. Mir war klar geworden, dass ich nur deshalb nach dem Fernsehbericht über meine Mom so ausgerastet war, weil ich eigentlich das tiefe Bedürfnis verspürte, Maggie alles über die Black Stiletto zu erzählen. Ich musste das Haus verlassen, weil ich fürchtete, dass es sonst aus mir herausbrach. Am nächsten Tag rief ich meinen Arzt an und erklärte ihm, dass ich nicht das Gefühl hätte, dass die Antidepressiva Wirkung zeigen würden. Er meinte, ich solle dem Ganzen noch etwas mehr Zeit geben, ein paar Wochen, und dann würde er die Sachlage neu bewerten und entweder die Dosis erhöhen oder mir ein anderes Präparat verschreiben. Er sagte außerdem, dass es manchmal Monate dauern konnte, bis man den richtigen *Cocktail* fand, hauptsächlich deswegen, weil man oft erst dann genau sagen konnte, ob eine bestimmte Zusammensetzung wirkt, wenn man sie für vier oder fünf Monate ausprobierte. Na großartig.

Ohne diesem riesigen Problem zwischen uns könnten Maggie und ich die perfekte Beziehung führen. In allen anderen Punkten kommen wir wundervoll miteinander aus. Wenn sie mit mir zusammen ist, hat sie ihr übertrieben ernstes Verhalten abgelegt, außer natürlich, wenn sie sich in ihrem Job im Woodlands professionell geben muss. Wir sind gern zusammen und wir bringen uns zum Lachen. Auch der Sex ist gut, und das kann *sehr* wichtig für eine Beziehung sein.

Sie wird mich zu Carols Hochzeit begleiten.

Eine so umwerfende Frau an meiner Seite zu haben, wird mich davor bewahren, mich wie ein Psycho aufzuführen.

Ich war noch nie zuvor in Ross' Haus gewesen, aber es war so groß, dass es auch das Playboy-Anwesen hätte sein können. Hinter dem Haus befand sich eine weitläufige Grünfläche, aber das kalte Wetter machte es erforderlich, die Feierlichkeiten drinnen in dem großen Foyer abzuhalten. Die Hochzeitsparty dehnte sich vom Esszimmer über das Wohnzimmer bis in ein Musikzimmer aus, in dem ein großer Flügel stand. Es waren bestimmt über sechzig Gäste anwesend. Ich kannte etwa ein Drittel von ihnen, handelte es sich bei ihnen doch um gemeinsame Freunde, die Carol und ich früher einmal hatten. Ich war mit ihnen nicht mehr wirklich in Kontakt geblieben, ihnen aber hin und wieder begegnet. Carol hatte die Freundschaften offensichtlich intensiver gepflegt. Bei den meisten der Gäste handelte es sich um Freunde oder die Familie von Ross. Carols älterer Bruder Gary, der ungefähr in meinem Alter ist, war aus Kalifornien angereist. Ich hatte ihn schon seit Jahren nicht mehr gesehen. Er war freundlich, aber ich glaube, er konnte mich sowieso nie so wirklich leiden.

Es war schön, Maggie um mich zu haben. Ohne sie hätte ich mich sehr viel mehr fehl am Platz und als *der erste Mann, den die Braut abgeschossen hat* gefühlt. Und sie sah einfach umwerfend aus. Ich sagte ihr, dass sie glattweg auch als Model anstatt Ärztin arbeiten könnte, und sie lachte und boxte mir gegen den Arm. Ich denke, dass die Leute, die mich kannten, beeindruckt waren. Ross war es auf jeden Fall. Ich rechnete schon beinahe damit, dass er die Hochzeit abblasen und stattdessen Maggie einen Heiratsantrag machen würde. Okay, das ist vielleicht ein wenig übertrieben. Aber er schien sehr von ihr angetan zu sein und verhielt sich mir gegenüber sehr freundlich. Tja, was soll ich sagen? Er ist ein erfolgreicher und gut aussehener Mann, und ich bin eben einfach ein wenig neidisch auf ihn – *eifersüchtig* wäre das falsche Wort. Aber ich freue mich für Carol, das tue ich wirklich, und ich hoffe, dass diese Ehe für sie besser verläuft als unsere.

Gina sah wunderschön aus. Wenn Sie mich fragen, würde ich sagen, dass sie die Ballkönigin war. Außerdem war sie überaus warmherzig und freundlich, unterhielt sich mit jedem und war unglaublich entzückend. Niemand wäre auf den Gedanken gekommen, dass sie das gleiche Mädchen war, das erst vor drei Monaten in einem Park in New York brutal überfallen wurde.

Die Wut, die ich in ihrer Gegenwart empfunden hatte, war verschwunden. Carol bemerkte das ebenfalls und sprach mich darauf an.

»Gina geht es gut, meinst du nicht auch?«

»Hat ganz den Anschein. Wie geht es ihr zuhause?«

»Gut. Sie ist ein wenig faul, aber das ist in Ordnung, immerhin hat sie Weihnachtsferien. Aber sie scheint glücklich zu sein.«

Das war schön zu hören.

»Ich denke, diese Martial-Arts-Kurse, die sie nimmt, sind eine gute Therapie für sie«, sagte Carol. »Es hilft ihr, ihre Probleme zu verarbeiten.«

Genau wie bei ihrer Mutter.

Maggie und ich saßen mit Gina zusammen, als wir die Hochzeitstorte futterten und Champagner tranken. Gina ist eigentlich noch nicht alt genug, um Alkohol trinken zu dürfen, aber ich hatte nichts dagegen, dass sie sich aus gegebenem Anlass ein kleines Glas gönnte.

»Oh, wisst ihr schon das Neueste?«, fragte sie.

»Nein, was denn?«

»Erinnert ihr euch noch an Gilbert Trejano? Diesen Typen, wegen dem ich verhaftet wurde?«

»Äh, ja?«

»Jetzt haben sie *ihn* verhaftet! Wegen *Vergewaltigung* und *Mord!*«

»Was?«

»Ja wirklich, kurz bevor ich nach Hause gefahren bin. Als hätte ich es gewusst. Ich hatte die ganze Zeit über recht.«

Die Neuigkeiten trafen mich wie ein Schlag gegen die Brust. Zuerst wusste ich nicht, was ich sagen sollte. Maggie fragte: »Du meinst, er war derjenige, der dich angriff?«

»Ich *glaube*, dass er es war, aber die Polizei schweigt dazu. Er wurde wegen eines anderen Verbrechens verhaftet.«

»Wie haben sie ihn geschnappt?«, erkundigte ich mich.

Gina rollte mit den Augen. »Nun, eigentlich haben *sie* ihn gar nicht geschnappt. Jemand hat *ihn* in seinem Apartment überfallen und ihn gezwungen, die Beweise offenzulegen, die er dort versteckt hatte. Wie bei einem Geständnis. Die Polizei hatte einen anonymen Tipp bekommen und fand ihn dort, gefesselt und mit Beweisen dafür, dass er ein Mädchen an der Upper West Side getötet hatte.«

Mein Herz begann wie verrückt zu hämmern. Die Geschichte hörte sich nur *allzu* vertraut an.

»Wer hat das getan?«, fragte ich.

Gina zuckte mit den Achseln. »Keine Ahnung. Ich hole mir noch ein wenig mehr von dem Champagner, okay, Dad?«

»Aber nur ein wenig.«

Sie stand auf und lief zur Bar. War sie meiner Frage ausgewichen? War sie ihrer Großmutter ähnlicher geworden, als es mir lieb sein konnte?

Ich sah ein, dass ich voreilige Schlüsse zog und es keinen Grund gab, Gina zu verdächtigen, dass sie … Herrgott, ich traue mich kaum, es auszusprechen. Das durfte einfach nicht wahr sein. War sie deswegen so viel besser gelaunt als bei meinem letzten Besuch in New York? War das der Grund, weshalb ihr Ärger verflogen war?

»Martin, was ist los?«, wollte Maggie wissen.

Ich tat mein Bestes, die Panikattacke von mir zu schieben, indem ich das Thema wechselte. »Ach, nichts. Ich hab nur darüber nachgedacht, dich mit nach Hause zu nehmen und über dich herzufallen.«

Sie lachte. »Haben Hochzeiten diese Wirkung auf dich?«

Ich hob die Augenbrauen. »Oh, ist es das? Willst du damit sagen, dass mich Hochzeiten geil machen?«

»Martin!«, zischte sie. »Hör auf.« Aber ich merkte, dass sie die Flirterei genoss. Tief in mir drin kämpfte ich jedoch mit mir selbst und war entschlossen, es mir nicht anmerken zu lassen.

Ich fürchtete, wieder ins Schwitzen zu geraten, wie beim letzten Mal.

»Nein, ich höre nicht damit auf«, antwortete ich. »Lass uns von hier verschwinden und so tun, als wären wir Karnickel.«

Also entschuldigten und verabschiedeten wir uns, wünschten der Braut und dem Bräutigam alles Gute und fuhren zu Maggie nach Hause. Auf der Fahrt dorthin aber geisterten Bilder von Gina durch meinen Kopf, wie sie im Kostüm meiner Mutter über die Dächer von New York huschte.

43 | Judys Tagebuch

1960

14. Dezember

Meine Güte, nun ist es schon wieder einen Monat her, seit ich das letzte Mal etwas in mein Tagebuch geschrieben habe.

Die große Neuigkeit des Tages ist, dass Billy und seine Mutter heute in ihr neues Appartement in Chinatown eingezogen sind, dieses Mal aber außerhalb des Reviers der Flying Dragons und der Hip Sing Tong. Genaugenommen ist es noch nicht einmal mehr in Chinatown, sondern etwas nordöstlich von Little Italy auf der Elizabeth Street, in der Nähe der Grand. Aber dazu komme ich gleich noch, lass mich dich erst einmal auf den neuesten Stand bringen, liebes Tagebuch.

Thanksgiving war eigentlich ganz schön, bis ... nun ja, sich etwas zutrug. Freddie und ich schmissen ein großes Dinner im Gym und luden alle Stammkunden dazu ein. Lucy und Peter kamen auch, und ich hatte noch ein paar Freunde aus dem Kennedy-HQ eingeladen, die über die Feiertage in der Stadt geblieben waren. Louise kam zu uns, Betty aber war zu ihrer Familie gefahren. Wenig verwunderlich flirteten eine Menge Jungs mit Louise, und sie genoss es. Und dann passierte es. Jimmy tauchte auf und verblüffte uns alle damit, dass er seine *Frau* mitbrachte! Keiner von uns wusste, dass er geheiratet hatte. Sie ist ein hübsches schwarzes Mädchen, aber sehr schüchtern. Ihr Name ist Violet.

Ich war fassungslos.

Als ich am Buffettisch stand, um mir einen Nachschlag zu holen, schaufelte auch Jimmy sich gerade Truthahn und grüne Bohnen auf seinen Teller. Ich fragte ihn: »Sag mal, wann habt ihr denn eigentlich geheiratet?«

»Vor zwei Jahren«, antwortete er schüchtern.

Ich hätte mich beinahe verschluckt. »*Vor zwei Jahren?* Das heißt, du warst die ganze Zeit über bereits *verheiratet?*«

Er nickte. »Tut mir leid, Judy.«

Oh Mann, ich hätte an jenem Tag im Umkleideraum weiß Gott nichts mit ihm angefangen, wenn ich gewusst hätte, dass er verheiratet war. »Wieso hast du mir nichts davon *gesagt?*«, zischte ich ihn durch meine zusammengebissenen Zähne hindurch an.

»Ich weiß nicht ... ich ... ich hatte einfach keine Chance dazu ... ich ...«, stammelte der arme Kerl.

»Was? Du wolltest es auch einfach mal mit einem weißen Mädchen treiben, ist es das?«

»Nein! Das ist es nicht. Ich hätte es nicht getan ... ich ... oh Judy, ich war so verwirrt. Es passierte in einer Zeit, in der Violet und ich ... in der wir Probleme hatten. Ich schlief auf der Couch. Es war ziemlich kompliziert. Deshalb war es so gut für mich, in dieser Zeit den Extra-Job im Gym zu haben.«

Damit fühlte ich mich auch nicht besser. Kein Wunder, dass er bei Lucys Hochzeit nicht in meine Nähe kommen wollte. Ich fühlte mich wie ein gefallenes böses Mädchen, wie eine *Schlampe*, und es gefiel mir kein bisschen. Für den Rest des Dinners wollte ich mich nicht mehr mit ihm unterhalten, und auch die nächsten paar Tage nicht. Ich muss wohl nicht erwähnen, dass ich mich sehr reichlich an dem Wein bediente. Ich erinnere mich nicht mehr, in jener Nacht ins Bett gegangen zu sein, aber zumindest bin ich dort wieder aufgewacht. Jesus!

Am Samstag nach Thanksgiving kleidete ich mich als Stiletto an und zog in die Stadt. Es war kein sehr ereignisreicher Abend, aber ich verjagte einige jugendliche Rabauken aus dem Washington Square Park. Sie waren betrunken, benahmen sich schlecht und lärmten herum. Ich hätte sie auch den Cops überlassen können, aber ich hatte den Drang, *irgendetwas* zu tun.

Davon abgesehen stieß ich auf keine weiteren Verbrechen. Von Chinatown hielt ich mich fern.

Die restliche Zeit über habe ich einfach nur im Gym gearbeitet. Letzten Sonntagabend haben Freddie und ich uns *The Wizard of Oz* im Fernsehen angesehen. Den fand ich letztes Jahr so toll, dass ich ihn einfach noch einmal anschauen musste. Freddie sah ihn vor langer Zeit im Kino, mochte ihn aber immer noch. »Ich wette, den zeigen sie jetzt immer zu Weihnachten im Fernsehen«, sagte er. Vielleicht machen sie das sogar und dann werde ich jedes Mal vor dem Fernseher hocken!

Aber nun zurück zu Billy.

Kurz nach Thanksgiving wurde er aus dem Krankenhaus entlassen. Als Stiletto verkleidet besuchte ich ihn und seine Mutter in ihrem alten Appartement. Ich gab ihnen genug von Mitch Perez' Geld, um neu anfangen zu können – behielt aber trotzdem noch etwas für mich! Die Lees konnten sich damit ein besseres Appartement leisten, auch wenn Billys Mutter darauf bestand, sich nicht zu weit aus Chinatown zu entfernen. Gestern sind sie umgezogen und heute habe ich sie besucht.

Mrs. Lee hatte mich bisher wie den Leibhaftigen persönlich behandelt, aber mittlerweile war ich ihre neue beste Freundin. Obwohl sie kein Englisch spricht, lächelte sie die ganze Zeit über breit und plapperte unentwegt auf Chinesisch. Sie hörte nicht auf, mir Tee nachzuschenken. Außerdem bestand sie darauf, mit ihnen ein spätes Abendessen einzunehmen – es war bereits 23 Uhr – aber ich lehnte dankend ab.

Billy sah großartig aus. Er hatte immer noch ein paar Narben und blaue Flecke und sein Arm steckte noch in einem Gips. Außerdem muss er eine enge Bandage um seinen Brustkorb tragen, unter seinem T-Shirt. Aber mit Beginn des neuen Jahres dürfte alles vergessen sein.

Als wir allein waren, fragte er mich, warum ich das alles getan hatte. »Du brauchtest Hilfe«, antwortete ich.

»Und du bist ein Freund. Ich helfe meinen Freunden.«

»Meine Mutter und ich sind sehr dankbar. Sie ... Sie haben unser Leben verändert.«

»Hoffentlich zum Besseren, Billy. Es war mir eine Freude.«

»Ich habe noch ein paar andere gute Nachrichten.«

»Oh, und welche?«

»Lily und ich werden heiraten, sobald wir die Highschool beendet haben.«

Das überraschte mich ziemlich, aber ich rang mir ein »Das ist ja wundervoll!« ab. Um ehrlich zu sein, war ich der Meinung, dass die beiden noch zu jung waren, um zu heiraten, aber was wusste ich denn schon? Die meisten Leute heirateten in dem Alter. Und bis dahin waren es ja auch noch ein paar Jahre hin.

»Und wir werden ein neues Restaurant eröffnen. Lilys Bruder ist Koch. Von dem Geld, das Sie uns gegeben haben, ist noch genug übrig, dass wir uns etwas mieten und von vorn anfangen können. Meine Mutter wird den Laden führen, bis ich die Schule beendet habe. Dann werde ich das Restaurant übernehmen. Es wird wieder ein Familienunternehmen sein.«

Auf mich wirkte das nicht wie ein tolles Leben, einfach nur in einer kleinen Ecke von Manhattan aufzuwachsen, zu heiraten und an dem gleichen Fleck zu bleiben, bis alles wieder vorbei war. Wollte er denn nicht die Welt sehen oder aufs College gehen?

»Ist es das, was du wirklich willst, Billy?«, fragte ich.

Zuerst antwortete er nicht darauf, legte sich aber schalkhaft die Finger um sein Kinn und sah an die Decke, so als würde er über die Frage nachdenken. »Hmmm«, summte er. Dann sah er mich abrupt an und nickte. »Ja.« Und er meinte es ernst damit.

»Dann sind das wirklich großartige Neuigkeiten, Billy. Ich freue mich sehr für dich.«

Ich wollte nicht lange bleiben. Als ich meine Teetasse geleert hatte, entschuldigte ich mich und verschwand. Mrs. Lee wuselte noch um mich herum, aber ich trat einfach aus dem Fenster und auf die Feuertreppe hinaus, um zu verhindern, dass sie mir weiter folgte. »Sie könnten ruhig auch die Treppe nehmen, wissen Sie?«, sagte Billy.

Ich lachte und antwortete: »Danke, aber ich habe mich daran gewöhnt. Mach's gut, Billy, und viel Glück.«

Er stand noch auf der Plattform der Feuertreppe und sah mir nach, wie ich durch die Straßen in Richtung Osten verschwand. Ich glaube nicht, dass ich ihn wiedertreffen werde. Ich hatte mich schon genug in sein Leben eingemischt. Und um die Wahrheit zu sagen, fühlte ich mich in Chinatown immer noch nicht sehr wohl. Es ist wirklich eine ganz andere Welt. Tatsächlich ist die kriminelle Gefahr hier etwas zu viel für die Black Stiletto. Die Mafia und die Gangster in Harlem waren ein Spaziergang verglichen mit den Tong. Diese chinesischen Gangs sind wie die Bienen – sie sind wie ein Schwarm, der dich umringt und dann zu Tode sticht. Und dann sind da auch noch die Sprache und die kulturelle Kluft, die es mir zusätzlich erschweren, diese Menschen wirklich zu verstehen. Ich glaube nicht, dass ich etwas in Chinatown verändern könnte. Ich habe Pockengesicht zwar den Hintern versohlen können, aber er ist dennoch mit einem Mord davongekommen. Der einzige Weg, damit leben zu können, ist, nicht wieder hierher zurückzukehren.

Außer zum Essen.

44 | Martin

Heute

Es ist Weihnachten.

Mom wurde heute wieder ins Woodlands gebracht. Ich folgte dem Krankenwagen, der sie vom Krankenhaus nach Riverwoods transportierte. Es geht ihr gut. Die Ärzte haben ihr ein paar Medikamente verschrieben und wollen, dass sie versucht, etwas mehr Sport zu treiben – was für sie bedeutet, einfach ein paar Spaziergänge mehr durch das Pflegeheim zu unternehmen. Sie redet wieder häufiger. Manchen Tag scheint sie alles zu verwirren, an anderen Tagen aber wirkt sie klarer als je zuvor. Die Ärzte meinten ja, dass ich möglicherweise eine Verschlechterung ihrer Alzheimer-Symptome bemerken würde, aber bis jetzt scheint das nicht der Fall zu sein. Ich denke, in Wirklichkeit haben die Ärzte genauso wenig Ahnung wie wir. Auf diese Krankheit lässt sich einfach kein Reim machen.

Als sie im Woodlands ankam, erinnerte sie sich nicht mehr daran, dass das ihr *Zuhause* war. Sie musste gedacht haben, dass wir sie in unser Haus in Arlington Heights zurückbringen würden. Aber nach etwa einer Stunde in ihrem alten Zimmer schien es, als wäre sie nie weg gewesen. Die gerahmten Fotografien kamen ihr bekannt vor und sie erkannte die Schwestern und die Belegschaft als Menschen wieder, die es gut mit ihr meinten.

Kurz vor ihrer Entlassung besuchte auch Gina noch einmal meine Mom. Ihre Enkelin kurz davor noch einmal zu sehen, versetzte Mom in sehr gute Laune, und das Personal im Krankenhaus bescheinigte uns, dass sie eine sehr kooperative und angenehme Patientin gewesen sei. Meine Tochter begleitete uns jedoch nicht nach Riverwoods. Sie hatte eigene Pläne und wollte Weihnachten mit ein paar alten Freunden aus der Highschool verbringen. Ich werde sie morgen wiedersehen, wenn sie den Vormittag mit Carol und Ross verbracht hat. Ich habe vor, bei Maggie zu übernachten, und dann können wir den Weihnachtsmorgen zusammen verbringen. Ich habe schon seit langem keinen Weihnachtsmorgen mehr zusammen mit einer Frau verbracht. Was für ein Gedanke!

Ich leistete Mom beim Abendessen noch Gesellschaft. Sie war gut gelaunt, besonders, als ich ihr ein Geschenk überreichte. Ihre Augen funkelten wie die eines Schulkindes und sie fragte: »Ist das für mich?«

»Natürlich ist das für dich«, antwortete ich. »Du bist meine Mom und es ist Weihnachten!«

Dann überraschte sie mich, indem sie antwortete: »Dann muss ich wohl ein braves Mädchen gewesen sein.« Wir beide lachten, und ich denke, das muss das erste Mal seit Monaten, vielleicht Jahren gewesen sein, dass wir gemeinsam über einen Scherz lachten. Außerdem bedeutete es, dass sie das Geschenke-Ritual verstanden hatte.

Mein Geschenk bestand aus einer schwarzen Perlenkette. »Die ist wunderschön!«, rief meine Mutter, während sie sie bestaunte. Ich erklärte ihr, was es war, und sie ließ sie sich von mir um den Hals legen. Dann stand sie auf und betrachtete sich im Spiegel. Ich glaube, sie gefiel ihr wirklich. Dann umarmte sie mich und sagte: »Danke, Martin.«

Wow. Sie nannte mich Martin. Ich glaube, sie hatte mich nicht mehr Martin genannt, seit sie in diesem Pflegeheim lebte. Schätze, heute musste wohl einer von diesen guten Tagen gewesen sein.

Gegen 19:30 Uhr halfen ihr die Pfleger, sich fürs Bett fertigzumachen, und ich setzte mich zu ihr, bis sie gegen 20 Uhr eingeschlafen war. Sie sah so friedlich aus, wie sie da lag, und ich nahm ihre Hand und hielt sie fest. Ich weiß nicht, wieso, aber auf einmal wurde mir das Herz schwer und ich begann zu weinen. Nach allem, was ich durchmachen musste, seitdem ich im vergangenen Frühjahr von Moms Geheimnis erfahren hatte, bin ich, denke ich, zu dem Ergebnis gekommen, dass ich etwas tun muss, bevor ich meine Dämonen besiegen und mein Leben wieder mit einem Hauch von Normalität beginnen kann. Diese Entscheidung hatte ich bereits letzte Nacht gefällt, aber – und das ist der verrückte Teil – ich musste es erst mit meiner Mutter besprechen.

»Mom?«, flüsterte ich leise. Sie öffnete nicht die Augen, also fuhr ich fort. »Du weißt, dass ich dich liebe, oder? Das tue ich wirklich. Ich halte dich für eine ganz erstaunliche Frau, und das, was du damals getan hast, war außergewöhnlich. Aber ich muss es einfach sagen, Mom, diese Black-Stiletto-Sache bringt mich um. Es frisst mich auf. Dieses Geheimnis ist zu groß, um es für mich behalten zu können. Ich muss diese Last mit jemandem teilen. Deswegen bin ich in letzter Zeit auch so viel krank.«

Ich legte eine Pause ein und versuchte nicht in Tränen auszubrechen.

»Mom, ich habe deine Tagebücher gelesen. Das Dritte habe ich beinahe beendet. Ich habe so vieles über dich gelernt, aber es gibt noch so viele unbeantwortete Fragen. Ich schätze, dass sie alle noch beantwortet werden, aber du solltest wissen, dass ich Angst habe, weiterzulesen. Einige der Wahrheiten, nach denen ich so dringend suche, machen mir große Angst. Wer mein Vater ist, zum Beispiel. Ist das etwas, was ich erfahren werde, wenn ich mit lesen fertig bin?«

Ohne dass ich es wollte, hatte sich ein Kloß in meinem Hals geformt. Nach ein paar tiefen Atemzügen gelang es mir, nicht wie ein Baby loszuheulen.

»Wie auch immer, ich hoffe, du verstehst, dass ich dir verspreche, dass ich mein Bestes tun werde, dein Geheimnis zu bewahren, aber das schaffe ich nicht mehr allein.«

Da erst wurde mir bewusst, dass meine Mutter wach war und mich hören konnte. Eine einzelne Träne rann an ihrer Wange hinab.

»Mom?«

Sie öffnete ihre Augen und sah mich an. Tiefe Traurigkeit lag in ihnen und das brachte mich ebenfalls zum Weinen.

»Hast du gehört, was ich gesagt habe?«

Judy Talbot antwortete nicht, aber sie lächelte mich an. Und dann drückte sie meine Hand.

»Du siehst blass aus. Was ist passiert?«

Ich betrat Maggies Wohnung und legte meine Arme um sie. Seufzend sagte ich: »Es ist wegen Mom. Du weißt schon ... es ist hart.«

»Ich weiß, Martin. Ist sie gut angekommen?«

»Ja. Es dauerte vielleicht eine Stunde, aber dann ging es ihr gut. Das Geschenk hat ihr gefallen. Und stell dir vor, sie nannte mich *Martin*.«

»Wow! Das ist wundervoll.«

»Das stimmt. Es machte mich glücklich, aber gleichzeitig auch traurig. Du weißt schon.« Maggie führte mich ins Wohnzimmer und ich roch den Truthahn. »Ich bin doch nicht zu spät, oder?«

»Ach was. Wir essen sowieso immer mehr wie die Europäer, also habe ich es perfekt getimt. Ich hoffe, du hast Hunger.«

Hatte ich nicht, noch nicht einmal Appetit. »Darauf kannst du wetten«, log ich.

»Großartig, du kannst mir in der Küche helfen«, sagte sie und lief in die Richtung, aber ich glaube, ich hörte sie gar nicht mehr wirklich. Ich stand im Wohnzimmer, starrte auf die vielen Lichter an ihrem Weihnachtsbaum und fühlte mich plötzlich verzweifelt und hilflos.

»Martin?«

Als ich ihr nicht antwortete, kam sie zurück, um nach mir zu sehen. Ich musste Tränen in den Augen haben. Maggie hielt mich auf Armlänge fest, musterte mich und schüttelte ihren Kopf. »Oh Martin, es passiert wieder, oder?«

»Ich weiß nicht.«

»Martin, ich wollte es eigentlich nicht jetzt zur Sprache bringen, aber ich fürchte, ich muss es tun.«

»Was denn?«

Sie ließ mich los und lief ein paar Schritte in den Raum hinein. »Du machst es schon wieder. Genau das, wovon ich immer spreche. Du verheimlichst etwas. Du ... verheimlichst es schon die ganze Zeit über. Ich weiß es, Martin. Es gibt da etwas aus deiner Vergangenheit, das ich nicht erfahren soll. Es frisst mich schon seit Wochen auf und heute fühle ich mich deswegen besonders ruhelos. Ach verdammt, ich wollte uns nicht unser Weihnachten ruinieren.« Sie kehrte mir den Rücken zu und fing an zu weinen.

Herrje, heute wurden besonders viele Tränen vergossen.

Ich lief zu ihr und legte meine Arme um ihre Taille, aber sie griff nach meinen Händen und presste sie an ihren Brustkorb. Das Gefühl ihrer Brüste unter dem Stoff ihres leuchtenden rot-weißen Pullovers war erregend, aber ich war zu nervös und ängstlich, um ihm nachzugeben.

»Maggie, ich bin froh, dass du damit angefangen hast«, sagte ich. »Ich weiß, was in dir vorgeht, und mir spuken dieselben Gedanken im Kopf herum. Es *gibt* da etwas, das ich vor dir geheimgehalten habe.«

Ich spürte, wie sie sich versteifte.

»Wieso setzen wir uns nicht?« Ich zog sie zur Couch und wir setzten uns händchenhaltend nebeneinander. Es war wie in einer dieser Szenen aus einer Seifenoper, in denen der untreue Ehemann zu seiner Frau sagen würde: »Liebling, ich muss dir etwas beichten ...«

Doch für einen Moment sagte ich gar nichts. Ich wusste nicht, wo ich anfangen sollte.

»Also?«, fragte sie.

»Maggie, was ich dir jetzt erzählen werde, darf diesen Raum niemals verlassen. Das musst du mir versprechen.«

»Natürlich, Martin. Liebling, du kannst mir vertrauen.«

»Du darfst es wirklich niemandem verraten. Die Sache ist … nun ja, sie ist ungeheuer groß. Ich werde gleich eine Bombe platzen lassen, und du solltest wissen, dass ich dich liebe und es dir erzähle, *weil* ich dich liebe. Ich kann es nicht länger für mich behalten.«

Sie drückte meine Hände. »Dann verrate es mir. Ich höre dir zu.«

»Okay, es ist so …« Und dann fand ich die ganze Situation plötzlich witzig. Ich lachte sogar ein wenig.

»Was ist so lustig?«

»Du. *Du* solltest eigentlich lachen und ich greife nur schon ein wenig vorweg.«

»Komm schon, Martin, hör auf herumzualbern. Ich sitze hier wie auf glühenden Kohlen.«

»Okay, hör zu. Du hast doch schon von der Black Stiletto gehört, oder?«

Sie runzelte die Stirn und blinzelte ein wenig. »Was?«

»Die Black Stiletto? Diese kostümierte Verbrecherjägerin aus den Fünfzigern und Sechzigern? Es gab einen Film über sie, und Comic-Bücher, man sieht immer wieder Bilder von ihr, sie ist so etwas wie eine Legende …«

»Ja, ich weiß, wer sie ist, Martin. Aber was hat das mir ihr zu …?« Und dann erstarrte sie. Maggie musterte mich mit dem verwundertsten Blick, den ich je bei jemanden gesehen hatte. »Du willst doch nicht etwa … warte …«

»Ich denke, du hast es verstanden«, sagte ich.

»Nein, habe ich nicht. Sag es mir. Ich will es von dir hören.«

Ich seufzte und sprach es endlich laut aus. »Meine Mom war die Black Stiletto.«

Ich rechnete damit, dass sie mir eine Ohrfeige geben und mich beschuldigen würde, mir verrückte Geschichten auszudenken. Stattdessen aber legte sie sich die Hand über ihren offen stehenden Mund und sah mich mit großen Augen an.

Ich nickte. »Es ist die Wahrheit.«

»Martin, mein Gott, natürlich. Jetzt ergibt alles einen Sinn. Ihre Narben. Die Schussverletzungen. Oh mein Gott, Martin, *oh mein Gott!*«

»Niemand sonst weiß davon. Okay, es gibt einen alten FBI-Typen in New York, der davon weiß, aber er wird es niemandem verraten. Vielleicht gibt es noch ein paar andere, die davon wissen, aber dann kenne ich sie nicht. Meine Mom hat ihr Geheimnis seit über fünfzig Jahren streng gehütet. Und ich gedenke, es ebenso zu halten, solange sie noch am Leben ist.«

»Wie lange weißt du es schon?«

»Erst seit ein paar Monaten.« Ich erzählte ihr, wie ich an ihre Tagebücher, ihr Kostüm und den anderen Kram gelangt war. »Wenn übermorgen die Banken wieder geöffnet sind, nehme ich dich mit und zeige dir, was in dem Bankschließfach liegt. Ach, zur Hölle, du kannst auch ihre Tagebücher lesen. Sie sind faszinierend.«

Aus der Küche war ein Wecker zu hören. »Das ist der Truthahn«, sagte sie.

»Also, glaubst du mir?«

Maggie legte den Kopf schräg, verzog das Gesicht, und dann nickte sie. »Ja, das tue ich.« Für einen Moment blieb sie so sitzen.

»Sollten wir nicht nach dem Truthahn sehen?«

»Herrgott, wer könnte denn noch ans *Essen* denken, nachdem er so etwas gehört hat?«

»Ich könnte es. Ich bin am Verhungern.« Und das war ich jetzt auch. Die Erleichterung, die ich nun verspürte, war beinahe greifbar. Maggie von meiner Mutter zu erzählen ließ dieses Weihnachtsfest zum Besten seit Jahren werden.

45 | Judys Tagebuch

1960

31. Dezember

Und wieder einmal ist es diese Zeit des Jahres, liebes Tagebuch. Freddie und ich schmeißen unten wieder unsere jährliche Silvesterparty. Es ist zu einer Gewohnheit geworden, immer noch einmal kurz ins Zimmer hinaufzulaufen und ein paar letzte Gedanken über das vergangene Jahr aufzuschreiben, bevor ich dafür zu betrunken bin, haha. Ich kann nicht lange bleiben, also mache ich es schnell. Die üblichen Leute sind da – Lucy und Peter, Clark, Louis, Corky, Paul, Wayne – außerdem Louise und Betty aus dem HQ, zusammen mit ihren Partnern, und der gute alte Chip, der mit seinen Witzbolden da ist. Jimmy ist mit Violet gekommen. Ich bin nicht mehr so sauer auf ihn wie zuvor. Obwohl er ein erwachsener Mann ist, benimmt er sich wie ein Kind, was sein Leben anbelangt. Es ist schwer, ihm böse zu sein, denn eigentlich ist Jimmy wirklich ein netter Kerl. Als Violet außer Hörweite war, fragte ich ihn, wieso er sie nie zu anderen Silvesterpartys mitgebracht oder überhaupt erwähnt hatte. Er sagte, sie wäre zu schüchtern gewesen, besonders in Gegenwart von Weißen, aber er würde gerade versuchen, das zu ändern. So wie ich interessierte auch sie sich für die Bürgerrechte und verfolgt die Arbeit von Dr. King. Dieser arme Dr. King hat es derzeit auch nicht gerade leicht. Vor ein paar Monaten, mitten im Wahlkampf, wurde er wegen einer dummen Verkehrsverletzung in Georgia festgenommen und ins *Gefängnis* gesperrt. Kennedy und sein Bruder halfen ihm dabei, wieder freizukommen. Aber egal, Jimmy entschuldigte sich noch einmal bei mir, und ich sagte ihm, er solle es vergessen, weil es wirklich mein Fehler gewesen war. Ich war diejenige gewesen, die damit anfing, und es spielte keine Rolle, ob er nun verheiratet war oder nicht. »Tun wir einfach so, als wäre es nie passiert«, sagte ich. Und genau das werde ich auch tun. Ich hoffe, es gelingt ihm ebenso.

Lucy hatte ein paar Neuigkeiten mitgebracht – sie und Peter würden im Januar oder Februar für eine Woche nach Los Angeles reisen. Peter hat dort geschäftlich zu tun und sie wird ihn einfach begleiten. Sie hat mich gefragt, ob ich sie begleiten möchte! Wir könnten gemeinsam Disneyland besuchen, während Peter beschäftigt sein wird. Ich sagte ihr, dass ich das erst mit Freddie besprechen müsste, um Urlaub zu bekommen, aber es eigentlich kein Problem sein dürfte. Kalifornien! Junge, Junge, das hört sich nach einer Menge Spaß an. Kannst du dir vorstellen, wie sich die Black Stiletto mit Mickey Mouse und Donald Duck anfreundet? Vielleicht werde ich auf der Hollywood & Vine ja sogar entdeckt!

Es steht außer Frage, dass das vergangene Jahr recht ereignisreich für mich gewesen ist. Nicht so sehr in Bezug auf mein Liebesleben, aber vielleicht wird so etwas ja auch überbewertet. Meine Expeditionen nach Chinatown waren gleichermaßen augenöffnend und furchteinflößend. Die Schattenseiten, auf die ich dort stieß, gefielen mir ganz und gar nicht, aber ich bin froh, dass ich ein paar neue Kampffertigkeiten entwickeln und einer guten Familie helfen konnte. Billy ist so ein netter Junge, und ich bin froh, für eine Weile Teil seines Lebens gewesen zu sein. Auch die Arbeit im Präsidentschaftswahlkampf war wundervoll. Ich liebte es, ein Kennedy-Girl zu sein. Ich lernte eine Menge dabei, fand neue Freunde und rettete als Black Stiletto dem Senator das Leben – und er weiß es noch nicht einmal!

Ich denke, wir werden in diesem Land eine Menge Veränderungen erleben. John F. Kennedy wird ein großartiger Präsident werden und vielleicht sogar zwei Amtszeiten regieren. Voller

Neugier und Spannung fiebere ich dem neuen Jahr entgegen. Ich weiß nicht, was uns 1961 bringen wird, aber du kannst darauf wetten, dass es neuen Ärger mit den Kommunisten, mehr Streitereien um die Bürgerrechte, mehr Verbrechen, die verhindert werden wollen, und mehr Elvis-Platten geben wird!

Frohes neues Jahr!

– E N D E –

LUZIFER
VERLAG